선과 악의 학교

왕자 없는 세상

The School for Good and Evil
: A World Without Princes

제2부

선과 악의 학교

2

THE SCHOOL FOR GOOD & EVIL

왕자 없는 세상

소만 차이나니 지음

신윤경 옮김

문학수첩

마리아 곤잘레스에게 바칩니다.

옛날부터 그 숲에는

선과 악의 학교가 있었지

쌍둥이처럼 닮은 두 개의 탑

하나는 맑고 순수한 이를 위한 것

다른 하나는 사악한 이를 위한 것이지

달아나려 해 봤자 결과는 실패

그곳을 나가는 방법은 오직 하나

동화 속으로 들어가는 것뿐이라네

제2장

13

만찬실 독서 클럽

공주와 마녀가 왈츠를 추는 그림이 그려진 유리 시계 위로 햇빛이 반짝거렸다. 새벽이 왔다가 사라지고, 차가운 12월의 아침이 자리를 잡은 7시였다.

소피는 옷을 모두 입은 채 침대에 누워 깊이 잠든 아가사를 바라보았다. 베아트릭스가 아침을 먹으러 가서 방 안에는 두 사람뿐이었다.

지난밤 스피릭의 가시에 찔린 손목과 발목이 여전히 따끔거렸고, 투명 망토를 뒤집어쓰고 남학교를 뛰어나오느라 평소 몇 배의 힘을 쓴 종아리는 욱신거렸다. 아가사가 바위로 가로막힌 나무 터널 안에서 빈틈을 찾아 미친 듯이 헤매고 있을 동안, 그녀는 예전에 교수님들이 쓰던 발코니를 통해 공터로 나와 선인 남학생 보초 둘을 지나고 다시 버팀벽을 따라 여학교 나무 터널로 들어가서 방

까지 무사히 도착했던 것이다. 그녀는 투명 망토와 호트의 유니폼을 베아트릭스의 침대 아래에 쏙 밀어 넣어 버리고 얼른 이불 속으로 들어갔다. 그리고 바로 그 순간, 파리 한 마리가 윙윙거리며 창을 통해 방 안으로 들어왔다.

전쟁 같던 밤이 지나고 다시 평범한 인간의 모습으로 돌아온 두 사람은 이렇게 단둘이 고요한 아침을 맞이하고 있었다. 마치 예전으로 돌아간 듯한 기분이었다.

하지만 지난밤 이후, 모든 것은 바뀌었다.

소피는 아가사의 얼굴 구석구석을 유심히 바라보았다. 그녀가 알던 묘지에 사는 소녀의 모습을 찾고 싶었던 것이다. 하지만 그녀의 눈에는 전혀 다른 것들이 발견되었다. 공주의 코…… 눈처럼 하얀 피부…… 고운 입술……. 아가사는 왕자를 향해 그 입술을 내밀었다.

하지만 왕자는 그녀에게 키스하지 않았다.

'나 때문이었지.'

소피는 수치심에 속이 울렁거렸다. 그녀는 아가사의 소원이 이루어지는 것을 가로막은 것이다. 가장 친한 친구의 마음을 산산조각 내 버렸다.

소피는 이를 악물고 눈물을 참았다. 그동안 선한 사람이 되려고 너무나 열심히 노력했는데 아가사를 잃을지도 모르는 그 순간, 눈앞에서 벌어지는 도저히 참을 수 없는 현실 앞에서 그녀는 다시 악한 사람이 되고 말았다. 예전에 마녀가 그랬듯, 그녀 역시 해피엔딩을 망쳐 버린 것이다.

깊은 죄책감이 그녀를 삼켜 버렸지만, 소피는 그 와중에서도 한 줄기 희망의 빛을 발견했다.

"이제 친구보다 더 필요한 존재가 생겼거든."

아가사는 그렇게 말했지만, 그녀가 아가사를 다시 행복하게 만들어 주면 상황은 달라지지 않을까? 테드로스가 필요하지 않다는 사실을 아가사에게 증명해 보인다면? 왕자와의 영원한 행복보다 그들의 우정이 훨씬 위대하다는 것을 보여 주면 되지 않을까?

'아가사가 예전에 나에게 가르쳐 줬던 것을 이번에는 내가 아가사에게 가르쳐 줘야겠어.'

그렇게만 되면 아가사와 테드로스를 갈라놓은 것은 오히려 가치 있는 일이 될 것이다. 소피의 마음속에서 희망이 커져 가고 있었다. 어젯밤 그녀가 한 모든 일은 다 그럴 만한 가치가 있는 일이 될 것이다. 아가사가 결국 그녀와 함께하는 결말을 진심으로 바라게 될 것이기 때문이다.

'아가사를 되찾을 수만 있다면, 뭐든 해야지!'

그때 아가사가 두 눈을 떴다. 그녀는 소피가 자신을 뚫어지게 바라보고 있는 것을 깨닫고, 눈에 보일 정도로 몸을 들썩이며 움찔거렸다.

"어젯밤에 어땠어?"

소피가 목소리를 가다듬고 물었다.

"아, 어젯밤?"

아가사는 고개를 돌리고 바닥에 떨어진 교복을 하나하나 줍기 시작했다.

"긴 밤이었지……. 너도 알다시피…… 도트가 어찌나 수다를 떨어 대던지……."

잠시 망설이던 아가사가 다시 입을 열었다.

"너 혹시…… 우리를 지켜본 건 아니지?"

"잠들었어. 하지만 걱정할 일은 없었다는 거잖아, 그렇지?"

소피가 아가사의 표정을 유심히 살피며 말했다.

아가사는 돌처럼 굳은 채 아무 대답도 못 했다.

"웩! 이게 웬 아궁이 냄새야!"

소피가 베아트릭스의 긴 망토를 교복 위에 걸치고 단추를 잠그며 말했다.

"부엌 연기가 뱄나 봐. 믿거나 말거나, 이제 선인 여학생들도 누구나 베이컨을 먹고 있으니……."

"소피?"

"응?"

"나 너한테 할 말이 있어."

소피가 천천히 눈을 들고 아가사를 바라보았다.

그때 소름 끼치는 날카로운 소리가 복도에 울려 퍼졌고, 두 소녀는 누가 먼저라고 할 것도 없이 몸을 웅크렸다. 아가사가 재빨리 몸을 돌려 문을 활짝 열자 짙은 연기가 방 안으로 밀려 들어왔다. 복도를 가득 채운 연기 속에서 여학생들은 도망가느라 정신이 없었고 나비들은 쉭, 쉭 소리를 내며 그들을 지나쳤다. 네온빛 머리카락을 번쩍이는 님프들이 공중에 붕 뜬 채 그들 뒤를 따랐고, 화재 경보기는 죽음을 알리는 유령처럼 날카롭게 울어 댔다.

"대체 무슨 일이야?"

소피가 모나의 팔을 붙잡고 숨을 헐떡이며 물었다.

"왕자들이야! 보호막을 뚫고 쳐들어왔어!"

소피와 아가사는 멍한 얼굴로 서로를 바라보았다.

그때 저 멀리 확성기에서 폴룩스의 목소리가 요란하게 울려 퍼졌다.

"학생들은 모두 갤러리로 대피한다! 로비 대신 브리즈웨이를 이용하도록! 다시 말한다. 로비에는 절대 들어가지 마라!"

아가사와 소피는 모나를 따라 명예의 탑에서 용맹의 탑으로 이어지는 브리즈웨이를 향해 달리기 시작했다. 매캐한 연기가 그들의 목을 조여 왔다.

"무슨 연기가 이렇게 나는 거야?"

소피는 숨쉬기가 힘든 듯 쌕쌕대며 열심히 팔을 휘저었다. 마침내 그들은 파란색 브리즈웨이에 도착했지만, 입구는 이미 다른 학생들로 꽉 차 있었다. 나비 떼가 그들의 머리 위에서 뱅글뱅글 맴을 돌았다.

"가자! 로비를 통해서 가면 돼."

아가사가 소피를 계단 쪽으로 잡아당기며 말했다.

"하지만 폴룩스 교수님이 로비는 절대 안 된다고 했잖아!"

"우리가 언제부터 폴룩스 교수 말을 들었다고 그래?"

두 사람은 연기 속에서 비틀거리며 명예의 탑 계단을 따라 내려가기 시작했다. 유리 벽 너머로 하프웨이 베이가 보였다. 저 멀리 숲 정문에서 지저분한 왕자들이 무장을 한 채 마법의 보호막을 뚫고 남학생 학교 쪽 기슭으로 들어오고 있었다. 아가사는 밀려오는 두려움에 온몸이 얼어붙는 것 같았다. 어젯밤 일이 있은 직후 벌어진 일이니 우연일 리가 없었다. 그때 소피가 뒤에서 그녀에게 부딪쳤고, 아가사는 다시 앞이 보이지 않는 연기 속을 헤매며 걸음을 옮기기 시작했다. 잠시 후 두 사람은 로비에 도착했다.

학교 건물을 가득 채운 연기는 모두 이곳에서 시작되고 있었다. 투명한 반구형 지붕이 무너져 내려 산산조각 났고, '**여자**'라는 글자가 쓰인 벽에는 수백 개의 불화살이 꽂혀 있었다. 네 성의 계단통

주위를 둥글게 둘러선 님프들이 아직 남아 있는 잔불들을 끄기 위해 물 주문을 쏘아 댔고, 비 오듯 쏟아지는 불화살을 미처 피하지 못한 수많은 나비가 검게 그을린 채 바닥에 흩어져 있었다.

"이건 말이 안 돼! 왜 로비에 불화살을……."

소피가 유리 난간을 붙잡고 말했다.

하지만 불길이 잡히고 연기가 옅어지면서 그녀의 의문은 자연스럽게 해소되었다. 물이 뚝뚝 떨어지는 화살 끝에 무엇인가가 꽂혀 있었던 것이다. 화살촉 바로 아래에는 작은 종잇조각들이 하나씩 달라붙어 있었는데, 화살에 꽂혀 있던 긴 두루마리 종이를 누가 찢어 낸 흔적이 분명했다.

"소피, 이것 좀 봐."

소피는 아가사의 시선을 따라, 계단 뒤 어둑하게 그늘진 바닥을 내려다보았다. 화살에서 찢겨 나간 두루마리 종이가 떨어져 있었다. 검게 그을렸지만 글씨를 읽을 수 있을 정도로 상태는 온전해 보였다. 님프들이 로비를 오가며 재를 쓸고 화살을 뽑는 데 열중하는 동안, 아가사는 재빨리 난간을 뛰어넘어 바닥에 떨어진 종이를 집어 들었다. 둥글게 말린 종이는 새빨간 뱀 문장 밀랍으로 단단히 봉인되어 있었다. 소피도 어느새 아가사의 곁으로 다가와 그녀의 어깨 너머로 종이를 내려다봤다. 아가사는 검게 그을린 두루마리의 끄트머리를 조심스럽게 붙잡아 종이를 펼쳤고, 두 소녀는 재빨리 계단 뒤로 몸을 숨겼다.

잠시 후, 종이를 읽어 내려가던 소피가 손가락 마디가 파랗게 변할 정도로 종이를 힘껏 움켜쥐었다.

"아가사, 아까 나한테 하려던 말이 뭐야?"

하지만 아가사는 여전히 종이를 들여다보고 있었다.

오늘로부터 열흘 후
일몰 시간에 맞춰 파란 숲에서
동화 경연 대회를 개최한다.
최고의 여학생 열 명과 최고의 남학생 열 명이 경쟁을 펼치고
다음 날 동틀 무렵 더 많은 학생이 남아 있는 쪽이 승리한다.

여학교가 이기면 우리는 패배를 인정하고
노예가 될 것이다.

남학교가 승리할 경우
소피와 아가사는 **공개 처형**에 처한다.

대회 참가 여부 및 진행 조건에 대한 협상은 받아들이지 않겠다.

테드로스

그녀의 눈동자에는 다시 어둠이 찾아왔고, 발그레하던 두 볼은
빛을 잃었다. 묘지에 살던 예전의 아가사로 돌아온 것이다. 소원은
그녀의 머릿속에서 깨끗이 사라져 버렸다. 아가사는 슬프고 공허
한 표정으로 고개를 들고 소피를 바라보았다.

"네 말을 들었어야 했는데……."

그녀의 목소리가 갈라지고 있었다.

"테드로스한테 갔어?"

잠시 머뭇거리던 소피가 조심스러운 표정으로 물었다.

아가사는 차마 친구와 눈을 마주치지 못하고 고개를 숙인 채 눈

물을 닦아 냈다.

"그런데 개가 널 공격했구나. 그렇지?"

소피의 말에 아가사는 결국 울음을 터뜨리고 말았다.

"어떻게…… 어떻게 알았어……."

"내가 경고했잖아. 남자애들은 다 그렇다고 말했는데."

소피가 낮은 목소리로 말했다.

아가사는 어깨를 들썩이며 소피의 두 팔에 쓰러지듯 안겼다.

"미안해……. 너한테 너무 미안해서……."

소피는 죄책감을 밀어내며 친구를 꼭 껴안았다.

어젯밤 두 사람의 키스를 방해한 것은 절대 악한 일이 아니었다. 그것은 모두 선한 결말을 위한 것이었다.

결국 친구가 그녀에게 돌아오지 않았는가!

테드로스는 교장의 탑 창가에 서서, 빨간 두건을 쓴 애릭의 부하들이 자주색 거품처럼 생긴 보호막의 찢어진 틈으로 왕자들을 하나씩 들여보내는 모습을 지켜보고 있었다. 그들은 벌떼같이 몰려든 왕자들 사이에서 덩치가 크고 잘 무장한 사람들만 골라 차례로 입장을 허락하고 있었다. 턱에 힘을 준 채 옆에 서 있던 애릭이 마침내 입을 열었다.

"교장, 이런 말 듣기 거북하겠지만, 네가 제안한 그 대회는 겁쟁이들에게나 어울리는 게임이야."

애릭은 조롱기 가득한 미소를 지으며 말을 이었다.

"우리가 수가 훨씬 많은데, 그대로 쳐들어가기만 해도……."

"어젯밤 일을 보고도 그래? 그 아이들은 우리 생각보다 훨씬 교활해. 그쪽 구역에서 싸우면 우린 지게 돼 있어. 게다가 여학교에는 교수들이 있잖아. 그들도 나서서 싸울 거라고. 동화 경연 대회를 해야만 우리도 동등한 조건에서 싸울 수 있어."

테드로스가 말했다.

"동등한 조건이라고? 내가 왕자들을 보호막 안으로 들인 건 네가 전쟁을 한다고 약속했기 때문이야."

애릭이 으르렁거리듯 말했다.

"난 우리 학교를 파괴하려는 두 여학생으로부터 이 학교를 구해 내려는 거지, 악랄하고 천박한 대학살을 벌이려는 게 아니야."

"교수님들이 돌아오면 널 가만두지 않을걸. 네가 한 짓 하나하나에 대해 모두 벌을 받게 될 거야!"

애릭이 말을 내뱉는 순간 테드로스가 그를 창턱으로 거칠게 밀어붙였다. 애릭의 머리는 창밖으로 떨어질 듯이 위태롭게 대롱거렸다.

"이 야만인 같으니, 네 주제를 잊지 마! 내가 널 이 학교에 받아 줬으니 널 내보낼 수도 있어."

애릭은 휘둥그레진 두 눈으로 테드로스를 바라볼 뿐 아무 말도 하지 않았다.

테드로스는 그를 다시 끌어당겨 바로 세우고, 고개를 돌려 버렸다. 두 사람은 아무 말 없이 부서진 보호막 사이로 차례차례 이동하는 음산한 왕자들의 모습을 지켜보았다.

"저 보호막을 부수다니, 마법 실력이 대단한가 보네."

테드로스가 마침내 입을 열었다.

"다른 사람도 아니고 레소 부인이 직접 만든 건데 말이야."

애릭은 아무 말도 하지 않았다.

"애릭, 난 우리가 최고의 전투를 벌이기를 바라. 약속하는데, 누가 이기든 그 사람이 내 보물을 차지하게 될 거야."

애릭은 테드로스를 향해 능글맞게 웃음 지었다.

"교장이 원하는 대로 해야지."

그때 검은 그림자 하나가 벽을 타고 지나갔다. 애릭은 재빨리 몸을 돌렸고, 쇠사슬에 묶인 이야기꾼 주위를 서성이는 트리스탄을 발견했다. 애릭이 성난 사냥개처럼 날카로운 이를 드러내자, 트리스탄은 어쩔 줄 몰라 하며 몸을 잔뜩 웅크렸다.

"괜찮아, 놔둬. 내 옆에서 보초를 서 줄 사람이 필요해. 어젯밤 일만 봐도 그렇잖아."

한숨을 내쉬듯 말한 테드로스는 눈을 돌려 하프웨이 베이 너머의 여학생 학교를 바라보았다. 파란 성은 사파이어 도시처럼 아름답게 반짝이고 있었다. 그는 네 개의 탑에서 마지막 연기 기둥이 사라질 때까지 시선을 돌리지 않았다. 동화 경연 대회 소식이 잘 전달된 것을 확인하기 위해서였다.

"아가사는 소피가 내내 그 자리에 함께 있었다는 걸 나한테 일부러 숨긴 거지?"

테드로스가 물었다.

"교장, 아직도 확신이 안 서?"

"그냥…… 그 아이가 나를 바라보던 모습이…… 날 만지던 그 손길이…… 진심처럼 느껴졌거든……."

"걘 널 공격했어. 그 마녀 친구는 네 목숨을 끊으려고 바로 옆에서 기다리고 있었고."

애릭이 분노를 토해 내듯 으르렁거렸다.

"걔가 왜 이야기꾼을 풀어 줬겠어? 네가 죽으면 그 두 사람의 이야기는 끝이 날 거고, 걔네들은 그 이야기를 널리 퍼뜨리고 싶었던 거야. 왕자가 없는 세상을 보여 주려는 거지. 여자들이 지배자고 남자들은 노예인 그런 세상 말이야. 걔들은 그렇게 이야기를 끝맺고 싶었던 거야. 내가 때마침 나타나지 않았으면 넌 아마도…….”

날카롭게 자신을 노려보는 캡틴의 시선에 테드로스는 고개를 숙이고 말았다.

“나도 알아.”

“인정하기 힘든 거 알아. 아버지의 실수를 되풀이하는 것 같겠지. 자신의 사랑을…… 다른 사람에게 빼앗기는 실수 말이야.”

테드로스가 천천히 고개를 들었다.

“너희 아버지라면 어떻게 하셨을지 생각해 봐.”

애릭의 보라색 두 눈이 테드로스에게 답을 요구하듯 번쩍였다.

테드로스는 고개를 돌렸지만 그의 가슴에서는 분노가 솟구쳐 오르고 있었다. 그는 성으로 행진해 들어오는 잔혹한 왕자 무리를 내려다보았다.

“그래, 걔가 날 공격했어.”

테드로스가 중얼거렸다. 더 이상 의심의 여지는 없었다.

“걔가 널 공격했다고?”

헤스터가 아가사를 바라보며 말했다. 아가사 옆에는 아나딜과 도트가 앉아 있었고, 다른 여학생들도 갤러리 바닥에 앉아 학장과 교수들이 나타나기를 기다리고 있었다.

“내가 자기를 죽이려고 소피를 데려왔다고 생각하더라.”

아가사가 시무룩한 표정으로 대답했다.

“처음 보는 이상한 주문이었어. 분명히 핑크색 불빛이었는데 너무 빨라서 어디에서 왔는지 정확히 못 봤어. 겨우 피하긴 했는데,

그때 부하들이 방으로 들이닥쳤어."

"부하들? 테드로스가 공격을 해?"

도트가 얼빠진 표정으로 물었다.

"핑크색 마법 불빛이라고?"

아나딜과 그의 세 마리 쥐 역시 이해할 수 없다는 듯이 어리둥절한 표정을 짓고 있었다.

"네가 잘못 봤겠지. 남자가 핑크색 마법을 사용했다면, 그건 강력한 흑마법이라는 뜻인데."

"그럴 가능성도 충분히 있다고 생각해, 난."

아가사가 몸서리치며 말했다.

동화 경연 대회에 대한 소문은 순식간에 학교에 퍼졌다. 학생들은 남자들을 상대할 최고의 학생이 누구인지에 대해 이곳저곳에서 열띤 논쟁을 벌였다. 소피가 얼굴에 묻은 재를 씻어 내기 위해 화장실에 간 사이 ("죽을 때 죽더라도 블랙헤드가 생기는 건 참을 수 없어!") 아가사는 지난밤에 벌어진 일들을 처음부터 끝까지 차근차근 마녀들에게 설명했다.

"악한 건 소피가 아니라 걔였어. 저번에 꾼 꿈은 경고 메시지였던 거야."

아가사는 복수심으로 가득한 왕자의 불타는 눈동자를 떠올리며 말했다.

"그럼 소피는 마녀로 안 변해?"

헤스터가 얼빠진 표정으로 물었다.

아가사는 대답 대신 고개를 끄덕였다.

"무사마귀도 없고?"

아가사는 부끄러워 고개를 들 수가 없었다.

선과 악의 학교 2

"네가 분명히 봤다며! 비스트는 또 뭐야? 고양이 사건은……."

"다시 말하지만, 내가 그런 게 아니야!"

헤스터가 낮은 목소리로 으르렁거리는 사이, 어느새 곁에 다가 온 소피가 그들을 노려보며 바닥에 철퍽 주저앉았다.

"그리고 무사마귀 얘기는 처음 듣는데! 그 무사마귀 때문에 지금 우리 목숨이 위태로워졌다는 거야?"

소녀들은 할 말을 잃고 입을 떡 벌린 채 소피를 바라보았다. 하지 만 아가사만은 그녀의 시선을 피해 고개를 숙였다.

"아가사, 어젯밤 우린 하마터면 서로를 잃을 뻔했어. 하지만 날 믿어 줘. 우리가 친구인 것만으로 난 충분히 행복해. 우리 사이가 유지되는 이상, 마녀는 절대 되돌아오지 않을 거야."

소피가 부드러워진 목소리로 아가사를 향해 말했다.

"기회가 있을 때 이야기꾼을 훔쳤어야 했는데……. 그럼 진심으 로 내 소원을 말하고, 우리 둘 다 집으로 돌아갈 수 있었을 거야."

아가사가 손가락으로 괜히 신발을 긁적이며 중얼거렸다.

아가사의 말에 소피는 깜짝 놀란 듯 얼굴을 붉혔다.

"생각해 봐. 말이 안 되잖아. 그 비둘기가 죽어 있는 거 우리 모두 똑똑히 봤는데……."

헤스터가 참을 수 없다는 듯이 흥분한 목소리로 말했다.

"너희가 뭘 봤든 상관없어."

하지만 소피는 그녀의 말을 재빨리 가로막았다.

"너희가 날 악한 사람이라고 생각하게 만들려고 하는 사람이 있 는 거야. 누가 아가사와 나를 떼어 놓으려고 한다고."

"그게 대체 누굴까?"

아가사는 친구를 배신한 자신의 행위를 다른 사람의 탓으로 돌릴 수 있을지도 모른다는 안도감에 냉큼 소피의 말을 이어받았다.

"학장님은 우리 사이가 유지되어서 함께 남자아이들에게 맞서 싸우기를 바라시는데……."

"레소 교수님이나 더비 교수님이 소피한테 가짜 증상을 일으킨 거 아닐까? 두 분은 늘 아가사가 테드로스와 맺어져야 한다고 생각 하셨잖아."

도트가 전시물 이름표 하나를 아보카도로 바꾸면서 말했다.

"아네모네 교수님이나 식스 교수님일 수도 있어. 선과 악의 학교 로 되돌아가기를 우리보다 더 간절하게 바라시니까."

아나딜이 쥐들의 꼬리를 서로 묶으며 말했다.

"내가 사라지기를 바라는 사람의 소행일 수도 있지. 캡틴 자리를 탐내는 사람 말이야."

소피가 헤스터를 향해 고개를 홱 돌렸다.

헤스터는 대답할 가치도 없다는 듯, 입을 꼭 다문 채 큰 소리로 방귀를 뀠다.

"누가 그랬는지는 중요하지 않아. 이제 우리 모두 한편이라는 게 중요하지. 우린 모두 테드로스에 맞서 싸울 거야. 그리고 걔가 제안 한 대회 따위에는 참여하지 않을 거야."

아가사가 소피의 손을 꼭 잡으며 말했다.

소피는 마음이 따뜻해지는 것을 느꼈다. 정말 오랜만에 아가사 가 진정한 친구처럼 느껴졌다.

"아가사 말이 맞아. 대회가 열리는 걸 우리가 막아야 해."

소피가 말했다.

"우리라고? 대회에서 남자애들 상대로 겨뤄 보는 거, 난 꽤 괜찮 은 아이디어라고 생각하는데."

헤스터가 유리 진열장에 몸을 기대며 말했다.

"그래. 이제 피를 좀 볼 때가 됐어."

아나딜이 말하자, 꼬리가 묶여 뒤엉켜 있던 쥐들도 그녀의 말에 동의한다는 듯이 찍찍 소리를 냈다.

"나도 노예가 생기면 좋을 것 같아."

도트가 밝은 목소리로 거들었다.

"이 바보들아! 이게 무슨 장난인 줄 알아? 우리가 지면 아가사랑 난 죽는다고! 학장님은 분명히 대회를 거절하실⋯⋯."

소피가 흥분해서 울분을 토하는 사이, 나비들이 갤러리 문 아래 작은 틈으로 쏟아져 들어왔다. 잠시 후 문이 활짝 열리며 평소처럼 옷과 머리를 잘 단장한 학장이 갤러리 안으로 들어왔고, 온통 헝클 어진 차림에 음울한 표정을 한 교수님들이 그녀의 뒤를 따랐다. 더비 교수와 레소 부인은 유독 우울한 표정을 짓고 있었다.

"너희 모두 들었겠지만, 남자아이들이 동화 경연 대회에 참여할 것을 요구했다."

학장이 입을 열자, 횃불들이 일제히 그녀에게 스포트라이트를 비추었다.

"교수님들은 반대하고 계시지만, 난 그쪽 조건을 거절할 이유가 없다고 생각한다."

소피와 아가사는 숨이 멎는 것 같았다.

아가사는 고개를 돌려 레소 부인과 더비 교수를 보았다. 두 사람 모두 그녀만큼이나 겁에 질린 표정으로 그녀를 바라보고 있었다. 두 사람은 언제나 주변을 맴도는 나비들 때문에 어젯밤 무슨 일이 일어났는지 정확하게 들을 수는 없었지만, 어쨌거나 일이 심각하게 꼬여 버렸다는 사실만큼은 분명히 알고 있는 것 같았다.

"대회 전까지 수업별 과제를 계속 진행하고, 이를 통해 대회에 출전할 최상위 학생 여덟 명을 선발하도록 하겠다."

학장의 반짝이는 두 눈이 소피와 아가사에게 향했다.

"두 캡틴은 당연히 대회에 참가한다. 두 사람의 목숨이 이 대회 결과에 달려 있기 때문이다."

이미 창백한 두 소녀의 얼굴이 한층 더 하얗게 변했다.

"아가사, 남자아이들을 이길 방법은 없어. 걔들은 우리보다 빠르고, 힘도 세고, 또 훨씬 비열하단 말이야. 지금 당장 집으로 돌아가야 해. 안 그러면 여기서 죽을 거야."

소피가 속삭였다.

"어떻게 집으로 돌아가! 이야기꾼이 테드로스한테 있는데!"

아가사가 답답하다는 듯이 낮은 소리로 으르렁댔다.

소피는 신음을 흘리며 아가사의 어깨에 털썩 머리를 기댔다.

하지만 잠시 후, 소피가 두 눈을 동그랗게 뜨고 천천히 고개를 들었다.

그녀의 표정을 살피던 아가사는 순간 흠칫 놀라 몸을 움츠렸다.

"소피, 너 설마……."

"너도 네 입으로 그렇게 말했잖아. 이제 우리 소원이 이루어질 거라고! 진짜 결말을 짓는 거야. 우리 둘이서 '끝'을 쓸 수 있어. 그 펜만 있으면 돼!"

소피가 속삭였다.

"미쳤어? 우리를 못 죽여서 안달인 남자들이 성을 지키고 있는데 거길 어떻게 들어가? 정말 운이 좋아서 어떻게 들어간다고 해도, 테드로스가 우릴 탑 근처에도 못 오게 할걸! 우린 절대……."

"우린 반드시 해내야 해, 아가사."

소피가 그녀에게 바짝 몸을 붙이고 말했다.

"그러지 않으면 우린 많은 사람이 지켜보는 앞에서 죽게 될 거야."

아가사는 속이 울렁거렸다. 주변 다른 학생들도 끼리끼리 이야기를 주고받느라 정신이 없었다. 남자아이들을 상대로 하는 이 치명적인 결투는 점차 현실이 되어 가고 있었다.

"대회에 참가하지 않기 위해서 일부러 낮은 등수를 받으려는 학생들이 있다면, 다시 생각하는 게 좋을 거다."

갤러리를 맴돌던 나비 몇 마리가 학장의 드레스 안으로 팔랑팔랑 날아드는 순간, 학장이 다시 입을 열었다.

"너희가 받은 과제 성적은 3학년 때 속할 그룹을 결정하는 근거가 될 것이다. 성적이 낮은 학생들은 동물이나 식물이 된다는 점을 명심해라."

학생들은 속마음을 들킨 듯 일제히 속삭임을 멈추고 학장을 바라보았다.

"한 가지 더 말하지. 불행히도 레소 부인의 보호막은 철저하게 실패했다! 오늘부터는 님프들이 숲 경계에서 야간 경비를 설 것이다."

입을 꼭 다문 채 뾰족한 구두 끝만 바라보고 서 있던 레소 부인의 두 볼이 붉게 물들었다.

"모든 수업과 일정은 평소처럼 진행될 것이다. 연극 공연도 마찬가지다. 연극은 대회 전날 밤 공연하는 것으로 하지."

학장이 식스 교수를 향해 미소 지었지만, 식스 교수의 얼굴에는 아무런 표정이 없었다.

"클럽을 비롯한 모든 과외 활동은 일정대로 계속……."

"오늘 밤 독서 클럽 있어요!"

도트가 다른 학생들을 향해 손을 흔들며 해맑게 외쳤다.

"만찬실에서 독서 클럽을……."

말을 이어 가던 도트가 갑자기 비명을 질렀다. 아나딜이 단단한 신발 끝으로 그녀의 엉덩이를 걷어찬 것이다.

"현재 건물 상태가 완전히 복구되지 않았으니 수업은 내일부터 다시 시작한다. 앞으로 힘든 하루하루가 될 테니 오늘은 푹 쉬어 두도록 해라. 남자아이들은 절대 순순히 물러서지 않을 거다."

학장의 말이 끝나자 그녀를 비추고 있던 횃불들이 저절로 사그라들어 평소의 모습을 되찾았다.

교수들이 차례로 갤러리를 나섰고, 여학생들도 중얼중얼 속삭임을 이어 가며 그 뒤를 따랐다. 하지만 더비 교수와 레소 부인은 초조한 표정으로 제자리를 맴돌았다. 아가사와 이야기를 나눠야 한다는 절박한 심정이 그들의 얼굴에 그대로 드러나 있었다. 하지만 학장은 그들의 등을 떠밀었고, 결국 두 사람은 다른 교수들에 섞여 걸음을 옮기기 시작했다.

아가사는 레소 부인과 요정 할머니가 멀어지는 모습을 바라보며 어깨를 축 늘어뜨렸다. 그들의 도움이 그 어느 때보다 절실했던 것이다. 그때 앞서가던 마녀들의 목소리가 그녀의 귓전을 울렸다.

"야라는 남자애들을 이길 수 있을걸! 걔 근육 봤지?"

도트가 말했다.

"야라?"

헤스터가 주변을 날아다니는 나비 한 마리를 손으로 툭 쳐 내며 코웃음을 쳤다.

"며칠 동안 본 사람도 없는 애를 대회에 내보낸다고? 걔가 크로

그한테 잡아먹혀도 아무도 모를걸!"

"걔가 진짜로 반은 스팀프라고 생각하는 거야?"

"뭔가 반쯤 섞인 건 분명해."

아나딜이 중얼거렸다. 그녀의 작은 쥐들은 그녀를 졸졸 따라 우윳빛 문을 통과하고 있었다.

아가사가 비틀비틀 걸음을 옮기기 시작하자, 소피가 쭈뼛거리며 그녀 곁으로 다가왔다.

"아가사, 아직 열흘이나 남았잖아. 그 안에 펜을 찾아오면 돼. 우리 둘이 진심으로 소원을 빌기만 하면 남자애들의 위협에서 영원히 벗어날 수 있어!"

소피는 시무룩한 아가사의 얼굴을 빤히 들여다보며 팔꿈치로 그녀를 쿡 찔렀다.

하지만 희망에 찬 소피의 목소리와 달리, 아가사의 얼굴에는 더욱 짙은 어둠이 드리워졌다. 소피도 그 이유를 잘 알고 있었다.

어젯밤 일이 있은 후, 펜을 되찾을 가능성은 그들이 동화 경연 대회에서 승리를 거둘 가능성만큼이나 희박해졌던 것이다.

"이제 절대 가져가지 못할 거야."

테드로스가 발버둥치는 이야기꾼을 발로 꾹 내리누르느라 끙끙거리며 말했다. 트리스탄은 재빨리 벽돌을 집어 이야기꾼 위에 올려놓았다. 두 사람이 탑의 돌바닥 아래에 펜을 가두어 버린 것이다.

발아래에서 이야기꾼이 거칠게 몸부림치는 소리가 들려왔다.

"테이블 옮기는 것 좀 도와줘."

테드로스의 말에 트리스탄은 무거운 돌 테이블의 한쪽을 붙잡고 끙끙 힘을 쓰기 시작했다. 느슨한 바닥 벽돌 위에 테이블을 올려놓자 펜이 요동치는 소리가 한결 잠잠해졌다. 테드로스가 테이블을 조금씩 움직이며 정리하는 사이, 트리스탄은 몰래 몸을 꿈지럭거리면서 부츠 끝으로 바닥 벽돌에 작은 홈을 파냈다. 자리를 알아보기 위한 표시였다.

"됐다!"

테드로스가 테이블 위에 펼쳐진 소피와 아가사의 이야기책을 노려보며 말했다.

"이래도 '끝'을 쓸 수 있나 한번 보자!"

"노예라고?"

그때 바깥에서 라반의 흥분한 목소리가 울려 퍼졌다.

"우리가 지면 노예가 되기로 했단 말이야?"

테드로스는 몸을 기울여 창밖을 내다보았다. 선인과 악인 남학생들, 그리고 새로 온 왕자 무리가 좁은 통로를 따라 교장의 탑으로 향하고 있었고, 애릭의 부하들은 곤봉을 손에 든 채 그들을 막아서는 중이었다.

"그런 말도 안 되는 대회에 우리 운명을 맡길 수는 없어!"

채딕이 우렁찬 목소리로 외치며 교장의 탑을 향해 돌멩이를 던졌다.

"전쟁을 한다고 했잖아!"

새로 온 왕자 중 한 명이 손가락으로 테드로스를 가리키며 소리쳤다.

"전쟁! 전쟁! 전쟁!"

남학생들과 왕자들은 곤봉을 든 애릭의 부하들을 탑으로 밀어붙이며 한 목소리로 외쳤다.

테드로스는 입술을 잘근 깨물었다.

"선과 악의 구분이 없어지니까 이제는 너 나 할 것 없이 보물과 피를 원하는구나."

"교장, 네가 가 보는 게 좋겠어."

트리스탄이 조심스럽게 제안했다.

"가서 제대로 된 학교를 만들어 봐. 여자애들처럼 말이야."

그는 부츠 끝으로 바닥 벽돌에 남긴 흔적을 흘끗 보고 다시 말을 이었다.

"그리고 너…… 낮잠을 자든지 아니면…… 목욕이라도 좀…….."

"냄새가 그렇게 많이 나?"

테드로스가 코를 킁킁거리며 물었다.

트리스탄의 양 볼이 그의 머리카락만큼이나 빨갛게 달아올랐다.

"아…… 아니, 그런 건 아니고…….."

그때 탑 아래에서 요란한 비명이 울려 퍼져 두 사람은 다시 창 쪽으로 고개를 돌렸다. 호트가 한 손에 쥐똥을 가득 들고 족제비처럼 씩씩거리며 달려오는 통에 부하 한 명이 혼비백산하며 도망치고 있었다. 테드로스는 걱정이 가득한 얼굴로 어깨를 축 늘어뜨렸다.

바로 그때 왕자의 눈에서 불꽃이 번쩍 타올랐다.

"트리스탄, 네 말이 맞아. 저들에게는 내가 필요해."

트리스탄은 안도감에 밝은 미소를 지으며 왕자를 창문 쪽으로 밀어냈다. 하지만 테드로스는 그 자리에 선 채, 학교 건물을 향해 손가락을 뻗어 황금 불빛을 쏘았다. 애릭을 부른 것이다.

"여긴 나 혼자 지켜도 되는데."

트리스탄이 실망한 표정으로 말했다.

"아니야, 그 일은 애릭한테 맡겨."

왕자는 바닥에 돌돌 쌓아 올린 묵직한 금발 밧줄을 들어 올려 창

바깥으로 휙 내던졌다.

"우린 다른 할 일이 있어."

"할…… 일……이라고?"

트리스탄이 당황한 듯 더듬거리며 물었다.

"어서 가자."

테드로스는 머뭇거리는 그의 등을 떠밀었다.

"우린 교수님들을 되찾아 와야 해."

관용의 탑 1층에 자리 잡은 만찬실은 투우장처럼 둥근 모양을 하고 있었고, 늘 환하게 불이 밝혀져 있었다. 도트는 각기 다른 모양의 아름다운 유리 테이블로 가득 찬 이곳을 독서 클럽 모임 장소로 선택했다. 부엌에서 쉴 새 없이 음식을 만들어 내는 마법 냄비들이 펀치와 샌드위치를 내주기 때문만은 아니었다. 그곳에 있으면 학장의 귀가 되어 주는 나비들을 피할 수 있기 때문이었다. 나비들은 끊임없이 달가닥거리는 접시 소리와 진한 향신료 냄새, 그리고 알아들을 수 없을 정도로 정신없이 뒤섞이는 대화들 때문에 그곳에는 잘 들어오지 않았다.

정확히 8시 30분이 되자 도트는 방문을 열고 빠른 걸음으로 계단을 내려가기 시작했다. 지난주 《완벽한 왕자의 부끄러운 사생활》이라는 책 덕분에 신입 회원들이 많이 들어왔으니 이번 주 모임에 꽤 많은 사람이 참석할 것이라는 기대가 그녀의 걸음을 가볍게 만들어 주었다. 헤스터가 저녁 식사 후 아가사와 소피를 함께 만나자고 제안했지만, 도트는 조금도 흔들리지 않았다. 양치질을 하고 화장을 고치고 토의 질문까지 완벽하게 준비한 그녀는 마침내 헛기침을 한 번 하고 만찬실 문손잡이를 잡았다. 하지만 문 위에는 공지

문이 붙어 있었다.

독서 클럽
무기한 취소
영양실조 및
선인 동경 정신이상 증세,
과민성 대장 증후군 때문
도트

"이게 대체 무슨……."

도트가 꽥 비명을 지르며 문을 벌컥 열어젖혔다.

텅 빈 만찬실 한쪽 구석에 아나딜과 헤스터, 아가사와 소피가 옹기종기 모여 머리를 맞대고 있었다.

"그래서 도와줄 거야, 말 거야?"

소피가 헤스터를 노려보며 물었다.

"좋아. 하지만 아가사가 죽는 게 싫어서야. 넌 공개 처형을 당해도 싸!"

헤스터가 투덜거리며 대답했다.

소피는 기가 막힌다는 듯이 숨을 헉 들이켰다.

"소피 말이 맞아. 우리가 살아서 이곳을 탈출하는 길은 그것뿐이야. 테드로스는 지금쯤 이야기꾼을 다른 곳에 숨겼을 거야. 그러니까 우리가 그걸 찾는 동안 들키지 않고 남학교에 머물 수 있는 방법을 찾아야 해."

아가사가 자신 없는 목소리로 말했다. 남학생 학교로 돌아가는 것이 과연 공개 처형을 당하는 것보다 나은 선택인지 아직도 확신이 서지 않았던 것이다.

"투명 인간 마법은 어때?"

아나딜이 말했다.

"우리 둘이? 금방 발각될 거야."

소피가 말했다. 애릭이 그녀가 남긴 흔적을 놓쳤을 리 없었다.

"그럼 다리 가운데 있는 투명 장벽을 다시 한 번 통과하는 건?"

헤스터가 아가사를 바라보며 물었다.

"어젯밤 내가 거기로 간 걸 아니까 지금쯤은 보초병을 잔뜩 세워 놨을 거야."

아가사의 말이 끝나는 순간, 소녀들은 문득 도트의 존재를 깨닫고 문을 향해 고개를 돌렸다.

"과민성 대장 증후군이라고?"

얼굴이 벌겋게 달아오른 도트가 눈에서 불꽃을 튀기며 소리 질렀다.

"네가 화장실에 숨어 있는 걸 하도 좋아해서 그런 줄 알았지, 뭐."

아나딜이 대답했다.

"독서 클럽을 취소하면 어떡해! 내가 친구를 사귈 수 있는 유일한 기회란 말이야."

도트는 눈물이 글썽한 눈으로 금방이라도 울음을 터뜨릴 듯 말했다.

"우린 조용한 장소가 필요해. 오늘은 이게 독서 클럽 모임이라고 생각해. 사실 따지고 보면 더 좋잖아. 우린 너의 진짜 친구들이니까. 이제 자리에 앉아서 그 입 좀 다물어."

헤스터가 날카롭게 말하자, 도트는 코를 훌쩍이면서도 조용히 그들 곁으로 다가와 자리를 잡았다.

"더비 교수님이나 레소 교수님하고 얘기를 할 방법이 있을 텐데. 아니면 식스 교수님이라도……."

소피가 다급한 표정으로 말했다.

"너무 위험해."

아가사가 그녀의 말을 가로챘다. 교수들 중에는 누구 하나 학장의 영향력에서 자유로운 사람이 없었다.

"우리가 무슨 일을 꾸미는지 학장이 의심이라도 하는 날엔 즉시 이곳에 갇히고 말 거야. 너도 들었잖아. 학장은 우리가 대회에서 이길 수 있다고 생각하고 있어!"

"그냥 변신해서 가면 안 돼?"

도트가 여전히 울음기가 남아 있는 목소리로 말했다.

"안 돼!"

소피와 아가사가 동시에 비명을 지르듯 대답했다.

아가사는 어리둥절한 표정으로 소피를 바라보았다.

"아니, 내 말은…… 난 그 학교에 가 본 적이 없어서 거기가 어떤지 전혀 모르지만, 너무 당연한 거 아니야? 변신체를 막아 내는 보호막 정도는 당연히 설치해 놨겠지."

소피가 굵은 땀방울을 흘리며 횡설수설 설명을 늘어놓았다.

아가사는 무슨 생각을 하는지 계속해서 소피의 얼굴을 뚫어지게 바라보았다. 소피는 양 볼이 새빨갛게 달아오르는 것을 느꼈다.

하지만 곧 아가사가 마녀들에게로 고개를 돌렸다.

"거 봐. 그 정도는 소피도 생각할 수 있는 거야. 우리에겐 좀 더 기발한 아이디어가 필요해."

소피는 남몰래 한숨을 내쉬며 어색한 미소를 지어 보였다. 언젠가 그녀는 아가사에게 지난밤 자신이 어디에 있었는지 말할 것이다. 무사히 고향에 돌아가서 그 어느 때보다 행복하고 강해졌을 때, 그때 모든 것을 고백할 것이다.

"쓸 만한 계획이 나올 때까지 매일 밤 이곳에서 만나자."

헤스터는 고개를 절레절레 젓는 도트를 발견하고 다시 입을 열었다.

"그 바보 같은 독서 클럽 때문에 아직도 화가 나 있나 본데……."

"그런 게 아니야. 테드로스가 아가사를 공격했다는 게 이상하지 않아?"

도트가 미간을 찡그리며 말했다.

"걔는 작년에도 아가사를 죽이려고 했는걸!"

소피가 발끈하며 소리쳤다.

"그건 너 때문이었지. 네가 모든 걸 망쳐 버렸으니까."

도트가 날카롭게 쏘아붙였다.

"테드로스는 아가사를 사랑해. 마법으로 아가사를 공격할 리가 없다고."

도트는 바닥에 떨어진 포크를 주워 청경채로 바꾸며 다시 깊은 생각에 잠겼다.

"우리가 놓친 게 있는 것 같아."

도트는 고개를 들어 아가사를 보았다. 아가사 역시 그녀를 똑바로 바라보고 있었다.

"우리가 놓친 게 뭔지 말해 주지. 바로 남학생 학교에 몰래 들어갈 수 있는 방법이야!"

소피가 둘 사이의 의미심장한 시선 교환을 가로막고 나섰다. 그녀는 다시 학교에 숨어들 방법에 대해 이야기하기 시작했다.

"도서관에 가서 주문을 찾아봐야 해……."

선과 악의 학교 2

아가사는 소피의 말에 귀를 기울이려고 했지만, 그녀의 시선은 자꾸만 도트에게로 향했다.

"아가사? 너도 같이 갈 거지?"

소피가 인상을 찌푸리며 물었다.

"아, 당연하지……. 그래야지……."

아가사가 퍼뜩 정신을 차리고 대답했다.

바로 그때, 망토로 가려진 소피의 손목이 옷 밖으로 살짝 삐져나오며 아가사의 시선을 사로잡았다. 그녀의 손목에는 무엇인가에 찔린 듯한 상처가 여러 개 나 있었고 그 위로 얇은 딱지가 앉아 있었다. 아가사는 익숙한 느낌에 이끌려, 두 눈을 가늘게 뜨고 소피의 손목에 더욱 집중했다. 하지만 바깥에서 소동이 일어난 듯 요란한 소리가 들려왔고, 소녀들은 일제히 문을 향해 고개를 돌렸다. 그 순간 문이 활짝 열리고 폴룩스가 휘청휘청 만찬실 안으로 들어왔다. 타조 몸 위에 올라앉은 그의 거대한 머리는 책 한 권 없이 진행되는 이 묘한 독서 클럽 모임을 의심 가득한 눈으로 노려보고 있었다.

14

사라져 버린 멀린의 주문

크리스마스 시즌이 다가오자, 나비들은 파란 숲으로 날아가 가장 큰 소나무에 반짝이와 별빛 등불을 달았다. 죽음의 대회 따위가 이 축제의 전통을 가로막을 수는 없다는 듯이 그들은 밤새 작업에 열중했다.

하지만 새벽이 되자, 남자아이들은 창문을 통해 소나무 위에 오줌을 뿌리고 불을 질렀다.

레소 부인이 학생들의 등수를 매기는 동안 소피와 아나딜, 헤스터는 쪽지를 주고받았다. 남학교에 들어가는 방법에 대한 것이었다. 한편 옆 통로에 앉은 아가사는 얼음 의자를 한껏 뒤로 기울여 소피의 손목에 남겨진 희미한 상처 자국을 넘겨다보았다.

겨우 정오가 되었을 뿐이었지만 경연 대회 예행연습 현장의 분위기는 이미 달아오를 대로 달아오른 상태였다. 유령 왕자들을 제거하는 과제는 점점 진화하고 있었다. 교수들은 좀비 같은 얼굴로

소름 끼치는 비명을 내지르며 여학생을 향해 달려드는 상상 가능한 최악의 왕자들을 만들어 냈고, 이들을 제거하는 방식에 대해서는 그 어떠한 규제도 두지 않았다. 잔인한 제거 방식에 반감을 표시했던 아네모네 교수조차도 가장 악랄하고 사악한 방법을 승인하기에 이르렀다. 대회 결과에 많은 이의 목숨이 달려 있는 만큼, 교수들은 최고의 학생을 찾아 최강의 팀을 만드는 데에 모든 노력을 기울였다.

소피와 아가사는 이 모든 과정에 최대한 열정적으로 참여하는 모습을 보이기로 다짐했다. 학교를 빠져나가려는 계획을 학장이 조금이라도 의심하면 안 되기 때문이었다. 과연 소피는 자신의 역할을 훌륭하게 수행했다. 유령 왕자들을 누구보다 잔악하게 해치웠고, 다른 학생들은 그런 그녀의 모습에 열광했다. 지난 며칠 동안 그녀를 괴롭히던 증상들도 더 이상 나타나지 않았다. 아가사는 소피가 예전의 쾌활한 모습으로 돌아가고 있음을 분명하게 확인할 수 있었다. 쉬는 시간이 되면 소피는 다정하게 아가사의 팔짱을 끼고 고향으로 되돌아갈 날을 꿈처럼 아름답게 그려 냈다. 그녀는 아가사와 테드로스의 만남은 아예 일어나지 않았던 일인 양 행동하고 있었다.

"더 이상 공격이 없으면 원로회에서도 우리를 해치지 않을 거야······. 난 우리 집보다 너희 집에 가서 시간을 보내야지······."

소피가 잠시 말을 멈추고 생각에 잠겼다. 두 사람은 레소 부인을 만나러 가는 길이었다.

"어쩌면 나를 단독 주인공으로 하는 연극이 생길 수도 있어."

"나는 제발 끌어들이지 마."

아가사는 투덜거리듯 퉁명스럽게 말했지만, 소피의 미소를 보는 순간 자기도 모르게 웃음을 터뜨리고 말았다.

아가사의 마음속에 의심이 전혀 없는 것은 아니었다. 소피는 어떻게 그렇게 쉽게 용서할 수 있었을까? 아가사는 그 부분에 대해 소피에게 진지하게 따져 물어야겠다고 몇 번이나 마음을 먹었다. 하지만 소피는 친구를 되찾은 것에 대해 너무나 안도하고 있었고, 또 행복해 보였다.

이 모든 일이 아가사의 소원 때문에 시작된 것이니, 사실 이 학교에서 탈출하는 데 더 열심이어야 할 사람은 소피가 아니라 아가사였다. 그녀는 테드로스의 탑에 들어가는 방법을 찾기 위해 머리를 쥐어짰지만, 답은 쉽사리 모습을 나타내지 않았다. 아가사는 그렇게 쌓인 좌절감을 대회 예행연습에서 쏟아 냈다. 남자아이들만 보면 주저 없이 맹공을 퍼부어 마녀라는 소리를 들었던 예전의 모습을 유감없이 보여 주었던 것이다. 그녀는 유령 왕자들을 찌르고 불을 붙인 뒤, 다 타 버려 재가 되는 모습을 차가운 표정으로 지켜보았다. 세 번째 과제를 할 즈음에 이르자, 한때 테드로스를 싫어했던 모든 이유가 그녀의 머릿속을 장악하기 시작했다. 오만하고 분별 없고 미성숙한 데다 욱하는 성미까지…….

하지만…… 도트의 질문은 그 속에서도 끈질기게 살아남아 그녀를 괴롭혔다.

아가사는 "우리가 놓친" 것은 없다고 계속해서 스스로를 안심시켰다. 테드로스가 자신을 공격했고, 테드로스가 그들의 동화를 망쳤다.

소원으로 왕자를 빌었던 그녀의 영혼은 잘못된 선택을 했던 것이다.

하지만…… 아가사는 여전히 의자를 한껏 뒤로 기울인 채, 저 멀리 떨어진 소피의 손목을 살피는 데 열중했다. 그녀가 몸을 너무 기울인 나머지 의자의 한쪽 다리만으로 위태롭게 중심을 잡고 있을 때, 헤스터의 얼음 책상이 바로 근처까지 다가온 소피의 손목을 돋보기 렌즈처럼 커다랗게 확대해 주었다. 아가사는 기회를 놓치지 않고 두 눈을 커다랗게 떴다. 친구의 하얀 손목 위에는 바늘에 찔린 상처 자국 여러 개가 희미하게 남아 있었다.

'스피릭한테 찔렸구나.'

소피가 대체 어디에서 스피릭과 마주쳤을까?

'숲에서겠지, 당연히!'

아가사는 예전 기억을 떠올리며 스스로에게 대답했다. 그날 스피릭들이 그녀를 공격하지 않았던가! 하지만 지금 눈에 보이는 상처들은 그보다 훨씬 최근에 생긴 것 같았다.

그때 소피가 갑자기 고개를 돌렸고, 깜짝 놀란 아가사는 중심을 잃고 뒤로 휘청 기울었다.

"도서관에 가자."

소피가 아가사의 얼음 의자를 붙잡아 세우며 미소 지었다.

"4교시 수업 시작하기 전까지 10분 정도 시간이 있어. 스파이 주문을 찾아볼까?"

아가사는 스피릭에 대한 생각을 머릿속에서 밀어내며, 얼른 미소를 짓고 가방을 집어 들었다.

'더 이상 의심하지 말자. 믿어야 해.'

그녀는 다시 한 번 다짐하며 친구를 따라 계단을 올라갔다.

불과 얼마 전 무사마귀 사건을 겪었는데 또 같은 실수를 되풀이해서는 안 되었다.

악의 회관 벽을 따라 검은 초들이 줄지어 서 있었다. 검은 촛농이 뚝뚝 떨어지는 초 위로 황록색 불꽃이 뱀의 눈처럼 너울거렸다.

회관 한가운데에 열두 개의 하얀색 관이 줄지어 놓여 있고, 관 안에는 선과 악의 학교에서 사라진 남자 교수들이 누워 있었다. 구릿빛 피부에 콧수염이 달린 에스파다 교수는 선인 남학생들에게 검술을 가르쳤고, 여드름투성이 피부에 머리가 벗겨진 맨리 교수는 악인 남학생들에게 추한 외모 만드는 법을 가르쳤다. 주름이 자글자글한 얼굴로 늘 비틀거리며 걷던 〈기사도 정신〉 담당 교수 루카스도 있었고, 〈부하 길들이기〉 수업을 담당했던 카스토르도 보였다. 두 개의 머리를 붙이고 다니던 개 몸뚱이에는 그의 형제인 폴룩스의 빈자리가 그대로 남아 있었다. 악의 학교에서 일하던 빨간 피부 난쟁이 비즐 옆으로는 오거, 켄타우로스, 도깨비 등의 숲 그룹 지도 교수들이 누워 있었고, 선인 학교에서 등수 기록을 담당했던 안경잡이 앨버마를도 관 속에 조용히 잠들어 있었다. 속도를 맞춰 숨을 들이쉬고 내쉬는 그들의 잠든 얼굴은 하나같이 그저 평화롭기만 했다.

트리스탄은 줄지어 늘어선 관들 앞에 지친 듯 구부정하게 앉아 있었다. 타락의 도서관에서 가져온 온갖 책들이 활짝 펼쳐진 채 주변을 나뒹굴었다.

"밤새 한숨도 못 잤잖아. 학장의 마법은 너무 강해."

트리스탄이 빨간 머리를 긁적이며 하품했다.

"그 마법을 무너뜨리지 못하면 우린 모두 노예가 될 거야."

《잠은 이제 그만》이라는 두꺼운 책을 들고 열심히 책장을 넘기던 테드로스가 중얼중얼 대답했다.

"그 둘이 함께 있을 때 어떤 위력을 발휘하는지 넌 아직 몰라. 그 여자애들 말이야. 우린 그쪽의 꿍꿍이가 뭔지 알아내고 지금부터 거기에 맞춰서 대회를 준비해야 해. 그러지 않으면 순식간에 묵사발이 되고 말 거야."

테드로스가 다른 책을 집어 들며 말을 이었다.

"하지만 그러기 위해서는 교수님들의 도움이 필요하단 말이야. 그래야 이길 생각이라도 해 보지!"

"내가 잠깐 올라가서 이야기꾼 잘 있는지 확인하고 올까? 혹시 모르니까……."

트리스탄이 갑자기 활기찬 표정으로 물었다.

"잘 생각해 봐. 이건 잠에 빠지게 하는 저주니까 분명히 푸는 방법도 있을 거야."

"친한 인간늑대라도 하나 있으면 모를까, 다른 방법은 없다는데!"

트리스탄이 《잠자는 미녀들을 위한 주문》을 옆으로 홱 던지며 콧방귀를 뀌었다.

잠시 후 테드로스도 읽던 책을 덮었다. 트리스탄의 눈 아래에 자리한 시커먼 다크서클이 주근깨를 온통 뒤덮을 정도로 길게 내려와 있었다.

"좋아. 그만 가자……."

마음이 약해진 왕자는 결국 자리에서 일어섰다.

하지만 바로 그때, 테드로스의 시선이 조금 전에 트리스탄이 던져 버린 바로 그 책으로 향했다. 테드로스는 글씨가 빽빽하게 들어찬 페이지가 펼쳐져 있는 두꺼운 책을 발로 슬쩍 끌어 가까이 가져왔다.

제14장
잠들게 하는 주문에 대한 반격 주문

*저자 주: 이 책을 비롯한 많은 책에서 잠들게 하는 저주를 푸는 방법을
소개하고 있지만 그것은 모두 여자에게만 적용 가능하다. 잠드는 저주에
걸리는 사람은 대부분 여자이기 때문이다. 물론 남자를 위한 방법도 있다.
저주에 걸린 남자는 인간늑대의 울음소리를 들으면 깨어난다.
(살아 있는 인간늑대를 구할 수 없는 경우, 죽은 인간늑대의 폐를
물과 함께 으깨어 저주에 걸린 남자의 귀에 부어 준다.)

공주를 깨우는 묘약
재료
고양이 발톱 2개
신선한 민트 1포대

"널 실망시키긴 싫지만, 새더 교수님이 작년에 말씀하셨잖아. 진
짜 인간늑대는 블러드브룩에만 산다고……."

트리스탄이 짜증 섞인 목소리로 말했지만, 테드로스는 두 눈을
반짝이며 고개를 들었다.

"잘됐네. 호트가 거기 출신이잖아."

소피는《교활한 스파이가 되기 위한 안내서》를 휙 내던지고, 커
다란 해시계가 내려다보고 있는 2층 높이의 거대한 서가를 가느다
란 눈으로 노려보았다. 그녀의 옆에는 이미 읽다가 내던진 책들이
한 무더기 쌓여 있었다.

"이 책들을 다 보려면 몇 달은 걸리겠어!"

"다 똑같은 주문들뿐이야."

옆 책상에 앉아서 《염탐 주문 제2권》의 페이지를 넘기던 아가사도 인상을 잔뜩 찌푸리며 말했다.

"투명 인간 주문, 변장 주문, 상급 변신 주문……. 저쪽에서 생각 못 할 기발한 주문은 하나도 없어. 테드로스의 탑에 들어갈 때까지 남학생 학교에서 들키지 않고 버텨야 하는데! 며칠이 걸릴 수도 있다고."

"며칠씩이나? 그 지저분한 애들하고 같은 공간에서? 냄새에 질식해서 죽고 말걸."

소피가 신음하며 말했다. 그녀는 두 눈을 가늘게 뜨고 선행의 도서관 안내 데스크에 앉아 있는 거북을 바라보았다. 딱딱한 등껍질을 둘러쓴 사서는 거대한 도서관 일지를 펼쳐 놓고 꾸벅꾸벅 졸고 있었다.

"쟤 깨어 있는 거 본 적 있니?"

소피가 물었지만, 아가사는 조금 전 도서관 안으로 날아든 나비들을 노려보느라 정신이 없었다.

"걱정하지 마. 우린 완벽한 팀이잖아. 작년에 네가 대회장에 어떻게 몰래 들어왔는지 생각해 봐."

소피가 낮은 목소리로 속삭였다.

"이번엔 달라, 소피. 우린 도움이 필요해. 그런데 학장이 저렇게 사방에 귀를 두고 있으니 도움을 얻을 수가 없잖아."

아가사가 재빨리 대답했다.

쉬는 시간이 끝나고 두 사람은 각자 다른 수업을 듣기 위해 헤어졌다. 소피는 헤스터와 아나딜과 함께 〈여자들의 특기 찾기〉 수업에 들어갔고, 아가사는 〈여자 영웅의 역사〉 수업에서 도트를 만났다.

"아직 못 찾았어?"

아가사 곁으로 다가온 도트가 선의 회관의 딱딱한 의자에 앉으며 아가사의 표정을 살폈다.

"우리 아빠라면 어떻게 해야 할지 아실 텐데, 지금 매리언 아가씨(로빈 후드의 애인—옮긴이)한테 쫓기는 몸이라……. 로빈이 한눈파는 걸 눈치챈 후로 그 아가씨는 셔우드 숲에 있는 모든 남자를 노예로 만들고 있거든. 아무래도 내가 또 말실수를 한 것 같아."

도트가 한숨을 내쉬며 말했다.

그때 두 사람의 뒷줄에 앉아 있던 키코가 아가사 옆으로 고개를 불쑥 내밀었다.

"와! 너도 드디어 최고의 수업을 듣게 됐구나! 첫 주부터 같이 들었으면 좋았을 텐데. 그때 우리가 신데렐라 이야기 속으로 들어갔거든. 왕자가 신데렐라한테 왕국을 넘기겠다는 계약서에 서명한 뒤에야 신데렐라가 왕자랑 결혼했다는 거 알고 있었니? 결혼 후에는 왕자를 지하 감옥에 가두고 자기가 직접 왕국을 통치했대. 겉으로는 행복한 결혼 생활을 하는 것처럼 꾸미고 말이야. 지난 세월 동안 여자가 약하고 어리석다는 점을 강조하기 위해서 남자들이 동화 속 진실을 모두 감추고 있었다는 얘기지. 그다음 수업 때는 골디락스 이야기 속으로 들어갔는데, 골디락스가 곰 세 마리를 모두 길들인 후에 모피 코트를 해 입었더라고! 다음은 백설공주 이야기였어. 공주는 지독한 성차별주의자인 난쟁이들에게 독이 든 사과를……."

"뭐라고?"

아가사가 어리둥절한 표정으로 키코의 말을 가로챘다.

"지금 네가 한 이야기들은 전혀 '진실' 같지 않은데. 게다가 동화 속으로 들어간다는 건 대체 무슨 소리야?"

아가사의 질문에 키코의 얼굴에는 짓궂은 미소가 피어올랐다.

"곧 알게 될 거야."

잠시 후 학장이 양쪽 여닫이문을 활짝 열어젖히고 딸깍딸깍 구두 소리를 요란하게 울리며 회관 안으로 들어왔다.

"남자아이들은 우리 팀을 공격할 뿐 아니라 파란 숲 곳곳에 치명적인 덫을 쳐 놓을 것이 분명하다. 우리도 당연히 그래야겠지!"

학장은 엉덩이를 홱 돌려 나무로 만들어진 연설대로 향했다.

"하지만 가장 위험한 덫은 바로 그들의 마음이란다. 그들은 자존심에 상처가 날 것 같은 상황에 처하면 아주 극단적인 전략을 쓸 수도 있어. 변태적이고 상상하기 힘든 그런 전략까지도 말이다. 너희는 그런 것까지 모두 대비해야 한다."

잠시 말을 멈춘 학장이 연설대 아래에서 두꺼운 교재를 꺼내 들었다. 어거스트 새더 교수가 집필한《학생을 위한 숲의 역사 개정판》이었다. 그녀가 가운데쯤에 해당하는 페이지를 펼치자, 어디에선가 학장의 목소리가 울려 퍼지며 회관을 가득 채웠다. 소리는 마치 책에서 나오는 것 같았다.

"제26장 아서왕의 번성과 몰락"

펼쳐진 책 위로 작은 안개구름이 피어오르더니, 그 안에서 귀신같이 너울거리는 입체 영상이 펼쳐지기 시작했다. 소리가 없는 입체 디오라마는 나이트가운을 입고 왕관을 쓴 아서왕이 카멜롯성의 복도를 조용히 홀로 걷고 있는 모습을 보여 주었다.

뒷줄에 앉은 아가사는 그 모습을 제대로 볼 수가 없어 답답했다.

"너무 작아서……."

"기다려 봐!"

뒤에 앉은 키코가 속삭였다.

학장이 갑자기 두꺼운 책을 들어 올렸다. 그녀는 입술을 살짝 벌려 사이가 벌어진 앞니를 드러내며 너울거리는 영상에 입김을 불어넣었다. 쉭 하는 바람 소리와 함께 영상은 수백만 개의 반짝이는 조각으로 부서졌고, 모래 폭풍처럼 학생들을 향해 날아들었다. 아가사는 깜짝 놀라 두 손으로 눈을 가렸다. 몸이 공중에 붕 뜨는 것 같았지만 곧 발이 다시 바닥에 닿았다. 그녀는 천천히 손가락 사이로 앞을 내다보았다.

선의 회관은 사라졌고, 딱딱한 긴 의자들과 그 위에 앉아 있던 다른 학생들도 보이지 않았다. 아가사는 짙은 색 목재로 지어진 복도 안에 혼자 서 있었다. 주변은 안개가 낀 듯 흐릿했고, 덕분에 복도는 수증기가 가득한 방처럼 뿌옇게 보여 현실이 아닌 듯한 느낌을 더했다. 그녀는 눈을 가늘게 뜨고 앞을 바라보았다. 턱수염을 기른 건장한 체격의 남자가 보였다. 늑대가죽으로 만든 나이트가운에 황금 왕관을 쓴 은발의 남자는 살금살금 그녀가 있는 방향으로 걸어오고 있었다.

아가사는 숨을 헉 들이마셨다. 키코의 말이 맞았다. 그녀는 지금 책에 묘사된 이야기 속에 들어와 있는 것이다.

아가사는 청동색 깃털 무늬가 그려진 벽을 향해 손을 뻗어 보았다. 옅은 안개를 통과한 손가락은 마치 유령처럼 벽 또한 그대로 통과해 버렸다. 어느새 아가사의 코앞까지 다가온 아서왕 역시 그녀의 몸을 통과해 지나치고 있었다. 그의 모습이 잠시 깜빡이고 비틀렸지만, 그의 맨발은 장밋빛 카펫을 사뿐히 밟으며 계속해서 복도

끝을 향해 움직였다. 아가사는 각진 턱과 푸른 수정같이 맑고 투명한 눈동자에서 테드로스의 모습을 발견할 수 있었다. 나이트가운에 차고 나온 황금 자루가 달린 칼 역시 그녀의 시선을 사로잡았다. 겨우 이틀 전 밤, 그녀가 그의 아들의 손에서 꺼내 쥐었던 바로 그 칼이었다.

"아서는 왕이 되기 전에 선과 악의 학교에서 귀네비어를 만났다."

학장의 목소리가 장면을 설명하기 시작했다.

"두 사람이 만난 바로 그날부터, 그는 귀네비어가 자신을 경멸한다는 사실을 잘 알았지. 하지만 그는 결국 그녀에게 결혼을 강요했다. 남자들은 원래 잔혹하고 무자비한 존재들이지만 아서는 그중에서도 최악이었지."

아가사는 두 눈을 가늘게 뜨고 유령같이 희뿌연 왕의 모습을 뚫어지게 바라보았다. 학장의 말이 과연 사실일까? 아니면 이것 또한 그녀가 멋대로 왜곡시킨 이야기 중 하나에 불과한 것일까?

소리를 내지 않으려고 무척이나 조심스럽게 움직이던 아서왕은 복도 끝 방에 이르러 마침내 걸음을 멈추었다.

"귀네비어는 결혼을 하는 대신 한 가지 조건을 내세웠다. 매일 밤, 왕과 각기 다른 침실을 쓰는 것이었지."

학장의 설명이 계속되었다.

"아서는 그녀의 요청을 거절할 수 없었어. 귀네비어는 아내로서의 역할을 완벽하게 해냈고, 그가 그토록 바라던 왕자도 낳아 주었으니까. 하지만 왕은 여전히 밤마다 잠을 이루지 못했지. 그는 매일 밤 왕비의 방 안을 훔쳐보려고 했지만 방문은 늘 잠겨 있었어. 그러던 어느 날 밤……."

그 "어느 날 밤" 벌어진 일이 다시 아가사의 눈앞에서 진행되기 시작했다. 왕은 왕비의 방문이 살짝 열려 있는 것을 발견했다. 아가사는 아서의 뒤를 따라가, 그의 어깨 너머로 고개를 쭉 내밀고 방 안을 살펴보았다.

귀네비어가 창밖으로 몰래 빠져나가 커튼을 타고 내려가더니, 깜깜한 어둠 속으로 사라지고 있었다.

"다음 날 아침, 왕비는 언제나 그랬듯 미소 띤 쾌활한 얼굴로 식탁에 모습을 나타냈다. 아서는 지난밤 자신이 본 것에 대해서는 한마디도 하지 않았지."

학장의 말이 끝나는 순간, 아가사를 둘러싸고 있던 장면이 사라지고 먼지투성이 동굴이 다시 그 자리에 나타났다. 동굴 안에는 보글보글 끓어오르는 실험 용기들, 탁한 물약 병과 단지들로 가득한 선반들이 있었고, 바닥에는 반쯤 쓰다 만 공책 십여 권이 어지럽게 흩어져 있었다. 다시 아서의 모습이 등장했다. 그는 새하얀 턱수염을 허리까지 길게 늘어뜨린 비쩍 마른 노인과 말싸움을 벌이고 있었다.

"아서는 선의 학교에서 배운 모든 기술을 동원했어. 투명 인간이 되어 보기도 하고, 왕비의 흔적을 추적해 보기도 하고, 심지어는 변신술까지 써 보았지. 하지만 매일 밤 귀네비어가 어디로 가는지 알아낼 수가 없었다. 평생 그의 충실한 조언자 역할을 해 준 멀린은 그를 도와주려고 하지 않았어. 마음의 문제는 마법으로 해결할 수 없는 것이라고 믿었기 때문이지……"

멀린이 동굴 밖으로 뛰쳐나가자, 아서는 그를 붙잡으려는 듯이 걸음을 옮기다가 이내 멈춰 섰다. 바닥에 펼쳐진 공책들 중 하나를 빤히 바라보던 아서는 허리를 숙여 그 공책을 집어 들었다.

"아서는 멀린이 이 외딴 은신처에 처박혀서 무엇을 만들고 있었는지 보았던 거야……."

아서의 두 눈이 휘둥그레지고 있었다.

"너무나 위험하고 무모한 짓이라는 걸 알았지만, 그에게는 그것이 유일한 기회였어……."

아서는 떨리는 손으로 펼쳐진 페이지를 찢어 냈다.

하얀 불빛과 함께 다시 새로운 장면이 나타났다. 두건을 쓴 형체가 검은 말을 타고 어둠 속에 몸을 숨긴 채 전속력으로 숲을 가로지르고 있었다.

"그날 밤 아서는 병사들에게 귀네비어의 창문을 막으라고 지시하고, 바로 옆방으로 갔다. 그가 두건 달린 망토를 뒤집어쓴 채 커튼을 타고 창밖으로 내려오자, 말 한 마리가 누군가를 기다리고 있는 게 보였지……."

숲속을 질주하던 말이 칠흑같이 어두운 공터에 이르러 걸음을 멈추었다. 저 멀리 나무 뒤에서 늘씬한 실루엣의 남자가 살금살금 걸어 나오더니 말을 탄 사람을 향해 천천히 다가가는 것이 보였다. 하지만 망토와 두건으로 온몸을 꽁꽁 숨긴 아서왕은 말에서 내려오지 않고, 어둠 속의 남자가 가까이 다가오기를 기다렸다. 두 사람은 점점 가까워졌지만 아직 서로의 모습을 확인할 수는 없었다. 마침내 어둠 속 남자가 달빛 안으로 들어섰고, 그의 밝은 갈색 피부와 살짝 굽은 콧날, 기사 제복이 그 모습을 드러냈다.

"그 사람은 랜슬롯이었다. 아서가 형제라고 부를 만큼 사랑했던 친구였지. 귀네비어가 매일 밤 보러 온 사람이 바로 그자였던 거야."

랜슬롯은 말을 향해 점점 더 가까이 다가왔지만, 말에 탄 사람은 여전히 망토를 벗지 않았다. 랜슬롯은 이상한 낌새를 느끼고 잠시 주춤거렸다. 하지만 바로 그때 실내화를 신은 하얗고 고운 발이 망토 아래로 살짝 모습을 드러냈다. 아가사는 누가 봐도 여자라고 할 수밖에 없는 가느다란 발을 보고 혼란에 빠졌다. 하지만 랜슬롯은 그제야 안심이 되었는지 사랑이 가득 담긴 미소를 지으며 말을 향해 성큼성큼 걷기 시작했다. 마침내 그가 손을 뻗어 부드럽게 두건을 걷어 내는 순간, 파랗고 투명한 아서왕의 두 눈이 드러났다…….

아가사는 숨이 멎는 것 같았다.

그 눈은 남자의 눈이 아니었다.

눈 깜짝할 사이, 아서는 칼을 뽑아 랜슬롯의 가슴에 깊이 찔러 넣었다. 말은 다시 질주하기 시작했고, 왕은 자신의 성으로 무사히 되돌아갔다.

순간 눈앞에 펼쳐졌던 장면이 수증기가 되어 사라지고, 아가사는 다시 선의 회관으로 돌아왔다. 학생들은 모두 충격에 빠진 듯 아무 말이 없었다.

"아서왕이 주문을 이용해서 여자가 됐단 말이에요? 남자가…… 여자가 된다고요?"

베아트릭스가 얼빠진 표정으로 소리치듯 말했다.

"자신의 아내가 그동안 자기 몰래 무슨 짓을 했는지 확인할 수 있을 정도는 마법의 힘이 지속되었지. 하지만 주문이 풀리고 아서가 다시 자신의 모습을 되찾아 카멜롯에 돌아왔을 때, 귀네비어는 이미 사라지고 없었다. 왕은 부하들을 보내 랜슬롯의 목숨을 확실하게 끊어 놓으라고 지시했지만 기사 역시 이미 사라진 뒤였어. 그 후로 왕비와 기사를 본 사람은 아무도 없었다."

학장이 설명했다.

아가사는 숨을 쉴 수 없었다. 조금 전 본 장면들에 대한 무수한 의문이 그녀를 가득 채우고 있었다. 하지만 마음 한구석에는 그 이야기가 사실이기를 바라는 간절함 또한 분명하게 자리 잡고 있었다. 그녀와 소피의 목숨을 구하기 위해서는 그것이 필요했다. 바로 그것…….

"그 주문!"

아가사가 자신도 모르게 소리치며 자리에서 벌떡 일어섰다.

"멀린의 주문은 어디에 있죠?"

"사라졌지. 그의 주문은 모두 사라졌다."

학장이 책을 덮으며 짧게 대답했다.

"하지만 이 이야기의 핵심은 주문이 아니다, 아가사."

학장은 도전적인 미소를 지으며 아가사를 똑바로 바라보았다.

"어떤 속임수를 쓰든 남자들은 그것을 발견해 낼 정도로 교활하고 훈련이 잘돼 있다는 점을 기억해라."

아가사는 자리에 털썩 주저앉았고, 여학생들은 자신들이 두 눈으로 직접 목격한 동화 속 장면 장면을 열정적으로 분석하느라 분주하게 입을 움직이기 시작했다.

"내 말이 맞지? 최고의 수업이라고 했잖아."

등 뒤에서 키코의 속삭임이 들려왔다.

하지만 아가사는 어깨를 축 늘어뜨린 채 의자 깊숙이 몸을 파묻었다. 잠시 희망이 비추는 듯했지만 결국 더욱 가파른 낭떠러지 앞에 이르렀기 때문이다. 그녀와 소피는 하프웨이 베이 맞은편에 살고 있는 저 원숭이 같은 인간들이 멍청하고 절제력도 없어 스스로 교착 상태에 빠지기만을 간절히 바랐다. 그것 말고는 다른 방법이 없었던 것이다. 하지만 그 희망의 불꽃은 이제 차갑게 식어 버리고 말았다.

"나도 대회에 참가하고 싶어. 그게 내 조건이야."

여전히 팬티 바람인 호트가 악의 회관이 쩌렁쩌렁 울리도록 소리쳤다.

"미안해, 호트. 하지만 대회에는 가장 강한 사람이 참가해야 해."

테드로스가 대답했다. 그는 트리스탄을 내보내고 호트와 단둘이 협상하는 중이었다.

"그래서 왕자들을 들어오게 한 거잖아. 애릭과 나만 선발전 없이 대회에 참가하고 나머지는……."

"인간늑대의 울음소리가 필요하다며? 내 악당 탤런트가 필요하다고 했잖아. 그렇다면 나에게 출전 자격을 줘. 그리고 새 유니폼도 좀……."

흥분해서 소리를 질러 대던 호트가 아래를 내려다보고는 말끝을 흐렸다.

"그냥 한 번 울어 주기만 하면 되는 거잖……."

"아니, 내 말 잘 들어! 우리 아빠는 늘 말씀하셨어. 악당은 사랑을 할 수 없다고. 그런데 난 사랑을 하려고 했지."

호트가 구슬 같은 두 눈을 바닥에 고정시킨 채 진지하게 말했다.

"소피를 계속 쫓아다녔어. 내가 무슨 선인이나 되는 것처럼 말이야. 실상은…… 보다시피 이 모양인데!"

호트는 까칠하게 수염이 솟아난 볼을 손바닥으로 문질렀다.

"다들 나를 비웃었지. 덕분에 우리 아빠까지 웃음거리가 됐어. 내가 아빠한테 해 드릴 수 있는 일은 이제 보물을 차지해서 아빠를 묻어 드리는 것뿐이야. 무슨 말인지 알겠어?"

마침내 호트가 고개를 들고 테드로스를 바라보았다.

"아빠는 돌아가셨지만, 그래도 난 자랑스러운 아들이 되고 싶다고!"

굳어 있던 테드로스의 턱에서 힘이 빠져나갔다. 그는 호트의 가슴에서 무엇인가가 울컥 솟아오르는 것을 느낄 수 있었다. 그는 아랫입술을 파르르 떨고 있는 호트를 따뜻한 눈빛으로 바라보았다. 호트는 재산이라고는 한 푼도 없는 집에서 태어났지만, 그럼에도 불구하고 자신과 너무나 닮아 있었다.

"누구보다 열심히 싸울게. 그 누구보다!"

호트가 애원했다. 그는 마치 온몸을 바들바들 떨고 있는 다람쥐 같았다.

왕자는 그 애처로운 모습을 외면하기 위해 애서 단호한 표정을 짓고 팔짱을 꼈다.

"호트, 저들은 날 죽이려고 해. 이번 대회는 작년과는 완전히 다르다고. 이건 우리 목숨이 달린 진짜 싸움이야. 난 이 학교의 지도자로서 여기 있는 모든 사람의 안전을 책임져야 해. 자기가 노예가 될지도 모른다는 생각에 이미 반기를 든 사람들도 있는데⋯⋯."

호트가 집 잃은 강아지처럼 훌쩍이기 시작했다. 테드로스는 더욱 이를 악물었다.

"그런 상황에서 내가 만약 너를⋯⋯ 만에 하나 너를 출전시킨다고 하면⋯⋯."

왕자는 더 이상 견딜 수 없다는 듯 한숨을 푹 내쉬며 자리에 털썩 쓰러지듯 주저앉았다.

"애릭이 알면 날 죽이려고 할 거야!"

호트가 날카로운 누런 이를 활짝 드러내더니, 잠든 교수들을 향해 홱 몸을 돌리고 울음을 토해 내기 시작했다. 너무나 원시적인 그 울부짖음에 그의 몸은 비틀리듯 일그러졌고, 테드로스는 두 손으로 귀를 막고 벽에 바짝 몸을 기댔다. 왕자가 겨우 다시 고개를 들었을 때 호트는 더 이상 사람의 모습이 아니었다. 불룩 튀어나온 근육 위로 어두운 인간늑대의 털을 뒤집어쓴 그는 두 발로 서서 숨이 찰 때까지 울부짖고 또 울부짖었다.

"내가 말했잖아. 이제 꽤 오래 간다니까!"

호트가 자랑스러운 표정으로 말했다. 위층에서는 잠들어 있던 소년들이 깨어나 겁에 질린 듯 소리를 질러 대고 있었다.

하지만 잠에서 깨어난 것은 그들만이 아니었다.

관에 누워 있던 교수들이 하나씩 몸을 움직이고 있던 것이다. 제일 먼저 몸을 일으킨 교수는 맨리였다. 얼굴을 가득 채운 얽은 자국과 늘어진 턱살이 펄럭이는 횃불 아래 천천히 드러났다.

테드로스는 예의 바른 미소를 지으며 그를 향해 손을 내밀었다.

"교수님, 남학생 학교에 돌아오신 것을 환영……."

"학교를 아주 엉망진창을 만들어 놓았구나. 지저분한 이방인들로 성을 가득 채우고 터무니없는 조건으로 대회를 제안하다니! 여자애들이 그 조건을 받아들이는 순간, 우리가 더 불리해졌어. 여자애들의 노예가 되겠다고? 이야기꾼이 새더 학장 손에 들어가면 동화들이 어떻게 될지 생각이나 해 봤니? 남자들은 모든 이야기의 결말에서 죽고 말 거다. 악의 학교보다 더 지독하게 연패 행진을 하게 되겠지!"

말을 마친 맨리 교수는 경멸감 가득한 표정으로 문을 향해 저벅저벅 걸어갔다.

"하지만 희망이 없진 않습니다. 우리가 이길 수도 있으니까요.

대회에서 이기면 그 저주 받을 독자 둘은 죽을 테고, 그러면 그들의 이야기는 영원히 사라지겠죠……. 우리 학교는 언제나 그랬던 것처럼 다시 선과 악의 학교로 되돌아갈 테고요."

에스파다 교수가 뾰족한 검은 부츠로 바닥을 차며 두 소년을 향해 날카로운 시선을 던졌다.

"이 가라앉는 배를 구할 시간은 열흘뿐이에요. 제가 일정을 짜 보겠습니다."

딱따구리 앨버마를이 다른 숲 그룹 지도 교수들과 함께 앞선 두 교수를 따라가며 말했다.

"교실은 제가 준비하죠."

기사도 정신 담당 교수 루카스가 말했다.

"저는 이 못나 빠진 낙오자들을 깨우겠습니다."

카스토르가 온몸의 털을 부르르 떨면서 우렁차게 말했다.

비즐은 신이 난 듯 이상한 괴성을 내뱉고 그의 뒤를 따랐다.

"그러면…… 저는 뭘 할까요?"

테드로스가 멀어져 가는 교수들을 향해 물었다.

"넌 다른 애들과 똑같이 출전 자격을 따기 위해 경쟁해야지."

"경쟁이라고요?"

맨리 교수의 말에 테드로스가 믿을 수 없다는 표정으로 대꾸했다.

"저는요? 테드로스가 저한테 약속했는데……."

급속도로 몸이 쪼그라져 인간으로 돌아온 호트가 당황한 듯 더듬더듬 외쳤다.

"그건 이제 저 아이가 결정할 일이 아니다."

이미 복도 끝 계단으로 사라진 맨리 교수의 목소리가 두 사람을 향해 울려 퍼졌다.

호트는 배신감에 치를 떨며 테드로스를 노려보았다. 얼굴이 시뻘게진 왕자는 제대로 말을 잇지 못하고 입술만 들썩거렸다.

"그런데…… 다들…… 어떻게 아시고……."

문을 나서던 카스토르가 몸을 홱 돌리고는 핏발 선 사나운 눈으로 왕자를 바라보았다.

"우리가 잠들었다고 다 귀머거리라도 된 줄 알았냐!"

소피와 아가사, 그리고 세 마녀는 닷새 밤 내내 만찬실에서 독서 클럽 모임을 개최했다. 주제는 어떻게 이야기꾼을 손에 넣고 두 사람을 집으로 돌려보내느냐 하는 것이었다. 수많은 계획이 쏟아져 나왔지만, 모두 심각한 위험이 따르는 것들뿐이었다. 하루하루 시간이 흐를수록 아가사는 새로운 주문들에 대해 점점 회의적인 태도를 보였고, 소피는 그런 그녀에게 점점 신경질적인 반응을 보였으며, 두 사람은 대회가 결국 예정대로 열리고 말 것이라는 생각을 굳혀 가게 되었다. 다섯 사람은 여섯 번째 밤이 되면 그동안 제시한 계획 중 하나를 무조건 선택하기로 결정했다. 더 이상 시간을 끌 수 없었다.

8시 30분이 되자 아가사와 도트는 그날 찾아낸 주문들을 서로 비교해 가며 서둘러 만찬실로 내려갔다. 하지만 소피와 헤스터, 아나딜이 문 밖에 서서 그들을 기다리고 있었다.

"문제가 생겼어."

헤스터가 한 발 옆으로 비켜서자, 예전에 그들이 붙였던 독서 클럽 취소 공문 위로 또 다른 공문이 붙어 있는 것이 보였다.

오늘 밤 연극 오디션 개최
여성의 성취에 관한 흥미로운 역사

주의 : 아무도 참여하지 않으면 연극은 취소됩니다.

*오디션에 참여하지 않는 모든 학생에게 과제 면제
연극 감독 식스 교수

★과제 면제는 학장님 지시에 따라 금지한다.
연극 감독 관리 및 창작 컨설턴트 폴룩스 교수

"다른 데 가서 하면 안 돼?"

도트가 물었다.

"나비가 안 들어오는 곳은 여기뿐이잖아. 벌써 일주일을 흘려보냈는데, 오늘 밤에는 꼭 계획을 마련해야 해."

소피가 걱정스러운 표정으로 대답했다.

한동안 침묵이 이어졌다.

"우리 다 같이 〈여성의 성취에 관한 흥미로운 역사〉 오디션에 참가하는 방법밖에는 없겠다."

침묵을 깨고 투덜거리던 아가사는 잔뜩 흥분한 소피를 보고 얼굴을 찌푸렸다.

"배역을 따려고 보는 게 아니야!"

10분 뒤, 만찬실에 마련된 임시 무대의 커튼 앞에 선 소피는 그야말로 물 만난 물고기 같았다. 그녀는 이해할 수 없는 모놀로그를 알아듣기 힘든 기괴한 말투로 신나게 읊어 내려갔다.

"내 말을 들어 보아요, 훔페르딩크 와앙자님(개구리 왕자에서 공주가 억지 결혼을 해야 하는 상대—옮긴이)! 내가 예쁘고 매력 넘친다고 하여서, 겉모습으로 날 판단하면 아니 되어요. 난 그저 소박한 여자일 뿐이라압니다. 맘도 소박하고 감정도 소박하지요. 하지만 내 영혼까지 그렇다고 생각지는 마알아 주시어요."

대사를 마친 소피가 테이블에 걸터앉은 식스 교수와 폴룩스 교수를 내려다보았다. 두 사람은 할 말을 잃은 듯 두 눈을 껌뻑거리고 있었다.

"꽤 괜찮군요."

폴룩스가 가느다란 목소리로 말했다.

그때 커튼 뒤에서 손 하나가 불쑥 나와 소피를 홱 잡아당겼다.

"감정 표현이 너무 약했나?"

소피는 몇 안 되는 대기자들을 불안한 듯 바라보았다.

"너무 약한 건 따로 있지. 우리가 생존할 가능성!"

헤스터가 속이 부글부글 끓어오르는 듯 으르렁거렸다.

"우린 오늘 계획을 정해야 한다고. 지금 당장 해야 해! 다들 각자 준비한 최고의 아이디어를 말해 봐."

"난 천장에 매달릴 수 있는 거미 주문을 찾았어. 환기구에 며칠 숨어 있을 수도 있어."

아나딜이 창문에 몸을 기대며 말했다.

"그럼 어디에서 씻어? 먹는 건 또 어떻게 하고?"

소피가 말했다.

"네가 뭘 먹기는 하냐?"

아나딜이 깜짝 놀란 척 입을 딱 벌리고 소피를 바라보았다.

"내 악마를 보내서 펜을 훔쳐 오는 건 어떨까? 보호막은 확실히 통과할 수 있어."

헤스터가 긴 궁리 끝에 입을 열었다.

"혹시라도 잡히면? 악마가 죽으면 너도 죽잖아. 아하, 그렇게 생각하니 꽤 괜찮은 아이디어네!"

이번에도 소피가 반론을 제기했다.

"내가 너희 둘을 채소로 바꾸면 어떨까? 남자애들은 채소 안 먹잖아."

도트의 말에 다른 소녀들이 일제히 그녀를 바라보았다.

"아가사? 네 아이디어는 얘들 것보단 낫겠지?"

소피가 먼저 고개를 돌리고 말했다.

아가사는 다른 아이들이 이야기하는 동안 입을 꼭 다물고 불안한 듯 몸을 꿈지럭거리고 있었다. 마녀들 중 누군가는 바보 같지 않은 계획을 생각해 낼 것이라고 믿었던 것이다. 하지만 이제 그녀는 지금까지 외면하려고 했던 냉혹한 현실을 인정해야만 했다.

"안전한 계획은 없어. 우리가 어떤 계획을 선택하든 다 위험이 따를 거야."

아가사는 고개를 들고 눈물이 가득 고인 두 눈으로 소피를 바라보았다.

"이건 다 내 잘못이야……. 우린 대회에서 죽을 거고…… 그건 다 나 때문……."

"하지만…… 하지만 아가사…… 그럴 수는 없어. 마침내 우리가 다시 친구가 됐는데, 이제 죽어야 한다니!"

소피가 쉰 목소리로 거칠게 말했다.

아가사는 고개를 내저었다.

"어떤 주문을 쓰든 우린 발각될 거야, 소피……. 남자애들이 우리를 찾아내서……."

아가사가 갑자기 말을 멈추고, 창밖에 있는 무엇인가를 뚫어지게 바라보았다.

"아가사?"

소피가 친구를 불렀지만, 아가사는 아무 말 없이 창문 위에 두 손을 펼쳐 올렸다. 마녀들은 우르르 아가사의 곁에 몰려 바깥을 내다보았다.

"아, 헬가 교수님이잖아."

소피가 토라진 듯 샐쭉거렸다. 흉측한 라벤더색 드레스를 입은 땅속 요정은 파란 숲을 지나 개울 근처 자신의 굴을 향해 허둥지둥 걸음을 옮기고 있었다.

"그런데 이상하네. 전보다 훨씬 날씬해 보여……. 땅속 요정도 다이어트를 하나? 머리카락도 달라졌잖아! 뭐야? 저건……꼭……."

다섯 소녀는 하나같이 충격에 빠진 표정으로 유리창에 코를 붙이고 헬가를 따라 눈동자를 움직였다.

"말도 안 돼!"

헤스터가 숨을 헉 들이켜며 말했다.

헬가의 드레스를 입고 그녀의 모자를 쓴 채 그녀의 굴로 들어간 땅속 요정은 아무도 지켜보는 사람이 없는지 확인하기 위해 굴 밖으로 머리를 슬쩍 내밀었고, 바로 그 순간 소녀들은 헬가가 아닌 다른 이의 얼굴을 목격한 것이다.

"수업 시간에는 분명히 여자였는데……. 늘 여자였다고! 어떻게 이런 일이!"

도트가 넋이 나간 얼굴로 말했다.

하지만 "이런 일"은 가능했다. 아가사는 학장의 도전적인 미소를 떠올리며 생각했다. 그녀의 눈으로 목격했던 그 주문, 학장은 분명 사라졌다고 말했던 바로 그 주문이 누군가에 의해 다시 세상으로 돌아온 것이다.

그 주문 덕에 유바는 적으로 가득한 이 성에서 자신을 숨긴 채 살아갈 수 있었다.

이제 아가사와 소피가 그 주문의 덕을 볼 차례였다.

15

다섯 가지 규칙

"**대**체 왜 이러는 거야? 이게 남학생 학교에 몰래 숨어 들어가는 거랑 무슨 관계가 있는데?"

소피가 아가사에게 낮은 목소리로 말했지만, 아가사는 땅속 요정 헬가를 뚫어지게 바라볼 뿐 아무 대답도 하지 않았다. 헬가는 케일 조각이 덕지덕지 붙은 길고 하얀 머리카락을 나풀거리며 주름 장식이 달린 안락의자를 향해 걸음을 옮기고 있었다.

"유바 교수님, 어떻게 하신 건지 가르쳐 주세요. 그러지 않으면 학장에게 사실을 알리겠어요."

"날 남자라고 생각하다니, 정말 무례하구나!"

아가사의 말에 반박하는 헬가의 목소리는 평소보다 높고 긴장되어 있었다.

"남자들은 모두 성에서 쫓겨나……."

"저희가 다 봤어요! 교수님 얼굴을 봤다고요."

도트 옆에 팔짱을 끼고 선 헤스터가 말했다.

"유바 교수를 봤다고? 나한테서? 별소리를 다 듣겠구나!"

헬가는 학생들을 노려보며 하얀색 지팡이를 잡기 위해 손을 뻗었다.

"당장 여기서 나가라! 아니면 내가 학장님을 부를 테니!"

"제발요! 저희는 교수님 도움이 필요해요!"

아가사가 간청했다.

"헬가 교수님이 대체 우릴 어떻게 도와줄 수가 있다는 거야? 그리고 왜 헬가 교수님을 자꾸 유바 교수님이라고 불러?"

소피는 촌스러운 드레스를 입은 땅속 요정을 손가락으로 가리키며 끈질기게 질문을 쏟아 냈다.

"지금 나만 뭔가 모르고 있는 것 같은데……."

"뭘 알겠니, 네가!"

헤스터가 조용히 중얼거렸다.

나비들도 밤이 되면 보통 휴식을 취하기 때문에 소녀들은 자정이 지난 뒤 행동을 개시하기로 했다. 때가 되자 그들은 한 명씩 살금살금 파란 숲으로 들어갔다(아나딜은 중간에 폴룩스에게 붙잡혀 작전에서 빠져야만 했다). 네 명의 소녀는 파란 숲 속 굴 앞까지 무사히 도착했지만 그 입구가 너무 작아 도저히 안으로 들어갈 수가 없었다. 그때 도트가 주변 땅을 케일로 바꾸었고, 소녀들은 쿵쾅거리며 굴 안으로 진격해 들어갔다. 은신처에서 휴식을 취하던 헬가가 혼비백산하여 허둥대는 동안 마녀들은 그녀를 의자에 묶었고, 아가사는 남성 거주자의 흔적을 찾기 위해 작은 가구들과 책꽂이를 샅샅이 뒤졌다. 하지만 리넨으로 만든 작은 접시 깔개며 수많은 화분, 라벤더색 벽지까지 굴속은 그저 여성적이라고밖에 할 수 없는 물건들로 가득 채워져 있었다.

그때 화분에 코를 대고 킁킁거리던 소피가 입을 열었다.

"희한하네. 수국을 좋아하는 여자는 처음 봐."

소피는 대수롭지 않다는 듯 중얼거리고 화분을 지나쳤지만, 아가사는 그것이 마치 결정적인 증거라도 되는 것처럼 헬가를 향해 콧바람을 훅 불어 냈다.

"유바 교수님, 저희는 멀린의 주문에 대해 다 알고 왔어요. 교과서에서 봤거든요. 교수님이 그 주문을 사용하신 것도 알아요."

"새더 교수님이 쓰신 책들은 학장님이 다 자신의 뜻에 따라 수정하셨다. 게다가 내가 멀린의 주문을 대체 어떻게 알겠니?"

"교수님이 가르치셨으니 잘 아시겠죠."

등 뒤에서 들리는 목소리에 소녀들이 몸을 돌렸다. 도트가 책꽂이 앞에 서서 《마법 속 나의 삶》이라는 책을 뚫어지게 바라보고 있었다. 카멜롯의 멀린이 쓴 책이었다. 그녀는 책을 들어 첫 페이지를 펼치고, 땅속 요정을 향해 시선을 돌렸다.

위대한 스승이신 헬가이자 유바 교수님께
이 책을 바칩니다.

"헬가이자 유바 교수님이라고 했으니 한 사람이 맞죠?"

선과 악의 학교 2

굴속은 무거운 침묵에 휩싸였다.

잠시 후 아가사가 늙은 땅속 요정 앞에 무릎을 꿇고 입을 열었다.

"교수님은 동화에서 살아남는 방법을 가르치시잖아요. 교수님 도움이 없으면 저희는 저희 이야기에서 살아남을 수 없어요."

그녀가 쪼글쪼글 주름진 헬가의 손을 꼭 잡았다.

헬가는 애원하는 학생의 얼굴을 차마 똑바로 바라보지 못하고, 회색 눈동자를 바닥에 고정한 채 한참 동안 아무 말도 하지 않았다. 그러는 사이 그녀의 길고 하얀 머리카락은 점점 줄어들어 까칠까칠한 짧은 머리가 되었고, 얼굴 주름은 더욱 깊어졌으며, 피부는 질긴 가죽으로 변하고, 그 위로 하얀 턱수염이 자라났다. 그녀의 양볼이 우묵하게 꺼져 들어갔고, 코는 납작해졌으며, 눈썹은 짙어지고, 몸은 점점 불어나 포도주 통처럼 둥근 모양이 되었다. 마침내 유바가 눈을 들고 학생들을 바라보았다. 그는 여전히 라벤더색 드레스와 뾰족한 하이힐을 신고 있었다.

"옷부터 좀 갈아입어야겠구나."

유바가 조용히 말했다.

소피는 넋이 나간 얼굴로 자신의 예전 숲 그룹 지도 교수를 바라보았다. 조금 전까지만 해도 분명 여자였는데 그녀의 눈앞에서 남자가 된 것이다. 소피는 두 눈을 동그랗게 뜨고 아가사를 향해 빙글 몸을 돌렸다.

"저걸 이용해서 남자 학교에 들어가자고? 변신을 해서……? 땅속 요정으로?"

아가사는 대답 대신 벽에 자신의 머리를 쿵 찍었다.

초록색 코트에 허리띠를 두르고 오렌지색 뾰족 모자를 쓴 유바는 초조한 듯 방 안을 서성였다. 순무 뿌리 차가 든 머그잔을 손에 든 아가사와 소피, 헤스터와 도트는 먼지가 잔뜩 낀 양모 소파에 나란히 앉아 유바를 따라 조용히 눈동자를 좌우로 움직였다.

"가르친다는 건 참 아이러니컬한 일이지. 자기는 할 수 없는 일을 학생들에게 가르치는 경우가 종종 생기거든. 난 지난 115년 동안 영원의 숲에서 살아남는 방법을 가르쳤지만, 이제는 숲 정문 밖에서는 단 하루도 살 수 없는 존재가 되어 버렸어."

땅속 요정은 더 이상 자신의 진짜 목소리를 숨기지 않았다.

"대축출이 벌어졌을 때, 난 이 세계가 균형을 되찾을 때까지 이곳에 무사히 남아 있을 방법을 찾아야 했다. 헬가로 위장하는 것이 유일한 방법이었지. 누구도 생각조차 하지 않을 방법이었어."

그가 잠시 말을 멈추고, 좁은 소파에 다닥다닥 붙어 앉은 소피와 아가사를 날카롭게 노려보았다.

"너희는 이미 선과 악의 규칙을 엉망으로 만든 아이들이니 이번에는 남학교와 여학교의 규칙을 어긴다고 해서 새삼스러울 것은 없겠지."

"우리가 땅속 요정으로 변신하는 게 왜 규칙을 어기는……."

소피가 아가사에게 살짝 고개를 기울이고 입을 열었지만, 아가사가 팔꿈치로 그녀를 쿡 찌르자 금세 입을 닫았다.

유바는 컵을 들어 후루룩 차를 마시고 다시 안락의자에 앉았다.

"땅속 요정들이 이 숲의 다른 존재들과 다른 점이 두 가지 있지. 수업을 충실히 들었다면 헤스터가 그중 하나를 이야기해 줄 수 있을 거다."

유바가 말했다.

"땅속 요정들은 전쟁 중에도 중립을 지키죠."

헤스터가 자신만만한 표정으로 대답했다.

"맞다. 우리는 지난 2000년 동안 단 한 번도 갈등에 개입한 적이 없었다. 우리 종족 내부에서뿐만 아니라 다른 종족들과도 늘 평화를 유지했어. 예외는 없었다."

소피가 하품을 하며 빈 머그잔에 차를 다시 부었다.

"다른 한 가지는 잘 알려져 있지 않아. 교과서에도 없는 거다. 땅속 요정들은 성별을 바꿀 수 있는 능력을 타고난단다."

유바가 말했다.

순간 소피가 손에서 컵을 놓쳤고, 뜨거운 차는 헤스터의 무릎 위로 쏟아져 내렸다.

"물론 일시적인 것이지."

유바는 굴이 떠나갈 듯 욕을 해 대는 헤스터의 목소리를 무시하며 말을 이었다.

"남자 땅속 요정은 여자가 될 수 있고, 여자 땅속 요정도 남자가 될 수 있다. 성년이 되기 전까지는 자유자재로 성별을 바꿀 수 있지. 하지만 일정한 나이가 되면 자신이 가지고 태어난 성별이 영원히 고정되고 더 이상 바꿀 수 없게 된단다."

소피는 또다시 차가 담긴 주전자를 떨어뜨렸고, 이번에도 피해자는 헤스터가 되었다.

"아빠가 셔우드 숲에 사는 어린 땅속 요정들과는 절대 어울리지 못하게 하셨는데, 다 이유가 있었네요. 아빠는 아마도 그런 특징이 사람한테도 전염된다고 생각하셨나 봐요."

헤스터가 베개를 들어 소피를 내려치고 있었지만, 도트는 전혀 개의치 않고 감탄하는 표정을 지으며 말했다.

"너희 아버지만 그랬던 건 아니란다."

유바가 한숨을 내쉬며 말했다.

"하지만 선과 악의 학교 역사상 최고의 학생이었던 멀린은 땅속 요정의 이런 특징에 깊은 관심을 보였지. 그는 시간이 날 때면 바로 이 동굴에 와서 땅속 요정의 신체 작용에 대해 끈질기게 조사하고 연구했다. 덕분에 성적은 자꾸만 떨어졌고, 멀린는 결국 리더 그룹에 속하지 못하고 아서 아버지의 조력자가 되었지."

"땅속 요정이 성별을 바꿀 수 있고 늘 평화를 유지한다는 특징이 왜 멀린에게 그렇게 중요했을까요?"

아가사가 물었다.

"멀린은 이 두 가지 특징이 서로 연결되어 있다고 믿었거든. 땅속 요정들은 어린 시절 성별을 바꿀 수 있는 능력을 가지고 있기 때문에, 다른 존재들보다 더 세심하게 다른 사람을 배려할 수 있다고 생각한 거야. 인간들이 아주 잠깐만이라도 이런 경험을 할 수 있다면 너희 역시 우리처럼 평화를 사랑하는 존재가 되었을 거다. 전쟁은 일어나지 않고 선과 악의 개념도 사라지고…… 한마디로 완벽해지는 거지."

유바가 잠시 말을 멈추었다.

"멀린은 정말 열정적인 사람이었어. 나도 결국 그의 믿음에 동화되고 말았다."

어느새 소피와 헤스터도 유바의 얘기에 깊이 빠져들어 있었다.

"그래서 멀린이 주문을 찾는 걸 도와주셨어요? 인간 남자가 여자로 변하고 인간 여자가 남자로 변할 수 있는 주문을 찾으셨나요?"

아가사가 물었다.

"어떤 종족에게나 통하는 주문을 찾았지. 하지만 아주 잠깐밖에 지속되지 않아. 그리고 내 감독 하에 행해야지, 혼자 하면 아주 위험할 수도 있다."

유바가 회한이 가득한 두 눈을 껌뻑이며 말했다.

"멀린은 선과 악의 학교를 떠난 후에도 한번씩 이곳으로 돌아와 나와 함께 그 주문을 완성시켜 나갔다. 내가 그 주문의 제조법을 계속 보관하고 있던 건 다 그 때문이었지. 그가 없을 때면 난 혼자서 제조법을 조금씩 수정해 보고 스스로에게 직접 시험해 봤단다. 그렇게 20년을 보낸 후에야 우린 마침내 주문을 완성했지. 그런데 어느 날 아서가 그 주문을 가져가 랜슬롯을 공격했어! 우리 주문을 속이고, 파괴하고, 복수하는 데에 사용했던 거다……. 멀린의 주문은 평화를 가져오기는커녕 왕국을 파멸시키고 인간을 영원히 파괴하는 주문이 되어 버렸어."

유바의 두 눈에 눈물이 가득 고였다.

"멀린은 군대가 들이닥치기 전에 무사히 도망쳤지만 그가 평생 쌓아 온 연구물들은 모두 불에 타 사라졌지. 아내와 평생의 조력자를 모두 잃은 아서는 결국 슬픔에 빠져 술과 함께 생을 마감했다. 그 후로 나를 포함한 누구도 다시 멀린을 보지 못했어."

유바는 가볍게 떨리는 손으로 컵을 내려놓고 다시 입을 열었다.

"새더 교수는 후에 자신의 역사책에서 이 부분을 삭제했다. 아서의 어린 아들이 곤란을 겪을까 봐 걱정했던 거야. 하지만 학장은 그 소년을 위해 그런 배려를 할 사람이 아니지."

"그건 우리 역시 마찬가지예요!"

갑자기 소피가 자리에서 벌떡 일어서며 소리쳤다.

"그 '소년'이 지금 우리를 공개 처형하려고 하는데……."

"그래서 그 성에 몰래 숨어 들어가려면 멀린의 주문이 꼭 필요해요!"

아가사가 소피의 말을 이어받았다.

"그러니까 그 주문을 저희한테 넘겨주시면, 저희는 조용히 사라져 드릴……."

유바를 향해 씩씩거리며 말하던 소피가 갑자기 두 눈을 껌뻑이며 말을 멈췄다.

"아가사, 얘기를 방해하려는 건 아닌데 대체 왜 우리한테 멀린의 주문이 필요한 거야? 우리가 오늘 밤새도록 쓸데없는 짓을 했다거나 네가 신중하지 못했다는 뜻이 아니라, 진짜 궁금해서 그래. 성별을 바꾸는 그런 우스꽝스러운 주문을 대체 어디에 써먹겠다는 건지……."

순간 소피의 두 눈이 튀어나올 듯이 커졌다.

"드디어 올 것이 왔군."

도트가 중얼거렸다.

소피는 아가사를 향해 몸을 휙 돌렸다.

"하지만…… 설마 너 우리가…… 너 그런 생각은 아니겠……."

"너희가 이야기꾼을 찾으면……."

소피의 말을 끊고 유바가 아가사를 향해 입을 열었다.

"그럼 이곳에 평화가 찾아올까?"

아가사는 그를 향해 슬픈 미소를 지었다.

"소원 때문에 이 전쟁이 시작되었으니, 그걸 끝낼 수 있는 것도 소원이겠지요."

"남자가 된다고?"

금방이라도 토할 듯이 배를 꼭 끌어안고 있던 소피가 마침내 날카로운 소리로 외쳤다.

선과 악의 학교 2

"아가사, 너 지금 나보고 남자가…… 되라는 말이야?"

"테드로스한테 들키지 않고 우리 둘이 서로를 소원으로 빌기 위해서는 그 방법뿐이야."

아가사가 소피를 바라보며 대답했다.

"하지만…… 남, 남, 남자라니! 두 남, 남, 남자라고?"

그때 유바가 두 사람 뒤에서 헛기침을 했다.

"미안하지만 한 명만 갈 수 있다."

"네?"

아가사가 깜짝 놀란 표정으로 그를 바라보았다.

"제조법을 적어 둔 종이를 식스 교수 교실에 두고 재료를 모으고 있었는데, 그 소리를 나비들이 들어 버렸어."

유바 교수는 수국 화분을 향해 허리를 구부리고, 흙 속으로 주먹을 쓱 집어넣더니 작은 유리병 하나를 꺼냈다. 눈물방울 모양의 병 속에는 빛을 발하는 보라색 액체가 들어 있었다.

"나중에 돌아가 보니 종이는 이미 어디론가 사라지고 없었다. 난 나이가 들어서 기억력이 영 부실해. 아무리 노력해 봐도 제조법이 도무지 생각나지 않더구나. 이게 내가 가진 마지막 약이다."

유바가 고개를 들어 두 소녀를 바라보았다.

"둘 중 한 사람이 남학생 학교에서 사흘 동안 버틸 수 있는 양이다."

아가사의 얼굴이 백짓장처럼 하얗게 변했다.

"그러면 교수님은 어떻게…… 교수님은 어떻게 이 학교에 남아서……."

"평화를 되찾을 수만 있다면, 내 목숨을 걸지 못할 이유가 없다."

유바가 대답했다.

소피와 아가사는 그의 손에 들린 보라색 유리병을 바라볼 뿐, 한동안 아무 말도 못 했다.

"제가 갈게요."

아가사가 유리병을 향해 떨리는 손을 뻗었다.

"안 돼! 걔들이 널 죽일 거야."

소피가 그녀를 붙잡으며 소리쳤다.

"우린 무슨 일이 있어도 붙어 있어야 해. 그동안 우리가 얼마나 힘든 일을 겪었는데……."

"누군가는 이야기꾼을 찾아와야 하잖아."

아가사가 소피의 손을 밀어내며 말했다.

"헤스터가 가면 되잖아!"

소피가 옆에 있던 헤스터를 앞으로 밀며 더욱 날카로운 목소리로 외쳤다.

"나? 왜 갑자기 날 끌어들여!"

헤스터가 다시 소피를 밀어내며 으르렁거렸다.

"내가 생각한 거니까 내가 갈게."

아가사가 다시 소피의 손을 뿌리치고 유리병을 향해 다가섰다.

"아니면 도트가 가든지!"

소피가 도트의 엉덩이를 꼬집으며 소리쳤다.

"얘는 늘 쓸모 있는 사람이 되고 싶다고 했으니까……."

"남자가 되긴 싫어!"

도트가 비명을 지르며 도망가자 소피가 그 뒤를 따랐고, 두 사람은 소파 주변을 뱅글뱅글 돌기 시작했다.

"제비뽑기로 정해요!"

숨이 차서 먼저 추격을 멈춘 소피가 헐떡이며 말했다. 그녀는 다급한 손길로 유바의 공책 한 권을 집어 들고 종잇장을 찢어 냈다.

"수많은 목숨이 달린 문제다. 두 학교가 전쟁을 벌이고 있는 판에…… 제비뽑기를 하자고? 안 되지! 절대 안 될 일이야."

유바가 한 손으로 소피의 손을 멈추고, 다른 한 손으로는 유리병을 코트 안에 집어넣으며 말했다.

"우리 중에 정말로 가야 할 사람은 물론 나다. 하지만 땅속 요정은 전쟁 중에도 평화를 유지한다는 사실을 누구나 다 알고 있는 상황에서 내가 남학교 한가운데에 나타나면 남자아이들이 단번에 의심을 하겠지. 그러니 나를 제외한 사람들 중 누군가를 선택해야 하는데 방법은 하나뿐이다. 과제를 통해 선발하는 거지. 이 학교에서는 늘 이런 방법을 택하지 않았더냐! 헤스터나 도트가 갈 수도 있고, 아나딜이라고 선택되지 말란 법은 없다. 너희는 어차피 오늘 밤 있었던 일을 하나도 빠짐없이 아나딜에게도 말해 줄 테니 말이다."

소녀들은 얼빠진 얼굴로 유바를 바라보았다.

"내일 남자가 될 사람을 뽑자. 숲 그룹 수업은 원래 가장 암울한 상황에서 모든 사람이 결국 실패하고 말 때에도 끝까지 살아남을 수 있는 존재를 걸러 내기 위한 것이다."

유바는 어리둥절한 표정을 짓고 있는 소녀들을 굴 밖으로 떠밀듯 내보냈다.

소녀들은 케일로 변한 좁은 굴 입구를 비집고 나와 나무 터널로 향했다.

"거 봐! 결국 헤스터가 가서 펜을 가지고 올 거야. 헤스터는 과제를 할 때마다 1등을 하니까……."

소피가 내심 안도한 듯 한층 밝아진 얼굴로 말했다.

"이번 일만 해결되면 다시는 선인들과 어울리지 않을 거야!"

헤스터는 부글부글 끓어오르는 화를 삭이며 아가사를 거칠게 밀치고 나무 터널 속으로 터벅터벅 걸어 들어갔다.

아가사는 죄책감에 사로잡혀 뻣뻣하게 굳은 채, 멀어져 가는 그녀의 뒷모습을 바라보았다.

"내가 가야 하는데……. 어떻게 이런 걸 과제로 정하자고 말씀하실 수 있지? 아무리 생각해도 이해가 안 돼……."

아가사가 소피에게 말했다.

그때 케일을 빨아 먹던 도트가 두 사람 사이에 불쑥 끼어들었다.

"너 아직 다섯 가지 규칙에 대해 못 들었나 보구나!"

"일부러 실패하면 되지!"

아나딜이 못마땅한 듯 헛기침을 하며 말했다.

"그랬다가 3학년 때 도롱뇽이 되라고? 그럴 수는 없어."

헤스터가 짜증 섞인 목소리로 대꾸했다. 까만 옷을 입은 두 마녀는 소피와 아가사의 뒤를 따라 느릿느릿 걸음을 옮겼다. 그 앞으로는 파란색 교복을 입은 여학생 무리가 숲 그룹 수업을 듣기 위해 파란 숲을 향해 우르르 몰려가고 있었다.

"네가 가든 내가 가든, 진짜 문제는 이야기꾼을 어떻게 가져오느냐 하는 거야. 교장의 탑은 그 펜이 어딜 가든 따라가잖아. 만약 누가 펜을 훔치면 탑이 펜을 따라서……."

"내가 갈 수도 있잖아. 오늘 아침에 독 사과 만들기 과제에서 내가 1등한 거 봤지?"

도트가 종종걸음으로 마녀들에게 다가서며 말했다.

"그거야 음식이랑 관련된 거니까 그렇지."

아나딜이 퉁명스럽게 중얼거렸다.

마녀들과 달리 유쾌한 표정으로 콧노래를 흥얼거리던 소피가 나란히 걷고 있는 아가사를 바라보았다. 그녀는 지난밤 이후 계속해서 침울한 표정을 짓고 있었다.

"아가사, 이게 최선의 방법이야."

나비 몇 마리가 그들을 지나치는 것을 확인한 후 소피가 낮은 목소리로 말했다.

"헤스터가 곧 펜을 되찾아 올 거고, 우린 학장님이 눈치채기 전에 '끝'을 쓰게 될 거라고."

마녀들을 이 일에 끌어들인 것이 여전히 불안하기는 했지만, 아가사도 소피의 말을 부정할 수는 없었다. 이번 임무를 가장 빨리 성공시킬 수 있는 믿을 만한 사람을 꼽으라면 당연히 헤스터였다.

"하지만 그 약이 마지막이잖아. 유바 교수님은 앞으로 어떻게 해?"

아가사가 한층 어두워진 얼굴로 말했다.

"알아서 잘 하시겠지, 뭐!"

소피는 대수롭지 않다는 듯 코웃음을 치고 이내 고개를 돌렸다.

교복을 입은 여학생들은 파란 물결처럼 넘실거리며 파란 개울 위 다리 앞에 자리를 잡고 있었다. 예전에는 돌로 만들어진 튼튼한 다리가 있었지만, 지금은 곧 부서질 듯 허술한 널빤지가 두꺼운 밧줄에 줄줄이 고정되어 있을 뿐이었다. 잠시 후 그 밧줄 다리 위로 늙은 땅속 요정이 등장했고, 순간 학생들은 모두 입을 떡 벌린 채 교수를 바라보았다. 라벤더색 드레스와 뾰족한 하이힐은 여전했지만, 끔찍하게 볼품없는 러시아풍 스카프 아래 머리카락을 한 올도 남김없이 모두 숨긴 그의 얼굴은 둥글납작한 빨간 물집으로 뒤덮여 있었다.

"전염성이 매우 높은 병이란다. 언제 나을지도 모르겠구나. 당분간은 내 근처에 오지 마라."

유바는 헬가의 목소리를 최대한 흉내 내 보려 애쓰고 있었다.

"이제 곧 남자아이들과의 싸움에서 살아남아야 하는 순간이 올 거다. 그러니 이쯤에서 다섯 가지 규칙을 다시 한 번 마음에 새겨 보도록 하자꾸나."

유바는 아가사와 소피, 그리고 마녀들을 향해 의미심장한 눈빛을 던지고, 하얀색 지팡이를 들어 연기로 공중에 글씨를 쓰기 시작했다.

1. 여자는 부드럽게 하고, 남자는 굳어지게 한다.
2. 여자는 심사숙고하고, 남자는 바로 행동한다.
3. 여자는 표현하고, 남자는 억누른다.
4. 여자는 갈망하고, 남자는 사냥한다.
5. 여자는 조심하고, 남자는 무시한다.

규칙을 바라보던 아가사가 얼굴을 찌푸렸다.

"이건 성차별적이고 단편적인……."

"그동안 여자들이 자신의 왕자한테 무시당하고, 사냥당하고, 억압당했다는 뜻이지!"

소피가 쏘아붙이듯 대꾸했고, 아가사는 입을 다물었다.

"작년 역사 수업 시간에 배웠겠지만, 잉거트롤은 여성이다. 그들은 네더우드나 러니언밀스의 다리 밑에서 살지. 하지만 오늘은 바로 이 다리 아래에 있다!"

유바의 말이 끝나자 학생들은 모두 고개를 쭉 빼고 다리 아래를 바라보았다. 다른 숲 그룹 지도 교수들이 눈을 가린 비쩍 마른 잉거트롤 한 마리를 우리에서 꺼내 놓고 있었다. 연어 살 같은 핑크색 비늘로 뒤덮인 축 처진 피부에 바보같이 혀를 쑥 내민 트롤은 쪼그리고 앉아 털이 북슬북슬한 겨드랑이를 벅벅 긁으며 파리를 날름 삼켰다.

"잉거트롤들은 어린 남자를 좋아하지. 그래서 남자가 사랑하는 여자와 함께 있는 것을 보면 무슨 수를 써서든 둘을 갈라놓는다."

잠시 말을 멈춘 유바가 야라를 바라보며 눈살을 찌푸렸다. 그녀는 늘 그랬듯 태연한 표정으로 느릿느릿 걸어와 제일 앞줄에 풀썩 자리를 잡았다.

"이들이 사는 다리 위에 커플이 발을 들여놓는 순간, 잉거트롤들은 여자를 다리 밖으로 내던져 버리지. 남자는 무사히 다리를 건널 수 있다. 오늘 과제는 잉거트롤에게 당하지 않고 다리를 건너는 것이다. 지금까지 이 학교에서는 어떤 선인이나 악인도 이 과제에 성공하지 못했다. 하지만 진정으로 훌륭한 학생이라면 분명 해낼 것이라고 믿는다."

유바는 자신감이 넘치는 표정으로 헤스터를 바라보며 설명을 마쳤다.

120명이나 되는 여학생들이 모두 다리 앞에 한 줄로 늘어섰다. 아가사는 과연 수업이 끝나기 전에 이 많은 사람에게 기회가 한 번씩 돌아갈 수나 있을지 걱정스러웠다. 하지만 몇 초 후 그녀의 걱정은 말끔히 사라졌다. 제일 앞에 서 있던 야라가 다리 위에 발을 올려놓자마자 꽥 소리를 지르며 나무 사이로 날아가 버린 것이다. 다른 학생들 역시 마찬가지였다. 첫 번째 널빤지조차 건너지 못한 소녀들은 쉴 새 없이 좌우로 튕겨져 나갔고, 잉거트롤은 엉덩이를 흔들고 잇몸을 딱딱 부딪쳐 가며 팔짝팔짝 다리 밑을 뛰어다녔다.

"규칙을 이용해라!"

유바가 스카프를 조여 매며 호통쳤다.

하지만 규칙도 아무 소용이 없었다. 도트는 페리윙클 덤불로 날아가 버렸고, 아나딜은 파란 개울에 내동댕이쳐졌다. 믿었던 헤스터는 양치식물 구역으로 날아갔고, 최단 시간을 기록한 아가사는 청록색 잡목 숲으로 내던져졌다.

"그래도 넌 두 번째 널빤지까지 갔잖아. 아무래도 네가 뽑힐 것 같아."

아가사가 엉덩이에 박힌 가시를 뽑아내며 헤스터에게 말했다.

"어떡해!"

소피의 비명에 두 사람은 고개를 돌렸다. 다리 밑에서 잉거트롤이 소피를 떼어 내려고 안간힘을 쓰는 와중에, 소피는 마치 로데오 경기라도 하듯 죽을힘을 다해 밧줄을 붙잡고 있었다. 사실 소피도 누구보다 빨리 이 과제에서 벗어나고 싶었지만, 한 가지 예상치 못한 문제가 발생했다.

"내 구두!"

그녀는 널빤지 사이에 끼어 버린 유리 구두 한 짝을 미친 듯이 잡아당기고 있었다.

"왜 이렇게 안 빠져!"

"쟤 변했다며?"

헤스터가 눈살을 찌푸리며 말했다.

"변했지. 예전의 소피였다면 어떻게든 날 쫓아와서 테드로스와 키스하는 걸 방해했을 거야."

아가사는 소피의 입에서 마구 쏟아져 나오는 전혀 숙녀답지 못한 말들을 들으며 자기도 모르게 몸을 움츠렸다.

"넌 쟤 말을 믿니? 다른 사람이 일부러 증상을 만들어 냈다고 생각해? 쟤도 이제 선한 아이라는 말을 믿어?"

"소피를 의심한 건 내 생애 최악의 실수였어. 그 실수 때문에 우리 모두의 목숨이 위태로워졌으니까."

아가사가 말을 하는 동안 트롤은 다리를 완전히 뒤집어 버렸고, 소피는 밧줄에 거꾸로 매달린 채 계속해서 비명을 질러 댔다.

"헤스터, 난 이제 내가 보는 것만 믿기로 했어. 저길 봐. 소피는 나와 함께 무사히 집으로 돌아가기 위해서 뭐든 기꺼이 하고 있잖아!"

잠시 생각에 잠겨 있던 헤스터가 다시 입을 열었다.

"아가사, 내가 그 끔찍한 주문을 이용해서 너희 둘을 집으로 보내 줄 수도 있어. 하지만 이번에는 그게 진짜 네가 원하는 거 맞아?"

아가사는 놀란 표정으로 헤스터를 향해 고개를 돌렸다. 잠시였지만, 그녀는 등 뒤에서 울부짖고 있는 친구의 존재마저 까맣게 잊어버렸다.

"왕자보다 소피와 함께하는 삶이 더 행복할까?"

헤스터가 다시 물었다.

아가사는 긴장한 표정으로 눈길을 돌렸다.

"옛날의 나는 친구만 있으면 행복했어. 그러다가 어느 날 좀 더 많은 것을 원하게 됐지. 그게 바로 동화의 문제점이야. 멀리서 볼 땐 분명 완벽해 보이는데, 가까이 와서 보면 결국 현실만큼이나 복잡하게 꼬여 있거든."

헤스터가 아가사를 날카롭게 노려보았다.

"왕자보다 소피랑 있는 편이 더 행복해?"

"테드로스는 날 사랑하지 않았어. 만약 사랑했다면, 날 믿었을 거야."

"소피야, 왕자야?"

"여기는 내가 있을 곳이 아니야. 난 왕자와 어울리지 않아……."

"아가사, 내 질문에……."

"헤스터! 나에게는 선택의 여지가 없어! 테드로스는 이제 없는 사람이나 마찬가지라고!"

아가사가 갈라지는 목소리로 소리쳤다.

헤스터는 아무 말도 하지 않았다.

금세 이성을 되찾은 아가사는 다시 미소를 지으며 입을 열었다.

"소피만큼 날 사랑해 줄 사람이 또 어디 있겠어?"

"아가사! 도와줘!"

그때 소피의 가냘픈 목소리가 울려 퍼졌고, 두 소녀는 동시에 고개를 돌렸다. 소피는 밧줄 위에 다리를 벌리고 올라서서 정신 나간 발레리나처럼 휘청대고 있었다.

"저런 애가 매일 아침 혼자 침대에서 일어나는 게 신기할 따름이다."

아가사가 한숨을 푹 내쉬며 말했다.

잉거트롤은 마침내 다리를 흔드는 것을 멈추고, 신발에서 소피의 발을 빼내기 위해 팔을 뻗었다. 하지만 소피는 트롤의 뺨을 철썩 내리쳤다.

"이런 무례한 짓을!"

소피의 호통에 트롤은 넋이 나간 것처럼 멍한 표정을 지었다.

"신데렐라의 왕자도 신발을 만질 때는 허락을 받았다고!"

소피는 구두를 빼내 들고 다시 한 번 트롤을 후려쳤다.

"이건 행복한 연인들을 갈라놓은 것에 대한 벌이다!"

말을 마친 소피가 아가사를 바라보며 미소 지었다. 분노로 얼굴이 벌겋게 달아오른 트롤은 당장이라도 그녀를 덮칠 것 같은 기세였지만, 소피는 차분한 표정으로 트롤을 내려다보며 다시 입을 열었다.

"믿을지 모르겠지만, 나도 예전에는 꼭 너 같았어."

순간 혼란에 빠진 트롤이 어깨를 축 늘어뜨렸다.

"하지만 이제 친구를 되찾았고, 그 친구 덕분에 선한 사람이 됐지. 언젠가는 너한테도 그런 친구가 생길 거야."

그녀는 트롤의 머리를 부드럽게 쓰다듬었다.

소피는 입을 떡 벌린 채 멍하니 서 있는 트롤을 뒤로하고 천천히 다리를 건넜다. 그리고 마침내 평평한 바위에 앉아 유리 구두를 발에 끼워 넣었다.

"아가사가 왜 그 못생긴 신발만 신는지 이제야 알 것 같네……."

순간 소피는 바위에서 벌떡 일어섰다. 자신이 어디에 있는지 문득 깨달은 것이다.

유바가 밧줄 다리 맞은편에서 두 눈을 휘둥그렇게 뜬 채 그녀를 바라보고 있었다.

"아니, 이게 아닌데……."

소피가 손을 내저으며 소리쳤다.

"넌 여자에게 해당하는 다섯 가지 규칙을 너무나 완벽하게 어겼어. 남녀를 구분하는 데에 도가 튼 괴물마저도 너는 절대 여자가 아니라고 확신한 거야, 소피!"

유바가 고막을 찢을 듯한 높은 목소리로 외쳤다.

소피의 머리 위로 황금색 숫자 '1'이 나타났다.

"아니에요. 이건 그냥 우연일 뿐이에요!"

소피가 숫자를 손바닥으로 쳐 내며 소리치는 동안, 다른 소녀들의 머리 위에도 등수가 표시되었다.

땅속 요정은 흐뭇한 표정을 지으며 신이 난 듯 뒤뚱뒤뚱 굴을 향해 걸음을 옮기기 시작했다.

"천생 여자처럼 생겨서 하는 짓도 꼭 여자아이 같았는데, 이렇게 될 줄 누가 알았겠어!"

그는 흥분을 가라앉히지 못하고 혼잣말을 하더니, 뒤돌아 다시 소피를 바라보았다. 그리고 하얀 지팡이를 들어 공중에 희미한 글씨를 써 내려갔다.

9시 정각

소피는 하얗게 질린 얼굴로 천천히 고개를 돌려 다리 맞은편에 서 있는 학생들을 바라보았다. 아가사와 마녀들은 다른 학생들보다 훨씬 크게 충격을 받은 표정이었다.

절대 남자가 될 수 없을 것이라고 믿었던 단 한 사람이 이제 곧 소년으로 바뀔 운명에 처한 것이다.

16
완벽한 소년

"**너**원래 이런 거 좋아했잖아. 너한테 어울리는 중요한 역할을 맡는 거 말이야."

소피와 함께 나무 터널로 들어가던 아가사가 초조한 듯 계속해서 입을 움직여 댔다.

"이런 역할을 너보다 잘할 사람이 누가 있겠어?"

소피는 망토를 바짝 여미며, 군데군데 눈송이가 떨어진 공터로 앞장서서 들어섰다. 파란 숲 정문을 밝히는 두 개의 횃불이 공터 쪽으로 희미한 빛을 던지고 있었다. 소피는 마녀들에게 오늘 밤 학교 건물 안에 있으라고 신신당부했다. 땅속 요정과 가장 친한 친구가 그녀의 변신을 지켜보는 것만으로도 충분히 수치스러울 것이 분명했기 때문이다.

유바는 신중하게 생각한 끝에 9시를 선택했다. 그 시간이면 여학생들 대부분은 목욕을 하거나, 클럽 모임에 참석하거나, 혹은 다음 날 있을 대회 예행

연습을 준비하는 데 몰두하고 있을 것이다. 한편 나비들은 로비 서까래나 난간에 자리를 잡고 휴식을 취하느라, 정말 지독한 소음이 아니고서는 꼼짝하지 않는다. 베아트릭스는 고급 엘프어 교육에 들어가고 학장은 연구실에 있을 테니, 그들이 계획을 짤 시간도 충분할 것이다. 소피는 자신이 사라진 것을 다른 사람들에게 어떻게 설명할지 아가사에게 끈질기게 물어봤지만, 아가사는 질문을 피하기만 할 뿐 시원한 대답을 내놓지 않았다. 아마도 적절한 답을 아직 생각하지 못했기 때문일 것이다.

"남자가 되는 것도 꽤 재미있는 경험일 거야."

아가사는 뭉툭한 신발로 눈을 뽀드득 뽀드득 밟으며 계속해서 재잘댔다.

"의상을 입은 거라고 생각해 봐. 그러니까…… 연극을 한다고……."

"그래, 날 죽이려 드는 관객 앞에서 말이지!"

소피가 마침내 아가사의 말을 끊고 날카로운 눈으로 그녀를 노려보았다.

뒤쫓아 오던 아가사의 발걸음 소리가 눈에 띄게 느려졌다.

"내가 어떻게 그 애한테 널 혼자 보낼 수 있을지……."

아가사가 망토 입은 몸을 부르르 떨며 조용히 속삭였다.

소피는 걸음을 멈추었다. 용맹의 탑에서 시간을 알리는 종소리가 울렸다가 잠잠해지고, 소피의 목덜미에는 눈송이가 소복하게 쌓여 갔다.

"내 안에 선이 존재하는 건 다 네 덕분이야, 아가사. 이제는 내가 널 위해 뭔가 선한 일을 해야 할 때야."

말을 마친 소피가 뒤돌아서서 아가사를 바라보았다. 그녀는 횃불 빛 아래에서 눈에 뒤덮인 채 한쪽 입가를 바짝 끌어 올려 미소를 짓고 있었다. 두 사람이 처음으로 친구가 되었을 때, 아가사는 소피가 자신과 함께 시간을 보내고 싶어 한다는 사실에 너무 놀라 종종 이런 미소를 짓곤 했다.

"좋아. 이번에는 내가 너한테 빚진 거다. 대신 나중에 널 주인공으로 하는 뮤지컬에서 직접 노래 불러 줄게!"

소피가 긴장을 풀고 웃음을 터뜨렸다.

두 사람은 저 멀리 유바의 굴 밖으로 삐죽 튀어나와 초조한 듯 흔들거리는 하얀색 지팡이를 발견했다.

"탑 지키는 보초병들이랑 친해져야 해. 그래야 펜을 가져올 수 있어."

아가사는 다시 흥분한 얼굴로 재잘대며 소피의 손목을 잡고 숲 안으로 들어갔다.

"그리고 이상한 주문 조심하고. 테드로스가 나한테 아주 희한한 주문을 사용했거든……."

하지만 소피의 귀에는 더 이상 아가사의 목소리가 들리지 않았다. 쿵쾅거리는 심장 소리가 그녀의 귀를 멀게 했던 것이다. 드디어 때가 다가오고 있었다.

"소피가 변신한 후 계획에 대해서 질문 있나?"

유바가 아가사에게 조용히 속삭였다. 다른 학생들을 속이기 위해 마법으로 만들었던 수두 자국은 이미 그의 얼굴에서 깨끗하게 사라져 있었다. 그는 부엌에서 펌프로 유리컵에 물을 따르는 소피를 흘끗 바라본 후, 더욱 낮은 목소리로 다시 입을 열었다.

"남학생 학교에 들어가기 위해서는 이게 가장 확실한 방법이야."

"하지만…… 하지만 진짜 통할까요?"

아가사는 땅속 요정이 곧 시행하려는 그 끔찍한 일을 생각하며 낮은 목소리로 물었다.

"혹시 크로그가 여자인 걸 알아채고 공격하거나……."

순간 그녀가 입을 다물었다. 소피가 펌프질을 멈춰서 주변이 조용해졌던 것이다.

"소피, 이쪽은 준비 다 됐어."

아가사가 재빨리 소피를 향해 말했다. 하지만 굴 한쪽 구석의 대나무 커튼을 펼치는 그녀의 손은 바들바들 떨리고 있었다.

"주문이 사흘밖에 지속되지 않는다는 거 꼭 기억하……."

"동화 경연 대회 바로 전에 효과가 사라지는 거지."

땅속 요정이 아가사의 말을 가로챘다.

"소피는 그 전에 이야기꾼과 책을 되찾아 와야 한다."

유바가 지팡이로 불을 톡 건드리자 따스한 빛이 굴 전체를 감싸 안았다.

"잊지 마라. 소피가 이야기꾼을 훔쳐 나오는 순간, 교장의 탑이 소피를 쫓아오기 시작할 거다. 그러면 남학생들은 자신들이 속았다는 사실을 깨닫게 되겠지. 아가사, 넌 소피가 돌아오는 순간을 기다리고 있다가 바로 소원을 빌어야 한다. 그러면 펜이 너희의 동화에 '끝'을 쓰게 될 거고, 남학생들의 공격이 시작되기 전에 너희는 이곳에서 사라질 거야."

아가사가 마른침을 꼴깍 삼켰다.

"여기에서 탈출하면 소피가 본래 모습으로 되돌아올 수 있나요?"

"변신술이 풀리는 것과 똑같다. 감쪽같이 원래 모습으로 돌아가지."

"소피 들었지? 원래 모습 그대로 돌아갈 수······."

아가사가 커튼 고리에 친구의 망토를 걸며 말했다.

하지만 소피는 여전히 부엌에서 허리를 구부린 채 꼼짝하지 않았다. 그녀는 유리 화병에 비친 자신의 모습을 슬픈 눈으로 바라보고 있었다.

아가사가 천천히 소피의 곁으로 다가갔다.

"통행금지 시간이 되기 전에 거기 들어가야 해."

소피는 다시 한 번 자신의 얼굴을 빤히 들여다보며 애써 미소를 지어 보였다. 그리고 씩씩 숨을 내뿜으며 아가사를 지나 커튼을 향해 걸음을 옮겼다.

"옛날에는 연극에서 여자 역할을 다 남자가 했다고 하잖아! 아, 환상이 지배했던 지난날의 그 현장······ 그 절묘한 솜씨들······. 브라보! 브라보!"

미친 사람처럼 혼자 중얼거리는 소피를 바라보던 아가사가 유바를 향해 손짓했다. 소피에게 빨리 물약을 먹이라는 신호였다.

잠시 후 소피는 물약이 든 유리병을 들고 혼자 커튼 뒤에 섰다.

"환상이 지배하는 현장!"

그녀는 지금 이 상황에 도취한 듯한 목소리로 스스로에게 달콤하게 속삭였다.

"조금씩 나눠서 마셔라. 변신 과정의 고통이 조금 줄어들 거다."

커튼 반대편에서 유바의 목소리가 들려왔다.

소피는 심호흡을 한 뒤, 눈물방울 모양의 유리병에서 코르크 마개를 뺐냈다. 샌들우드 향과 머스크 향, 그리고 진한 땀 냄새가 폭발하듯 그녀를 덮쳤다. 소피는 기침을 하고 숨을 헐떡이며 마개를 다시 닫아 버렸다. 그녀는 팔을 쭉 뻗어 병을 최대한 멀리 떨어뜨리고는, 위협적인 연기를 피워 올리는 보라색 액체를 빤히 바라보았다. 이것은 그녀가 생각한 '환상의 현장'이 아니었다.

무거운 침묵이 길어지고 있었다.

"정 못하겠으면 내가 할게. 말만 해."

아가사가 부드러운 목소리로 말했다.

소피는 작년에 친구가 자신을 위해 견뎌 냈던 수많은 고통의 순간을 떠올렸다. 아가사는 비둘기가 되어 불꽃 속으로 뛰어들었고, 바퀴벌레가 되어 몇 주를 살아 냈다. 하수도에서 목숨을 잃을 뻔했고, 살인도 서슴지 않는 교장에게 정면으로 맞서기도 했다.

"이제 친구보다 더 필요한 존재가 생겼거든."

하지만 아가사는 왕자 앞에서 이렇게 말했다.

불타오르는 사랑에 빠진 아가사가 교장의 탑에서 왕자의 두 팔에 안겨 있는 모습이 소피의 눈앞에 펼쳐졌다. 소피는 당황하며 갑자기 떠오른 생각을 머릿속에서 지워 버렸다.

이 일을 해내고 나면 다시는 아가사가 자신을 의심하지 않을 것이다.

소피는 눈 깜짝할 사이에 코르크 마개를 뽑아내고 유리병에 든 물약을 꿀꺽꿀꺽 들이켰다. 쌉쌀하고 시큼한 맛이 혀를 타고 목구멍으로 넘어가는 순간 그녀는 충격에 휩싸인 표정으로 목을 감싸쥐었고, 유리병은 바닥에 떨어져 산산조각 나 버렸다. 커튼 너머에서 소피의 이름을 부르는 아가사의 비명과 흥분한 그녀를 말리는 유바의 목소리가 들려왔다. 하지만 헐떡이는 소피의 숨소리는 이내 주변 모든 소리를 잠재우고 그녀의 귀를 점령해 버렸다. 소피의 얼굴을 덮고 있던 피부는 따끈하게 데워진 물컹한 창틀 접착제처럼 뼈 위에서 꿈틀꿈틀 움직이며 새 자리를 찾아갔고, 출렁거리던 그녀의 금발은 굵은 삼베처럼 거칠게 변하더니 머리 위에 철썩 달라붙었다.

어느새 시큼한 물약은 소피의 배를 가득 채웠고, 그녀는 자신의 몸이 시멘트를 부어 넣은 풍선처럼 빵빵하게 부풀어 오르는 것을 느꼈다. 양 어깨는 점점 벌어져 교복을 팽팽하게 잡아당기더니 결국 솔기를 뜯어내 버렸고, 팔뚝에는 파르스름한 핏줄이 툭툭 불거져 나왔다. 두 발은 아치 모양으로 커다랗게 부풀어 올랐고, 발가락에는 짧은 털들이 숭숭 솟아났으며, 종아리는 수박을 넣은 듯 탄탄해졌다. 그녀는 중심을 잃고 휘청거리며 무릎을 꿇었다. 순간 지옥불 같은 열기가 그녀의 온몸을 뜨겁게 달구기 시작했다. 땀구멍에서는 검은 연기가 피어올랐고, 부드러운 살들은 딱딱한 숯으로 변해 갔다. 이제는 끝이려니 생각할 때마다 더욱 극심한 고통이 온몸 구석구석을 파고들었고, 그녀의 몸은 끊임없이 허물어지며 새로운 모습을 갖춰 갔다. 모든 것을 포기한 소피는 결국 바닥에 쓰러져 동그랗게 몸을 웅크렸다. 이 모든 것이 꿈이었으면! 꿈에서 깨어나 눈을 뜨면, 엄마가 텅 빈 무덤 옆에 쓰러진 그녀를 껴안고 눈물을 닦아 주며 이 모든 일은 실수였다고 속삭여 주기를 소피는 간절히 기도했다.

"소피?"

대답이 없었다.

마침내 유바에게서 벗어난 아가사가 다시 한 번 소피를 불렀다.

"소피, 괜찮은 거야?"

이번에도 대답이 없자, 아가사는 걱정스러운 눈빛으로 땅속 요정을 한 번 바라보고 커튼을 향해 달리기 시작했다.

바로 그때 무엇인가가 움직이는 소리가 들렸고, 아가사는 그대로 걸음을 멈추었다.

소피의 감청색 망토로 몸을 가린 형체가 커튼 뒤에서 천천히 걸어 나오고 있었다.

망토는 그에게 너무 작아 보였다.

아가사는 두 눈으로 그의 몸을 훑었다. 단단한 무릎과 근육질의 종아리, 털이 북슬북슬한 발목과 불안정하게 휘청거리는 커다란 두 발…….

아가사는 숨을 죽이고 그를 향해 조금씩 다가갔다. 유바가 그녀의 치맛자락 끝에 매달리듯 달라붙어 빼꼼히 고개를 내밀고 있는 것이 느껴졌다. 아가사는 발꿈치를 살짝 들어 올리고 천천히 팔을 뻗어 그의 머리를 덮은 망토를 걷어 냈다. 그리고 헉 숨을 들이마시며 유바와 함께 뒤로 나동그라졌다. 그녀가 다시 고개를 들었을 때, 소피는 테이블 위에 있던 유리 화병을 붙잡고 벽에 기댄 채 훌쩍이고 있었다. 유리에 비친 자신의 모습을 보고 놀란 것이다.

소피는 각진 턱에 짧고 폭신한 금발, 볼록 솟은 광대뼈와 굵게 쭉 뻗은 눈썹, 그 아래에 자리 잡은 깊은 에메랄드색 눈을 갖춘 건장한 남자가 되어 있었다. 긴 팔다리는 탄탄한 근육으로 뒤덮여 있었고, 뒤쪽으로 살짝 당겨진 커다란 귀와 우아하고 날카로운 콧대, 그리고 턱 가운데 움푹 자리 잡은 보조개는 마치 엘프 왕자를 보는 것 같았다. 몸에 맞지 않는 작은 망토를 꼭 움켜쥔 소피의 두 손은 굵은 마디가 툭 불거져 나온 강인한 남자의 손이었고, 넓은 어깨는 늘씬한 허리로 날렵하게 이어졌으며, 짧은 금색 수염이 자라난 양 볼은 새빨갛게 물들어 있었다.

"내가…… 내가 남자가 되다니……."

소피가 구멍 난 풍선처럼 가느다란 바람 소리를 내며 말했다.

그녀의 목소리는 전혀 남자 같지 않았다.

"이 주문의 유일한 결점이지. 목소리는 변하지 않는단다."

유바가 한숨을 내쉬었다.

"아랫배에 공기를 가득 채운 뒤에 낮은 소리로 말을 해 봐라. 그러면 좀 나을 거다."

그는 입술을 잘근잘근 씹으며 소피를 유심히 바라보았다.

"하지만 강인한 얼굴도 그렇고…… 건장한 몸도 그렇고…… 나머진 꽤 훌륭해. 남자애들도 전혀 의심하지 않을 거다."

하지만 화병에 비친 자신의 모습에 시선을 고정한 소피는 교수의 말을 믿을 수 없었다. 망토 아래 숨겨진 얼굴과 몸은 거칠고 단단한 남자였지만 그것은 껍데기일 뿐이었다. 그 안에는 여전히 친구의 곁에 머물고 싶어 하는 가녀린 소녀가 두려움에 떨고 있었다. 남학생들이 자세히 보는 순간 그녀의 정체는 탄로 나고 말 것이다. 그녀는 새벽이 되기 전에 그들 손에 죽게 될지도 모른다.

소피는 고개를 들어 아가사를 바라보았다. 그녀는 화병에 비친 날카로운 턱과 조각 같은 얼굴을 넋을 잃고 바라보고 있었다.

"남자가 되니까 더 잘생겨졌네."

마침내 입을 연 아가사의 입에서 감탄이 쏟아져 나왔다.

소피는 화병에 꽂혀 있던 꽃을 빼 아가사를 향해 집어 던졌고, 아가사는 재빨리 몸을 숙였다. 소피는 바들바들 떨며 아가사에게 등을 돌렸다.

"난 남자가 되는 법을 모른단 말이야."

소피는 짧은 수염이 돋은 뺨 위로 굵은 눈물방울을 흘리며 가느다란 목소리로 말했다.

"걸음은 어떻게 걸어야 하는지, 행동은 또 어떻게……."

"네가 과제에서 1등을 한 데에는 다 이유가 있을 거야, 소피. 넌 할 수 있어."

아가사가 그녀의 등을 바라보며 말했다.

"네가 없는데 어떻게 해."

소피가 목멘 소리로 말했다.

아가사는 친구의 등을 부드럽게 쓰다듬었다. 단단한 근육의 낯선 촉감이 그녀의 손을 타고 전해졌다.

"넌 남자가 되어야 해."

아가사가 차분해진 목소리로 말했다.

"그래야 우리가 집으로 돌아갈 수 있어."

소피는 아직 익숙하지 않은 몸을 움직여 고개를 끄덕였다. 아가사의 믿음이 차츰 안으로 스며들자 마음이 조금씩 진정되어 갔고, 몸의 떨림도 잦아들기 시작했다. 두 사람은 우정을 지켜 내기 위해 지금껏 수많은 일을 함께 겪었다. 하지만 이제 그 이야기의 '끝'을 만들어 낼 수 있는 사람은 그녀였다. 아가사의 말이 맞았다. 그녀는 이제 남자이고, 그에 어울리는 행동을 해야 했다.

심호흡을 한 소피는 마음을 다잡으며 밝은 빛 안으로 걸음을 옮겼다.

"옷이 필요해."

소피가 여전히 날카롭지만 조금은 낮아진 목소리로 말했다.

아가사는 마침내 엘프 왕자 같은 낯선 소년의 긴장된 얼굴을 제대로 볼 수 있게 되었다.

그녀는 다시 한 번 한쪽 입가를 바짝 당겨 올리며 미소 지었다.

"옷보다 이름부터 정하자."

체격 좋은 왕자는 이미 곯아떨어진 듯이 방 건너편에서 고릴라처럼 코를 골아 댔지만, 팬티 바람으로 베개를 껴안고 냄새나는 침대에 드러누운 호트는 잠을 이루지 못하고 이리저리 몸을 뒤척였다.

지난주는 그야말로 불행의 연속이었다. 대회를 앞두고 학교를 손쉽게 장악해 버린 교수들은 남학생들을 승리로 이끌어 선과 악의 학교를 복원시키겠다는 의지로 불타오르고 있었다. 하지만 호트는 그런 일 따위에는 더 이상 신경 쓰지 않았다. 내일이면 공식적으로 대회 예행연습이 시작될 터인데, 그가 출전자로 선발될 가능성은 전혀 없었다. 그는 아직 새 교복도 받지 못했고, 숲에서 학교로 들어온 왕자들은 그를 부사마귀라고 놀려 댔으며, 덩치 큰 아이들은 툭하면 그의 점심을 훔쳐 갔고, 대화 상대라고는 도트밖에 없던 그에게 이제는 아무도 말을 걸어 주지 않았다.

그는 왜 이 끔찍한 장소에 있는 것일까? 교장은 대체 무엇을 보고 그를 학교에 입학시켰을까? 그는 악당으로서도 훌륭하지 못했지만, 아들로서는 그야말로 최악이었다.

호트는 촉촉해진 두 눈을 손으로 비볐다. 선과 악의 정원에서 매장되기를 기다리며 누워 있을 아빠의 모습이 생각났던 것이다. 차례를 기다리는 시체들은 몇 킬로미터씩 줄을 이루고 있었고, 호트는 아빠에게 관을 사 드릴 여유조차 없었다. 묘지기가 아빠의 시체를 묻으려면 앞으로도 몇 년은 기다려야 할 텐데, 그동안 독수리들은 끊임없이 기회를 노리며 그 위를 맴돌 것이다.

호트는 이를 바드득 갈았다. 대회에서 우승만 하면 보석으로 숲에서 가장 아름다운 관을 아빠에게 사 드릴 수 있을 것이다. 그의 마음을 아프게 한 여자에게 복수도 하고, 다시는 사랑에 빠졌다는 놀림을 당하지도 않을 것이다.

그때 드르렁거리는 소리가 그의 행복한 상상을 산산조각 내 버렸다. 호트는 베개를 들어 머리 위에 올리고, 있는 힘껏 아래로 잡아당겼다. 그대로 숨이 막혀 죽는 편이 차라리 나을 것 같았다. 보석도 복수도 이제 다 끝난 얘기였다. 가슴이 떡 벌어진 저 털북숭이 왕자는 분명 대회 출전자가 되겠지만, 이 말라깽이 실패자는 그러지 못할 테니까.

'친구가 단 한 명만이라도 생긴다면 얼마나 좋을까······.'

호트는 간절한 마음으로 기도했다. 친구 한 명만 있어도 이렇게 처참한 기분이 들지는 않을 것 같았다. 그는 창 쪽에 몸을 붙이고 무릎을 당겨 동그랗게 몸을 말았다. 그리고 이불을 머리끝까지 뒤집어쓰려고 손을 뻗었다.

바로 그때, 무언가가 그의 시선을 사로잡았다. 호트는 자리에서 벌떡 일어나 멍한 얼굴로 창밖을 내다보았다.

남학교 기슭에 갈기갈기 찢긴 피 묻은 옷을 입은 사람 하나가 쓰러져 있었다. 구름 뒤에서 새어 나온 달빛이 기슭을 비추자, 쓰러진 남자의 창백한 팔이 모습을 드러냈다. 아주 잠깐이었지만 호트는 그의 손가락이 씰룩거리는 것을 똑똑히 보았다.

호트는 숨을 헉 들이마시며 이불을 내던지고 침대 밖으로 뛰쳐나왔다.

새 친구를 만드는 데에 그의 목숨을 구해 주는 것보다 더 좋은 방법이 어디 있겠는가!

"이름이 뭐지?"

익숙한 목소리가 경계심을 잔뜩 드러내며 물었다.

바닥에 배를 깔고 엎드린 소피가 파르르 눈꺼풀을 떨며 두 눈을 껌뻑였다. 그녀의 두툼한 두 손에는 수갑이 채워져 있었고, 생긴 지 얼마 안 된 온몸의 근육은 욱신욱신 쑤셔 왔으며, 눈앞은 안개가 낀 듯 뿌옇기만 했다. 그녀는 어떻게 남학교에 들어오게 되었는지 잘 기억이 나지 않았다. 새로 생긴 거대한 몸뚱이를 덮기 위해 유바의 누더기 식탁보로 튜닉을 만들었던 일(소피는 "어깨가 코끼리만 하다"며 불평을 늘어놓았다), 육중한 체구를 느릿느릿 움직이며 아가사와 땅 속 요정을 따라 여학교 기슭으로 이동하던 순간("몸이 왜 이렇게 뻣뻣 해!"), 그리고 연극을 하듯 과장된 몸짓과 어투로 작별을 고하던 장 면("품위여, 안녕! 모든 여성스러운 것들이여, 이젠 안녕!") 정도가 떠오를 뿐이었다. 그 후 유바는 그녀에게 기절 주문을 걸었다.

소피는 사실 유바와 아가사가 그녀의 변신 후 계획에 대해 의논 하는 것을 듣고도 모르는 척 짐짓 시치미를 떼고 있었다. 두 사람은 남자의 몸이 된 소피를 호수에 띄워 남학교로 들여보낼 생각을 하 고 있었다. 그렇게 되면 소피의 몸은 물살을 따라 크로그로 가득한 붉은 도랑못을 지나고, 결국 남학교 기슭에 이르게 된다는 것이었 다. 아가사가 불안해하자, 유바는 크로그 옆을 지나더라도 이빨에 몇 번 긁히는 것 이상의 일은 절대 일어나지 않을 것이라고 장담했 다. 그리고 두 사람은 그 계획을 실행하기 위해서 소피를 기절시키 는 것이 좋겠다는 데에 의견을 모았다. 소피는 두 사람이 현명한 판 단을 내렸음을 깨달았다. 그녀의 튜닉에 톱니 모양의 이빨 자국과 핏자국이 여기저기 남아 있었던 것이다. 그녀는 남자로 변한 후 첫 몇 시간을 기절 상태로 보낸 것이 너무나 감사할 따름이었다.

"이름이 뭐냐고 물었다."

소피는 천천히 고개를 들어 카스토르를 바라보았다. 검정색과 빨강색이 뒤섞인 가운을 걸쳐 입은 남자 교수들은 카스토르의 뒤에 서서, 어디선가 갑자기 나타난 이 남자아이를 날카로운 눈빛으로 노려보고 있었다.

소피는 휘청거리며 무릎으로 일어섰다. 심장이 터질 듯 쿵쾅거렸다. 교수들이 돌아온 것 때문만은 아니었다.

학교는 몰라볼 정도로 깨끗해져 있었다. 서까래에 매달려 괴성을 지르고, 문에는 낙서를 하고, 가는 곳마다 온갖 악취를 풍기던 원숭이 떼들의 시대가 막을 내린 것이다. 악의 학교 로비는 진홍색으로 페인트칠되었고, 벽에는 다홍색 뱀 문장이 그려져 있었다. 움푹 들어간 커다란 방에서 시작되는 세 개의 계단은 검은 색으로 깨끗하게 새 단장이 되었고, 뱅글뱅글 뒤틀린 난간은 빨간색으로 칠해져 마치 배가 빨간 뱀을 보는 듯했다. 계단 위에서는 200명이 넘는 남자아이들이 의심 가득한 눈빛으로 이 낯선 소년을 내려다보고 있었다. 그중에는 소피가 이미 알고 있는 선인과 악인 남학생 들도 수십 명 섞여 있었다. 보호막을 뚫고 성에 들어온 새 왕자들은 어느새 찌든 때를 깨끗하게 벗겨 내고, 검정색과 빨간색이 섞인 가죽 유니폼을 말끔하게 차려입고 있었다.

소피는 입안이 바짝 말라 가는 것을 느꼈다. 그녀는 늘 남성미 넘치는 멋진 남자들이 가득한 성에 들어가 그들의 시선을 한 몸에 받는 순간을 꿈꿨다.

하지만 그 꿈이 이런 식으로 이루어지리라고는 단 한 번도 생각하지 못했다.

"이름을 말해라."

카스토르가 넓적한 앞발로 그녀의 목을 쥐고 으르렁거렸다.

아가사는 소피가 선택한 이름을 반대했다. 소피의 아버지가 그토록 간절하게 원했지만 가지지 못했던 아들, 세상에 태어나지도 않았지만 소피보다 더 아버지의 사랑을 받았던 그 아들의 이름을 사용하는 것은 잔인한 일이라고 생각했던 것이다.

하지만 소피는 다른 이름들에는 전혀 마음이 가지 않았다.

"필립이에요."

목이 졸린 소피가 캑캑거리며 힘겹게 대답했다.

막상 그 이름을 입 밖으로 내고 나니 소피의 마음속에 작은 동요가 일기 시작했다. 그녀는 한층 확고해진 표정으로 카스토르를 똑바로 바라보았다.

"마운트 오노라에서 온 필립입니다."

소피는 깊고 힘 있는 목소리로 다시 한 번 이름을 말했다.

"흉측한 마녀에게 왕국을 빼앗기고 이곳으로 왔습니다. 현상금으로 걸려 있는 보물을 저도 노려볼까 합니다."

이 요정같이 생긴 남자아이를 바라보던 소년들이 낮은 소리로 웅성거리기 시작했다.

"선인 왕국이던가요?"

맨리 교수가 에스파다 교수에게 낮은 목소리로 속삭였다.

"메이든베일 내의 소수민족 거주지인 것으로 알고 있습니다."

에스파다가 콧수염을 씰룩거리며 대답했다.

"마운트 오노라의 필립, 여기는 어떻게 왔지?"

카스토르는 목을 조르던 손에서 힘을 풀고 다시 물었다.

"보호막의 뚫린 틈으로 들어왔습니다."

소피가 대답했다.

"그건 불가능해요!"

계단 위에서 누군가가 소리쳤다.

소피는 고개를 들어 애릭을 바라보았다. 애릭과 빨간 두건을 덮어쓴 그의 부하들은 악의 탑 제일 위쪽 난간에 기대서서 다른 사람들을 내려다보고 있었다. 셔츠 위로 빨간색 재킷을 입은 그들은 동그랗게 말린 채찍을 벨트에 차고 있었다. 소피는 다른 소년들의 얼굴에 두려움이 배어 있는 것을 보았다. 교수들이 작년에 늑대들이 하던 역할을 그들에게 맡긴 것이 분명했다.

"레소 부인의 보호막을 뚫을 수 있는 사람은 저뿐입니다."

애릭이 낯선 침입자를 향해 음흉한 미소를 지어 보였다.

"지난번에 왕자들을 들여보낸 후 제가 만든 틈은 다시 막아 놨어요."

소피는 그의 보라색 두 눈을 정면으로 바라보았다.

"일을 제대로 못했나 보네."

순간 계단에 서 있던 소년들의 얼굴이 돌처럼 굳었고, 애릭과 그의 부하들은 잔뜩 화가 난 표정으로 이 새로 온 소년을 노려보았다. 이 조그맣고 마른 녀석이 감히 모든 사람이 지켜보는 앞에서 그들에게 도전을 해 온 것이다.

하지만 카스토르는 오히려 즐거운 듯 능글맞게 웃으며 소년을 바라보았다.

"남학생 학교에 잘 왔다, 필립!"

소피는 안도의 한숨을 내쉬었지만, 애릭의 눈빛은 더욱 차갑게 타올랐다.

"오늘부터 사흘째 되는 밤, 우리는 우리를 노예로 만들겠다고 위협하는 여자들을 상대로 동화 경연 대회를 펼치게 될 것이다."

선과 악의 학교 2

카스토르가 계단을 가득 채운 남학생들을 올려다보며 말했다.

"승리하면 우리는 선과 악의 세계를 붕괴시킨 두 독자를 제거하고, 학교도 예전 상태로 되돌릴 수 있다."

남자아이들이 우렁찬 함성을 질러 댔다. 소피는 자신을 처형해야 한다고 연설하는 카스토르와 그 말에 환호하는 남자아이들 속에서 보란 듯이 흥분한 표정을 짓기 위해 안간힘을 썼다.

"앞으로 사흘 동안 대회 예행연습을 통해 여학생들에 맞설 출전자를 선발할 것이다."

카스토르의 설명이 이어졌다.

"예행연습의 결과에 따라 아홉 명이 결정되고, 마지막 열 번째 출전자는 1등을 한 출전 팀 리더에 의해 선발될 것이다. 그러니 기존 학생들과 새로 온 왕자들은 서로 우정을 다지고, 동시에 선인과 악인 사이에도 단단한 동맹을 형성하는 게 좋을 거다."

카스토르의 말이 끝나자 남자아이들은 경계심 가득한 눈빛으로 서로를 평가하듯 유심히 주변 사람들을 바라보았다.

"너희의 의욕을 고취하기 위한 방책으로, 하루 예행연습 결과를 종합해 1등을 한 학생에게는 특별한 명예를 부여하기로 했다. 그날 밤 교장의 탑을 지키는 일이다."

학생들 사이에서는 즉시 불평이 터져 나왔다. 카스토르가 말한 "특별한 명예"가 그들에게는 전혀 명예로 느껴지지 않았던 것이다. 하지만 소피는 그런 분위기를 눈치채지 못하고 기쁨에 겨워 조용히 환호성을 질렀다. 카스토르가 자기도 모르는 사이에 소피와 아가사의 목숨을 구할 방도를 마련해 준 것이다. 예행연습을 잘 수행해 낸다면 당장 오늘 밤 이야기꾼을 훔쳐 이곳을 탈출할 수도 있을 것이다! 그러면 새벽녘에는 아가사와 함께 무사히 집으로 돌아갈 수도 있겠지!

"카스토르 교수님, 필립에게 줄 침대가 없는데요. 자리가 다 찼어요."

장부를 열심히 들여다보고 있던 안경잡이 딱따구리 앨버마를이 말했다.

잠시 엘프 소년을 응시하던 카스토르가 마침내 입을 열었다.

"왕따 녀석과 같이 지내게 하지요. 매일 성적을 비교해서 둘 중 점수가 더 낮은 녀석에게는 벌을 내리겠습니다."

소피의 얼굴에서 미소가 사라졌다. 앨버마를이 자신의 직무를 다하기 위해 카스토르의 결정을 부리로 쪼아 기록하는 동안 계단 위의 남자아이들이 깔깔대며 웃음을 터뜨렸고, 애릭도 마침내 만족스러운 미소를 지으며 그녀를 바라보았다.

'왕따 녀석이라고? 누구지?'

소피의 얼굴에는 긴장한 기색이 역력했다.

카스토르가 그녀의 손목에 채워진 수갑을 풀어 주며 다시 입을 열었다.

"수업 시작하기 전에 가서 좀 쉬어라. 필립한테 방을 안내해 줄 사람 있나?"

허둥지둥 계단을 내려오는 발자국 소리와 함께 호트의 모습이 나타났다. 자기 몸보다 훨씬 큰 교복을 입은 그는 미친 사람처럼 다른 남자아이들을 이리저리 밀치며 소피를 향해 달려왔다.

"저요! 제가 할게요!"

그는 앨버마를의 부리에서 수업 시간표를 낚아채듯 빼내고, 소피를 붙잡아 벌떡 일으켜 세웠다.

"안녕? 난 호트야. 내가 쓰러져 있는 널 구했어. 그러니까 우리 이제 제일 친한 친구 하자. 넌 선인이고 난 악인이지만 그런 건 상관없잖아."

호트는 시간표를 내밀며 쉴 새 없이 말을 쏟아 냈다.

"수업이랑 교칙이랑 내가 다 설명해 줄게. 점심도 나랑 같이 먹으면 되고……."

하지만 소피의 귀에는 더 이상 그의 목소리가 들리지 않았다. 시간표 종이 윗부분에 앨버마를이 새겨 넣은 딱딱하게 각진 글자들이 그녀의 머릿속을 가득 채워 버렸던 것이다.

마운트 오노라에서 온 필립
남자, 2학년
룸메이트 : 테드로스

왕따 녀석은 바로 테드로스였다.

17

두 개의 학교, 두 개의 임무

"**아**가사?"

아가사의 몸이 가볍게 흔들렸다. 그녀의 눈꺼풀 위에서 하얀 눈송이가 조금씩 녹아내리고 있었다.

"아가사, 일어나."

아가사가 마침내 눈을 뜨고 테드로스를 바라보았다. 말끔히 면도를 하고 파란색 선인 교복을 차려입은 그가 침대 앞에 무릎을 꿇고 있었다. 테드로스의 머리 위에도 하얀 눈이 소복하게 쌓여 있었다. 그는 부드럽게 그녀의 머리를 쓸어 넘기며 다시 입을 열어 속삭였다.

"같이 가자, 아가사. 너무 늦게 전에 가야 해."

아가사는 허리를 숙여 자신을 향해 다가오는 테드로스의 두 눈

을 가만히 들여다보았다. 그의 파란 두 눈은 예전처럼 부드럽고 순수했다. 그의 입

술이 점점 그녀의 얼굴에 가까워졌다. 그의 따뜻한 숨결이 느껴졌고, 잠시 후 달콤한 입술이 그녀의 입술에 와 닿았다.

바로 그 순간, 아가사는 깜짝 놀라 잠에서 깨어났다. 땀으로 흠뻑 젖은 그녀는 베개를 두 손으로 꼭 쥐고 있었다.

잠시 동안 그녀는 리퍼를 찾아 주변을 두리번거렸다. 늘 그랬듯 곁에서 몸을 동그랗게 말고 있어야 할 고양이가 보이지 않았던 것이다. 하지만 곧 그동안의 일들이 밀물처럼 머릿속을 파고들었다. 아가사는 자리에서 벌떡 일어나 열려 있는 창문을 바라보았다. 차가운 아침 바람을 타고 소용돌이치며 방 안으로 들이친 눈송이들이 캐노피가 쳐진 두 개의 빈 침대를 지나 그녀를 향해 날아오고 있었다. 아가사는 군데군데 눈이 쌓인 소피의 깨끗한 침대를 보는 순간, 숨을 쉴 수가 없었다. 그녀의 가장 친한 친구는 그녀와 함께 무사히 집으로 돌아가기 위해 남자의 몸이 되어 적들의 성에서 목숨을 걸고 고군분투하고 있는데, 그런 꿈을 꾸고 있었다니…….

아가사는 숨을 벌컥 들이마시고 머릿속에 남아 있는 생각들을 지우며 침대 밖으로 빠져나왔다. 아무 의미도 없는 꿈이다. 잘못된 소원의 유령, 혹은 잔재일 뿐이다. 곧 모든 것이 제자리로 돌아갈 것이다. 지금 중요한 것은 소피였다.

그녀는 퍼뜩 정신을 차리고 시계를 향해 몸을 돌렸다. 시곗바늘이 7시 30분을 지나고 있었다. 열다섯 시간 후면 소피가 살아 있는지 알 수 있을 것이다. 5만 4000초만 기다리면 된다. 두 사람은 서로의 상태를 알리기 위해 해 질 녘 창문에 등불을 매달기로 했다. 초록색 불빛은 무사하다는 뜻이고, 빨간 불빛은 위험에 처했다는 뜻이다. 등불을 확인하기 전까지, 아가사는 그저 소피의 마지막 모습을 곱씹는 것 외에는 달리 할 수 있는 일이 없었다. 공주를 꿈꾸던 그녀의 친구는 완벽한 왕자의 모습을 한 채 의식을 잃고 호트에게 질질 끌려 남학생 학교로 들어갔다.

아가사는 정신없이 방 안을 돌아다니며 교복을 하나씩 주워 입었다. 조금 전 꾸었던 꿈이 여전히 그녀의 마음을 혼란스럽게 하고 있었다. 지난밤, 베아트릭스를 방에서 내보내는 일은 그다지 어렵지 않았다. 통행금지 시간이 되기 전에 기침을 몇 번 하고 비트 조각을 큰 얼룩점처럼 얼굴에 붙인 후에 유바 교수의 전염병에 대해 몇 마디 하자, 베아트릭스는 순식간에 짐을 꾸려 리나의 방으로 가 버렸다. 하지만 머지않아 누군가는 그녀와 소피를 찾아 방으로 들이닥칠 것이 분명했다.

아가사는 뭉툭한 신발 속에 발을 집어넣고 허겁지겁 방문을 향했다. 더비 교수를 만나 모든 것을 고백해야만 했다. 더비 교수는 누가 뭐래도 이 세계에서 가장 유명한 요정 할머니가 아닌가! 곤경에 처한 사람들의 문제를 해결해 주고 얻은 명성이니, 분명 그 이름값을 할 것이다. 하지만 사방에 엿듣는 귀들이 있는데 대체 어디에서 더비 교수와 이야기를 할 수 있을까? 학장의 스파이들은 한시도 교수의 곁을 떠나지 않았고, 안전하다고 생각했던 모든 장소도 결국 학장의 손바닥 안에 있다는 것이 드러났다. 화장실, 만찬실, 심지어 새더 교수의 연구실도 더 이상 안전지대가 아니었다. 나비들이 곁에 있더라도 그녀의 목소리를 들을 수 없는 곳이 있다면 얼마나 좋을까! 아가사는 머릿속에 대답이 떠오르기를 기다렸다. 번뜩이는 아이디어가 떠올라 당장 문을 박차고 나갈 수 있기를…….

하지만 잠시 후 그녀는 베아트릭스의 침대에 다시 풀썩 주저앉고 말았다. 답이 떠오르지 않았다. 아가사는 답답한 마음에 신발로 침대 기둥을 힘껏 차 버렸다.

그때 그녀의 발뒤꿈치에 무언가 축축한 것이 느껴졌다.

아가사는 고개를 숙이고 침대보 아래를 내려다보았다. 정체 모를 검은 형체 뒤로 눈이 쌓였다가 녹으면서 작은 물웅덩이가 생겨 있었다. 아가사는 배를 깔고 바닥에 엎드려 매트리스 아래로 팔을 쭉 뻗어 보았다. 두껍지만 힘없이 흐물거리는 뭉치 하나가 손가락 끝에 닿았다. 그녀가 팔을 끌어당기자, 침대 아래에 숨겨져 있던 옷 뭉치는 금세 흐트러지며 자신의 정체를 드러냈다. 검정색과 빨간색의 가죽 유니폼과 그것을 돌돌 싼 얇은 뱀가죽 망토였다.

아가사는 피와 흙으로 얼룩진 유니폼을 펼쳐 들었다. 베아트릭스가 왜 남자아이들이 입는 유니폼을 숨겨 놓았을까? 파란 숲에서 찾은 걸까? 왜 이런 이야기를 아무에게도 하지 않았을까? 유니폼을 내려놓은 그녀는 검은 빛깔 비늘로 반짝이는 망토 표면을 손끝으로 더듬으며, 작년에 들었던 수업 내용을 떠올려 보았다. 뱀가죽 망토를 사용하는 목적은 오직 하나뿐이다. 투명인간이 되는 것이다. 베아트릭스는 대체 왜 이 안전한 곳에서 투명인간이 되려고 했을까?

그때 망토에서 짙은 라벤더 향기가 훅 끼쳐 와 아가사는 재채기를 했다. 베아트릭스는 공주 헤어스타일은 포기했을망정 향수는 포기하지 못한 모양이다. 소피가 즐겨 쓰는 향수를 빌려 쓴 것을 보니 말이다.

아가사는 옷 뭉치를 다시 침대 아래로 쓱 밀어 넣었다. 베아트릭스가 이상한 짓을 한 것 같기는 하지만, 지금 그녀가 처한 문제와는 아무런 상관도 없는 것이 분명했다. 지금 그녀와 소피에게 필요한 것은 바로 교수의 도움이었다.

그때 등 뒤에서 무언가가 긁히는 소리가 들렸다. 뒤를 돌아보니 방문 아래 틈으로 봉투 하나가 삐죽 들어와 있었다. 아가사는 봉투를 손에 들고 더비 교수의 호박 문장이 찍힌 봉인을 뜯어냈다. 봉투 안에는 작은 종이 카드가 들어 있었다.

지금 하수도로

엿듣는 사람 없이 대화를 나눌 수 있는 유일한 장소였다.

아가사는 그제야 자신과 소피가 벌인 일을 교수에게 털어놓을 필요가 없다는 사실을 깨달았다.

요정 할머니는 이미 모든 것을 다 알고 있던 것이다.

"유바 교수님께 다 들었다."

더비 교수가 말했다. 더비 교수와 레소 부인은 안개가 뿌옇게 긴 어두운 하수도 터널 한쪽에서 머리를 맞대다시피 가깝게 몸을 붙이고 있었다. 맑은 호수에서 몰려든 거센 물살은 우렁찬 소리로 하수도 터널 안을 가득 채워 교수의 목소리를 덮어 주었다.

"그런 말도 안 되는 계획을 실행하다니, 어쩌면 그렇게 바보 같은 짓을 할 수 있는지 정말 너무 놀라고 화도 났지……."

아가사는 빨개진 얼굴로 고개를 숙인 채 교수의 다음 말을 기다렸다.

"하지만 솔직히 감동적이기도 하더구나."

아가사는 순간 고개를 번쩍 들고 얼빠진 표정으로 교수들을 바라보았다. 두 교수는 따뜻한 미소를 품고 그녀를 보고 있었다.

"네?"

"향수 냄새나 풀풀 풍기는 그 머리가 텅 빈 아이를 괴롭히는 일이라면 무엇이든 칭찬을 받을 만하지."

레소 부인이 농담인지 진담인지 알 수 없는 묘한 말투로 느릿느릿 말했다.

하지만 더비 교수는 그녀의 말을 못 들은 척 다시 입을 열었다.

"아가사, 넌 친구를 희생시키고 왕자와 이곳에 영원히 머물 수도 있었어. 테드로스와 키스를 했다면 네 목숨이 위험에 처할 일은 없었겠지. 하지만 넌 소피를 구하는 쪽을 선택했어. 그 아이에게 증상이 나타나고 있다는 것을 알면서도 말이다. 너와 소피가 '끝'을 쓴 후에야 테드로스는 네가 그를 해치려고 했던 게 아니라는 사실을 알게 될 거야. 그제야 널 믿었어야 했다는 걸 깨닫겠지."

더비 교수의 말을 듣는 동안, 아가사는 지난밤 꿈의 조각들이 다시 머릿속을 파고드는 것을 느끼고 재빨리 교수의 목소리에 집중했다.

"누구나 겸손해야 한다는 것을 보여 주는 이 왕자의 교훈은 널리 퍼지게 될 거다. 레소 부인과 나는 이 교훈이 결국 남자아이들과 여자아이들을 화해시킬 거라고 생각한단다. 이것이야말로 너희의 이야기에 어울리는 완벽한 결말이지. 이제 우리에게 필요한 건 그 펜뿐이야. 소피가 펜을 무사히 가져와서 너희 둘이 '끝'을 쓰기만 하면 돼."

더비 교수의 말이 끝나자 아가사는 안도감을 느끼며 고개를 끄덕였다. 하지만 아직 문제는 남아 있었다.

"그런데 소피가 사라진 걸 어떻게 감추죠?"

"유바 교수님처럼 현명하신 분이 그런 걸 생각 안 하셨을 리 있겠니?"

더비 교수가 뒤돌아 하수도 터널을 흘끗 바라보며 말을 이었다.

"유바 교수님께서 헬가 교수님 이름으로 학장님께 편지를 보냈단다. 너희 두 사람은 이미 대회 출전자로 확정되었으니, 남은 사흘 동안 파란 숲에서 따로 훈련을 시키겠다고 말이야. 그렇게 하면 남자아이들에게 이길 확률이 높아질 거라고 학장님을 설득하셨지."

"그래서 어떻게 됐어요?"

아가사가 두 눈을 휘둥그렇게 뜨고 물었다.

"학장님께서 의외로 쉽게 승낙하셨어. 대회 전날 밤까지 너희 둘을 잘 준비시키라고 하셨지. 학장님은 지금도 너희 둘이 헬가 교수님과 함께 있는 줄 아셔."

"다행이다! 이제 다 해결됐어요!"

아가사가 안도의 한숨을 토해 냈다.

"다는 아니지. 소피의 몸에 나타났던 증상들이 왜 사라졌는지에 대한 답을 아직 찾지 못했잖니!"

레소 부인이 못마땅한 목소리로 말했다. 쏟아져 들어오는 하수도 물이 그녀의 드레스에 작은 얼룩을 만들고 있었다.

"소피는 다른 누군가가 마법으로 증상을 만들어 낸 거라고……."

아가사가 소피를 변호하듯 말했다.

"그럴 수도 있지. 하지만 그런 증상을 만들어 내기 위해서는 우리의 마법보다 훨씬 강력한 마법이 필요하다. 웬만한 힘으로는 마녀 증상을 꾸며 낼 수 없어. 결국 가능한 해답은 두 가지뿐이다. 첫째, 소피가 거짓말을 했을 가능성이 있어. 네가 테드로스를 소원으로 빈 걸 용서한 척하는 거지. 그럼 넌 무시무시한 마녀를 왕자에게 보낸 셈이야."

레소 부인이 말했다.

"아니에요! 소피는 선한 아이예요. 의심의 여지가 없다고요."

아가사가 단호한 표정으로 대답했다.

"아가사, 확실한 거니? 이건 정말 중요한 문제야."

더비 교수가 레소 부인과 눈빛을 교환하며 조심스러운 말투로 물었다.

"저와 함께 무사히 집으로 돌아가기 위해 소피가 무슨 일을 했는지 아시잖아요! 100퍼센트 확실해요."

아가사가 주저 없이 대답했다.

"그렇다면 두 번째가 답이겠구나. 강력한 마법의 힘이 마녀 증상을 만들어 낸 거야."

더비 교수가 다시 말을 이어 갔다.

"증상이 나타난 모든 장소에서 효력을 발휘할 수 있는 마법의 힘이 존재했다는 뜻이지. 너희가 이곳에 도착한 후부터 나와 레소 부인이 꾸준히 경고했던 힘 말이다."

그녀를 꾸짖듯 엄해진 목소리에서 아가사는 교수가 누구를 말하는지 충분히 짐작할 수 있었다.

"새더 학장님을 말씀하시는 거예요? 그럴 리가 없어요! 그분은 우리 둘이 친구가 되기를 바라셨는데…….."

아가사는 곧바로 반박했지만, 레소 부인이 그녀의 말을 가로막았다.

"에블린 새더는 위험한 사람이다, 아가사. 만약 소피의 몸에 증상을 만들어 낸 게 정말 학장이라면, 그 사람은 너희 둘이 친구가 되기를 진심으로 바랐던 게 아니야."

아가사는 레소 부인이 정체 모를 두려움으로 잔뜩 긴장하고 있다는 사실을 깨달았다.

"하지만 소피가 마녀라고 생각하게 만들 이유가 없잖아요…….."

아가사가 다시 입을 열었지만 레소 부인은 이번에도 날카로운 말투로 그녀의 말을 잘랐다.

"넌 학장이 어떤 사람인지 몰라서 그래! 학장은 무슨 짓이든 할 수 있는 사람이란 말이다!"

레소 부인의 눈에는 눈물이 고여 있었다.

"네? 왜 그런 말씀을……."

"좋아! 얘기해 주지. 나와 더비 교수님은 에블린 새더가 10년 전 바로 이 학교에서 축출되는 것을 직접 지켜봤다. 지금은 완전히 그녀의 손 안에 들어간 바로 이 학교에서 말이야!"

레소 부인이 벌겋게 달아오른 얼굴로 그동안 가슴속에 담아 두었던 말을 쏟아 냈다.

아가사는 너무 놀라 교수의 얼굴을 빤히 바라볼 뿐 아무 말도 할 수 없었다.

"거기 누구지?"

그때 그들의 등 뒤에서 누군가의 목소리가 들려왔다. 하수도 터널 안에서 검은 그림자 하나가 안개를 헤치며 조심스럽게 그들을 향해 다가오고 있었다.

긴장한 듯 굳어 버린 더비 교수는 아가사의 어깨를 두 손으로 꼭 잡고 빠르게 말하기 시작했다.

"일단 학교에서 쫓겨나면 다시는 이곳에 돌아올 수 없어. 그런데 너와 소피의 이야기가 어찌된 영문인지 그 사람을 이 학교로 다시 불러들인 거야. 학장이 너희 이야기의 일부라는 뜻이지, 아가사. 1년 전 교장이 그랬던 것처럼 말이야. 학장이 소피의 몸에 증상을 만들어 냈다면, 그건 분명 자신이 원하는 결말을 얻기 위해서일 거다."

아가사는 고개를 절레절레 저었다.

"하지만 소피가 이야기꾼을 가져오면……."

"학장이라고 그 생각을 안 했을 것 같아?"

레소 부인이 낮은 목소리로 쏘아붙였다.

"에블린 새더는 언제나 한발 앞서 있다, 아가사. 앞으로 사흘 동안 학장은 네가 파란 숲에 있다고 생각할 테니, 소피가 돌아오기 전까지 몰래 학장을 따라다녀라. 학장이 왜 증상을 꾸며 냈는지 그 이유를 찾아야만 해. 나와 더비 교수는 실패했지만 넌 성공해야 한다. 시간을 현명하게 쓰렴. 알겠니? 그래야만 너와 소피가 살아서 이곳을 탈출할 수 있어! 이제 가라!"

"하지만 전…… 대체 어떻게 하면 좋을지……."

아가사가 할 말을 찾지 못해 더듬거리는 사이, 더비 교수와 레소 부인은 이미 걸음을 옮기기 시작했다.

"이제 다시 못 볼 거다."

더비 교수가 말했다.

"거기 누구냐고 물었다!"

아까보다 험악해진 목소리가 하수도 안을 쩌렁쩌렁 울렸다.

아가사는 다시 뒤를 돌아보았다. 안개 속 검은 그림자는 한층 가까워져 있었다.

"방법을 가르쳐 주셔야……."

아가사가 고개를 돌렸지만 더비 교수와 레소 부인의 모습은 보이지 않았다.

잠시 후 폴룩스가 안개 밖으로 얼굴을 내밀었다. 그는 하수도 둑에 아무도 없는 것을 확인하고 씩씩거리며 다시 계단으로 돌아갔지만, 하수도를 흐르는 물까지 확인할 생각은 미처 하지 않았다. 아가사는 거센 물살 속에서 머리만 겨우 내민 채 벽에 바짝 달라붙어, 멀어지는 발걸음 소리에 귀를 기울였다. 잔뜩 겁을 먹은 소녀가 지금 바라는 것은 하나뿐이었다. 가장 친한 친구의 얼굴을 보며 얘기할 수 있다면 얼마나 좋을까!

"왕자랑 친구가 될 줄은 꿈에도 몰랐지 뭐야!"

수다쟁이가 되어 버린 호트가 잰걸음으로 하수도 터널을 걸으며 말했다.

"어디로 가는 거야? 내 방으로 간다고 하지 않았어?"

소피가 마음을 다잡고 굵은 목소리를 내며 물었다. 그녀의 목소리가 축축한 터널을 소용돌이치며 흘러가는 붉은 흙탕물 위로 메아리쳤다. 검은색과 빨간색의 가죽 유니폼을 입고 호트를 따라 좁은 하수도 터널을 터벅터벅 걷던 소피는 자신의 몸이 예전과 많이 달라졌음을 다시 한 번 실감했다. 소매 없는 옷을 입은 탓에 맨살이 드러난 그녀의 떡 벌어진 어깨가 자꾸만 벽에 부딪쳤던 것이다. 그녀는 흙탕물에 비친 자신의 모습을 흘끗 바라보았다. 복슬복슬한 금발, 단단한 턱, 힘줄이 솟은 팔뚝까지 무엇 하나 낯설지 않은 것이 없었다. 그녀는 서둘러 시선을 돌리고 말았다.

"내가 너랑 같은 방을 쓰고 싶었는데, 내 방에는 이미 지니베일에서 온 왕자가 들어와 있거든."

호트가 뒤따라오는 소피를 슬쩍 바라보며 말했다.

"교수님들이 돌아오신 후로 학교 분위기가 아주 엄격해졌어. 애릭이랑 개 부하들에 비하면 예전의 늑대들은 귀여울 정도라니까. 하지만 걱정하지 마. 넌 내 가장 친한 친구니까 내가 지켜 줄게."

소피는 자기도 모르게 얼굴을 찡그렸다. 남자가 되어서까지 이 족제비 녀석한테 시달려야 하다니! 그때 저 멀리 하수도의 중간 지점이 보였다. 붉은 흙탕물과 맑은 호수의 물이 만나는 지점에 거대한 바위가 놓여 있었다.

"그런데 난 아직도 잘 모르겠는 게, 대체 왜 우리가 여기 내려와서……."

"어디 있지?"

조금 떨어진 곳에서 맨리 교수의 목소리가 소용돌이치는 흙탕물 위로 요란스럽게 울려 퍼졌다.

"어디 묻었는지 보여 드렸잖아요."

테드로스의 목소리였다.

"거기 없지 않았냐! 계속 그렇게 거짓말하면 오늘도 식사는 없다!"

"그 여자애들 짓이에요. 걔들이 지금 성에 숨어 있는 거라고요!"

"여자아이가 우리도 모르게 성에 들어와 숨어 있는 일이 가능하다고 생각하나?" 맨리 교수가 조롱하듯 말했다.

"펜은 아직 교장의 탑 어딘가에 있다. 그렇지 않다면 성이 펜을 따라 움직였겠지. 어디에 숨겼는지 말해! 너희 아버지 칼을 녹여서 화장실을 도금하는 데 쓰기 전에……."

"말씀드렸잖아요! 돌 테이블 아래에 묻었다니까요!"

소피는 심장이 멎는 것 같았다.

'이야기꾼이…… 사라졌나?'

이야기꾼이 없는데 어떻게 '끝'을 쓴단 말인가?

소피는 당황했지만, 그날 과제에서 반드시 1등을 해야 한다는 생각만큼은 더욱 확실해졌다. 펜이 탑 어딘가에 숨겨져 있다면 그것을 찾아내는 데에 시간이 필요할 것이다.

소피는 속이 울렁거렸지만 호트의 뒤를 따라 하수도 벽을 타고 계속해서 걸음을 옮겼다. 어느새 녹슨 쇠창살이 나타났고, 창살 너머 칠흑같이 어두운 지하 감옥 한쪽 구석에 대머리 맨리 교수의 등 그스름한 실루엣과 바닥에 납작 붙어 있는 검은 형체가 보였다.

"제발요, 교수님! 저는 꼭 대회에 참가해야 합니다. 그 여자애들을 이길 수 있는 사람은 저뿐이에요."

테드로스가 애원했다.

"펜을 찾지 못하면 넌 대회가 시작되기도 전에 굶어 죽을 거다."

말을 마친 맨리 교수는 밖으로 나가기 위해 휙 몸을 돌렸다.

쇠창살 너머에서 입을 딱 벌린 채 두 사람을 바라보던 소피는 교수와 정면으로 얼굴을 마주하게 되었다.

"남자들은 거짓말을 싫어한다, 필립. 테드로스는 아가사와 키스하고 선과 악의 학교를 되찾겠다고 남자아이들에게 약속을 했지. 그런데 어떻게 됐나? 모두가 노예가 될 위험에 처하고 말았어. 그러니 모두 이 아이를 죽도록 미워할 수밖에!"

맨리가 조롱하듯 코웃음을 치며 쇠창살문을 열었다. 그는 새 왕자를 지하 감옥 안으로 밀어 넣고 걸음을 옮기며 다시 입을 열었다.

"오늘만큼은 모두가 네 편이다, 필립. 이 콧대 높은 어린 녀석한테 본때를 보여 주렴!"

멍하니 서 있던 소피가 갑자기 몸을 휙 돌려 교수를 바라보았다.

"저기…… 잠깐만요……."

하지만 호트는 감옥 문을 쾅 닫아 버렸다.

"수업 시간에 보자, 필립!"

"호트, 여기가 내 방이라니 말도 안 되잖아!"

소피가 쇠창살을 붙잡고 소리쳤다.

하지만 족제비 소년은 이미 맨리 교수의 뒤를 따라 멀어지고 있었다.

"필립이 테드로스를 흠씬 두들겨 패 줄 거예요, 교수님. 두고 보세요……."

그가 신이 나서 재잘댔다.

소피는 천천히 몸을 돌렸다. 썩은 냄새가 진동하는 지하 감옥에 작은 촛불 하나가 켜져 있었다. 벽에 걸린 강철 케이지 안에는 보기만 해도 오싹해지는 끔찍한 고문 도구들이 즐비했고, 매트리스도 없고 베개도 없는 침대 틀 두 개가 차가운 바닥에 놓여 있었다. 소피는 숨을 쉴 수 없었다. 1년 전 그곳에서 비스트와 함께 겪었던 일들이 떠올랐던 것이다. 바로 그곳에서 그녀는 모든 자제력을 잃고 악인으로 다시 태어났다. 소피는 공포에 짓눌려 고개를 돌리고 말았다.

그때 어두운 구석에서 벌겋게 충혈된 눈동자 두 개가 번쩍였다.

소피는 자기도 모르게 비틀비틀 뒷걸음질 쳤다.

"정말이야?"

어둠 속에서 테드로스의 목소리가 들려왔다.

"뭐가?"

소피는 굵은 목소리를 쥐어짜며 조용히 되물었다.

"우리 둘 중 예행연습에서 더 낮은 등수를 받는 사람이 그날 밤 벌을 받는다는 거 말이야."

"개처럼 생긴 교수가 그렇게 말했지."

테드로스가 어둠 속에서 천천히 몸을 일으켰다. 예전보다 10킬로그램은 빠진 것 같은 앙상한 몸에 옷은 덕지덕지 엉겨 붙은 먼지로 딱딱해질 정도였지만, 눈빛만큼은 불꽃보다 강렬하게 타오르고 있었다.

"그럼 우리 둘이 친구가 되긴 글렀군."

소피는 이를 드러내고 그녀를 향해 슬금슬금 다가오는 왕자를 피해 뒷걸음쳤다.

"난 그 대회에 나가고 말 거야. 무슨 말인지 알아?"

테드로스는 흥분한 듯 침을 튀기며 입을 열었다.

"그 두 여자애들이 내게 남아 있던 모든 것을 빼앗아 갔어. 친구들과 명성, 그리고 명예까지……."

테드로스는 새로 온 왕자의 멱살을 잡고는 그를 쇠창살문에 힘껏 밀어붙였다.

"네가 아니라 다른 누구도 내가 그 아이들과 싸울 기회를 가로챌 순 없어!"

소피는 숨을 쉬지 못해 캑캑거리며 항복의 표시로 두 손을 번쩍 들어 올렸다. 당장 이곳에서 나가야 한다. 이 몸에서 벗어나야만 한다. 남자로는 단 한 순간도 더 버틸 수 없다…….

바로 그때, 그녀의 핏속에서 정체를 알 수 없는 분노가 솟아오르더니 순식간에 모든 두려움을 태워 버렸다. 그녀의 정신은 이상하게도 더욱 맑고 또렷해졌고, 자신을 밀어붙이고 있는 남자에게 정확하게 집중되었다. 그녀가 오랜 시간 간직해 왔던 공주의 꿈을 빼앗아 간 그 남자는 이제 그녀와 아가사의 목숨까지 넘보고 있었다. 처음 느끼는 알 수 없는 힘이 새로 생긴 근육을 파고들어 마침내 폭발했다. 소피는 자기도 모르는 사이에 괴성을 지르며 왕자를 저 멀리 밀쳐 내 버렸다.

"자기 공주도 다른 여자한테 뺏긴 주제에 어디서 깡패 짓이야!"

소피가 버럭 소리를 질렀다. 스스로도 놀랄 정도로 어둡고 사악한 목소리였다.

테드로스가 당황해 머뭇거리는 사이, 소피는 얼른 그의 멱살을 힘껏 잡았다.

"네 공주가 왜 소피를 선택했는지 알 만하다."

낯선 소년의 말은 비수보다 날카로웠다.

"소피는 그 아이에게 사랑과 희생, 우정과 충성심을 줬어. 선만이 가질 수 있는 가장 큰 힘들이지. 그런데 넌 뭐야? 공주에게 뭘 줄 수 있지? 이렇게 나약하고, 공허하고, 미숙하고, 지루한데 말이야. 내세울 거라고는 예쁘장한 얼굴뿐이지."

새로 온 소년은 코가 맞닿을 정도로 왕자를 가까이 잡아당겼다.

"그 반반한 얼굴 아래에 뭘 숨기고 있는지 이제야 알겠어."

테드로스의 얼굴이 새빨갛게 달아올랐다.

"덩치만 큰 금발 엘프가 나에 대해 뭘 안다고……."

"네가 뭘 숨기는지 말해 줄까?"

소피의 에메랄드빛 눈동자가 왕자를 꿰뚫듯 날카롭게 바라봤다.

"네 속이 텅 비었다는 거."

순간 테드로스의 얼굴에서 불타오르던 투지가 빠져나갔다. 그는 마치 어린아이가 된 것 같았다.

"너…… 너 대체 뭐야?"

테드로스가 더듬더듬 입을 열었다.

"그냥 필립이라고 알면 돼!"

소피는 차갑게 대꾸한 뒤에 그를 잡고 있던 손에서 힘을 풀었다.

테드로스는 숨을 헐떡이며 몸을 돌렸지만, 소피는 철제 침대 틀에 비친 그의 당황한 표정을 똑똑히 볼 수 있었다. 그녀는 승리의 기쁨이 터져 나오려는 것을 애써 참았다.

남자로 사는 것도 꽤 괜찮은 일 같다는 생각이 들기 시작했다.

그때 밖에서 열쇠 꾸러미가 쩔렁거리는 소리가 들려왔다. 두 사람은 동시에 고개를 돌렸고, 애릭의 부하 한 명이 쇠창살문을 밀어 열었다.

"수업 들으러 갈 시간이다."

그가 으르렁거리듯 말했다.

무려 200명의 남자아이들이 그날 첫 과제의 등수를 두고 경쟁을 벌였다. 소피와 이야기꾼 사이에 200명의 방해꾼이 존재한다는 뜻이었다. 소피는 유니폼을 입은 남자아이들을 따라 어색한 몸짓으로 달리기 시작했다. 악의 학교 교실로 몰려가는 무리였다. 성공의 가능성은 결코 높아 보이지 않았다.

소피는 겨드랑이에 고인 땀을 닦아 냈다. 그녀의 새로운 몸은 짜증이 날 정도로 많은 땀을 쏟아 내고 있었다. 남자의 몸이라는 것이 늘 이렇게 견딜 수 없이 더운 줄 미리 알았더라면, 부채나 차가운 물을 담을 수 있는 주전자라도 챙겨 왔을 것이다. 배에서는 이미 꼬르륵 소리가 나기 시작했지만, 소피는 점심을 생각하며 견뎌 보기로 했다. 이렇게 많은 남자아이를 한꺼번에 먹이려면 거의 잔치 수준의 음식이 필요할 것이다. 구운 칠면조 다리, 기름이 도톰하게 낀 베이컨, 부드러운 햄과 살짝 익힌 스테이크……. 소피는 이미 부드러운 고기를 입에 물고 있는 것 같은 기분이 들었고, 입안에서는 침이 쏟아져 나왔다.

하지만 입 밖으로 흘러나온 침을 닦아 내던 그녀의 얼굴이 갑자기 창백해졌다. 내가 대체 언제부터 고기를 좋아했단 말인가! 아침부터 먹을 것을 생각하다니 이게 말이 되는 일인가! 충격에 빠져

발을 헛디딘 소피는 라반에게 몸을 부딪치고 말았다.

"똑바로 못 걸어?"

라반이 소피를 거칠게 밀쳐 내며 눈을 흘겼다.

소피는 고개를 푹 숙이고 바닥만 바라보며 걸었다. 폭신한 금빛 머리카락이 그녀가 걸음을 옮길 때마다 눈 위에서 팔랑거렸다. 그녀의 새 몸은 줄이 너무 팽팽하게 당겨져 구부러지는 곳이라고는 하나도 없는 꼭두각시 나무 인형 같았다. 소피는 흘끗 눈을 들어 앞서가는 애릭을 바라보았다. 그는 가슴을 한껏 내밀고 종마처럼 으스대며 걷고 있었다. 소피는 최대한 그를 따라해 보기로 했다.

뒤를 돌아보자 무리 제일 끝에 뒤처진 채 혼자 터덜터덜 걷고 있는 테드로스의 모습이 보였다. 맨리 교수는 테드로스가 남자아이들 모두의 자유를 이번 대회의 조건 중 하나로 걸었기 때문에 남자아이들이 그를 미워하는 것이라고 말했다. 하지만 소피는 분명 다른 이유도 있을 것이라고 생각했다. 남자들은 원래 자신들이 만든 것을 자기 손으로 무너뜨리기를 좋아한다. 모래성도 그렇고, 왕자도 그렇다. 지난 2년 동안 테드로스는 부자에 인기도 많고, 믿기지 않을 정도로 잘생긴 선인 캡틴이었다. 모든 남자의 선망의 대상이었던 것이다. 그런 그가 지금 사라진 이야기꾼 때문에 맨리 교수에게 벌을 받고 있다. 남자아이들은 나약해진 사자를 둘러싼 하이에나 떼처럼, 한때 자신들이 동경하던 존재의 추락을 마음껏 고소해하고 있었다. 소피는 발코니에서 들어오는 차가운 바람에 파르르 떠는 그의 모습을 바라보았다. 식사를 제대로 못 해 비쩍 여윈 그의 몸은 추위를 견뎌 내지 못하는 것 같았다. 하지만 소피의 마음속에 그를 향한 동정심은 눈곱만큼도 존재하지 않았다.

"필립! 필립, 수업 시간표 가져가야지."

호트가 다른 학생들을 밀치고 다가와 쭈글쭈글 구겨진 종이 한 장을 내밀었다.

"하루 종일 나랑 같은 수업이야……."

소피는 눈앞을 가린 머리카락을 입으로 훅 불어 올리고, 호트가 내민 종이를 내려다보았다.

"우린 이미 지난 몇 주 동안 예행연습을 준비했어. 운동도 하고

마운트 오노라에서 온 필립

남자, 2학년
룸메이트 : 테드로스

과목	교수진
1. 대회 예행연습 : 남자들의 무기	루미 에스파다 교수
2. 대회 예행연습 : 적자생존	카스토르
3. 대회 예행연습 : 방어 기술	밀리어스 맨리 교수
4. 점심 식사	
5. 대회 예행연습 : 동지애 및 팀워크	알렉산더 루카스 교수
6. 대회 예행연습 : 숲 신체 단련	거인 모신
(2번 숲 그룹)	

강의도 듣고 책도 읽으면서 말이야. 넌 오늘이 첫날이라, 운이 좀 따라야 살아남을 수 있을 거야."

호트가 음흉한 표정으로 한쪽 눈을 찡긋해 보였다.

"너 뒤뚱거리면서 걷는 거 보니까 솔직히 걱정된다. 누가 보면 평생 하이힐만 신고 다닌 줄 알겠어."

소피의 온몸에서 갑자기 굵은 땀방울이 뚝뚝 떨어지기 시작했다. 아직 남자처럼 걷는 것도 제대로 못하는데, 전사들의 경쟁에서 어떻게 이 수많은 남자아이를 이길 수 있단 말인가!

10분 뒤 악의 회관에서 에스파다 교수의 수업이 시작되었다. 교수 앞에는 검은 천이 덮인 긴 테이블이 놓여 있었고, 40명의 소년들이 그를 마주 보고 앉아 있었다.

"우리는 여학생 학교의 새더 학장에게 이번 동화 경연 대회를 전통적인 방식에 따라 진행하겠다고 알렸다."

동그랗게 말려 올라간 교수의 콧수염만큼이나 새까만 그의 머리카락이 기름을 칠한 듯 번들거렸다. 그의 입가에 살짝 맴도는 독선적인 미소에서 소피는 원로회 회원 중 한 명의 모습을 떠올렸다. 그녀의 피로 그녀의 몸에 글씨를 썼던 가장 나이 적은 원로였다.

"열 명의 소녀와 소년이 일몰 시간에 파란 숲으로 들어간다. 각 팀은 서로의 공격을 막아야 할 뿐 아니라, 교수들이 설치한 덫의 공격 또한 피해야 하지. 일출 시간에 숲에 더 많은 선수가 남아 있는 팀이 승자가 될 것이다. 남자 팀이 이기면 소피와 아가사는 우리 손으로 공개 처형하고, 학교는 선과 악의 학교로 되돌아간다. 여자 팀이 이기면 우리는 이 성을 그들에게 넘기고 그들의 노예가 되는 거다."

교수의 말이 잠시 멈추자, 남학생들은 끼리끼리 수군대기 시작했다. 소피의 널찍한 등은 땀으로 아예 흠뻑 젖어 버렸다.

"관례에 따라 출전 선수들에게는 항복 손수건이 지급된다."

교수의 설명이 계속되었다.

"죽을 위험에 처했다고 판단되면 손수건을 바닥에 떨어뜨려라. 그러면 즉시 파란 숲에서 구출될 것이다. 각 출전자는 스스로를 보호하기 위한 무기를 하나씩 소지할 수 있다. 오늘은 그중에서도 가장 자주 이용되는 무기로 과제를 수행하도록 한다."

교수가 테이블을 덮은 천을 걷어 내자, 한 줄로 깔끔하게 정리된 여러 개의 칼이 나타났다. 크기가 각기 다른 칼과 단검들은 모두 훈련용 검보다 훨씬 날카로워 보였다.

"동화 경연 대회에서는 늘 끝이 무딘 칼을 사용했다. 하지만 이번 대회의 중요성을 감안하여, 올해에는 그런 배려를 하지 않기로 결정했다."

에스파다 교수가 구슬 같은 두 눈을 번쩍이며 말했다.

"칼의 장점은 속도와 힘에 있지. 너희는 이 두 가지를 효과적으로 활용해야만 한다. 칼끝으로 상대의 심장을 겨눠라. 그러면 상대는 즉시 항복 손수건을 바닥에 떨어뜨릴 거다."

교수는 빨간색과 하얀색 손수건을 들어 올린 후에 다시 입을 열었다.

"자, 이제 누가 먼저 항복하는지 한번 볼까?"

소피는 긴장했다. 그녀는 평생 단 한 번도 칼싸움을 해 본 적이 없었다.

에스파다 교수가 이름을 부르면 두 명의 소년이 앞으로 나와 테이블 위에 놓인 무기들 중 마음에 드는 것을 선택하고, 한 사람이 항복할 때까지 대결을 벌였다. 선인 남학생들과 새로 온 왕자들은 정식 교육을 충실히 받아 검술에 능숙했고, 악인 남학생들은 스포츠 정신 따위는 개의치 말라는 철저한 교육을 받은 덕분에 일대일 결투는 매우 흥미진진하게 진행되었다. 채딕은 호트의 목에 칼끝을 들이대 승리를 거두었고, 라반은 애본레아 왕자의 사타구니를 무릎으로 찍어 쓰러뜨렸다. 애릭은 벡스를 노려보는 것만으로 항복을 받아 냈다.

"다음은 테드로스와 필립!"

에스파다 교수가 말했다.

소피는 천천히 고개를 들어 테드로스를 바라보았다. 테드로스 역시 강렬하게 불타오르는 눈으로 그녀를 바라보고 있었다. 그는 지하 감옥에서 그녀가 했던 말들을 기억하고 있었다.

"필립, 필립, 필립!"

남자아이들은 목청껏 필립의 이름을 외쳐 댔고, 에스파다 교수는 두 사람에게 항복 손수건을 건넸다.

"무기를 선택해라."

소피의 눈앞이 땀으로 뿌옇게 흐려졌다. 바들바들 떨리는 그녀의 커다란 손이 테이블 한쪽 구석에 있는 길고 얇은 금속 조각으로 향했다.

"그건 칼 가는 거잖아, 이 바보야!"

호트가 팔꿈치로 그녀를 쿡 찔렀다.

소피는 바로 옆에 있는 단검을 집어 들고 재빨리 테드로스를 향해 몸을 확 돌렸다. 하지만 왕자는 그녀의 실수를 모조리 지켜보고 있었다. 곧 커다란 칼을 집어 든 테드로스는 이를 악물고 콧구멍을 벌름거리며 전투를 준비했다.

"준비…… 시작!"

에스파다가 소리쳤다.

"아악!"

테드로스는 우렁찬 기합 소리와 함께 필립을 향해 황소처럼 돌진했다.

소피는 칼은 고사하고 자기 몸도 제대로 가눌 수 없었다. 그녀는 벽에 기댄 후에 손수건을 찾으려고 주머니를 더듬거렸지만, 길고 두꺼운 그녀의 새 손가락은 주머니에 끼인 채 빠져나올 생각을 하지 않았다. 테드로스는 날카로운 칼날을 머리 위로 번쩍 쳐들고, 정신 나간 표정을 짓고 있는 소피를 향해 성큼성큼 다가왔다. 외마디 소리와 함께 마침내 손수건을 꺼낸 소피가 항복을 선언하려는 순간, 이상한 일이 벌어졌다.

테드로스가 갑자기 그녀의 발 앞에 철퍼덕 쓰러져 버린 것이다.

입을 떡 벌린 채 그를 내려다보던 소피가 고개를 들자, 호트가 기다렸다는 듯이 자랑스러운 미소를 지었다. 그가 한 발을 뻗어 테드로스를 걸어 넘어뜨린 것이다.

테드로스가 떨어진 칼을 잡으려고 하자 채딕이 얼른 칼을 발로 차 버렸고, 왕자가 휘청거리며 자리에서 일어나는 순간 라반은 그에게 기절 주문을 쏘아 다시 바닥에 고꾸라뜨렸다. 테드로스가 고통스러운 비명을 질러 대는 동안 호트는 재빨리 소피를 향해 손짓했다. 테드로스의 항복 손수건이 어디에 있는지 가르쳐 주려는 것이었다. 소피는 침착하게 무릎을 꿇고, 왕자의 주머니에서 손수건을 끄집어낸 뒤 그대로 바닥에 떨어뜨렸다.

"필립 승!"

에스파다 교수의 판결이 내려지자 소년들은 모두 환호성을 질러 댔고, 소피는 그들을 향해 정중하게 고개를 숙였다.

"하지만…… 하지만 이건 반칙이잖아요……."

테드로스가 소리쳤다.

"동맹을 활용하는 건 현명한 전략이다."

에스파다가 능글맞게 웃으며 대꾸했다.

테드로스의 머리 위로 화장실 냄새를 풍기는 검은 연기가 숫자 '20'을 만들었다. 소피는 자신의 머리 위로 황금색 숫자 '1'이 떠오른 것을 확인하고 환한 웃음을 지었다.

해질 무렵이 되자, 첫날 수업을 모두 마친 소피는 당당한 걸음으로 파멸의 방으로 돌아갔다. 그녀는 그날 학교 전체에서 가장 좋은 성적을 거두었다. 물론 그녀 혼자만의 실력으로 1등을 한 적은 단 한 번도 없었다. 다른 학생들이 모두 한마음으로 필립이 테드로스를 이기도록 손을 썼기 때문에 가능한 일이었다. 〈적자생존〉 수업에서 학생들은 왕자의 미어벌레를 입에 넣지 못할 정도로 더럽혔고, 〈방어 기술〉 수업에서는 그의 소원 물고기를 겁줘서 쫓아 버렸다. 〈동지애 및 팀워크〉 수업에서는 아무도 파트너가 되어 주지 않았고, 〈숲 신체 단련〉 수업이 시작되기 전에는 그의 바지 속에 살아 있는 거미를 몰래 집어넣었다.

생각해 보면 정말 이상한 일이었다. 기존의 학생들은 물론이고 새로 온 왕자들까지 모두 그녀의 등수를 높이는 데에 군소리 없이 협조했다. 그들은 1등을 할 생각이 없는 것 같았고, 소피 역시 그들의 호의를 거절할 생각은 눈곱만큼도 없었다. 교수들은 에스파다의 경우와 마찬가지로 이 모든 상황을 모르는 척했다. 애초에 이야기꾼을 숨긴 것이 테드로스였으니 그런 대접을 받는 것이 마땅하다고 여기는 눈치였다. 과연 맨리 교수는 필립의 승리에 너무나 만족하며, 모두가 보는 앞에서 그에게 지하 감옥 열쇠를 내주었다. 이제 그녀는 마음대로 감옥을 드나들 수 있게 된 것이다. "왕따 녀석"
에게는 절대로 허락되지 않는 특권이었다.

소피는 쇠창살문을 열쇠로 열고 안으로 들어갔다. 조금 전 샤워
를 마쳐 몸은 보송보송했고, 얼굴은 발그레하게 물들었으며, 배는
콩 스튜와 속을 채운 거위 고기로 든든하게 차 있었다. 그녀는 어서
교장의 탑으로 가 밤새 "특별한 명예"를 누리고 싶었다.

'아가사가 지금 내 모습을 볼 수 있다면 얼마나 좋을까!'

소피는 혼자 조용히 미소를 지었다. 무엇보다 그녀는 오늘 식사
로 나온 콩을 하나도 남김없이 모두 먹었고, 거기에 임무까지 성공
적으로 수행해 냈다. 이제 이야기꾼을 찾을 시간은 충분했다. 테드
로스는 곧 벌을 받을 것이고, 그녀와 그녀의 가장 친한 친구는 내일
이면 무사히 집으로 돌아갈 수 있을 것이다. 죽음의 대회 따위는 이
제 걱정하지 않아도 된다.

소피는 콧노래를 흥얼거리며 쇠창살문을 발로 뻥 차서 닫았다.
필립으로 사는 일은 생각보다 꽤 즐거웠다. 걸음걸이는 조금씩 안
정되어 갔고, 목소리도 전보다 자연스러워졌다. 거추장스럽고 무
겁기만 하던 근육들도 어느 순간부터인가 강한 힘과 의욕으로 느
껴지기 시작했다. 그녀는 새로운 얼굴에도 점점 익숙해지고 있었
다. 소피는 고문 도구들이 걸린 선반으로 다가가 반짝이는 창에 강
한 사각 턱과 고상해 보이는 콧대, 부드럽고 도톰한 입술을 차례로
비춰 보았다. 아가사의 말이 맞았다. 그녀는 누가 봐도 잘생긴 남자
였다.

"반칙이었어."

축축하고 지저분한 구석에 혼자 쭈그리고 앉아 있던 테드로스가
말했다.

"내가 벌을 받는 것도 괜찮고, 저녁을 못 먹는 것도 괜찮아. 다들 나를 미워하는 것도 참을 수 있어. 하지만 네가 반칙을 한 건 참을 수 없어."

왕자가 그녀를 똑바로 바라보며 말했다.

"미안하지만 내가 좀 바빠서, 얘기는 다음에……."

소피가 문을 열고 나가려는 순간에 왕자가 다시 입을 열었다.

"너도 아가사랑 똑같아."

소피는 그 자리에 돌처럼 굳어 버렸다.

"난 그 아이를 진심으로 사랑했어."

왕자는 마치 혼잣말을 하듯 그녀의 등에 대고 나직한 목소리로 중얼거렸다.

"아가사의 소원이 이루어지게 하려고 노력했지. 난 잘못된 이야기를 바로잡으려고 했어. 왕자라면 당연히 해야 할 일이니까. 마녀를 죽이고 공주에게 키스하고, 그런 게 바로 동화잖아. 아가사도 그걸 원했던 거고."

그의 목소리가 갈라지기 시작했다.

"아가사와 영원히 함께할 수만 있다면 난 소피를 살려 줄 수도 있었어. 바로 그 자리에서 아가사에게 키스하고 이야기의 결말을 지었을 거라고. 그런데 아가사는 날 속였어. 날 배신했다고. 소피를 테이블 아래에 숨겨 두고…… 나한테 계속 거짓말을 했던 거야."

소피가 천천히 몸을 돌려 테드로스를 바라보았다. 왕자는 허리를 숙이고 무릎 사이에 고개를 파묻고 있었다.

"어떻게 그렇게까지 악할 수 있지?"

그가 잔뜩 쉰 목소리로 말했다.

그를 바라보는 소피의 표정이 조금씩 부드러워지고 있을 때, 갑자기 검은 그림자 하나가 왕자를 덮치듯 나타났다.

테드로스가 고개를 들었다. 애릭이 열린 쇠창살문 앞에 서서 그를 바라보며 능글맞게 웃음 짓고 있었다.

"오늘은 특별히 내가 직접 벌을 주게 됐어."

캡틴이 손가락 마디에서 우두둑 소리를 내며 말했다.

테드로스는 주인에게 복종하는 개처럼 잠자코 눈을 돌렸다.

"넌 나가!"

애릭이 필립을 흘끗 보며 말했다.

소피의 가슴이 서늘해졌다. 그녀가 슬금슬금 뒷걸음질로 쇠창살문을 통과하자, 애릭은 그녀의 코앞에서 문을 쾅 닫아 버렸다. 캡틴이 왕자를 향해 천천히 다가가는 모습을 확인한 소피는 재빨리 고개를 돌리고 걸음을 옮기기 시작했다. 이제 테드로스는 자신을 고문할 사람과 단둘이 남게 되었다. 하지만 그것은 모두 테드로스가 자초한 일이었다. 그는 벌을 받아 마땅한 사람이 아닌가! 소피는 계속해서 스스로를 설득했다.

하프웨이 베이 너머 어두운 방 창문에서는 피로 얼룩진 파란색 보디스를 입은 아가사가 남학생 학교를 바라보고 있었다. 그녀의 팔과 다리에는 긁힌 상처와 멍 자국이 가득했다.

'서둘러야 해, 소피!'

아가사는 간절히 기도했다.

그녀가 그날 학장에 대해 알아낸 것들이 모두 사실이라면, 그들에게는 더 이상 시간이 없었다.

18
새더 교수의 과거

여덟 시간 전, 세 마녀는 아가사의 침대에 나란히 걸터앉아 있었다.

"더비 교수님과 레소 교수님이 뭐라고 하셨는데?"

도트가 말했다.

"자세히 말해 봐."

다음은 헤스터였다.

"가능한 한 간략하게 요약해서!"

아나딜의 요청이었다. 그녀는 날카로운 이와 발톱을 드러내고 문 아래에 난 틈을 지키고 서 있는 세 마리 검은 쥐를 바라보고 있었다.

"나비가 나타나면 쟤들이 모조리 죽일 거야. 쟤들을 뚫고 들어오려면 시간 꽤나 걸릴걸."

아가사는 멍한 표정으로 세 마녀를 바라보았다. 여전히 머리가 빙글빙글 도는 것 같았다. 하수도 터널에서 더비 교수와 레소 부인을 몰래 만나고 난 뒤, 그녀는 방으로 돌아와 첫 수업이 시작되기를 기다렸다. 그리고 세 마녀에게 똑같은 내용을 적은 쪽지를 보낸 뒤, 옷장 속에 몸을 숨겼다. 순찰을 도는 나비와 쉬는 시간마다 방을 들락거리는 베아트릭스의 눈을 피하기 위해서였다. 마침내 쪽지를 발견한 세 마녀가 그녀의 방으로 찾아왔고, 아가사는 하수도에서 교수들에게 들은 이야기를 차근차근 그들에게 털어놓았다. 단어 하나하나를 입 밖으로 낼 때마다 당시의 긴장감이 되살아나 가슴이 점점 더 빠르게 쿵쾅거렸다.

"학장과 전부터 아는 사이였다고?"

도트가 입안 가득 물고 있던 아티초크를 뿜어내며 말했다.

"이 학교 시작되고 첫 달부터 두 분 다 행동이 이상했어. 특히 레소 교수님은 학장만 주변에 있으면 다친 강아지처럼 기운이 없어 보이더라니까."

헤스터는 으드득 소리가 날 정도로 주먹을 꽉 주었다.

그녀의 비유는 더할 나위 없이 정확했다. 에블린 새더 학장은 이 학교에서 가장 무서운 교수를 어떤 이유에서인지…… 인간처럼 보이게 만들었다.

"더비 교수님이 학장 뜻에 이의를 제기했더니 학장이 벌을 내렸다고 말했잖아. 기억하지? 그게 다 오래된 원한을 갚는 것 같아."

헤스터가 한마디 덧붙였다.

"레소 교수님은 학장님이 10년 전에 학교에서 쫓겨났다고 말씀하셨어. 한번 쫓겨난 사람은 다시는 학교로 돌아올 수 없다고도 하셨지."

아가사가 설명했다.

"학생이든 교수든, 모두 교장의 허락을 받아야만 선과 악의 학교에 들어올 수 있으니까 그런 거야. 교장이 학장을 추방했다면 그 결정은 되돌릴 수 없어. 물론 교장이 스스로 자기 결정을 취소하고 학장을 데려왔다면 모르겠지만 그건 불가능하잖아. 교장은 이미 죽었으니까!"

헤스터가 말했다.

"남학생 하나가 보호막을 뚫고 왕자들을 학교로 들여보냈잖아. 학장님도 그렇게 한 거 아닐까?"

아가사가 마녀들을 바라보며 말했다.

"보호막을 뚫었다 하더라도, 학교에 발을 들여놓는 순간 이 건물이 학장을 다시 내쫓았을 거야. 게다가 난 남자아이 하나가 그 보호막을 뚫었다는 게 아직도 믿기지 않아. 레소 교수님의 마법을 잘 아는 누군가가 분명히 도움을 쳤을 거야."

아나딜이 대답했다.

"학교 건물이 학장을 거부한다면, 학장이 어떻게 여기 있을 수 있는 거지?"

아가사가 이해할 수 없다는 듯 다시 물었다.

"문제는 '어떻게'가 아니라 '왜'야. 학장이 왜 여기 있는지를 밝혀야 한다고. 더비 교수님과 레소 교수님이 너한테 했던 말을 기억해 봐. 학장이 너희 이야기의 일부라고 하셨잖아."

다시 헤스터가 나서서 설명을 이어 갔다.

"에블린 새더에 대해서 우리가 확실하게 아는 것들을 정리해 보자. 첫째, 학장은 새더 교수님의 여동생이야. 둘째, 학장은 모든 소리를 엿듣고 있어. 셋째, 학장은 너와 소피의 키스 때문에 이 학교로 돌아왔어. 이 사실들을 잘 종합해 보면 학장이 왜 너희 둘의 이야기에 들어가 있는지 알아낼 수 있을 거야."

아가사는 도트에게 시선을 돌렸다. 그녀는 아티초크 잎을 야금 야금 뜨며 깊은 생각에 잠겨 있었다.

"도트?"

"작년에 아빠한테 편지를 쓰면서 〈악인의 역사〉 수업에 대해 얘기한 적이 있어. 새더 교수님 수업인데 너무 지루하다고 말이야. 그런데 아빠가 답장에서 '그 여자'는 이미 오래전에 학교에서 사라진 줄 알았다고 하시는 거야. 아빠는 학교를 졸업하신 지 오래됐으니까 아마도 뭔가 착각하셨나 보다고 생각했지. 그런데 이제 와서 생각해 보니……."

도트가 소녀들을 향해 고개를 돌렸다.

"에블리 새더가 여기 교수였던 거 아닐까?"

헤스터는 도트의 말이 끝나기가 무섭게 가방을 열고 교과서를 꺼냈다.

"역사 교과서의 '28장 주목할 만한 예언자들'에 어거스트 새더 교수와 그분 가족에 대한 내용이 있어. 교과서를 쓴 저자가 자기 가족에 대해 언급하는 게 꽤나 이상하다고 생각했거든. 그래서 기억이 나."

"숙제로 읽으라고 한 부분도 아닌데 그런 걸 알아서 찾아 읽다니, 참 너답다."

아나딜이 중얼거렸다.

"난 우리 엄마처럼 오븐에 갇혀서 죽거나 너희 엄마처럼 나무통 속에서 못에 찔려 죽고 싶지는 않거든!"

헤스터는 쏘아붙이듯 대꾸하면서도 손으로는 열심히 책장을 넘겼다. 마침내 원하는 부분에 이른 그녀는 소리 내어 책을 읽기 시작했다.

"여기다. 28장 주목할 만한 예언자들……."

잠시 《학생을 위한 숲의 역사 개정판》을 들여다보던 헤스터가
화가 난 듯 철썩 책을 덮어 버렸다.

"유바 교수님 말씀이 맞았어. 학장이 제멋대로 교과서 내용을 수
정했다고 하셨잖아. 자신의 과거를 감추는 가장 좋은 방법은 그 기
록 자체를 바꿔 버리는 거지."

헤스터가 고개를 들어 아가사를 바라보았다.

"그런데 이해가 안 되는 부분이 있어. 더비 교수님이랑 레소 교
수님은 학장이 소피의 마녀 증상을 만들어 냈다고 하셨다면서?"

아나딜이 불쑥 질문을 던졌다.

"학장이 아니면 소피가 한 건데, 소피는 분명히 아니야. 하지만
학장이 왜 그랬을까? 내가 소피를 마녀라고 생각하면 학장한테 좋
을 게 뭐가 있지?"

아가사가 어리둥절한 표정을 지으며 말했다.

"네가 혼자서 테드로스를 만나러 가기를 원했다면 또 모르지."

헤스터는 깊은 생각에 잠긴 듯 입술을 잘근잘근 씹어 댈 뿐 더 이
상 아무 말도 하지 않았다.

쥐들조차 아무런 소리를 내지 않았다.

한동안 무거운 침묵이 흐른 뒤, 마침내 헤스터가 아가사를 향해
고개를 돌렸다.

"앞으로 사흘 동안 우린 대회 예행연습 때문에 꼼짝할 수 없어.
하지만 넌 자유의 몸이니까, 교수님들 말씀대로 학장을 몰래 쫓아
다니면서 무슨 일을 꾸미는지 밝혀 봐. 다시 매일 밤 독서 클럽을
열기로 하자. 그 자리에서 네가 발견한 걸 알려 줘."

"하지만 어떻게?"

아가사가 초조한 표정으로 말했다.

"어떻게 눈에 안 띄고 그분을 쫓아다닐 수가……."

하지만 곧 그녀의 목소리는 점점 작아지고, 시선은 베아트릭스의 침대 아래를 향했다.

"뭔데?"

헤스터가 물었다.

그때 문에서 짧고 거친 숨소리와 날카롭게 탁탁 치는 소리가 들려왔다. 문 아래 틈을 지키고 있던 아나딜의 쥐들이 방으로 들어오려는 나비를 붙잡아 게걸스럽게 먹어 치우고 있었다.

"서둘러!"

아나딜이 재빨리 자리에서 일어서며 마녀들을 향해 말했다.

"학장이 뭔가 눈치채겠어."

"미안하지만 네가 알아서 해야겠다."

헤스터는 도트를 문 쪽으로 밀어내며 불만 가득한 표정으로 아가사에게 말했다.

"이거 쓰는 법 좀 가르쳐 줘."

아가사의 다급한 목소리에 문으로 향하던 세 마녀가 뒤를 돌아보았다. 아가사는 반짝이는 뱀가죽 망토를 손에 들고 그들을 바라보고 있었다.

"베아트릭스가 뭔가를 감추고 있었나 봐."

아가사가 눈썹을 들썩 들어 올리며 말했다.

헤스터는 입술을 크게 벌리며 소리 없는 웃음을 지었다.

잠시 후, 검은 그림자들이 방을 나와 복도를 걷기 시작했다. 나비들은 네 명의 발자국 소리를 들었다고 보고할지도 모르지만, 그 모습을 목격한 사람이 있다면 분명 세 사람이었다고 말할 것이다.

학장은 거의 하루 종일 선의 회관에서 자신의 입맛에 맞게 수정한 역사를 가르쳤다. 아가사는 선행의 도서관으로 가서 이 에블린 새더라는 존재의 역사에 대해 찾아보기로 했다.

아가사는 여전히 짙은 라벤더 향을 풍기는 투명 망토를 뒤집어쓰고 헨젤의 안식처에 들어섰다. 식스 교수는 남자아이들의 무기를 마법의 힘으로 줄어들게 하는 칼 줄이기 과제를 진행하고 있었고, 아네모네 교수는 주문 대결 과제에 늦었으면서도 전혀 서두르는 기색이 없는 야라를 향해 무서운 표정으로 소리치고 있었다. 더비 교수는 동정심과 상식을 활용해 피에 굶주린 유령을 말로 진정시키는 사교술 과제를 설명하는 중이었는데, 아가사가 지나가는 순간 그녀를 슬쩍 본 것 같기도 했다.

아가사는 뒤쪽 계단을 통해 도서관 입구에 도착했다. 2층 높이의 책꽂이는 이른 오후의 햇살을 받아 불꽃 같은 붉은색과 황금색으로 빛났고, 그 위에서는 커다란 해시계가 반짝이고 있었다. 빠른 걸음으로 사서의 책상 앞을 지나려던 아가사가 순간 걸음을 멈췄다.

이 학교에서 지낸 2년 동안 처음으로, 깨어 있는 거북 사서의 모습을 보았던 것이다. 거대한 도서관 장부 위로 구부정하게 허리를 구부리고 앉은 거북 사서는 펜의 끝에 붙어 있는 깃털 부분을 이용해 흐물흐물한 토마토와 오이 샐러드를 떠서 천천히 입으로 가져가고 있었다. 물론 대부분은 그의 입이 아닌 무릎으로 떨어졌다. 관절염에 걸린 팔다리와 많은 나이 때문이기도 할 테지만, 거북이란 동물은 워낙 행동이 느린지라 다른 사람 같으면 세 코스짜리 정식을 먹을 시간에 그는 겨우 한 스푼을 입안에 떠 넣었다. 아가사는 결국 기다리기를 포기하고 발끝으로 살금살금 그 앞을 지나가기 시작했다. 거북 사서가 우적우적 음식을 씹는 순간에 맞춰 조심스

럽게 걸음을 옮기며 책상 앞을 통과한 그녀는 마침내 역사책들이
보관된 1층에 도착했다.

　나비 몇 마리가 머리 위를 맴돌았지만, 그녀는 개의치 않고 빠르
게 책꽂이를 훑어보았다. 이곳이라면 분명 도움이 될 만한 것이 있
으리라! 학장이 미처 왜곡하거나 삭제하지 못한 원형 그대로의 학
교 역사를 찾아내야 했다. 하지만 책등에 적힌 제목을 읽던 아가사
의 마음은 점점 더 무거워지기만 했다.

　　《왕자들의 실패의 역사》
　　《라푼젤 : 거인을 죽인 사람은 누구인가?》
　　《사기의 연대기: 왕자가 구한 것이 아니다》
　　《나약한 남성: 쓸모없는 종의 하락》
　　《백설공주의 이혼, 그 뒷이야기》

　아가사는 바닥에 털썩 주저앉고 말았다. 학장은 그녀가 생각했
던 것보다 훨씬 철저하게 자신의 자취를 감추었다.

　낙담하고 있던 아가사는 갑자기 이상한 기분을 느끼고 고개를
들었다. 거북 사서가 그녀가 앉아 있는 바로 그 자리를 뚫어지게 바
라보고 있었다. 아가사는 숨을 멈추고 꼼짝하지 않았다. 투명 망토
를 입었으니 모습이 보일 리 없는데도, 사서의 반짝이는 검은 눈동
자는 흔들림 없이 그녀를 향하고 있었다. 아무런 움직임도 없이 무
거운 눈꺼풀만 껌뻑이던 거북 사서는 마침내 뭉툭한 팔을 천천히
뻗어 얼룩덜룩한 등껍질을 벗겨 내고는 그 안에서 두꺼운 책 한 권
을 꺼내 책상 끄트머리에 내려놓았다. 그러고는 등껍질을 제자리
에 돌려놓고, 다시 남아 있는 점심 식사를 향해 눈을 돌리더니 천천

히 입을 움직이기 시작했다.

아가사는 사서의 책상 끝에 놓인 두꺼운 책을 바라보았다. 2층 창문을 통해 쏟아져 들어온 햇살이 책을 환하게 비추고 있었다.

그때 바깥에서 깔깔대는 웃음과 발자국 소리가 들려왔다. 아가사는 즉시 자리에서 벌떡 일어나 사서의 책상으로 달려갔다. 그녀가 재빨리 책을 들어 망토 안으로 숨기는 순간, 아라크네와 모나가 도서관 안으로 들어왔다. 수다에 흠뻑 빠진 두 사람은 갑자기 일어난 바람에 머리카락이 흐트러지는 것도 눈치채지 못했다.

아가사는 투명 망토로 온몸을 가린 채 명예의 탑 옥상을 향해 달렸다. 우윳빛 문을 통과한 그녀는 얼음같이 차가운 바람을 맞으며, 비둘기들이 느긋하게 거닐고 있는 산울타리 조각들 사이를 요리조리 달렸다. 잠시 후 그녀는 연못 장면을 담은 마지막 조각 앞에 이르렀다. 보라색 가시 벽 너머 발코니 근처에 위치한 외진 곳이었다. 아가사는 연못 기슭에 자리를 잡고 앉아, 망토 아래에 숨겨 두었던 책을 꺼냈다.

학생을 위한 숲의 역사

어거스트 A. 새더

아가사는 그동안 쌓였던 걱정을 털어 내듯 크게 숨을 내쉬고, 마침내 손에 넣은 옛날 역사 교과서를 가슴에 꼭 껴안았다. 역시 필요한 책을 찾는 일은 사서에게 맡기는 게 최고다. 그녀는 마음속으로 거북 사서에게 감사를 전했다. 거북 사서는 그녀가 이 책에서 무엇을 찾아내기를 바랐던 것일까? 아가사는 은색 실크 표지를 손으로 부드럽게 쓰다듬어 보았다. 검은 백조와 흰색 백조, 그리고 그 사이에서 반짝이는 이야기꾼의 모습을 따라 오돌토돌하게 솟은 점들이 손끝에 느껴졌다.

그녀는 두꺼운 교과서를 펼쳐 열었다. 글자 대신, 핀 끄트머리만큼이나 작은 무지개 색깔 점들이 줄지어 있는 것이 보였다. 새더 교수는 눈이 멀어 역사를 기록할 수는 없었지만, 자신만의 방식으로 역사를 '목격'하고 또한 자신이 본 것 그대로를 학생들에게 전달하는 방법을 찾아냈다. 아가사가 점 위로 손가락을 움직이자 유령처럼 뿌연 삼차원 장면이 책 위로 펼쳐지고, 새더 교수의 목소리가 장면을 설명하기 시작했다. 학장이 제멋대로 수정한 개정판 교과서로 공부한 여학생들은 더 이상 무엇이 사실이고 무엇이 거짓인지 알 수 없게 되어 버린 장면들이었다.

아가사가 페이지를 따라 손가락을 빠르게 움직이자, 책 위로 펼쳐진 영상도 바쁘게 바뀌어 갔다.

"28장 주목할 만한 예언자들."

새더 교수의 깊고 따뜻한 목소리가 울려 퍼졌다. 아가사가 찾던 부분이 시작되고 있었다.

조용한 장면 하나가 책 위로 안개처럼 피어올랐다. 수염이 바닥까지 내려오는 세 노인이 서로 손을 잡은 채 교장의 탑에 서 있었다. 아가사는 자세히 보기 위해 허리를 구부렸고, 새더 교수의 목소리는 설명을 이어 갔다.

"1장에서 공부했듯, 영원의 숲의 세 예언자를 포함한 모든 예언자는 세 가지 특징을 가지고 있다. 수명이 보통 사람보다 두 배로 길지만, 미래에 대한 질문에 답을 하면 그에 대한 벌로 10년을 잃게 된다. 그리고 자신의 몸에 다른 영혼을 받아들일 수 있지만 대신 치명적인 결과를……."

아가사는 손끝으로 점들을 훑어 내려갔다. 장면들이 그녀의 눈앞에서 빠르게 나타났다가 사라졌다. 페이지 중간쯤에 이르자 다른 것들보다 더 반짝이는 점들이 몇 줄 나타났다. 나중에 추가된 부분인 것 같았다.

잠시 손을 멈추고 호기심 어린 눈으로 점들을 바라보던 그녀는 첫 번째 새 점에 손가락을 가져다 댔다.

뿌연 안개 속에서 잘생긴 남자의 얼굴이 솟구치듯 나타났다. 아가사는 그의 반짝이는 은발과 적갈색 눈동자를 단번에 알아볼 수 있었다. 예전 선과 악의 학교에서 역사를 가르치던 교수의 얼굴을 보는 순간 아가사는 목이 메어 왔다. 오래전에 세상을 떠난 그리운 옛 교수는 유령같이 푸르스름한 불빛 속에서 두 눈을 깜빡이며 그녀를 바라봤다. 아가사는 눈물을 삼키며 다시 손가락을 움직이기 시작했다.

"새더 가문은 예언자 가문 중 가장 오래되었을 뿐 아니라 가장 성공적이라고 평가된다. 새더 가문에서 가장 최근 사망한 사람은 막내아들인 어거스트로, 그는 '소파와 아가사의 이야기'에서 소멸되었다.

두 쌍둥이 교장 사이에 벌어졌던 대전쟁 이후, 어거스트 새더는 선한 형제가 죽기 전 악한 형제를 견제하기 위한 주문을 만들었다고 믿었다. 선과 악 사이의 균형이 깨지지 않았음을 증명하기 위한 것이었다. 선한 형제는 그 주문을 학생들의 교복 문장에 숨겨 두었다. 그러던 어느 날 악한 형제는 자신의 보호하에 있던 학생을 죽였고, 그로써 선과 악 사이의 균형은 깨졌다. 그 순간 숨겨져 있던 주문이 풀려났고, 선한 형제의 영혼이 되살아났다. 새더는 예언자로서 자신의 몸을 영혼에게 내주었고, 덕분에 선한 형제는 자신의 악한 쌍둥이 형제를 제거하고 숲의 균형을 회복시켰다."

아가사는 그 자리에서 손을 멈췄다. 가슴이 떨려 더 이상 교수의 목소리를 들을 수 없었다. 새로운 점이 추가된 이유를 깨달았던 것이다.

'교수님은 자신의 죽음을 예견하고, 그 내용을 책에 기록한 거였어.'

아가사는 푸르스름한 빛 속에 둥둥 떠 있는 교수의 얼굴을 바라보았다. 교수는 그녀가 선과 악의 학교에 와서 처음 만났을 때처럼 잔잔한 미소를 지으며 그녀를 바라보고 있었다. 교수는 아가사가 이곳에 도착하기 전에 이미 그녀를 위해 죽게 될 운명임을 알고 있었을지도 모른다. 그럼에도 불구하고 그녀를 향해 미소를 지어 주었고, 기꺼이 그녀를 도와주었다.

아가사의 턱이 파르르 떨렸다. 그녀는 아빠가 없다는 사실을 슬퍼한 적이 없었다. 그런 생각이 아예 머릿속에 들어오지 못하게 철저히 막고 살아왔다. 하지만 그 순간, 그녀는 아빠가 있다는 것이 어떤 의미인지 알 것 같았다. 그녀의 눈에서 흘러내린 눈물이 뿌연 영상에 떨어지자, 교수의 얼굴이 사라졌다.

아가사는 눈물을 닦아 내고, 아직 남아 있는 새 점들 위로 다시 손가락을 올려놓았다.

"사실 어거스트 새더는 동화의 세계에 속하지 않은 독자들을 영원의 숲으로 불러오는 데에 중요한 이유를 제공한 사람이었다. 악한 교장이 선한 형제를 죽이고 이야기꾼을 손에 넣자, 이 마법의 펜은 나름의 방식으로 그에게 응수했다. 모든 이야기에서 선이 승리하도록 함으로써, 악은 진정한 사랑을 할 수 없다는 사실을 교장에게 끊임없이 상기시켰던 것이다. 결국 악한 교장은 사랑보다 더 강력한 무기를 찾기 위해 영원의 숲에 존재하는 모든 예언자를 찾아냈고, 그중 어거스트 새더가 그에게 답을 주었다. 그는 선과 악의 학교에서 교수 자리를 얻는 대신, 교장이 구하고자 하는 무기는 숲 너머에 존재한다는 사실을 알려 주었다. 이러한 새더의 예언은 이후 '독자에 대한 예언'으로 명명되었으며, 남성으로만 이루어진 새더 가문의 예언자들이 남긴 예언 중 가장 유명한 것으로 평가된다."

아가사가 갑자기 손을 멈추고 고개를 번쩍 쳐들었다.

'남자들뿐이라고?'

그녀는 멍한 표정으로 마지막 문장을 다시 한 번 읽어 보았다.

'남자들뿐인데 어떻게 여동생이 있을 수 있지?'

아가사는 초조한 마음으로 책장을 넘겼지만 새로운 점들은 더 이상 보이지 않았다. 손가락을 움직여도 새더 가문의 복잡한 가계도와 새더 교수의 형제와 남자 조카 들의 얼굴만 잔뜩 떠오를 뿐이었다. 결국 점이 끝나고 그녀의 손가락은 빈 페이지에 이르렀다. 내용은 그렇게 학장에 대한 언급 한 번 없이 끝이 나 버렸다.

새더 교수는 여동생 같은 건 언급할 가치도 없다고 생각했던 것일까? 아가사가 얼굴을 찡그렸다. 울컥 화가 치밀어 올라 이 커다란 책을 연못에 내던져 버릴까 생각하는 순간, 또 다른 새로운 점들이 반짝이며 그녀의 시선을 사로잡았다. 텅 빈 줄 알았던 장의 마지막 페이지 아래쪽에 깨알같이 작은 점으로 각주가 붙어 있었던 것이다.

아가사는 코가 닿을 정도로 책에 얼굴을 가까이 가져다 대고 이 작은 점들을 바라보았다. 그리고 조심스럽게 첫 번째 점 위에 손가락을 올렸다. 책 위로 우표처럼 자그마한 노란 안개가 피어오르더니 평면의 초상화 하나가 나타났다. 초상화 틀 안에는 앞니가 살짝 벌어진 아름다운 여자의 미소 짓는 얼굴이 그려져 있었다. 폭포수처럼 흘러내리는 적갈색 머리카락, 벌에 쏘인 듯 통통하게 부풀어 오른 입술, 숲처럼 짙은 초록색 눈동자가 천천히 모습을 드러냈다.

아가사는 두근거리는 가슴을 진정시키며, 다음 점을 향해 손가락을 움직였다.

"이 책에서 언급해야 할 새더 가문 사람이 한 명 더 있다. 어거스트 새더는 교장이 구하는 답을 제공하는 대가로 선의 학교 역사 교수 자리를 요청하면서, 한 가지 추가 조건을 제시했다. 그의 이복동생인 에블린 새더를 악의 학교 교수로 임명하는 것이었다. 하지만 콘스탄틴 새더의 혼외자인 에블린은 예언 능력을 갖추지 못했고, 새더 가문 혈통으로 인정받지도 못했다.

에블린 새더는 두 달 동안 악의 학교에서 역사를 가르쳤지만, 학생을 상대로 범죄를 저지른 탓에 교장에 의해 학교에서 영원히 추방되었다.

어거스트 새더는 악의 학교에서 그녀가 담당했던 수업을 이어받아 사망 전까지 그 수업을 가르쳤다."

노란 안개 속 학장의 얼굴은 여전히 평온했지만, 마지막 점에 이른 아가사의 손은 가늘게 떨리고 있었다. 세상을 떠난 교수의 목소리가 계속해서 그녀의 귓가에 울렸다.

"학생을 상대로 범죄를 저지른 탓에……."

에블린은 악의 편인 교장이 자기 측 교수를 학교에서 영원히 추방할 정도로 끔찍하고 용서받을 수 없는 죄를 저질렀던 것이다.

아가사는 심장이 멎는 것 같았다.

'에블린 새더가 대체 무슨 짓을 한 걸까?'

그때 책 위에 붕 떠 있던 학장의 초상화가 갑자기 불타오르듯 시뻘건색으로 변하더니 아가사를 향해 휙 방향을 돌렸다.

"허가 받지 않은 책이다! 허가 받지 않은 책이다!"

학장의 위협적인 목소리가 들려왔다.

순간 책장이 칼날처럼 예리하게 변하더니, 비명을 지르듯 날카로운 소리를 내며 책에서 찢겨져 나와 아가사의 가슴을 거칠게 베고 지나갔다. 겁에 질린 아가사는 손가락 끝에 불을 밝혀 보려 했지만, 칼날로 변한 다른 페이지들이 책에서 떨어져 나와 사방에서 그녀를 향해 날아들기 시작했다. 아가사는 산울타리 조각에 등을 대고 팔을 휘둘러 종잇장을 쳐 내면서 손끝에서 빛을 내는 데에 집중하려 했지만, 이미 수십 장의 종이가 그녀의 팔과 배, 다리를 그 날카로운 모서리로 공격하고 있었다. 그녀의 온몸은 불에 덴 듯 화끈거렸다. 숨을 헐떡이던 아가사는 손가락 불빛을 포기하고 소리를 질러 도움을 청하려 했지만, 바로 그때 책에서 찢겨 나온 수백 장의 종이가 얼굴을 향해 날아드는 모습이 눈에 들어왔다. 잘 갈아 놓은 칼날처럼 날카로운 종이들은 그 자리에서 당장 그녀를 죽일 기세였다. 아가사는 공포에 질려 비명을 질렀고, 순간 그녀의 손가락 끝이 황금색 불빛으로 반짝이기 시작했다. 그녀는 수백 개의 무기를 향해 재빨리 손가락을 내밀었다.

잠시 후, 하얀 데이지 꽃으로 변한 종잇장들이 바람을 타고 펄럭펄럭 연못 위에 떨어져 내렸다.

아가사는 여전히 숨을 헐떡이며, 자신의 피로 붉게 얼룩진 하얀 꽃송이들을 바라보았다.

그때 그녀의 발아래에서 무언가가 폭발하듯 굉음이 울려 퍼졌다. 선행의 도서관에서 들려오는 소리였다. 산울타리 사이를 여유롭게 거닐던 비둘기들은 일제히 날개를 퍼덕이며 하늘로 날아올랐고, 두 눈이 휘둥그레진 아가사는 재빨리 투명 망토를 뒤집어쓰고 비틀거리는 걸음으로 우윳빛 문을 통과했다. 그녀는 허둥지둥 계단을 내려가 휘청거리며 도서관 안으로 들어섰다.

사서의 책상 위에 깃털 달린 펜이 놓여 있고 반쯤 먹다 만 점심이 일지 위에 떨어져 흘러내리고 있었지만, 웬일인지 사서의 모습은 보이지 않았다. 도서관 이곳저곳으로 시선을 돌리던 아가사는 어지럽게 흩어진 책들과 종잇장을 앞에 두고, 창백한 얼굴로 넋을 잃고 앉아 있는 모나와 아라크네를 발견했다. 두 소녀는 멍한 눈으로 2층 창문을 바라보고 있었다.

아가사는 그들의 시선을 따라 천천히 고개를 돌렸다. 창문에는 거북 모양의 커다란 구멍이 뻥 뚫려 있었다.

그때 뒤에서 사각거리는 소리가 들려왔고, 아가사는 소리 나는 쪽을 향해 고개를 돌렸다. 깃털 달린 펜이 고통에 허덕이듯 털털 몸을 흔들며 일지 위에 무엇인가를 힘겹게 써 내려가고 있었다. 일을 모두 마친 펜은 그대로 책상 위에 힘없이 떨어졌고, 다시는 움직이지 않았다.

아가사는 두근거리는 가슴을 진정시키며 일지를 향해 걸음을 옮겼다. 거북 사서가 마지막 남은 마법의 힘을 쥐어짜 그녀에게 남긴 마지막 말을 보기 위해서였다.

대회를 조심해라

'소피, 서둘러!'

아가사는 간절히 기도했다.

해질 무렵 창 앞에 앉은 아가사는 남학생 학교를 바라보고 있었다. 파란 보디스에는 얼룩덜룩 핏자국이 남았고, 팔과 다리는 온통 긁히고 멍든 자국으로 뒤덮여 있었다. 그녀는 초록색 불꽃이 불타오르는 둥그런 등불을 곁에 놓아두었다. 그녀가 손수 종이로 만든 등이었다.

이제 곧 소피도 저쪽 학교에서 등불을 밝힐 것이다. 무사하면 초록색, 그렇지 않으면 빨간색 불꽃이 보일 것이다.

아가사는 시계를 바라보았다. 7시 15분…… 7시 30분……. 시간이 흘렀지만 남학생 학교에서는 어떤 불꽃도 보이지 않았다.

아가사는 여전히 가슴이 쿵쾅쿵쾅 두방망이질하는 것을 느낄 수 있었다. 기북 사서의 경고가 그녀의 머릿속에 깊이 박혀 버린 것만 같았다.

대회까지는 이틀이 남았다.

단 이틀이다.

그녀와 소피는 당장 이 학교에서 빠져나가야 했다.

그녀의 시선이 다시 시계로 향했다. 7시 45분…… 7시 50분…….

등불은 여전히 보이지 않았다.

……7시 55분…….

소피는 저곳에서 혼자 그녀의 왕자와 맞서고 있다.

그녀의 사악한 왕자…….

하지만 오늘 아침 꿈속에서 입맞춤을 건넨 왕자는 전혀 악해 보이지 않았다…….

'그만해!'

아가사는 스스로를 질책하며 다시 시계를 향해 고개를 돌렸다.

이제 8시다.

복도에서 웅성거리는 소리가 점점 커졌다. 여학생들이 저녁을 먹고 방으로 돌아가고 있었다.

아가사의 온몸에서 식은땀이 솟아나기 시작했다. 소피가 어디에 있든 그녀는 분명 위험에 처해 있다! 아가사는 괴로움에 숨을 헐떡이며 문으로 달려갔다. 친구를 위험에서 구해야만 한다!

하지만 아가사는 문 앞에서 걸음을 멈추었다. 그리고 휘둥그레진 눈으로 천천히 고개를 돌려 창을 바라보았다.

하프웨이 베이 너머 하늘 높은 곳에서, 초록색 불꽃 하나가 옅은 구름에 가린 채 반짝이고 있었다. 아가사는 눈을 가늘게 뜨고 창을 향해 천천히 다가갔다. 자욱하던 안개가 사라지며 초록색 불꽃이 점점 선명해졌다. 불꽃은 남학생 학교 첨탑이나 발코니에서 빛나는 것이 아니었다.

초록색 등불이 달린 곳은 다름 아닌 교장의 탑이었다.

아가사는 숨이 멎는 것만 같았다. 그녀는 등불 앞에서 손을 흔들어 불꽃이 깜빡이게 했다.

저 멀리에서 소피도 같은 신호를 보내왔다.

아가사의 두 눈이 튀어나올 듯 커졌다. 기대하지 않았던 깊은 안도감이 와르르 가슴속으로 밀려들었다. 소피는 이미 교장의 탑에 들어가 있다! 이제 곧 이야기꾼을 손에 넣을 것이다!

아가사는 재빨리 투명 망토를 걸치고 방을 뛰쳐나갔다. 마녀 증상이니 꿈속의 키스니 에블린 새더니 하는 것들은 이제 더 이상 신경 쓸 필요도 없었다. 그녀는 빠른 걸음으로 계단을 내려갔다. 이야기꾼이 점점 가까워지는 것만 같았다. 그 날카로운 펜촉이 검은 잉

선과 악의 학교 2

크를 뚝뚝 떨어뜨리며 '끝'이라는 글자를 쓰는 모습이 눈앞에 펼쳐졌다. 그녀는 호수 기슭에 서서 소피가 돌아오기를 기다릴 것이다. 소피가 도착하자마자 소원을 빌 수 있도록 만반의 준비를 하고 있어야 한다. 교장의 탑이 소피를 쫓아오고 남자아이들은 전쟁을 기대하며 쳐들어오겠지만, 그들이 노리는 두 소녀는 두 손을 꼭 맞잡고 밝은 빛이 되어 사라질 것이다. 동화 경연 대회는 취소되고, 이곳에도 다시 해피엔딩이 찾아오겠지! 집으로 돌아간 두 소녀는 그 어느 때보다 강한 우정을 다지고…….

하지만 밤이 되고 새벽이 될 때까지 소피는 돌아오지 않았다. 거센 찬바람이 아가사의 주변을 끊임없이 맴돌 뿐이었다.

19
남은 시간은 이틀

필립이 등장하는 순간, 아침을 먹기 위해 줄을 서 있던 남자아이들이 그를 피해 길을 내주었다. 먼지와 재를 온몸에 뒤집어쓰고 벌겋게 충혈된 눈에 검은 멍이 든 엘프 왕자에게서는 여름날 헛간에서나 날 것 같은 지독한 냄새까지 풍겨 나오고 있었다.

악의 학교 만찬실의 마법 냄비들은 벌겋게 녹슨 그녀의 들통에 스크램블드에그와 베이컨을 잔뜩 담아 주었다. 소피는 남자는 울지 않는다는 사실을 되뇌며, 두 눈을 깜빡여 눈물을 참았다. 지금쯤 그녀는 아가사와 함께 집으로 돌아가 원래의 모습을 되찾았어야 했다. 두 사람의 이야기는 영원히 '끝'이 났어야 했다. 하지만 그녀는 여전히 남학생 학교에 있었다. 어깨는 여전히 코끼리처럼 넓었고, 다리에는 털이 수북했으며, 호르몬은 계속해서 낯선 분노를 만들어 냈다. 게다가 그녀의 몸을 장악한 이 짐승 같은 남자아이는 마법 냄비가 아무렇게나 턱 내던진 기름진 베이컨을 보고 군침을 흘렸다.

지난밤, 그녀는 '특별한 명예'를 누리기 위 해 교

장의 탑으로 올라갔다. 그곳에서 이미 그녀를 기다리고 있던 맨리 교수는 그녀를 보자 조롱하듯 미소를 지으며 입을 열었다.

"이미 천 번도 넘게 찾아봤지만 실패했다. 카스토르는 젊은 아이가 보면 좀 다를 거라고 하더구나."

소피는 맨리 교수가 나간 뒤 방을 둘러보며 인상을 찌푸렸다. 부서진 벽돌 무더기, 바닥에 떨어져 나뒹구는 동화책들, 먼지와 그을음 등으로 방 안은 마치 도둑이 든 집처럼 엉망이 되어 있었다. 하지만 그녀에게는 희망이 있었다. 다른 사람은 모두 실패했지만 나는 반드시 해내리라! 소피는 밤새도록 교장의 방을 샅샅이 뒤졌다. 헐거운 벽돌을 뜯어내고 책꽂이 뒤쪽 공간을 살펴보고 동화책을 한 권 한 권 들어 흔들어 보았다. 그녀와 아가사의 이야기책은 하얀 돌 테이블 위에서 그녀의 동작 하나하나를 음흉하게 바라보고 있었다. 새벽빛이 하늘을 밝히기 시작하자 카스토르가 교장의 방으로 들어왔다. 소피는 결국 다른 모든 이와 마찬가지로 그를 빈손으로 맞이해야 했다.

"쓸모없는 왕자 같으니라고! 하긴 놀랄 일도 아니지."

카스토르가 넓적한 발로 은색 벽돌을 툭 걸어차며 퉁명스럽게 말했다.

"펜은 분명히 이 방 안에 있다. 그렇지 않았다면 탑이 벌써 다른 곳으로 움직였을 거야."

카스토르가 잠시 말을 멈추고, 창 쪽으로 고개를 돌렸다.

"폴룩스는 보물찾기 놀이를 아주 좋아했지. 이런 일을 할 땐 역시 머리가 하나인 것보다 둘인 편이 낫다니까……."

하프웨이 베이 건너편 유리 성을 바라보는 그의 두 눈이 눈물로 뿌옇게 흐려지고 있었다.

"조금만 더 찾아볼게요."

소피가《미운 오리 새끼》책을 흔들며 재빨리 말했다.

"너에게 주어진 시간은 다 끝났다, 필립."

카스토르가 그녀를 창문 쪽으로 밀어내며 으르렁댔다.

소피는 고개를 끄덕이고 순순히 금발 밧줄에 매달렸다. 실패를 인정하지 않을 수 없었다.

"테드로스는 우리가 그 펜을 찾길 바라야 할 거다."

카스토르가 그녀의 등에 대고 소리쳤다.

"이야기꾼이 학장의 손에 들어가면 우린 모두 끝장이니까."

소피는 햇빛을 받아 반짝이는 금발 밧줄을 타고 조용히 탑 아래로 내려갔다.

들통을 가득 채운 소피는 작은 철 테이블에 털썩 무너지듯 주저 앉았다. 불편한 자세로 이곳저곳을 파헤치느라 몸은 아프지 않은 곳이 없었지만, 그녀는 팔과 턱을 부지런히 움직이며 베이컨과 계란을 입안 가득 밀어 넣었다. 식사 예절 따위 신경 쓸 여유도 없었다. 테드로스가 맨리 교수에게 거짓말을 하고, 소피와 아가사에게 펜을 뺏기지 않기 위해 숨긴 것일까? 아니면 다른 누군가가 테드로스 모르게 펜을 숨겼다는 그의 말이 사실일까? 만약 그렇다면 누가 대체 어디에 숨긴 것일까?

"이야기꾼을 못 찾은 건 신경 쓰지 마. 교수님들이 일주일 내내 찾다가 안 되니까 이제 학생들을 불러다가 부려 먹는 거야."

칠리소스에 흠뻑 적신 계란을 통에 가득 채워 온 채딕이 소피의 테이블에 자리를 잡으며 말했다.

"새로 온 왕자들까지 네가 이기도록 도운 이유가 뭐겠어? 다들 밤새 이야기꾼 찾는 일 따윈 맡고 싶지 않았던 거야."

니콜라스가 바삭한 베이컨을 우적우적 씹으며 소피의 테이블에 동석했다.

"그래도 애릭이 눈 부라리는 거 보니 꽤 재밌더라. 네가 첫날부터 1등을 할 줄은 꿈에도 몰랐겠지."

라반이 벡스와 브론과 함께 좁은 자리를 비집고 들어오며 말했다.

"애릭과 한 팀이 되는 걸 다행으로 알아야 해. 이미 대회에서 여학생들을 죽일 계획을 세우고 있더라. 항복을 받아 낼 생각은 없는 것 같아."

소피는 긴장한 표정으로 애릭을 바라보았다. 제일 앞 테이블에 앉은 애릭과 그의 부하들은 3인분은 족히 되어 보이는 양의 음식을 게걸스럽게 먹고 있었다. 이틀 후면 그녀와 아가사는 저 짐승들을 상대로 동화 경연 대회를 치러야 한다. 오늘 밤에는 무슨 일이 있어도 펜을 찾아야겠다는 생각에 소피는 정신이 번쩍 들었다.

"테드로스도 어제 그런 일이 벌어질 줄은 몰랐을 거야. 네가 그놈을 박살 내는 데 우리 모두 힘을 모을 거라고는 생각도 못 했을 걸."

벡스가 뾰족한 귀를 살랑살랑 흔들며 말했다.

"오늘 앙코르 어때?"

소피가 초조한 표정을 감추며 바보 같은 웃음을 지었다.

"뭐? 앙코르?"

채딕이 코웃음을 치며 대꾸했다.

"무슨 남자애가 그런 말을 쓰냐? 멋 부리기 좋아하는 여자애도 아니고! 그리고 이제부턴 너도 네 힘으로 알아서 해. 네가 자격도 없으면서 대회에 출전하는 상황은 아무도 바라지 않는다고. 그랬다가 우리 모두 노예가 되면 어떡하냐!"

소피의 얼굴이 붉어졌다. 아무도 도와주지 않으면 어떻게 이야
기꾼을 찾으러 가지? 그녀는 입안 가득 스크램블드에그를 쑤셔 넣
었다. 괜히 입을 열었다가 또 말실수라도 할까 봐 걱정됐던 것이다.

"안녕, 필립!"

호트가 소피 옆자리를 흘끗거리며 인사를 건넸다.

"자리 없어!"

채딕이 소피 옆에 바짝 다가앉으며 그를 밀어냈다.

몸에 맞지도 않는 커다란 유니폼 속에 파묻힌 호트의 뿌루퉁한
입술이 파르르 떨렸다. 그는 마치 자기 생일 파티에서 쫓겨난 어린
아이 같은 표정을 짓더니, 족제비처럼 낑낑거리며 터덜터덜 자리
를 떠났다.

바로 그때 소피의 두 눈이 번쩍였다.

"호트, 여기 같이 앉자!"

호트는 함박웃음을 지으며 발걸음을 돌려, 툴툴거리는 다른 아
이들을 무시하고 소피 바로 옆자리에 털썩 엉덩이를 붙였다.

"내 베이컨 좀 먹을래?"

호트가 들통을 필립에게 들이밀며 한껏 들뜬 목소리로 물었다.

"난 어차피 못 먹거든. 어렸을 때 아빠가 돼지를 사 주셨는데 언
젠가 내 손으로 그 돼지를 죽여야 한다고 말씀하셨어. 악인 부모들
은 보통 그래. 반려동물을 사 주고는 잡아먹게 하……."

"호트, 나 오늘 테드로스한테 질지도 몰라. 어떡하면 좋지?"

소피는 최대한 순진한 표정을 지어 보이며 호트에게 낮은 목소
리로 물었다.

"그럴 때 가장 친한 친구가 나서는 거지."

호트가 장난기 가득한 얼굴로 소피에게 속삭였다.

"음, 그런데 말이야, 너 지금 여자처럼 다리를 꼬고 있는……."

"날 도와주겠단 뜻이지?"

소피가 안도의 한숨을 내쉬며 밝은 미소를 지었다.

"내가 어려움에 처하면 너도 날 도와줄 거잖아."

갑자기 진지해진 호트가 결연한 표정으로 말했다.

소피는 다시 한 번 억지 미소를 짓고, 호트의 베이컨을 입에 밀어 넣기 시작했다. 이 족제비 녀석이 무슨 도움을 바라는지 모르겠지만, 그런 일이 일어나기 전에 그녀와 그녀의 진짜 친구는 집에 돌아가 있을 것이다.

'어제 분명 놓친 곳이 있을 거야.'

소피는 하수도 터널을 종종걸음으로 걸어가며 사과를 한입 베어 물었다. 이야기꾼은 워낙 가늘고 날카로우니, 은색 벽돌 틈 속이나 책등과 표지 사이의 작은 공간 속에 숨겨 두었을 수도 있다. 하지만 만약 그런 곳에 가두었다면 이야기꾼이 버둥거리며 몸부림치는 소리가 들렸을 텐데, 소피는 아무리 생각해 봐도 그런 소리를 들은 기억이 없었다.

머리가 지끈거리기 시작했다. 소피는 휘몰아치는 벌건 도랑못을 지나 모퉁이를 돌아섰다. 오늘 밤에는 더 철저하게 방을 뒤져 보리라 마음먹으며, 그녀는 파멸의 방 쇠창살문을 열었다. 수업 시작 전에 단 몇 분만이라도 눈을 붙여야 살 수 있을 것 같았다.

침대에 누워 있던 테드로스가 발자국 소리에 고개를 들고 그녀를 바라보았다. 순간 소피는 걸음을 멈추었다.

그의 눈은 붉게 부풀어 올라 있었고, 눈 아래에는 짙은 다크서클이 두툼하게 자리 잡고 있었다. 건강한 구릿빛이던 피부는 핏줄이 다 비칠 정도로 창백해졌고, 밥을 못 먹어 비쩍 말라 버린 근육은 툭 튀어나온 뼈 위에 쩍 달라붙어 있었다. 그는 몸을 바들바들 떨고 있었다. 멍이나 상처, 혹은 부은 자국이 보이지는 않았지만 소피는 그의 두 눈을 통해 모든 것을 알 수 있었다. 테드로스는 어린 소년이 감당해 낼 수 없는 끔찍한 고문을 당한 것이다.

"애릭이 대체 무슨 짓을 한 거야?"

소피가 부드러운 목소리로 물었다.

테드로스는 손으로 얼굴을 감싸고 고개를 숙였다.

소피는 천천히 그에게 다가가 먹고 있던 사과를 내밀었다.

"이거라도……."

테드로스는 그녀의 손을 거칠게 쳤고, 사과는 지저분한 한쪽 구석으로 데구루루 굴러갔다.

"저리 가."

그가 조용히 속삭였다.

"뭘 좀 먹어야지."

"나한테서 떨어지라고!"

테드로스는 양 볼이 피처럼 붉어진 얼굴을 번쩍 들고서 소피에게 소리쳤다.

소피는 그대로 등을 돌려 지하 감옥에서 뛰쳐나왔다. 달려가는 그녀의 등 뒤에서, 그의 날카로운 목소리가 계속해서 메아리쳤다.

"난 못해. 속임수를 쓰다니, 그런 걸 어떻게 해!"

소피가 호트에게 말했다. 두 사람은 무기 훈련을 받기 위해 악의 회관으로 향하고 있었다.

"그러면 테드로스는 또 고문을 당할 텐데."

"네가 고문당하는 것보다는 낫잖아!"

호트가 톡 쏘듯 대꾸했다.

소피는 아무 말 없이 뒤를 돌아보았다. 테드로스는 양팔을 꼭 감싸 안고 불안한 자세로 겨우 걸음을 옮기고 있었다. 죄책감이 그녀의 목을 조여 왔다.

'내가 대체 왜 이러지!'

소피는 재빨리 고개를 돌리고 마음을 다잡았다. 내가 왜 테드로스를 걱정한단 말인가! 자기를 죽이려는 남자아이를 걱정할 이유는 하나도 없었다.

"좋아. 계획대로 하자."

소피가 이를 악물고 말했다.

"역시 내 친구다워! 대회에서도 우린 잘해 낼 수 있을 거야!"

호트가 환하게 웃으며 다정한 목소리로 말했지만, 소피는 얼굴을 찡그렸다.

"호트, 네가 어떻게 대회에 출전할 거라고……."

하지만 족제비 소년은 휘파람을 불면서 이미 그녀를 한참 앞서 걷고 있었다.

세 번째 예행연습까지는 성공적이었다. 호트의 교묘한 속임수와 소피의 능숙한 연기 덕분에 소피가 매번 1등을 차지한 것이다. 교수와 학생들 중 그들의 협업을 눈치챈 사람은 아무도 없었다. 활쏘기 예행연습에서 호트는 마법을 사용해 소피의 화살이 유령 공주의 가슴에 정확히 꽂히도록 했고, 괴물 알아맞히기 구술시험에서는 몸짓으로 답을 알려 줬다. 독초와 약초를 구분하는 생존 연습에서는 소피 대신 호트가 그녀의 식물을 먼저 맛보았고, 그 덕분에 소피는 독초를 모조리 피해 갈 수 있었다. 점심시간이 되자 소피는 자신을 바라보는 남자아이들의 시선이 바뀌었음을 느낄 수 있었다. 그들은 마운트 오노라에서 온 필립을 존경의 눈빛으로 바라보고 있었다. 필립은 동화 경연 대회에 출전할 자격이 충분하다고 생각하는 것이 분명했다. 이글이글 불타오르던 애릭의 눈빛에도 변화가 보이기 시작했다. 자신이 왕자들을 학교로 들인 것은 결국 필립 같은 사람을 찾아 대회에 함께 출전하기 위해서였다는 사실을 새삼 깨닫고 있는 듯했다.

하지만 테드로스는 필립이 계속해서 속임수를 쓰는 것을 알고 있었다. 교수나 다른 아이들에게는 한마디도 하지 않았지만, 예행연습을 할 때마다 소피를 바라보는 그의 눈빛은 점점 어두워져 갔다. 그의 두 눈은 마치 이처럼 사악한 인간은 평생 본 적이 없다고 말하는 듯했다. 세 번째 예행연습에서 그는 아예 이기려는 시도조차 하지 않았다. 마지막 시간은 털북숭이 거인 모신이 진행하는 숲 그룹 수업이었다. 테드로스와 필립은 링에 올라 스파링 대결을 펼쳐야 했다. 아무런 규칙도 없이 그야말로 맨손으로 치고받는 싸움을 벌이게 된 것이다. 하지만 테드로스는 필립을 반으로 자를 듯 날카로운 눈빛으로 바라보더니, 싸움이 시작되기도 전에 무릎을 꿇고 그에게 승리를 넘겨주었다.

남자아이들은 함성을 지르며, 엘프 왕자가 이틀 연속 승자가 된 것을 축하했다. 하지만 소피는 승리의 기쁨을 전혀 느낄 수 없었다. 그녀를 바라보는 테드로스의 차가운 두 눈은 그녀의 모든 것을 꿰뚫고 있는 것만 같았다.

'소피가 왜 아직 돌아오지 않는 걸까?'

선과 악의 학교 2

아가사는 투명 망토를 입고 자주색 브리즈웨이를 따라 관용의 탑으로 향했다. 지난밤, 소피의 초록색 등불이 교장의 창문에서 반짝였지만 소피는 펜을 가지고 돌아오지 못했다. 그렇다면 가능한 대답은 하나뿐이었다.

'아직 못 찾은 거야.'

아가사의 호흡이 빨라지기 시작했다. 두 사람은 매분, 매초 대회에 조금씩 가까워지고 있었다. 소피가 펜을 찾아 돌아오지 못한다면……. 아가사는 속이 뒤틀리는 것만 같았다. 거북 사서의 경고가 다시 한 번 그녀의 머릿속에 떠올랐다.

그녀는 학장이 무슨 음모를 꾸미고 있는지 밝혀내야 했다.

아가사는 오전 내내 투명 망토에 몸을 숨긴 채 선의 회관 앞에서 에블린 새더를 기다렸다. 수업 사이 쉬는 시간에 그녀를 따라갈 셈이었다. 수업이 시작될 때마다, 아가사는 문틈으로 회관 안을 들여다보았다. 학장은 여학생들을 《푸른 수염》 이야기 속으로 데려갔고, 학생들은 여덟 명의 아내를 모조리 죽여 버린 이 소름 끼치는 남편의 이야기에 역겨운 표정을 지었다.

"너희에게 겁을 주려고 이 이야기를 보여 주는 것이 아니란다."

매 수업이 끝날 무렵 학장은 같은 말을 반복했다.

"대회에서 남자아이들이 얼마나 잔악해질 수 있는지 상기시키기 위해 이 이야기를 선택한 거야. 그 아이들은 너희가 항복 수건을 떨어뜨릴 때까지 점잖게 기다려 주지 않을 거다. 항복으로 만족할 사람들이 아니니까."

학장이 옅은 미소를 지었다.

"너희도 같은 태도로 그들을 대해야 한단다."

쉬는 시간이 되자 학장은 엉덩이를 살랑살랑 흔들며 회관을 빠져나갔고, 아가사는 그녀의 뒤를 쫓았다. 하지만 복잡한 복도에서 누구의 눈에도 띄지 않고 움직이기란 여간 어려운 일이 아니었다. 아가사의 몸에는 존재하지 않는 우아함과 민첩함이 동시에 요구되는 임무였던 것이다. 네 번째로 학장을 시야에서 놓쳐 버린 아가사는 결국 어깨를 축 늘어뜨린 채 벽에 털썩 기대고 말았다.

"폴룩스 교수님, 점심은 저 혼자 가져올 수 있다니까요."

그때 등 뒤에서 씩씩거리며 말하는 더비 교수의 목소리가 들려왔다.

아가사는 고개를 들고 소리 나는 곳을 바라보았다. 금방이라도 쓰러질 것 같은 늙은 올빼미의 몸뚱이에 커다란 털북숭이 머리를 얹은 폴룩스가 날개를 퍼덕거리며 초록색 드레스를 입은 교수의 뒤를 따라가고 있었다.

"요즘 이상한 일이 많아서요."

폴룩스가 헐떡대며 대꾸했다.

"하수도에서 이상한 목소리가 들리지를 않나, 나비들이 쥐한테 잡아먹히지를 않나, 복도에서 웬 유령한테 부딪쳤다는 학생들도 있고요……. 그래서 학장님께서 대회 전까지 교수님과 레소 부인에게서 한시도 눈을 떼지 말라고 지시하셨어요."

"학장님께서 제 연구실을 뺏어 가지 않았으면 폴룩스 교수님이 저를 찾아 헤맬 일도 없었을 텐데요!"

더비 교수가 버럭 화를 내고 빠른 걸음으로 계단을 내려가자, 올빼미 몸뚱이의 폴룩스는 다시 날개를 퍼덕이며 그녀를 뒤쫓기 시작했다.

두 사람을 지켜보던 아가사는 두 눈을 동그랗게 떴다.

수업이 끝나기 30분 전, 아가사는 종종걸음으로 관용의 탑 유리

나선 계단을 올라 6층에 단 하나뿐인 방으로 향했다. 학장에게 빼앗겼다는 더비 교수의 연구실이었다. 하얀 대리석 문에는 에메랄드 딱정벌레 대신 파란 나비가 새겨져 있었다. 아가사는 올라오는 사람이 없는지 확인하기 위해 계단을 꼼꼼히 내려다보았다.

잠시 후 문 앞에 다가선 아가사가 은으로 만들어진 문손잡이를 돌려보았지만, 문은 단단히 잠겨 있었다. 아가사는 손가락 끝에 황금 불빛을 밝히고 열쇠 구멍에 기절 주문을 쏘아 보았다. 아무 반응이 없었다. 해동 주문 역시 마찬가지였다. 절박한 심정으로 마지막 냉동 주문을 쏘는 순간, 문에서 철컥 소리가 들려왔다.

믿기 힘든 행운에 한껏 들뜬 아가사는 문손잡이를 덥석 잡았지만, 누군가가 이미 반대편에서 손잡이를 잡고 천천히 문을 열고 있었다. 그녀는 깜짝 놀라 재빨리 계단 난간에 기대어 몸을 숙였다.

잠시 후 활짝 열린 문 사이로 긴 코에 주근깨 박힌 얼굴이 나타났다. 소녀는 눈을 굴려 좌우를 살피더니 연구실 문을 닫고, 계단 난간을 미끄러지듯 타고서 아래층으로 내려갔다.

바닥에 잔뜩 몸을 웅크리고 있던 아가사는 계단 아래로 사라져 가는 적갈색 머리카락을 멍하니 바라보았다.

'야라가 학장님 연구실에서 대체 뭘 하고 있던 거지?'

그때 그녀의 등 뒤에서 삐걱거리는 소리가 들렸다. 하얀 대리석 문이 다시 닫히고 있었다.

아가사는 재빨리 몸을 돌려 문 사이에 발을 밀어 넣었다.

저녁 식사 시간이 되기 전, 맨리 교수가 파멸의 방에 다시 들렀다. 그는 테드로스가 이야기꾼을 어디에 숨겼는지 말하면 먹을 것을 주겠다고 약속했고, 테드로스는 자신의 결백을 주장하며 제발자비를 베풀어 달라고 간청했다. 맨리 교수는 그대로 파멸의 방을 나갔고, 왕자는 또 한 번 굶주림의 밤을 맞이하게 되었다.

예전에는 해 질 녘이 되면 하수도 터널에도 빛이 들었다. 서쪽 하늘에 낮게 뜬 해가 하프웨이 베이에 비치면 호수는 은빛으로 반짝였고, 오렌지색 빛이 선의 학교 쪽 터널을 통해 악의 학교 쪽까지 쏟아져 들어왔던 것이다. 하지만 두 학교 사이에 거대한 바위가 놓인 후부터 파멸의 방은 언제나 어둠에 잠겨 있었다. 왕자는 이 짙은 어둠 속에서 차가운 철제 침대 틀에 앉아, 벌건 도랑못 물이 소용돌이치며 거대한 바위에 철썩철썩 부딪치는 소리를 들었다. 아무것도 먹지 못한 지 벌써 엿새째였다. 그의 심장은 죽어 가는 엔진처럼 느릿느릿 털털거렸고, 텅 빈 위장은 너무 아파 더 이상 견딜 수가 없었다. 터널 안은 찌는 듯 더웠지만, 왕자는 이가 딱딱 부딪칠 정도로 온몸을 떨었다.

오늘 밤 다시 벌을 받게 되면, 그는 더 이상 버틸 수 없을 것이 분명했다.

쇠창살문이 열리는 소리가 들렸지만 왕자는 꼼짝도 하지 않았다. 잠시 후 진한 음식 냄새가 그의 코를 찔렀다.

필립이 삶은 양고기와 매시포테이토가 가득 담긴 들통을 왕자 앞에 슬쩍 밀어 넣고, 천천히 뒷걸음치고 있었다.

"맨리 교수님한테는 카스토르 교수님 드릴 거라고 말했어."

필립이 억지스럽게 낮은 목소리로 말했다.

"카스토르 교수님한테는 맨리 교수님 드릴 거라고 했고."

테드로스가 고개를 들어 엘프 왕자를 바라보았다. 너무나 강하면서 동시에 연약한 이 아이는 남자란 어떠해야 하는지를 전혀 모르고 살아온 것 같았다. 그는 너무 자주 웃었고, 다른 남자아이들과 함께 있을 때에는 너무 가깝게 붙어 섰다. 툭하면 머리카락을 만지작거렸고, 음식은 괴상할 정도로 작게 잘라 먹었으며, 얼굴에 뭐가 나지는 않았는지 확인하려는 듯 틈만 나면 손끝으로 얼굴을 더듬기도 했다. 하지만 무엇보다 이상한 것은 그의 눈이었다. 필립의 커다란 에메랄드빛 눈동자는 때로는 얼음보다 차가웠지만, 때로는 끝을 알 수 없을 정도로 깊고 연약해 보였다. 마치 선과 악 사이에서 갈팡질팡하는 것 같았다. 테드로스는 예전에 이와 꼭 닮은 눈에 깜빡 속아 넘어간 적이 있었다.

다시는 그런 실수를 저지르지 않을 것이다.

테드로스는 들통을 낚아채 차가운 돌바닥에 음식을 쏟아 내 버렸다. 필립의 온몸에 기름이 튀었다. 테드로스는 텅 빈 들통을 바닥에 내팽개치고는 숨을 헐떡이며 다시 침대에 앉았다.

필립은 아무 말 없이 자기 침대로 가 구부정하게 끄트머리에 걸터앉았다.

두 사람은 그렇게 입을 꼭 다문 채 각자 자리에 앉아 있었다. 그리고 잠시 후, 다시 한 번 쇠창살문이 열리고 검은 그림자가 방 안으로 들어왔다.

"안 돼……."

필립이 숨을 헉 들이마시며 애릭을 올려다보았다. 그의 벨트에는 동그랗게 감긴 채찍이 걸려 있었다.

"이러다가 정말 죽겠어."

"넌 이야기꾼을 찾고 있어야 하지 않아?"

애릭이 조롱하듯 말했다.

"얘를 좀 봐! 숨만 겨우 붙어 있는……."

필립이 긴장한 목소리로 다급하게 소리쳤지만, 애릭의 보라색 눈동자는 테드로스의 침대 옆에 나뒹굴고 있는 텅 빈 들통을 향하고 있었다.

"음식을 훔쳤군."

그는 허리춤에 매달린 채찍을 손끝으로 만지작거리며 음흉한 눈빛으로 왕자를 바라보았다.

"오늘은 그에 대한 벌로 시작하는 게 좋겠다."

"아니야! 내가 그런 거야. 테드로스, 어서 말해!"

필립이 소리쳤지만, 테드로스는 불타는 눈으로 필립을 노려본 뒤 바로 고개를 돌려 버렸다.

흥분해서 씩씩거리던 필립의 숨소리가 잦아들었다. 테드로스가 그의 도움을 원하지 않는다는 사실을 깨달았던 것이다. 벽에 비친 필립의 그림자가 잠시 머뭇거리는 듯하더니, 마침내 방 밖으로 빠져나갔다.

"벽돌에 손 올려."

애릭이 왕자에게 명령했다.

테드로스는 몸을 돌리고 지저분한 벽 위에 두 손을 올려놓았다.

등 뒤에서, 애릭이 벨트에서 채찍을 떼어 내는 소리가 들려왔다. 테드로스의 심장이 공포로 쿵쾅거리기 시작했다. 저 채찍이 등을 후려치는 순간, 자신은 쓰러지고 말 것이다. 테드로스는 죽고 싶지 않았다. 적어도 아버지보다 더 비참한 방식으로 마지막 순간을 맞이하고 싶지는 않았다. 그의 두 눈에 눈물이 차오르고, 팔다리가 가늘게 떨려 왔다. 그는 벽에 비친 애릭의 그림자를 바라보았다. 애릭은 둥글게 말린 채찍을 풀어내고 있었다.

채찍 손잡이를 잡은 그림자의 손이 공중으로 높이 올라가, 테드로스의 등을 향해 있는 힘껏 채찍을 휘둘렀다.

하지만 채찍이 공기를 가르는 날카로운 소리가 들리는 순간 애릭의 그림자가 휘청거리며 벽으로 밀려났고, 공중을 가른 채찍은 테드로스의 등이 아닌 다른 누군가의 몸 위로 힘없이 떨어졌다.

테드로스는 깜짝 놀라 몸을 돌렸다.

필립이 애릭의 목을 움켜잡고 그를 벽에 밀어붙이고 있었다. 채찍이 감긴 필립의 팔에서는 피가 흐르고 있었다.

"교수님들께 전해. 이 아이를 해치려면 나부터 해치워야 할 거라고."

필립이 으르렁거리며 말했다.

테드로스는 두 눈을 껌뻑거렸다. 자신의 눈앞에서 펼쳐지는 일이 꿈인지 생시인지 구분할 수 없었던 것이다.

필립의 거친 손아귀에 꼼짝없이 붙잡힌 애릭은 잠시 초조한 표정을 지었지만, 곧 잔인한 미소를 띠며 필립의 손을 밀쳐 냈다.

"대회 출전자로 안성맞춤이군. 의리를 무엇보다 중요하게 생각하는 그 태도 말이야."

그는 필립에게서 재빨리 몸을 빼내며 말했다.

"너는 여기보다 훨씬 좋은 방이 어울려. 내가 교수님들께 말씀드려 볼게."

"난 여기가 좋아!"

필립이 빠른 걸음으로 방을 나가는 애릭의 등에 대고 소리쳤다.

구슬처럼 동그래진 눈으로 애릭이 도망가는 모습을 지켜본 테드로스는 천천히 고개를 돌려 필립을 바라보았다. 필립은 분노로 벌겋게 달아오른 얼굴로 그를 향해 이를 드러내고 있었다.

"지금 당장 먹어! 안 그러면 내 손으로 죽여 주겠어."

필립이 사나운 목소리로 말했다.

테드로스는 아무런 대꾸도 할 수 없었다.

아가사는 연구실 한쪽 구석에 걸린 대형 괘종시계를 보았다.

다음 쉬는 시간까지는 10분이 남았다.

그녀는 학장의 연구실을 둘러보았다. 이상할 정도로 휑한 분위기였다. 더비 교수의 책상 위에는 부러진 깃펜과 성적을 기록한 장부, 그리고 호박 종이 누르개 아래에 깔린 종잇장들이 어지럽게 널려 있었지만 새더 학장의 마호가니 책상은 깨끗했다. 텅 빈 책상 한쪽 구석에 가늘고 긴 누런색 초가 하나 세워져 있을 뿐이었다.

'야라가 대체 여길 왜 왔을까?'

아가사의 궁금증이 다시 꿈틀대기 시작했다. 그녀는 그날 갤러리에서 야라가 학장에게 하는 이야기를 분명히 들었다. 두 사람은 야라가 이 학교에 머무는 것에 대해 말하고 있었……. 아가사는 샛길로 빠져 버린 생각들을 털어 내듯 고개를 흔들었다. 지금 그녀가 집중해야 할 사람은 학장이지, 말을 하는지 못하는지도 확실치 않은 괴짜 소녀가 아니었다.

아가사는 텅 빈 책상 뒤에 놓인 튼튼한 나무 의자에 등을 잔뜩 구부리고 앉았다. 시간은 계속해서 흘러가고 있었다. 하지만 그녀는 좀처럼 문제에 집중하지 못하고, 멍한 얼굴로 초 심지를 바라봤다.

학장은 선과 악의 학교가 여학생 학교와 남학생 학교로 바뀌던 날 이곳에 나타났다. 그녀와 소피의 이야기가 교장을 죽이고, 대신 교장이 추방했던 다른 악한 교수 한 명을 학교로 불러들인 것이다.

대체 왜일까?

아가사는 더비 교수와 레소 부인이 했던 말들을 곱씹어 보았다. 소피의 마녀 증상은 에블린 새더나 소피 두 사람 중 한 명의 작품이다. 다른 가능성은 없었다. 에블린 새더는 학생들을 대상으로 죄를 저지른 전력이 있다. 그리고 소피의 증상이 나타날 때마다 그녀는 늘 같은 공간에 있었다. 비스트가 나타났을 때도, 무사마귀가 보였을 때도, 변신술에 문제가 생겼을 때도…….

'내가 왜 이런 생각을 하고 있는 거지?'

범인은 분명히 에블린 새더다. 그녀가 저지른 짓이다.

하지만…… 만약 그렇지 않다면…….

아가사는 두 눈을 감고, 지난번 꿈속에서 본 장면을 떠올렸다. 그는 너무나 차분하고 행복해 보였다. 그의 금빛 머리카락은 눈 속에서도 은은하게 빛나고 있었다……. 살짝 비뚤어진 그의 미소와 풀어진 셔츠 끈이 보였다. 바로 이 학교에서 그가 그녀에게 무도회 파트너가 되어 주기를 청할 때 모습 그대로였다……. 그날 이후 그들의 이야기는 이상한 방향으로 꼬여 버렸다……. 아가사는 그 모든 일이 하나의 거대한 실수처럼 느껴졌다……. 그의 입술이 느껴졌다. 그가 그녀를 가까이 끌어안자, 그의 가슴에 맞닿은 그녀의 심장이 쿵쾅대기 시작했다. 그 어느 때보다 강렬하게…….

아가사가 두 눈을 번쩍 떴다. 그녀는 여전히 차갑고 텅 빈 연구실에 있었다.

이것은 단순한 꿈이 아니다.

그녀의 마음은 여전히 테드로스를 원했다.

그녀의 소원이 더욱 강렬해지고 있었던 것이다.

아가사의 얼굴이 빨갛게 달아올랐다. 지금 왕자를 생각하느라 친구는 까맣게 잊어버린 것인가? 자신의 가장 친한 친구는 자신이 그토록 원하는 왕자로부터 두 사람을 구해 내기 위해 목숨을 걸고 싸우고 있지 않은가! 아가사는 두 손으로 책상을 내려치며 자리에서 벌떡 일어섰다. 그녀는 자신 안에 존재하는 이 나약하고 어리석은 공주가 죽도록 미웠다. 이 끈질긴 공주의 입을 막을 방법이 더 이상은 없는 것 같았다.

바로 그때, 아가사가 무엇인가에 홀린 듯 천천히 다시 자리에 앉았다.

그녀는 책상 한쪽 구석에 놓인 초를 바라보고 있었다. 초의 표면에서 이상한 주름을 발견했던 것이다. 아가사는 손을 뻗어 초를 만져 보았다. 당연히 밀랍일 것이라고 생각했지만 그것은 종이였다. 그녀는 초를 가까이 끌어당겼다. 초 표면에 종이가 둥글게 말린 채 하얀 실로 꼭 묶여 있었다. 잠시 후면 학장이 수업을 마치고 연구실로 돌아올 것이다. 아가사는 마음을 진정시키며 조심스럽게 종이를 풀어 초에서 벗겨 낸 뒤 책상 위에 펼쳤다.

종이는 총 세 장이었다.

첫 번째 종이는 파란 숲의 지도였다. 숲 그룹 수업에서 매년 학생들에게 나눠 주는 것과 동일한 지도로 양치식물 구역, 청록색 잡목 숲, 파란 개울 등 주요 구역의 이름이 적혀 있었다.

아가사는 이들 구역 중 한 곳에 빨간 동그라미가 그려져 있는 것을 발견했다. 지도에서 유일하게 특별한 표시가 남겨진 곳이었다. 이상한 일이었다. 아가사는 동그라미가 그려진 구역을 자세히 살펴보았다.

옥색 동굴

한 번도 들어 본 적 없는 이름이었다. 물론 가 본 적도 없었다. 들쭉날쭉한 절벽 면을 기어 올라갈 방법도 없거니와, 텅 빈 동굴에 갈 이유도 없기 때문이었을 것이다. 학장은 왜 이런 곳에 동그라미 표시를 했을까?

아가사는 다음 종이로 시선을 옮겼다. 진홍색 뱀 모양 봉인이 뜯겨져 나간 편지에 그날의 날짜가 적혀 있었다.

에블린 새더 학장님께

모호한 상황이 발생하는 것을 막기 위해, 다음과 같은 세부 규칙을 전달합니다.

1. 내일 정오, 저와 학장님은 파란 숲 정문에서 만납니다. 각 학교의 학장으로서 우리 두 사람은 30분 동안 대회 장소에 덫을 설치할 것이고, 학장님의 요청대로 옥색 동굴은 출입금지 구역으로 합니다.

2. 이번 대회의 중요성을 감안하여, 기존의 대회 전 숲 정찰 절차는 생략합니다.

3. 이번 대회에는 각 학교에서 선발된 열 명의 출전자가 참가하며, 출전자는 각자 하나씩 무기를 지참합니다. 출전자를 제외한 누구도 대회장에 들어갈 수 없고, 대회 관람도 불가합니다. 주문과 탤런트는 제한 없이 허용합니다.

4. 만약 일출 시 여학생과 남학생 양쪽 모두 숲에 남아 있을 경우, 어느 한쪽만 남을 때까지 대회를 계속합니다.

5. 결과가 어떠하든 테드로스가 제시한 조건을 준수해야 합니다. 여학교가 이기면 남자들은 여자들의 노예가 될 것이고, 남학교가 이기면 독자들은 남자들에 의해 공개 처형되며 학교는 선과 악의 학교로 돌아갑니다.

이 규칙들을 위반할 시 대회는 무효가 되고 전쟁이 시작될 것입니다.

행운을 빕니다.

남학교 학장 대행

빌리어스 맨리 교수

아가사는 얼굴을 찡그렸다. 수많은 질문이 그녀의 머릿속을 맴돌았다. 대회 전 정찰 절차는 왜 생략하려는 것일까? 옥색 동굴은 대회장에서 제외되었는데 학장은 왜 그곳에 동그라미를 표시했을까? 아가사는 세 번째 종이로 눈을 돌렸지만, 마음은 여전히 불편했다. 이런 상황에서 테드로스를 생각했다니! 생각 정도가 아니라 원했다니…….

순간 그녀의 머릿속을 맴돌던 모든 생각이 멈춰 버렸다.

그녀의 손에는 마법의 물약 재료와 그것을 만드는 방법이 작은 글씨로 상세하게 적혀 있는 종이가 들려 있었다. 낡을 대로 낡은 종이는 빼곡하게 써 넣은 글씨로 빈틈 하나 없이 가득 차 있었다.

몇 주 전, 유바가 교실에서 잃어버렸던 바로 그 종이였다.

학장의 연구실에서 그 종이를 바라보고 있자니 그녀의 머릿속에 질문 하나가 떠올랐다. 그 질문은 다른 모든 질문을 순식간에 태워 없애 버리고, 그녀의 머리 깊은 곳에 뚜렷하게 각인되었다.

에블린 새더가 멀린의 잃어버린 주문이 적힌 유바의 종이를 어떻게 찾았느냐는 중요하지 않았다.

아가사는 학장이 그 주문을 이용해 대체 무슨 짓을 했는지 밝혀내야 했다.

20

한 걸음 앞서가기

무릎을 꿇고 앉은 테드로스는 바닥에 떨어진 양 갈비를 또 한 점 집어 들었다. 그는 굶주린 사자처럼 살점을 깨끗하게 뜯어 먹은 뒤, 바닥에 흩어진 뼈 무더기 위로 하얀 뼈를 내던졌다. 그 후로도 갈비 여섯 점을 더 해치운 테드로스는 음식이 넘어오려는 것을 참는 듯 창백해진 얼굴로 배를 움켜쥐었다.

그때 삐걱거리는 소리와 함께 쇠창살 문이 열리고 필립이 들어왔다. 온몸이 땀범벅이 되어 버린 필립의 팔에는 말라붙은 핏자국이 그대로 남아 있었다.

"과식할 줄 알았어."

그는 양손에 들고 있던 따뜻한 머그잔 중 하나를 테드로스 앞에 내려놓았다. 잔거품이 뜬 액체가 담겨 있었다.

"뜨거운 물에 뭉근하게 끓인 쌀이야. 속 진정시키는 데 효과가 좋거든. 페퍼민트나 신선한 생강이 있으면 소화에 도움이 되는 음료를 만들 수도 있을 텐데……."

소피는 테드로스의 시선을 느끼고 말을 멈추었다. 그녀는 자신이 남자임을 상기하듯 거칠게 헛기침을 한 번 하고 굵은 목소리로 다시 입을 열었다.

"마셔."

테드로스는 뜨거운 차에 살짝 입을 대는 듯하더니, 이내 인상을 찌푸리며 머그잔을 내려놓았다.

"필립, 너 이야기꾼 찾으러 가야 하는 거 아니야?"

"맨리 교수님한테 널 심문한 뒤에 가겠다고 말씀드렸어."

소피가 테드로스의 맞은편에 자리를 잡으며 근엄한 표정으로 말했다.

'그래! 난 그것 때문에 재를 살려 준 거야.'

소피는 넓은 어깨를 벽에 기대며 스스로에게 다짐하듯 생각했다. 이야기꾼이 어디 있는지 말해 줄 사람은 테드로스뿐이지 않은가!

'다른 이유는 없어.'

테드로스가 조금이라도 걱정돼서 그를 구해 준 것은 절대 아니었다. 소피는 온몸에 힘을 주고 테드로스를 노려보며, 자신이 이곳에 온 목적을 다시 한 번 마음속에 새겨 넣었다.

"이야기꾼 어디 있는지 말해, 테드로스."

"이미 다 말했잖아. 트리스탄이랑 내가 소피랑 아가사에게 뺏기지 않으려고 펜을 묻었어."

테드로스의 반응은 날카로웠다.

"헐거운 벽돌 아래 숨겨 놨는데, 어떻게 사라져 버렸는지는 나도 모르겠어."

자신을 뚫어지게 바라보는 필립을 흘끗 쳐다본 테드로스가 어깨를 축 늘어뜨리며 고개를 숙였다.

"필립, 너한테는 거짓말 안 해. 날 살려 줬잖아."

"그럼 대체 누가 가져간 걸까?"

소피는 속이 울렁거렸지만 아무 내색 없이 질문을 이어 갔다.

"트리스탄도 조사해 봤대?"

"쳇, 이야기꾼이 걔 손에 있었다면 바로 교수님들한테 드렸을 걸!"

테드로스가 부츠를 벗어 던지며 투덜거리듯 말했다.

"게다가 며칠째 그 녀석을 본 사람이 아무도 없어. 수업이 시작되기 전에 어디론가 떠나 버린 것 같아. 걔가 원래 다른 애들을 별로 안 좋아하거든."

"카스토르 교수님은 그 펜을 못 찾으면 우리 모두 끝이라고……."

"이야기꾼은 거울처럼 그 주인의 영혼을 그대로 드러내지."

테드로스가 허리를 더욱 깊이 웅크리며 중얼거렸다.

"그 펜이 학장 손에 들어가면 동화가 끝날 때마다 수없이 많은 남자아이들이 죽어 나가게 될 거야. 첫 번째 표적은 내 이야기가 되겠지."

'내 이야기.'

숲에 존재하는 남자아이들이 다 죽을지도 모른다는 생각보다 테드로스의 이 말이 소피에게는 더욱 큰 충격으로 다가왔다. 소피는 늘 이것이 그녀의 이야기고, 테드로스는 주인공을 방해하는 악당이라고 생각했다. 하지만 테드로스는 이것을 자신의 이야기라고 생각한다는 사실을 이제야 알 수 있었다. 그 역시 그녀만큼이나 해피엔딩을 누릴 자격이 있는 주인공이었던 것이다.

"아가사가 널 소원으로 빌었잖아. 넌 그걸 어떻게 들었어?"

소피가 조용히 입을 열었다.

테드로스는 잠시 이를 악물고 아무 말도 하지 않았다.

"엄마가 떠났을 때 난 겨우 아홉 살이었어. 깜깜한 밤이었고, 난 반대편 건물에서 잠들어 있었지. 그날 밤 난 이유도 모른 채 땀에 흠뻑 젖은 상태로 벌떡 침대에서 일어나 휘청거리며 창문으로 달려갔어. 심장이 찢겨져 나가는 것 같은 기분이 들었지. 내가 마지막으로 본 건 내가 가장 아끼는 말을 타고 엄마가 숲속으로 달려가는 모습이었어."

테드로스는 벽돌 사이의 틈을 손가락 끝으로 더듬으며 말을 이었다.

"아가사가 소원을 빌었던 그날도 난 그렇게 잠에서 깨어났어. 필립, 아가사는 내가 그 소원을 듣기를 바랐던 거야. 난 그 말이 진심이라고 믿었어."

테드로스의 두 눈에 눈물이 차올랐다.

소피는 초조한 듯 지저분해진 손톱을 만지작거렸다.

"진심이었을 수도 있지. 뭔가가…… 중간에서 방해를 했을 수도 있잖아."

그녀는 혼잣말을 하듯 낮은 목소리로 중얼거렸다.

테드로스는 눈을 문지르고, 허리를 곧게 펴 자세를 바로잡았다.

"필립, 넌 좋은 친구야. 그렇게까지 날 도와주지 않아도 됐는데."

소피는 고개를 흔들었다.

"네가 죽게 내버려 둘 수는 없었어. 그럴 순 없었다고."

소피가 차마 그를 바라보지 못하고 나직한 목소리로 속삭였다.

"작년에 소피도 똑같은 말을 했어. 대회에서 날 보호해 주겠다고 약속했는데……. 내가 죽을 상황에 처하자 외면해 버렸지. 그런 게 남자와 여자의 차이인가 봐."

테드로스가 지저분한 검은 양말에 난 구멍을 손가락으로 만지작 거리며 말했다.

마침내 고개를 든 소피가 두 눈을 껌뻑이며 테드로스를 바라보 았다.

"진짜야, 필립. 너도 책에서 봤겠지만 걘 정말 지독하게 악한 아 이였어."

소피는 마른침을 꿀꺽 삼켰다.

"그 소피라는 애…… 어떤 사람이었어?"

"내가 본 여자들 중 가장 아름다운 아이였지. 너처럼 금발에…… 그러고 보니 초록색 눈동자도 너랑 꼭 닮았다."

테드로스가 필립을 뚫어지게 바라보며 말했다. 필립은 불편한 듯 시선을 돌렸고, 테드로스는 재빨리 고개를 숙인 뒤 다시 입을 열 었다.

"하지만 그 아름다운 외모 아래에는 아무것도 없었어. 난 그 아 이한테 몇 번이고 새로운 기회를 줬지만 번번이 속임수에 당하고 말았지. 걘 그냥 왕자라는 이름을 가진 사람을 만나고 싶었던 것 뿐이야. 내가 어떤 사람인지에는 전혀 관심도 없었다고. 아가사가 대체 뭘 보고 그 아이 목숨을 살려 줬는지 정말 모르겠어."

"아무래도 너보다는 소피가 아가사를 더 잘 알기 때문이겠지."

"아가사는 왕자와 영원한 행복을 누릴 자격이 있는 선한 아이였 어."

테드로스가 갑자기 날카로워진 말투로 대꾸했다.

"하지만 그 아이는 진정한 사랑 대신 사랑처럼 보이는 다른 것에 마음을 빼앗겼지. 다 소피 때문이야. 소피가 그 아이를 망쳤어."

"네가 공주에게 선택권을 줬기 때문이잖아. 테드로스, 네 운명은 네가 책임지는 거야. 아가사나 소피한테 책임을 돌리지 말라고!"

얼굴이 붉게 달아오른 엘프 왕자가 발끈하며 외쳤다.

테드로스는 얼굴을 찡그릴 뿐 더 이상 아무 말도 하지 않았다.

"여자는 왜 둘 다 가지면 안 되지? 왕자의 사랑과 가장 친한 친구의 사랑을 모두 가질 수는 없는 걸까?"

소피가 부드러워진 목소리로 다시 입을 열었다. 그녀는 침대 틀에 비친 엘프 왕자의 얼굴을 바라보고 있었다.

"필립, 우린 모두 어른이 되잖아."

테드로스가 한숨을 내쉬며 대답했다.

"어릴 때야 친구가 세상 전부인 것 같지. 하지만 진정한 사랑을 맛보고 난 뒤에는…… 모든 게 변해. 아무리 강한 우정도 예전과 같을 수는 없어. 우정과 사랑을 모두 지키려고 아무리 애써 봤자, 결국 마음은 어느 한쪽으로 기울기 마련이거든."

그는 엘프 왕자를 향해 슬픈 미소를 지어 보였다.

"아가사는 바로 그 부분에서 실수를 저지른 거야. 그녀가 나를 사랑하기 시작한 순간, 소피와의 우정은 이미 끝났다는 사실을 깨닫지 못한 거지."

소피는 자신의 새 몸을 꼼꼼하게 둘러싸고 있는 근육에서 힘이 빠져나가는 것을 느꼈다. 그녀가 그동안 그토록 외면하려 했던 진실이 결국 테드로스의 입에서 나와 버린 것이다. 그날 밤, 아가사는 테드로스와 키스를 하고 영원한 행복을 누렸어야 했다. 그날 밤, 그녀는 가장 친한 친구를 왕자에게 넘기고 혼자 고향으로 돌아갔어야 했다.

하지만 그녀는 그들의 이야기를 다시 썼다. 그녀의 가장 친한 친구를 곁에 붙잡아 두었던 것이다.

'그리고 그 대가는?'

"너무 늦었어. 난 다시는 누구도 사랑하지 않을 거야."

테드로스가 꽉 움켜쥔 팔에 이마를 파묻으며 낮은 목소리로 말했다.

"어쩌면 너보다는 소피에게 아가사가 더 필요한 건지도 몰라. 소피한테는 그나마 사랑에 가장 가까운 존재가 아가사일 테니까. 그런 면에서 보면 소피는 선한 일을 한 걸 수도 있어."

엘프 왕자는 눈물이 그렁그렁한 두 눈으로 테드로스를 바라보며 말했다.

테드로스가 이글이글 불타오르는 눈으로 고개를 들었다.

"테드로스, 모르겠니? 넌 결국 또 다른 사랑을 찾을 테지만, 소피는 그러지 못하다고."

필립이 떨리는 목소리로 말했다.

"필립, 넌 독자만큼이나 못됐구나. 진정한 사랑은 오직 하나뿐이야. 하나라고!"

테드로스가 위협적인 목소리로 말했다.

두 소년은 한동안 서로를 노려보았지만, 곧 고개를 돌리고 각자 자리에 앉은 채 침묵을 지켰다. 시들어 가는 횃불에 비친 두 그림자는 그 후로 한참 동안 아무 움직임이 없었다.

"가자!"

마침내 필립이 자리에서 일어나 문으로 향했다.

"뭐? 난 여기서 나가면 안 되는데…….'

테드로스가 당황한 표정으로 대꾸했다.

"그게 너와 나의 차이점이야."

필립이 두 눈을 커다랗게 뜨고 왕자를 내려다보았다.

"넌 모든 걸 규칙대로 하는 왕자지만, 난 아니거든!"

테드로스는 재촉하는 표정으로 그를 다그치는 새 친구를 멍하니 바라보았다.

"나한테 이래라저래라 하다니, 너 참 대단한 아이구나!"

테드로스가 투덜거리며 자리에서 일어섰다.

필립은 쇠창살문을 열었다.

"아직 놀라긴 일러!"

만찬실 리허설 무대에서는 폴룩스가 출연자들을 앞에 놓고 열변을 토하고 있었다. 광대같이 하얀 분장을 하고 엉성하게 만든 치파오(중국과 인도네시아 여성 의복의 하나로, 옷깃이 높고 아래쪽 옆이 트여 있으며 몸에 딱 붙는 실크 원피스—옮긴이)를 입은 다섯 명의 악인 여학생들은 당황한 듯 그저 입을 헤벌리고 그를 바라볼 뿐이었다.

"다시 말하지만, 너희는 대회를 위한 살아 있는 메타포란 말이다⋯⋯. 오랜 시간 굴복당하고 대상화되어 온 수많은 여성의 화신이며⋯⋯ 우리 목숨을 앗아 갈지도 모르는 이 치명적인 대회의 기념물로서⋯⋯."

"대회도 하기 전에 이 연극하다가 죽겠네."

도트가 야라에게 속삭였지만 야라는 아무 대꾸 없이 즐거운 표정으로 다음 장면을 위해 부르카와 백조 모양 머리 장식물을 준비했다. 도트는 만찬실 건너편에 있는 헤스터와 아나딜을 바라보았다. 두 사람은 무대 배경을 그리면서 무엇인가를 속삭이고 있었는데, 이상하게도 중간에 텅 빈 공간을 두고 서 있었다. 도트는 투명 망토를 입은 아가사가 와 있는 것이 틀림없다고 생각하며 그들을 향해 터덜터덜 걸음을 옮기기 시작했다.

"독서 클럽이 이 모양이 될 줄 알았으면 차라리 합창단에나 지원할 걸 그랬어."

도트가 백조 모양 깃털을 루콜라로 바꾸며 한숨을 푹 내쉬었다.

"학장이 멀린의 주문으로 대체 무슨 짓을 한 거지?"

아나딜이 말했다.

"자기한테 쓴 거 아닐까?"

아가사가 망토 두건을 다시 머리에 뒤집어쓰고, 커다란 갈색 눈만 빼꼼히 내놓은 채 말했다.

"학장이 남자로 변했다면 우리가 당연히 눈치챘겠지."

헤스터가 대답했다.

"그리고 말이야, 투명 인간이 되려면 다 안 보여야지 눈만 내놓고 그게 뭐야! 그렇게 커다랗고 감정이 잔뜩 담긴 눈이 공중에 둥둥 떠 있는데 무슨 말을 한들 진지하게 들리겠냐고!"

"다들 연극 스태프로 지원한지 몰랐단 말이야."

아가사가 톡 쏘듯 대꾸했다. 아나딜의 쥐들은 차례대로 페인트에 몸을 담갔다가 무대 배경 위를 데구루루 구르고 있었다.

"네가 더 좋은 장소를 생각해 냈더라면 우린 여기 있을 필요가 없었겠지······."

"나도 바빴다고! 내가 죽지 않으려고 얼마나······."

"우린 뭐 다른 줄 알아?"

아나딜이 날카롭게 그녀의 말을 받아쳤다.

"우리도 대회 출전자가 되려고 죽도록 열심히 노력하고 있어. 혹시라도 일이 잘못되면 대회가 열릴 테니까······."

"학장이 여학생 하나를 남학교에 몰래 보낸 건가?"

샐러드용 야채를 쩝쩝거리던 도트가 아무렇지 않은 표정으로 중얼거리듯 말했다.

순간 소녀들의 시선이 일제히 그녀를 향했다.

"소피가 아직 이야기꾼을 찾지 못한 이유가 그거 아닐까 싶어서."

도트가 태평한 표정으로 설명을 이어 갔다.

"학장이 우리 학교 학생 중 하나를 남자로 바꿔서 남학교에 보냈고, 너희가 소원을 빌지 못하도록 그 아이가 이야기꾼을 숨겼을 수도 있잖아. 대회가 예정대로 치러지도록 하려고 말이야."

아나딜이 두 눈을 껌뻑거리며 도트를 빤히 바라보았다.

"나도 애처럼 야채를 좀 먹어야 할까 봐."

"그렇다면 남학교에 숨어 들어가서 이야기꾼을 숨긴 사람은 누굴까?"

헤스터가 어딘가 불편한 표정으로 말했다. 이런 좋은 생각을 해 낸 사람이 자신이 아니라는 사실에 상처를 받은 것 같았다.

"베아트릭스지!"

아가사가 두건을 홱 벗고 얼굴을 드러내며 대답했다.

"이 망토도 걔 거잖아. 걔 침대 밑에 남학생 유니폼도 있었다고! 게다가 베아트릭스는 학장을 엄청 좋아하잖아. 확실해, 베아트릭스야!"

"좋아, 그럼 그 부분은 베아트릭스한테 알아보면 되고……."

아나딜이 허둥지둥 아가사의 얼굴을 가리며 입을 열었다.

"어쨌든 이틀밖에 남지 않았어. 내일까지는 소피가 이야기꾼을 찾아야 하는데! 오늘 밤엔 등불이 어디에 걸렸든?"

"아무것도 안 보여서 찾을 수가 없었어. 안개가 너무 짙었거든. 내 등불은 창문에 두고 왔는데, 소피 등불은 안개가 걷혀야 볼 수 있을 거야."

아가사가 우울한 표정으로 대답했다.

"아가사, 반드시 펜을 찾아와야 해! 아니면 우리 다 대회에 나가야 한단 말이야!"

헤스터가 다급한 표정으로 말했다.

이미 잔뜩 겁을 먹고 있던 아가사는 헤스터의 얼굴에 어린 공포심을 읽고 더욱 마음이 졸아들었다.

"학장의 연구실에 대회장 지도도 있었는데…… 옥색 동굴에 따로 표시가 되어 있더라……."

아가사가 더듬더듬 말을 이었다.

"옥색 동굴? 옥색 동굴은 남쪽 정문 근처에 있는 장식물일 뿐이야. 깊이도 15미터 정도밖에 안 되는데 그 안에 대체 뭐가 있다고?"

헤스터가 아나딜과 묘한 눈빛을 주고받으며 코웃음을 쳤다.

"그건 잘 모르겠지만, 학장이 대회 전 정찰 절차도 취소해서 미리 가 볼 수도 없어."

아가사가 다시 두건으로 머리를 가리고 투덜거리며 말했다.

"너는 허락받은 거나 다름없잖아. 학장은 네가 숲 지도 교수와 함께 파란 숲에 있다고 알고 있으니까."

아가사가 고개를 들어 헤스터를 바라보았다. 그녀는 투명 인간이 된 친구 쪽을 향해 교활한 미소를 짓고 있었다.

시계가 자정을 알렸다. 아가사는 망토 아래 몸을 숨긴 채 안개를 헤치며 파란 숲의 남쪽 정문을 향해 가고 있었다. 그녀는 이토록 짙은 안개를 본 적이 없었다. 감청색 풀잎들은 소용돌이치는 하얀 안개구름 속으로 모두 숨어 하나도 보이지 않았다. 아가사는 눈을 가늘게 뜨고 남학생 학교가 있는 방향을 바라보았지만, 그 역시 안개에 가려 벽돌 하나 볼 수 없었다.

소피와의 유일한 소통 수단이 갑자기 등장한 이상한 날씨에 가로막히다니, 기막힌 우연의 일치가 아닐 수 없었다!

그때 아가사의 머릿속에 레소 부인의 경고가 떠올랐다.

"에블린 새더는 언제나 한발 앞서 있다."

아가사는 고개를 흔들어 그녀의 경고를 털어 내 버리고, 숲속으로 계속 걸음을 옮겼다. 그녀는 안개 때문에 앞을 못 보는 동물들 혹은 키 큰 나무에 부딪치지 않기 위해 천천히 조심스럽게 앞으로 나아갔다. 숲은 으스스할 정도로 고요했지만 그녀의 머릿속은 그렇지 못했다. 테드로스에 대한 생각이 그녀가 저지할 틈도 없이 빠른 속도로 내면을 휘저어 놓았던 것이다. 그는 마치 문 앞을 지키고 선 괴물처럼, 그녀가 부정하려고 하면 할수록 점점 강해지고 있었다. 아가사는 마음이 혼란스러웠지만, 그럴수록 안개에 가려진 길을 찾는 데에 몰두했다. 묘지에 있는 그녀의 집에 돌아가면 제일 먼저 동화책을 찾아 모조리 불살라 버리리라! 가발돈은 문자 그대로 왕자 없는 세상이 될 것이다.

어느새 오르막길이 시작되고 있었다. 호박 구역을 지나 남쪽 정문에 가까워지고 있다는 뜻이었다. 내일 밤에는 대회 전야제가 있을 것이다. 지긋지긋한 폴룩스의 연극이 공연될 것이고, 출전자 명단도 그 자리에서 발표될 것이다. 그때쯤에는 새더 학장과 맨리 교수가 숲에 덫을 설치하는 작업도 마무리되어 있을 것이다. 두 사람은 옥색 동굴을 출입 금지 구역으로 정하는 것에 합의했다……. 학장은 그곳에 대체 무엇을 숨겨 두었을까?

하얀 토끼 한 마리가 그녀의 묵직한 신발을 깡충 건너뛰어 지나 갔다. 잔뜩 겁을 집어먹은 새끼를 입에 문 토끼는 마치 지우개로 지 운 듯 하얀 안개 속으로 감쪽같이 사라져 버렸다. 아가사는 계속해 서 조심스럽게 한 걸음 한 걸음 앞으로 나아갔다. 어느 순간 그녀의 앞에 청록색 바위벽이 나타났다.

파란 숲 남동쪽 절벽 높은 곳에 각기 다른 크기의 둥근 바다색 구 멍 세 개가 거품처럼 서로 엉겨 붙어 자리잡고 있었다. 앞으로 삐 죽 튀어나온 거대한 파란 소나무들에 가려진 저 구멍들이 바로 옥 색 동굴이었다. 아가사는 고개를 들어 동굴을 올려다보았다. 동굴 입구 바로 아래에는 툭 튀어나온 디딤 바위가 있었지만, 과연 저기 까지 올라갈 수 있을지가 걱정이었다. 날개 달린 동물로 변신해서 투명 망토를 그곳에 버리고 갈 수는 없었기에, 그녀가 택할 수 있는 방법은 오직 하나뿐이었다. 거대한 파란 소나무를 타고 올라간 뒤 절벽으로 건너뛰는 것이다. 다행히 소나무 가지는 두껍고 튼튼해 보였다. 아가사는 재빨리 나무를 타고 올랐다. 짙은 안개 때문에 앞 을 볼 수 없었지만 뾰족한 가시들이 나무가 어디에 있는지를 분명 하게 가르쳐 주었다. 마침내 가장 높은 가지에 이른 아가사는 숨을 깊이 들이마시고 들쭉날쭉한 바위를 향해 펄쩍 뛰었다. 다행히 조 금 휘청거렸을 뿐 착지는 성공적이었다.

아가사는 눈앞에 펼쳐진 세 개의 구멍을 빤히 바라보았다. 각기 크기가 다른 세 개의 동굴은 골디락스와 곰 세 마리 이야기를 떠올 리게 했다. 첫 번째 동굴은 너무 컸고, 두 번째 입구는 너무 작았으 며, 세 번째는 아주 적당했다. 투명 망토 옷깃 아래 감춰진 그녀의 목이 벌겋게 달아오르기 시작했다. 이 동굴에 숨겨진 것이 무엇이

든 에블린 새더가 어쩌다가 그녀의 동화 속에 들어오게 되었는지, 그리고 이 이야기를 어떻게 끝맺으려고 하는지 알려 줄 것이다.

아가사는 후들거리는 다리를 이끌고 거대한 첫 번째 구멍으로 들어갔다. 횃불 대신 그녀의 손가락 끝에서 뿜어져 나오는 황금색 불빛이 동굴 안을 밝혀 주었다. 연한 옥색의 유리 같은 동굴 벽에 그녀의 손가락 불빛과 잔뜩 긴장한 얼굴이 어른어른 비쳤다. 그녀는 한 걸음 한 걸음 동굴 속으로 들어가며 이 거울 같은 동굴 곳곳을 자세히 살펴보았다. 하지만 동굴에는 구불구불한 미어벌레들과 딱정벌레 몇 마리가 있을 뿐이었고, 그녀는 이내 막다른 길에 이르렀다.

아가사는 얼굴을 찌푸리며 동굴을 빠져나왔다. 그녀는 두 번째 동굴 앞에 섰지만, 접시 크기 정도밖에 되지 않는 동굴에 들어가는 일은 불가능했다. 아가사는 작은 구멍 안으로 머리를 쓱 밀어 넣었다. 두 번째 동굴은 첫 번째 동굴보다 훨씬 짧았다. 손가락 불빛을 비추자 아무것도 없는 휑한 벽과 곰팡이가 보일 뿐이었다. 아가사는 더욱 짜증이 난 얼굴로 동굴에서 머리를 빼냈다.

'이게 대체 뭐하는 짓이람!'

아가사는 괜한 짓을 한 건지도 모른다는 생각으로 스스로에게 짜증을 내며 세 번째 동굴을 향해 쿵쾅쿵쾅 걸음을 옮겼다. 그녀가 빛을 밝힌 손가락을 들어 올리자 텅 빈 동굴 내부가 모습을 드러냈다. 그녀는 지금 학교에서 소피를 기다리고 있어야 하는 것인지도 모른다. 소피가 곧 펜을 가지고 돌아올지도 모르는데…… 작년에는 모든 것이 그녀의 역할이었다. 친구에게 든든한 버팀목이 되어 주고, 문제를 해결하고, 무사히 집으로 돌아가기 위해 무슨 짓이든 할 수 있는 사람은 바로 그녀였다. 하지만 지금 이 역할을 맡은 사람은 소피다. 그녀는 아가사 대신 남학생 학교에 가기 위해 과제에서 1등을 해냈다. 이번에는 소피가 그녀의 왕자가 된 것이다. 소피는 절대 그녀를 실망시키지 않을 것이다…….

아가사는 손가락 불빛을 끄고 몸을 돌려 동굴 입구를 향해 종종걸음을 치기 시작했다. 하지만 얼마 못 가 그녀는 그 자리에 멈춰 섰다. 등 뒤에서 이상한 웅얼거림이 들려왔다. 마치 성난 군중의 속삭임 같았다.

아가사는 천천히 다시 몸을 돌렸다. 정체 모를 소리는 점점 커지고 있었다. 그녀는 손가락에 불을 밝혔지만, 황금색 불빛은 두려움 때문인지 불안하게 깜빡거렸다.

그때 어둠 속에서 나비 떼가 폭풍우처럼 밀려와 그녀를 덮쳤다. 나비들은 성난 벌 떼처럼 보이지 않는 그녀의 몸을 집어삼키고 투명 망토를 갈기갈기 찢기 시작했다. 그들은 분명한 목적을 가지고 조직적으로 움직이고 있었다. 이 무자비한 나비 떼의 공격으로 뱀 가죽은 금세 너덜너덜해졌고, 아가사는 휘청거리며 디딤 바위 끄트머리까지 밀려났다. 나비들의 날개가 거칠게 퍼덕일 때마다, 아가사의 피부와 옷이 조금씩 달빛 아래에 드러났다. 마침내 망토를 한 올 남김없이 찢어 내 버린 나비들은 전열을 정비하듯 똘똘 한데 뭉치더니, 거센 돌풍처럼 아가사를 향해 돌격해 그녀를 절벽에서 밀어냈다. 아가사는 비명을 지르며 절벽 아래로 떨어졌다. 안개 속에서 정신없이 팔다리를 허우적거리던 그녀는 빼곡하게 뒤엉킨 작은 소나무 위로 엉덩방아를 찧듯 떨어졌다. 온몸이 욱신거리고 멍으로 뒤덮였지만, 아가사는 재빨리 고개를 들어 절벽 위를 바라보았다. 다행히도 나비 떼는 망토의 마지막 조각을 잘게 찢어 재처럼 파란 숲 위로 흩날린 후 짙은 안개 속으로 사라져 버렸다.

살았다는 안도감을 느낄 사이도 없이 또 다른 공포가 그녀를 덮쳤다. 그녀는 숨을 쉴 수가 없었다. 조금 전 일어난 일이 어떤 의미인지 깨달았던 것이다.

학장은 아가사가 지도를 볼 수 있게, 일부러 자신의 연구실 책상에 놓아두었다. 그것은 그녀가 지난 이틀 동안 유바와 함께 파란 숲에 있지 않았다는 사실을 학장이 이미 알고 있다는 뜻이었다.

소피가 이곳에 없다는 사실도…….

아가사의 머릿속에서 경계경보가 요란하게 울려 댔다. 그녀는 달리기 시작했다.

그녀는 아픈 것도 잊고 안개로 뒤덮인 길을 따라 질주했다. 유바의 동굴이 어디 있는지 기억해 내야 했다. 그녀는 양치식물 구역과 잡목 숲 사이 협곡에 이르자 곧장 바닥에 쭈그리고 앉았다. 나뭇가지와 가시들이 그녀의 옷을 찢고 피부를 할퀴었지만, 아가사는 주변을 샅샅이 살피는 데에만 몰두했다. 잠시 후 조금 떨어진 바닥에서 한 줄기 검은 연기가 피어오르는 것을 발견한 그녀는 재빨리 바닥에 엎드려 좁은 굴 입구에 머리를 밀어 넣었다.

하지만 때는 이미 늦었다.

유바의 집은 모두 까맣게 타 버린 뒤였다. 수북하게 쌓인 재 위로 수국 꽃잎이 몇 장 떨어져 있을 뿐, 유바의 모습은 보이지 않았다.

아가사는 가슴이 철렁 내려앉았다. 그녀는 굴 입구에서 머리를 빼고 일어서서 파란 숲을 둘러보았다. 짙은 안개가 마치 자신의 임무를 다 마쳤다는 듯 질서정연하게 한 방향으로 밀려나고 있었다. 하얀 안개는 긴 꼬리를 남기며 여학생 학교를 향해 빨려 들어갔고, 가장 꼭대기 층에 이르러 사라졌다.

아가사는 주인을 찾아 돌아온 나비 떼에 둘러싸인 에블린 새더의 모습을 발견했다. 창 앞에 선 그녀는 살짝 벌어진 앞니를 드러내며 체셔 고양이처럼 미소 짓고 있었다.

어둠 속에서 빛나는 그녀의 미소는 이 상황을 더욱 명확하게 해 주었다. 에블린 새더는 지금 소피가 어디에 있는지 정확하게 알고 있는 것이다.

그녀는 과연 언제나 한발 앞서 있었다.

남학생 학교를 가리고 있던 안개가 서서히 사라지자, 마침내 학교 건물이 맑은 달빛 아래 모습을 드러냈다.

하지만 건물 어디에도 초록색 등불은 보이지 않았다.

친구의 흔적은 어디에도 없었다.

"너 이야기꾼 찾아야 되는 거 아니야?"

어두운 복도를 걷던 테드로스가 말했다. 그보다 한발 앞선 필립은 폭신한 금발을 팔랑거리며 교수들의 침실 앞을 지나고 있었다.

"자정이 넘었는데……."

"너한테 보여 주고 싶은 게 있어."

필립이 두 개의 가느다란 돌기둥 사이를 미끄러지듯 통과하며 대답했다.

"어디 가는데?"

테드로스가 짜증 섞인 목소리로 말했다. 지하 감옥에서 먹은 음식 때문에 여전히 속이 불편했다.

"난 그냥 목욕이나 하고 잠이나 실컷……."

투덜거리던 테드로스가 갑자기 말을 멈췄다.

두 사람은 파란 숲을 향해 난 교수들의 발코니에 서 있었다. 그들 앞에 펼쳐진 드넓은 숲 위로는 차가운 실안개가 곳곳에 흩어져 있었다. 마치 짙은 안개가 막 걷히고 난 후 남은 흔적들 같았다.

파란 숲을 뒤덮은 공기가 점차 맑아지자, 테드로스의 눈앞에 북극의 파란 빛으로 반짝이는 나뭇잎과 풀들이 모습을 드러냈다. 기다란 잎과 꽃 들 위로 바람이 하프 같은 곡선을 그리며 지나가자, 드넓은 바다의 숨소리처럼 잔잔한 속삭임이 들려왔다. 북쪽 정문 근처에는 은색 포자가 점점이 흩어진 양치식물 구역이 밝은 금속성의 푸른빛을 반짝이며 가느다란 서쪽 길을 향해 뻗어 있었고, 동쪽 길에서는 바람이 불 때마다 사파이어색 버드나무 이파리가 떨어져 내렸다. 한편 남쪽에 위치한 옥색 동굴은 파란 호박 구역 위로 동글동글 거품 같은 그림자를 드리우고 있었다.

테드로스는 어렸을 때 부모님을 따라다니며 머머링마운틴의 낙원 동굴, 애본레아의 매혹적인 호수들, 샤자바 사막의 소원 물고기 오아시스 등 아름다운 광경을 수없이 보았다. 하지만 황금 문으로 둘러싸여 세상 모든 위험으로부터 철저하게 단절된 이 작은 숲을 발코니에 서서 내려다보고 있자니, 마치 천국을 보는 듯한 기분이 들었다. 이틀 후면 그는 바로 이 숲에 서게 될 것이다. 그리고 이 평화로운 천국을 지옥으로 바꿔 놓을 것이다.

바로 그때, 정문 쪽에서 무엇인가가 움직이는 모습이 보였다. 사람 그림자가 숲을 빠져나가고 있는 것 같았다.

테드로스는 두 눈을 가늘게 뜨고 그림자에 시선을 고정했다.

"이쪽으로 와."

등 뒤에서 들려온 필립의 목소리에 테드로스는 고개를 돌렸다.

필립은 넓적하고 판판한 대리석 디딤판에 앉아 파란 숲을 향해 다리를 흔들어 대고 있었다.

"지금도 그냥 목욕이나 하러 가고 싶은 거야?"

필립이 장난스러운 표정으로 다시 말했다.

테드로스는 디딤판 위로 올라가 필립 옆에 나란히 자리를 잡았다. 두 사람의 거리는 일반적인 친구 사이라고 하기에는 유난히 가까워 보였다. 높은 곳을 그다지 좋아하지 않는 테드로스의 특별한 선택이었다.

"팔은 어때? 덧나면 안 되는데……."

테드로스가 필립의 팔을 잡고 물었다. 피가 말라붙은 상처 자리는 여전히 벌겋게 부어올라 있었다.

필립은 파란 숲에 시선을 고정한 채 팔을 슬며시 빼냈다.

"너 두 여자애한테 공개 처형을 선고해 놓고서 밤에 잠이 오니? 두 사람 다 널 사랑하잖아."

테드로스는 한동안 아무 말도 하지 않았다.

"필립, 동화에는 언제나 세 인물이 등장해. 진정한 사랑에 빠진 연인과 악당이지. 그들 중 누군가는 반드시 죽게 돼 있어. 아가사가 내 탑에 소피를 숨겨 두고서 나를 공격한 그 순간, 난 두 사람을 방해하는 악당이 되어 버린 거야. 난 살아남기 위해서라면 그 역할을 충실히 해 보려고 해."

테드로스가 이글거리는 눈으로 필립을 바라보았다.

입을 헤벌리고 테드로스를 바라보던 필립의 얼굴이 조금씩 붉어졌다. 그리고 마침내 웃음을 터뜨렸다. 발작을 일으키듯 온몸을 흔들어 대며 웃는 필립의 두 눈에는 눈물마저 차오르고 있었다.

"뭐가 그렇게 웃겨? 너 제정신이야?"

테드로스가 인상을 찌푸리며 말했다.

"다들 사랑을 찾아 헤매더니만, 이제는 서로 못 죽여서 안달이라니! 더 이상 진실 같은 건 안중에도 없고 말이야."

필립이 눈가에 고인 눈물을 닦아 내며 킥킥거렸다.

"이렇게 말해서 미안하지만, 넌 아무것도 몰라!"

테드로스가 말했지만, 필립은 웃음을 그치지 않았다. 그는 두 손으로 얼굴을 감싸 안고는 더욱 큰 소리로 껄껄댔다.

"넌 여자애들보다 더 심각하다."

테드로스의 말에 필립의 웃음은 거의 울부짖는 수준이 되었다. 하지만 얼음처럼 차가운 테드로스의 얼굴을 본 필립은 헛기침을 하듯 큰 숨을 몇 번 쉬더니 마침내 웃음을 멈췄다.

두 사람의 발아래 어딘가에서 귀뚜라미 울음이 들려왔다. 테드로스는 다시 차분해진 마음으로 파란 숲을 바라보았다. 황새 한 마리가 파란 개울을 헤치며 걷고 있었고, 다리 난간 위에서는 다람쥐 두 마리가 술래잡기를 하듯 서로를 쫓았다. 내일이면 맨리 교수와 여학생 학교 학장이 이 평화로운 숲 곳곳에 덫을 설치할 것이고, 동물들은 대회가 끝나고 모든 위험이 사라질 때까지 보금자리에 몸을 숨긴 채 꼼짝하지 않을 것이다.

"필립, 너희 성은 어떤 곳이었어?"

테드로스의 질문에 필립이 두 눈을 껌뻑거렸다.

"성?"

"너 왕자라며. 오두막 같은 데 살지는 않았을 거 아니야."

"아, 그렇지……. 그러니까…… 그냥 작은 성이었어. 평범한 시골 집같이 생겼지……."

"아늑한 분위기였겠구나. 난 큰 성에서 사는 게 싫었어. 사람 찾다가 하루가 다 간다니까. 가족들은 다 같이 살았어?"

"아버지만."

필립이 시무룩해진 얼굴로 대답했다.

"그래도 넌 아버지라도 계셨지. 난 학교를 졸업하고 집으로 돌아가도 아무도 없어. 그냥 텅 빈 성이랑 뭐든 훔쳐 가는 하인들이랑…… 무너져 가는 왕국이 있을 뿐이지."

테드로스가 한숨을 푹 내쉬었다.

"어머니와 다시 만날 기회가 있지 않을까?"

필립의 질문에 테드로스는 고개를 저었다.

"만나고 싶지 않아. 아버지는 어머니의 사형 집행 영장을 남기셨어. 열여섯 살이 되면 내가 왕이 될 텐데, 그러면 어머니를 만나더라도 아버지의 영장을 실행에 옮겨야 하거든."

필립이 충격에 빠진 얼굴로 테드로스를 바라보았지만, 테드로스는 재빨리 고개를 돌리고 하늘을 올려다보았다.

"필립, 너 이야기꾼 찾아야지. 좀 있으면 날이 밝겠어."

"어떻게 어머니를 해칠 생각을 할 수가 있어?"

필립이 놀란 얼굴로 입을 열었다.

"난 어머니를 다시 볼 수만 있다면 뭐든 할 거야. 뭐든! 그게 나한테는 가장 행복한 결말일 테니까. 하지만 내 소원을 들어주는 사람은 아무도 없어. 난 아가사가 아니니까."

필립이 한숨을 내쉬며 허리를 푹 구부렸다.

"너희 어머니…… 어떤 분이셨어?"

"어머니 성함은 바네사였어. 나비라는 뜻이래. 매년 봄이 되면 파란 나비들이 떼를 지어서 길 위를 날아다녔는데, 그걸 바라보던 어머니 얼굴이 아직도 선해. 어머니는 언젠가 나도 그 나비들처럼 날아갈 거라고 말씀하셨지. 어머니가 살았던 삶보다 더 큰 삶을 찾아, 내 꿈이 이루어질 수 있는 곳으로 가게 될 거라고 말이야. '누구도 너의 해피엔딩을 방해하지 못하게 해라.' 어머니는 그렇게 말씀

하셨어. '네가 사랑받는 것을 막는 사람이 있어서는 안 돼. 애벌레
는 나비의 삶이 어떤 것인지 알 수 없지.'"

필립의 목소리가 갈라지고 있었다.

테드로스가 그의 어깨를 부드럽게 쓰다듬었다. 필립은 살며시
그의 품에 기대 마침내 눈물을 흘리기 시작했다.

"테드로스, 우리 어머니는 자신의 유일한 사랑을 하나뿐인 친구
에게 빼앗겼어. 난 그렇게 되고 싶지 않아. 혼자 외롭게 살다가 죽
고 싶지 않다고."

필립이 말했다.

두 소년 사이에 무거운 침묵이 흘렀다.

"나비가 되고 싶다는 남자는 처음 본다."

테드로스가 침묵을 깨고 부드러운 목소리로 말했다.

필립은 고개를 들었고, 두 소년은 말없이 서로의 눈을 들여다보
았다. 바싹 붙어 앉은 두 사람의 다리가 맞닿아 서로에게 온기를 전
했다.

테드로스는 침을 한 번 꿀꺽 삼키고 자리에서 벌떡 일어났다.

"돌아가야겠다. 넌 이야기꾼 찾아야지."

"테드로스, 같이 가…….."

하지만 왕자는 이미 달리듯 빠른 걸음으로 멀어져 가고 있었다.
그는 두 기둥 사이를 휘청거리며 통과하더니 어느새 어둠 속으로
사라졌다.

소피는 테드로스가 앉아 있던 자리를 손바닥으로 천천히 어루만
졌다.

소피는 어서 은색 탑으로 가서 남은 시간 동안 이야기꾼을 찾아
아가사와 함께 집으로 돌아가야 한다는 사실을 알았다. 그러기 위

해서는 지금 당장 자리에서 일어나야 한다는 것도 잘 알고 있었다.

하지만 그녀는 그곳에 홀로 앉아 파란 숲을 바라보았다. 그리고 새벽빛이 어둠을 몰아내고 아침을 알릴 때까지 자리를 떠나지 않았다.

21

빨간색 등불

마녀들이란 원래 친구를 만드는 데에 그다지 소질이 없는 존재들이지만, 이제까지 겪어 온 일들을 생각하면 아가사와는 어느 정도 친한 사이가 되어 있어야 마땅했다. 그러니 대회 바로 전날 아가사가 역사 수업을 듣기 위해 선의 회관으로 들어왔을 때, 헤스터와 아나딜과 도트는 웃는 얼굴로 손을 흔들며 그녀를 반갑게 맞이하는 것이 자연스러웠을 것이다. 하지만 실제 상황은 달랐다. 교복 차림의 아가사가 잠을 못 자 벌겋게 충혈된 눈으로 회관으로 들어와 마녀들 옆에 자리를 잡자, 세 마녀는 세상에서 가장 끔찍한 광경을 목격한 듯한 표정으로 그녀를 바라보았다.

"여기서 뭐 하는 거야! 투명 망토는 어디 두고 그런 꼴로……."

헤스터가 낮은 목소리로 으르렁거렸다.

"학장이 다 알고 있었어."

아가사 역시 신경이 잔뜩 곤두선 목소리로 대답했다.

세 마녀가 그녀를 향해 고개를 홱 돌렸다.

"안다고?"

도트가 멍한 표정으로 물었다.

"얼마나 알고 있다는 거야?"

헤스터가 더 낮은 목소리로 속삭였다.

그때 회관 문이 양쪽으로 활짝 열리며, 개정된 교과서를 손에 든 학장이 가벼운 걸음으로 들어왔다. 그녀는 장난기 가득한 미소를 짓고 아가사를 바라보며 천천히 연단에 올랐다.

"우리 캡틴이 훈련을 마치고 돌아왔구나! 반갑다. 유익한 시간을 보냈을 거라고 믿는다. 소피는 몸이 좀 아프다지?"

학장이 차분한 목소리로 말했다.

아가사는 경계심 가득한 얼굴로 학장을 노려보았다.

"그건 아니고요, 뭘 좀 찾고 있어요."

회관을 가득 채운 여학생들은 팽팽한 긴장감이 느껴지는 두 사람의 대화에 당황한 듯 학장과 아가사를 번갈아 바라보았다.

"저런, 내일이면 너희의 목숨이 걸린 대회가 열리는 이런 중요한 시점에 대체 뭘 찾는다는 거니? 혹시 괜한 짓을 하는 건 아닌지 모르겠구나."

학장이 천진난만한 표정을 지으며 다시 말했다.

"꼭 찾을 테니 걱정 마세요. 소피가 어떤 아이인지 학장님은 잘 모르시나 보네요."

아가사의 차가운 대꾸에 학생들의 고개가 다시 그녀를 향했다.

"아하, 넌 그 아이에 대해서 잘 알고 있나 보구나. 무사마귀랑 뭐 그런 것들까지 전부 말이다."

학장이 두 눈을 반짝거리며 응수했다.

순간 아가사의 얼굴이 창백해졌고, 혼란에 빠진 소녀들은 자기들끼리 낮은 목소리로 수군대기 시작했다.

"네, 다 알아요. 쟤도 다 알고 있어요."

말문이 막힌 아가사를 대신해 헤스터가 학장에게 대답했다.

"오늘 저녁 식사 시간에 대회 전야제가 열릴 거다. 연극 공연도 하고, 대회 출전자도 발표하고, 또 남자아이들에 맞서 싸움에 임할 우리 학생들을 응원하는 차원에서 푸짐한 음식도 준비될 거야. 하지만 오늘 오전에는 역사 수업을 한 번 더 진행하도록 하겠다. 대회에 더 잘 대비하기 위한 과정이라고 생각하고……."

오빠의 낡은 연설대에 선 학장이 또박또박 설명을 시작했다.

"소피가 남자로 변한 것까지 알 수는 없을 텐데."

도트가 아가사와 다른 두 마녀를 향해 속삭였다. 그녀는 아나딜의 어깨에서 서성거리는 나비 두 마리를 발견하자, 그것들을 즉시 방울 양배추로 바꾸어 버리고 다시 입을 열었다.

"무엇보다도 우리가 멀린의 주문을 사용했다는 걸 학장이 어떻게 알 수 있겠어?"

"멀린의 주문에 대해서 가르쳐 준 건 학장님이었잖아. 우리가 그 주문을 찾도록 유도했던 거야."

아가사가 그날 학장의 얼굴에 머물던 수수께끼 같은 미소를 떠올리며 말했다.

"모든 게 학장의 계획이었다는 말이네. 소피랑 아가사를 떨어뜨려 놓고, 이야기꾼을 숨겨서 결국 두 사람이 대회에 출전하도록 만들려는 속셈이었어."

아나딜이 아가사의 말을 이어받아 설명했다.

"그런 목적이었으면 그냥 애들을 어디 가둬 놨겠지. 뭐 때문에 이 고생을 하면서 소피를 남자 학교에 가도록 만들었겠어?"

고개를 절레절레 저으며 말하던 헤스터의 검은 두 눈에 갑자기 의혹이 차오르기 시작했다.

"혹시……."

"베아트릭스랑 얘기해 봤어?"

아가사는 초조한 듯 헤스터의 말을 끊고, 아나딜을 향해 물었다. 학장의 드레스에서 다시 나비들이 떨어져 나와 그들을 향해 날아오고 있었다.

"펜을 어디에 숨겼는지 알아내야 해."

"난 베아트릭스 짓이 아니라는 생각이 자꾸 들어."

도트가 눈을 반짝이며 입을 열었다.

"대회 예행연습을 준비한다는 핑계로 선인 여학생들 몇이랑 같이 공부하면서, 베아트릭스한테 뱀가죽 특징에 대해서 물어봤거든. 그런데 걔는 투명 망토에 대해서 전혀 모르더라고. 선인 애들은 뱀가죽에 대해서 들어 본 적이 없다는 거야. 네 방에 있던 그 망토를 사용한 사람은 악인이 분명해!"

도트의 말이 끝나자, 헤스터는 마침내 의혹의 먹구름이 걷히기 시작한다는 듯 밝은 표정을 지으며 고개를 들었다. 하지만 아가사는 도트를 향해 손사래를 쳤다.

"베아트릭스가 거짓말한 거지. 걔 말고 또 누가 있겠어?"

아가사는 확신에 찬 목소리로 말했다.

"어쨌거나 그 대머리 애한테 알아낼 수 있는 건 더 이상 없어. 오늘 밤이 너랑 소피가 탈출할 수 있는 마지막 기회야."

아나딜이 재빨리 끼어들어 말했다.

"소피의 증상을 만든 사람이 에블린 새더라는 거, 지금도 100퍼센트 확신해?"

헤스터가 인상을 쓰며 아가사를 바라보았다.

"다리에 털이 나고 목젖이 툭 튀어나왔을 때 소피 표정이 어땠는지 네가 직접 봤다면, 너도 소피의 선한 마음을 의심하지 않았을 거야."

아가사가 발끈하며 소피를 옹호하자, 헤스터는 혼자 중얼중얼 투덜대며 목에 붙은 악마 문신을 긁적였다.

"얘들아, 우리 쓸데없는 말싸움은 이제 그만하자."

아가사가 화를 삭이듯 한숨을 푹 내쉬며 다시 입을 열었다.

"소피는 분명히 교장의 탑에 갔어. 기억하지? 이틀 전 밤에 그곳에서 초록색 등불을 밝혔잖아. 지금쯤 이야기꾼에 훨씬 더 가까워졌을 거야."

"그렇다면 어젯밤에는 왜 거기에서 등불을 밝히지 않았지? 거기뿐만이 아니라 어디서도 등불이 보이지 않았잖아."

헤스터가 다그치듯 물었지만 아가사는 아무 말 없이 고개를 돌리고, 그날 수업을 시작하기 위해 책을 펼치는 학장을 바라보았다.

아가사 역시 스스로에게 똑같은 질문을 던지느라 지난밤 한숨도 자지 못했던 것이다.

"이러다가 출전 팀 리더가 될 수도 있겠는데!"

호트는 싱글벙글한 얼굴로, 꾸물대는 필립의 등을 떠밀어 교실로 향했다.

"잊지 마. 난 널 도와주고, 넌 날 도와주기로 약속한 거야!"

소피는 아무 대답도 하지 않았다. 다리는 무거웠고, 호흡은 불안한 듯 떨렸다. 이마에 난 여드름까지 그녀의 신경을 긁었다. 아침 해가 떠오를 무렵, 그녀는 지하 감옥으로 돌아가 잠을 청했다. 하지만 한 시간도 지나지 않아 테드로스가 식은땀을 뻘뻘 흘리며 잠든 그녀를 깨웠다. 깨끗하게 목욕을 하고 소매를 잘라 낸 셔츠를 입은 왕자는 버터 바른 빵 한 덩이를 손에 들고 있었다.

"내가 아침 식사 시간에 나타나면 애릭이 길길이 날뛸 줄 알았는데, 누구 하나 뭐라고 하는 사람이 없더라고. 다들 네가 무서운가봐. 어젯밤 야만인 필립의 모습을 드러냈잖아. 이봐, 나비 소년! 그만 일어나서 아침 먹어."

왕자가 룸메이트를 향해 웃음 지으며 장난스럽게 말했다.

눈도 제대로 뜨지 못한 소피는 버터가 줄줄 흐르는 커다란 빵 덩어리를 바라보았다. 텅 빈 위장은 언제나 그랬듯 야수같이 울부짖으며 음식을 갈구하고 있었다. 하지만 아무리 남자의 몸이 되었다고는 해도 지켜야 할 선이라는 것이 있었다. 소피는 괴로운 신음을 내뱉으며 복슬복슬한 짧은 금발 위로 이불을 끌어당겼다.

"나중에 후회하지 마! 목욕이라도 하려면 서둘러야 해. 10분 후면 수업 시작이야."

테드로스가 빵을 베어 물며 다시 말했다.

그의 말에 소피는 다시 한 번 부상당한 원숭이처럼 끙끙거렸다.

"우리가 처음 만났을 때 내가 좀 재수 없게 굴었던 거 알아. 하지만 너랑 이렇게 친해져서 기쁘다. 이제 너도 대회 예행연습 할 때 날 방해하지 않을 테니 그것도 좋은 일이고. 오늘은 꼭 1등을 해서 교장의 탑에 들어가야 해. 내가 이야기꾼을 찾으면 맨리 교수님이 날 출전자 명단에 넣어 주실지도 모르니까."

이불 아래에서 왕자의 목소리를 듣고 있던 소피는 속이 울렁거리기 시작했다.

"대회에 나가서 소피를 죽이고 싶어서 그래?"

"소피한테서 널 보호해 주려고."

순간 소피가 두 눈을 동그랗게 뜨고 벌떡 몸을 일으켜 앉았다.

"물론 다른 아이들도 지켜 줘야겠지."

왕자는 서둘러 한 마디를 덧붙이며 유니폼 셔츠를 집어 들었다.

소피는 한동안 멍한 표정으로 맨살이 드러난 테드로스의 넓은 등을 바라보았다. 피부는 다시 건강하게 반짝였고, 어제보다 살도 조금 더 붙은 것 같았다. 주근깨 하나 없는 구릿빛 피부…… 상큼한 박하 비누 향…….

"필립!"

코맹맹이 호트의 목소리가 그녀의 몽상을 산산조각 내 버렸다.

"우리 약속한 거 맞지?"

호트가 악의 회관으로 들어서며 그녀에게 확답을 받기 위해 안달하고 있었다.

소피의 볼은 사과처럼 붉게 달아올랐다. 아가사가 그녀를 기다리고 있고 여자아이들의 목숨이 그녀의 손에 달려 있는데, 그녀는 지금 자신을 죽이려 드는 사람 생각에 푹 빠져 있었던 것이다.

"그럼! 약속하지."

소피가 힘 있는 목소리로 대답했다.

"오늘 밤에도 교장의 탑에 갈 수 있도록 네가 도와줘야 해."

꼭 끼는 반바지를 손으로 만지작거리던 소피가 다시 말했다.

"이제야 너답다, 필립! 어제 테드로스가 벌 받을 뻔한 걸 네가 구해 줬다는 소문이 애들 사이에 쫙 퍼졌어. 하지만 난 그럴 리가 없다고 생각했지. 테드로스는 이 대회에 우리 모두의 목숨을 내건 인간이야. 우리가 힘을 합쳐서 이 뻔뻔한 왕자 놈한테 버릇을 가르쳐야……."

"아니, 우린 내 등수에만 신경 쓰면 돼. 걔는 가만둬."

호트는 충격에 빠진 듯 그 자리에 그대로 멈춰 섰다.

"너 진짜 걔를 도와줬구나."

소피가 몸을 돌려 호트를 바라보았다. 날카로운 턱선과 우아한 콧날에 얼음처럼 차가운 기운이 서려 있었다.

"솔직히 그건 네가 상관할 바가 아니야."

호트는 칼에 찔리기라도 한 듯 입을 딱 벌리고 필립을 바라보았다. 하지만 곧 정신을 차린 그는 침을 한 번 꼴깍 삼키고 입가를 잡아당겨 미소를 지어 보였다.

"하지만…… 그래도…… 가장 친한 친구는 나 맞지, 필립?"

"당연하지."

소피는 호트 쪽으로는 고개도 돌리지 않고, 싱글싱글 웃으며 앞장서서 걷기 시작했다.

"그럼 그렇지!"

쾌활함을 되찾은 호트가 깡충깡충 필립을 뒤쫓아가며 소리쳤다.

"네 진정한 친구가 누구인지 혹시라도 헷갈리고 있나 해서 한번 확인해 봤어."

소피는 건성으로 고개를 끄덕이고 곧바로 아가사를 생각했다. 그녀가 온 신경을 집중해 아가사에 대해 생각하지 않으면 곧장 다시 왕자에게로 마음이 향할 것을 잘 알았던 것이다.

"오늘은 대회 전 마지막 수업이니, 특별히 내 개인의 역사에 대해 조금 얘기해 보려고 한다."

에블린 새더의 목소리가 선의 회관에 울려 퍼졌다.

날선 목소리로 속삭이던 아가사와 헤스터는 말을 멈추고 휘둥그레진 두 눈으로 연설대를 바라보았다. 하늘이 두 쪽 나도 절대 과거에 대해서는 한마디도 입 밖으로 내지 않을 것이라고 생각했던 바로 그 사람이 지금 자기 스스로 그 이야기를 하겠다고 선언하고 있었다.

"이야기꾼은 절대 내 이야기를 쓰려고 하지 않았지만, 너무 늦기 전에 잘못을 깨닫고 바로잡을 것이라고 믿는다. 난 한 야만스러운 남자로부터 살아남았고, 그 덕분에 이곳에 돌아와 이 학교를 이끌 수 있었기 때문이지."

에블린 새더가 거만한 눈빛으로 여학생들을 한 번 쭉 훑어보고 다시 말을 이어 갔다.

"너희는 역사가 처음으로 진실을 드러내는 순간을 보게 될 것이다."

학장이 연설대 위에 펼쳐진 책 위로 손가락을 가져다 대자, 그녀의 관능적인 목소리가 선의 회관 안에 울려 퍼지기 시작했다.

"28장 주목할 만한 여자 예언자들."

책 위로 선과 악의 학교가 유령처럼 어른거리는 삼차원 영상으로 떠오르더니, 하얀 안개 속에서 점차 또렷하게 윤곽을 드러내기 시작했다.

"그때 끝까지 읽어 볼 걸 그랬어."

헤스터가 아가사에게 중얼거렸다.

학장은 학생들을 향해 미소 지었다.

"내 이야기에 들어온 걸 환영한다."

그녀가 책 위에 떠오른 영상을 향해 입김을 불어넣자, 영상은 반짝이는 조각이 되어 쌩 소리를 내며 학생들을 향해 날아갔다. 갑자기 쏟아지는 빛을 피해 눈을 가린 아가사는 지난번과 똑같이 공중에서 떨어지는 듯한 기분에 휩싸였다. 잠시 후 두 발이 바닥에 닿자 그녀는 살며시 눈을 떴다. 그녀는 여전히 선의 회관에 있었지만, 세 마녀와 다른 여학생들의 모습은 보이지 않았다. 거대한 회관은 뿌연 막으로 덮인 듯 자욱한 안개로 가득 차 있었다. 오랜 시간 바닷속에 잠겼던 것처럼 하얀 가루 범벅이던 벽은 조금 더 깨끗해 보였고, 핑크색 피나포어 드레스를 입은 여학생들과 파란색 선인 남학생 교복을 입은 남자아이들이 자리를 빈틈없이 채우고 있었다.

아가사는 천천히 고개를 들고 연설대에 서 있는 에블린 새더를 바라보았다. 10년쯤 젊어 보이는 그녀의 얼굴은 지금보다 훨씬 밝고 따뜻했다. 그리고 시시때때로 그녀의 드레스에서 펄럭거리며 날아오르는 염탐꾼 나비들은 파란색이 아니라 다홍색이었다.

"오래전, 나는 이곳 선의 학교 교수였고 나의 오빠인 어거스트는 악의 학교에서 교수직을 맡고 있었지."

현재의 에블린 새더 학장이 과거 자신의 모습에 대해 설명하기 시작했다.

아가사는 첫 문장을 듣자마자 단번에 얼굴을 찌푸렸다. 새더 교수의 책에는 정반대의 사실이 기록되어 있었다. 에블린은 악의 학교에서 역사를 가르쳤고, 그것도 오빠인 새더 교수가 교장에게 부탁했기 때문에 가능한 일이었다.

"하지만 오빠는 오래전부터 내가 가진 능력을 질투했단다. 그래서 내 자리를 빼앗기로 결심했지."

학장의 목소리에 힘이 실리고 있었다.

아가사의 이마 주름이 더욱 깊어졌다.

'이거 순 거짓말이잖아!'

하지만 장차 왕자가 될 잘생긴 남학생들과 얼굴 가득 미소를 띤 아름다운 여학생들이 수업에 집중하고 있는 모습을 보고 있자니, 학장의 말이 마치 사실인 것처럼 느껴졌다.

"얼마 지나지 않아, 오빠는 공격을 시작했다……."

그때 회관 유리창이 산산조각 나고 적갈색 안개가 밀려들어 오더니, 자리에 앉아 있던 학생들을 향해 몰아쳤다. 겁을 먹은 선인 학생들은 문을 향해 달려갔고, 안개는 에블린을 밧줄처럼 옭아매 창밖으로 내던졌다. 그녀의 빨간 나비들은 어찌할 줄 모르고 허둥대며 그녀를 따라 줄줄이 밖으로 날아가 버렸다.

"그때 난 맹세했지. 오빠가 죽는 순간 이곳에 돌아오리라! 언젠가 여자들이 남자의 거짓말과 야만성으로부터 안전하게 자신을 지킬 수 있는 세상을 만들리라!"

학장의 말투는 웅변에 가까웠다.

아가사는 이를 악물었다. 비명을 지르며 회관에서 앞다투어 빠져나가는 선인 학생들의 모습은 보는 사람의 마음을 움직이기에 충분했다. 아가사는 작년에 더비 교수와 레소 부인이 어거스트 새더 교수를 위험한 망상증 환자 정도로 취급했던 것을 기억하고 있었다. 거북 사서가 내준 그 책은 새더 교수가 자신의 과거를 감추기 위해서 쓴 것일까? 지금껏 거짓말을 한 사람은 어거스트 새더 교수였단 말인가?

선인 학생들은 그녀를 지나 도망치기 바빴고, 초록색 깃털이 선의 회관을 가득 채웠다. 아가사는 두 눈을 질끈 감았다. 머리가 망치로 얻어맞은 것처럼 아파 왔다. 그녀는 무엇이 진실이고 무엇이 거짓인지 도무지 구분할 수 없는 혼란에 빠져 있었다.

그때 무엇인가가 그녀의 코끝을 건드렸다. 영상이 아닌 실재가 분명했다.

아가사는 두 눈을 떴다. 하얀 백조 깃털 하나가 그녀를 지나 뿌연 선의 회관 속을 둥둥 떠가고 있었다. 깃털은 정신없이 달아나는 선인 학생들을 지나쳐, 벽화가 그려진 회관 안쪽 벽으로 향했다.

아가사는 깃털을 따라가 모자이크 벽화 앞에 섰다. 은색 마스크를 쓴 교장과 쭉 뻗은 그의 손 위에 떠 있는 이야기꾼을 묘사한 작품이었다. 벽 위를 한동안 떠돌던 백조 깃털은 벽화 속 이야기꾼 위에 자리를 잡고 그대로 멈춰 섰다. 아가사는 자기도 모르게 깃털을 향해 손을 뻗었다. 그녀의 손끝이 깃털을 스치는 순간, 깃털 아래 타일이 벽 속으로 쑥 들어가더니 순식간에 사라져 버렸다. 그 타일과 같은 세로줄에 있던 다른 타일들도 같은 방식으로 줄줄이 자취를 감추고, 결국 벽에는 길쭉한 빈 공간이 만들어졌다. 아가사가 겨우 통과할 수 있을 정도의 좁은 틈이었다. 아가사는 두근거리는 가슴을 진정시키며 틈 사이로 몸을 밀어 넣었다.

틈을 통과하자 어둑한 방이 하나 나타났고, 작고 하얀 대리석 문이 보였다. 아가사가 문을 열자 더 어두운 방과 더 작은 대리석 문이 나타났다. 이렇게 점점 어두워지는 방과 작아지는 문을 몇 번이나 통과한 후 그녀는 마침내 무릎을 꿇고 자그마한 둥근 창을 지나 칠흑 같은 어둠이 지배하는 공간에 들어섰다.

차갑고 짙은 암흑 속에서 비틀거리며 일어선 아가사는 닭살이 돋은 두 팔을 꼭 움켜잡았다. 그녀가 가슴속에서 꿈틀대는 공포에 집중하자, 손가락 끝이 뜨겁게 달아오르더니 이내 깜빡이는 불빛을 뿜어내기 시작했다.

"여기가 어디지?"

아가사가 숨을 헐떡이며 중얼거렸다.

"에블린이 누구에게도 보여 주지 않기 위해 꽁꽁 숨겨 놓은 기억의 한 부분이란다."

익숙한 목소리가 대답했다.

아가사는 빛을 발하는 손가락을 천천히 들어 올렸다.

그녀를 향해 따뜻하게 미소 짓는 어거스트 새더 교수의 얼굴이 환한 불빛 아래 조금씩 모습을 드러냈다.

이야기꾼을 찾을 수 있는 마지막 기회를 잡기 위해, 소피는 그날 치러질 다섯 개의 예행연습 과제 중 대부분에서 1등을 해야 한다는 사실을 잘 알고 있었다.

첫 두 과제에서 1등을 한 그녀는 마침내 약간의 안도감을 느꼈다. 도끼로 패기 대결에서 호트는 마법을 이용해 그녀의 적수의 도 끼날을 부러뜨렸고, 대규모 생존 게임 방식의 숨바꼭질 대결에서 는 사람들의 주의를 다른 곳으로 돌려 소피가 숨은 곳을 보호해 주 었다. 하지만 이런 호트의 도움에도 불구하고, 그녀는 테드로스를 완전히 따돌릴 수 없었다. 그는 각 과제에 총력으로 임했고, 간발의 차이로 소피의 다음 자리를 차지했다.

소피가 다음 예행연습 과제를 생각하며 맨리 교수의 숯투성이 교실에 들어설 때, 누군가가 그녀의 넓은 어깨 위로 탄탄한 팔을 척 걸쳐 올렸다.

"필립, 너 또 속임수 쓰더라."

왕자였다.

"내가 이야기꾼을 찾으면, 네가 제안한 그 멍청한 대회를 막을 수 있을지도 모르지."

소피가 발끈하며 쏘아붙였다.

"그래서 어젯밤에 그렇게 열심히 이야기꾼을 찾았어?"

테드로스가 능글맞은 표정으로 그녀를 놀리듯 말했다.

"너 살려 주느라 그런 거잖아!"

소피가 맞받아쳤다.

"테드로스, 필립, 애정 싸움은 다른 데 가서 해라!"

두 사람 뒤를 따라 교실로 들어서던 맨리 교수가 쩌렁쩌렁 울리는 목소리로 말했다.

주변 남자아이들의 시선이 모두 그들에게 향하자, 두 사람은 멋쩍은 표정을 지으며 재빨리 서로에게서 떨어졌다.

다음 두 과제에서 소피는 테드로스에게 밀려 2등을 했다. 그녀는 왕자가 정말 자신에게 애정을 표현한 것인지 생각하느라 과제에는 도통 집중을 못 했던 것이다.

'애정은 무슨 애정이야! 난 남자잖아. 남자끼리 애정이라니 말도 안 돼!'

소피는 스스로를 질책하며 마음을 다잡기 위해 애썼다.

"필립, 쟤가 널 밀어내고 있잖아."

호트가 마지막 수업을 향해 자리를 옮기며 투덜댔다.

"마지막 예행연습에서 1등을 하는 사람이 오늘 최종 승자가 될 거야. 이렇게 가다가는 리더 자리도 빼앗기겠어. 저놈 아주 묵사발을 만들어 버려야지……."

"안 된다고 했잖아!"

소피의 목소리가 얼음처럼 차갑게 울리자 호트는 움찔하며 입을 다물었다.

다음 날 대회가 열리기 전까지는 파란 숲 출입이 금지되었기에, 숲 신체 단련 수업은 악의 회관에서 진행되었다. 80명의 남자아이들이 회관 안으로 들어오자, 다 낡아 빠진 샹들리에 위에 걸터앉아 있던 앨버마를이 입을 열었다.

"성 주변을 달리는 단순한 과제다."

딱따구리가 안경 너머로 아이들을 내려다보며 명령하듯 말했다.

순간 노란색 형광 선이 벽돌 바닥 위에 나타나더니, 소피의 다리 사이를 지나 회관 밖으로 이어졌다. 노란색 선은 계단을 따라 계속 그려져 나갔다.

"이 노란색 벽돌 길을 따라 달려서 이곳 회관으로 돌아오는 거다. 제일 먼저 들어오는 사람이 1등이지."

잠시 말을 멈춘 앨버마를이 날개 밑에서 작은 장부를 하나 꺼내더니, 눈을 가늘게 뜨고 바라보았다.

"이제까지의 성적을 보니 필립이 애릭과 채딕보다 조금 앞서 있구나. 1등은 출전 팀 리더가 되고 열 번째 출전자도 선택할 수 있다는 거 알고 있겠지? 근소한 차이니 아직 결과는 알 수 없다."

소피는 애릭과 채딕, 그리고 준비 자세를 취한 채 두 눈을 이글거리는 다른 남자아이들을 하나씩 바라보았다.

"제자리에…… 준비……."

앨버마를의 진지한 목소리가 울려 퍼지는 순간, 호트가 그녀의 팔뚝을 잡고 축축한 입김이 느껴질 정도로 귀에 바짝 입을 가져다 댔다.

"달려, 필립! 목숨 걸고 뛰어야 해……."

"출발!"

79명의 남자아이들이 고삐 풀린 망아지처럼 문을 향해 튀어 나갔다.

하지만 소피는 지저분해진 손톱을 반질반질 닦을 뿐 그 자리에서 꼼짝도 하지 않았다. 잠시 후 바깥에서 귀청이 터질 듯한 굉음이 들려왔다. 소피는 그제야 태연한 표정으로 어슬렁어슬렁 걸음을 옮기기 시작했다. 문 앞에 쓰러진 남자아이들은 한데 뒤엉켜 움직

선과 악의 학교 2

이지도 못하고 그 자리에서 끙끙 신음을 흘리고 있었다. 계단을 내려갈 때는 차례를 지켜야 한다는 기본적인 상식도 없는 이런 인간들이 그동안 어떻게 이 세상에서 살아남았는지 정말 알 수 없었다. 선두 그룹의 아이들이 가까스로 정신을 차리고 몸을 추스를 무렵, 소피는 땀 한 방울 묻지 않은 보송보송한 얼굴로 여유롭게 결승선을 통과했다.

"필립이 이야기꾼 찾는 일에 엄청 열심인 것 같군."

카스토르가 여전히 바닥에 쓰러져 신음하는 남자아이를 저벅저벅 밟고 회관 안으로 들어오며 능글맞게 웃어 댔다.

소피는 펄럭이는 금발을 입으로 훅 불어 넘기며, 남몰래 안도의 한숨을 내쉬었다. 오늘 밤에는 어떻게 해서든 이야기꾼을 찾아낼 것이다. 벽돌을 하나하나 다 파내서라도 반드시 그 펜을 찾아내서…….

"그런데 어젯밤에는 왜 탑에 나타나지도 않았을까?"

갑자기 사나운 표정으로 뒤바뀐 카스토르가 그녀를 향해 날카로운 이를 드러냈다.

"필립, 이 세계에 생명을 불어넣는 그 펜을 찾는 일보다 더 중요한 다른 일이 있나 본데, 그렇다면 넌 그 일이나 해라!"

"아니요, 그게 아니라……."

소피가 자세를 바로잡으며 소리쳤다.

"벡스, 네가 문에서 제일 가까우니까 오늘은 네가 당첨이다!"

카스토르가 소피의 말을 자르고 소리쳤다.

"안 돼요! 제가 하겠습니다!"

소피가 당황한 표정으로 다시 한 번 소리쳤다.

"필립이 한다잖아요."

벡스는 잠 한숨 못 자고 펜을 찾는 일 따위에는 아무 관심도 없다는 듯 찢어지는 목소리로 소피를 거들었다.

"안 되지. 필립은 출전 팀 리더다."

앨버마를의 장부를 유심히 보던 카스토르가 퉁명스러운 목소리로 대꾸했다.

"필립은 내일을 위해서 충분히 쉬어야 한다. 모두 노예가 되고 싶지는 않겠지?"

카스토르는 출전 팀 리더가 된 엘프 왕자를 향해 고개를 돌렸다. 그의 눈빛은 그 어느 때보다 위협적이었다.

"오늘 밤 침대에서 한 발자국도 벗어날 생각하지 마라. 꼼짝이라도 했다가는 널 침대에 꽁꽁 묶어 놓을 테니."

소피는 비명이 터지려는 것을 꾹 눌러 참았지만, 심장은 미친 듯 두방망이질 치고 있었다. 이야기꾼! 이야기꾼을 찾을 기회가 이렇게 날아가 버리다니!

소피는 가쁜 숨을 몰아쉬며 카스토르에게서 고개를 돌렸다.

'이제 집에 어떻게 돌아가지?'

그녀의 새 몸 안에서 아드레날린이 솟구쳐 근육 구석구석으로 퍼져 나갔다. 아가사를 불러야 한다. 창문 앞에 빨간색 등불을 밝히면, 아가사가 이곳으로 와 줄 것이다. 하지만 호흡은 진정되지 않았고, 그녀의 몸통 위로는 굵은 땀방울이 흘러내렸다.

'당황하지 말자!'

아가사가 방법을 찾아낼 것이다. 아가사는 언제나 자신을 위기에서 구해 주지 않았던가! 아가사가 오면 둘이 같이 이 성을 빠져나가 숲에 숨어 있다가, 상황을 봐서 안전할 때 이야기꾼을 찾아 집으로 돌아가면 되는 것이다.

선과 악의 학교 2

"하나 더 말해 두지, 필립!"

카스토르가 그녀의 등을 바라보며 다시 소리쳤다.

"이제 공식적으로 대회 출전 팀 리더가 되었으니, 믿을 만한 친구 한 명을 선택해 팀에 합류시킬 권리가 생겼다. 소피에 맞서 싸울 팀원을 골라서……."

소피의 귀에는 더 이상 그의 목소리가 들리지 않았다. 터질 듯 두근거리는 심장 소리와 애타게 아가사를 부르는 자신의 목소리가 머릿속을 가득 채웠다.

"자신이 필립의 좋은 친구이고 대회에 출전할 자격이 충분하다고 생각하는 사람은 한 발 앞으로 나오도록!"

카스토르가 남자아이들을 향해 우렁찬 목소리로 말했다.

선인 남학생과 악인 남학생, 그리고 새로 온 왕자들은 끼리끼리 머리를 맞대고 수군거리기 시작했다. 하지만 그들 중 실제로 걸음을 옮긴 사람은 단 한 명뿐이었다.

소피는 호트의 멍청한 얼굴을 보는 순간, 정신이 번쩍 들었다.

'아, 이거였구나!'

저 족제비 녀석이 그토록 약속을 강조한 이유가 바로 이 때문이었다.

소피는 마음을 진정시키기 위해 천천히 숨을 들이마셨다. 저 바보 녀석이 팀에 있든 없든 그녀에게는 아무 상관도 없었다. 그녀는 어차피 대회에 출전하지 않을 것이다. 오늘 밤 빨간색 등불을 밝히기만 하면 아가사가 이곳으로 올 것이고, 그러면 두 사람은 집으로 돌아갈 것이다. 그녀는 호트와 눈을 맞추며 고개를 끄덕였다. 어서 이 회관을 빠져나가 창가에 등불을 밝히려면, 우선 이 일부터 처리해야 했다.

바로 그때 또 다른 지원자가 등장했다.

"저도 도전해 보고 싶습니다."

테드로스였다.

"새더 교수님?"

아가사가 거칠게 쉰 목소리로 말했다. 그녀는 한층 더 밝아진 손가락 불빛으로 앞을 비추며 칠흑 같은 암흑 속에 서 있는 교수를 향해 한 걸음 한 걸음 다가갔다.

늘 입던 토끼풀색 양복과 숱 많은 은색 머리카락, 적갈색 눈동자까지 교수는 살아 있을 때와 하나도 달라진 것이 없었다. 그는 예전과 같이 인자한 미소를 지으며 아가사를 바라보고 있었다.

"아가사, 시간은 얼마 없는데 보여 줄 것은 너무나 많구나."

"하지만…… 어떻게…… 이곳에…….."

아가사가 낮은 목소리로 더듬더듬 단어를 내뱉었다.

"에블린은 자신이 원하는 대로 개조한 기억 속으로 널 들어오게 했어. 하지만 그건 실수였지. 네가 그 기억의 진실성을 의심하는 순간, 그 조작된 기억 너머로 통하는 문이 네 앞에 나타난 거란다."

교수는 마치 어둠 속에 둥둥 떠 있는 것처럼 보였다.

"거북 사서가 준 책 내용이 진실이란 말씀이죠?"

"어떤 역사책도 완벽한 진실이 될 수는 없단다, 아가사. 너도 이 학교에서 생활해 봤으니, 어떤 책이든 아무 의심 없이 믿어서는 안 된다는 사실을 잘 알고 있을 거다. 내 책도 예외는 아니지."

"하지만 10년 전에 왜 교장에게 학장님을 학교에서 일하게 해달라고 청하셨어요? 또 교장은 왜 학장님을 쫓아내…….."

"아가사, 모든 질문에 답을 해 줄 시간이 없다."

선과 악의 학교 2

교수가 심각한 표정을 지으며 아가사의 말을 잘랐다.

"넌 전혀 조작되지 않고 변경되지도 않은 에블린의 실제 기억을 보게 될 거야. 너무나 깊이 숨겨져 있는 기억이라, 네가 그 안에 들어가는 순간 동생도 너의 존재를 알아챌 거다. 하지만 그 정도 위험은 감수해야겠지. 내 동생이 왜 너희들의 이야기에 있는지, 네가 마주하고 있는 적은 대체 어떤 존재인지 이해하는 방법은 이것뿐이란다."

아가사는 아무 말도 할 수 없었다. 눈물이 차올라 두 눈이 따끔거렸다. 그녀는 아무것도 보고 싶지 않았다. 그저 이 어둠 속에 그와 함께 머물고 싶을 뿐이었다. 이런 안전하고 포근한 느낌을 떠나보내고 싶지 않았다.

"난 이제 가야겠다, 아가사. 하지만 네가 어디에 있든 내가 항상 널 지켜보고 있다는 사실을 기억하렴. 너는 결말까지 아직 먼 길을 가야 한단다."

교수가 부드러운 목소리로 말했다.

"안 돼요! 가지 마세요, 제발!"

아가사가 눈물에 잠긴 목소리로 소리쳤다.

순간 소리 없는 폭발이 일어나듯 교수의 몸이 하얀 빛으로 변했다. 아가사는 얼굴을 가렸다. 갑자기 눈부신 하얀 공간 속으로 떨어져 내리는 듯한 기분이 들었다. 잠시 후 두 발이 다시 바닥에 닿았고, 그녀는 천천히 눈을 떴다.

책이 빼곡하게 들어찬 책꽂이가 보였다. 공기는 에블린 새더가 조작한 기억 속보다 훨씬 맑았고, 색깔은 한층 선명하고 다채로웠다. 진실을 덮고 있던 안개 장막이 마침내 걷혀 나간 것 같았다. 아가사는 책꽂이에 꽂힌 색색의 책들을 바라보았다. 《헨젤과 그레

텔》,《공주와 완두콩》,《향나무 이야기》등등 책등에 적힌 제목을 눈으로 따라가던 그녀는 자신이 어디에 있는지를 깨닫고 깜짝 놀라 몸을 돌렸다.

하얀 돌 테이블 위에 두꺼운 이야기책이 펼쳐져 있고, 이야기꾼은 마지막 페이지에 그림을 그려 넣고 있었다. 허리를 잔뜩 구부리고 마법의 펜이 이야기를 마무리하는 모습을 지켜보는 교장의 얼굴이 점점 굳어 가고 있었다. 몸 전체를 덮은 하늘하늘한 파란색 가운, 반짝이는 은색 마스크와 마스크 밖으로 드러난 빛나는 파란 눈, 도톰한 입술, 숱이 많은 새하얀 머리카락……. 너무나 생생하게 살아 있는 교장의 모습에 아가사는 목덜미의 잔털이 하나하나 곤두서는 것만 같았다. 하지만 그녀는 교장이 자신을 볼 수 없다는 사실을 잘 알고 있었다.

마법의 펜이 마지막 붓질을 끝내자 교장은 더욱 음흉해진 눈빛으로 책을 쏘아보았다. 잘생긴 왕자가 공주를 구해 내고 거인의 몸에 칼을 꽂는 장면이었다.

"끝!"

낮은 목소리로 으르렁거린 교장이 마법을 이용해 책을 벽으로 휙 내던졌다.

이야기꾼은 펜촉에서 작은 연기를 펑 피워 올려 새로운 책 한 권을 만들어 냈다. 초록색 나무 표지를 넘기자 하얀 빈 페이지가 나타났고, 마법의 펜은 교장이 지켜보는 가운데 또 다른 이야기를 쓰기 시작했다.

"옛날 옛날에, 엄지공주라는 소녀가 살았는데……."

그때 하얀 종이 위로 나비 그림자가 나타났다. 교장이 몸을 돌리자, 창을 통해 들어온 빨간 나비들이 한데 엉겨 붙더니 에블린 새더

의 형체를 만들어 냈다. 물론 10년 전의 에블린 새더였다. 하지만
조작한 기억 속의 따뜻하고 밝은 얼굴과는 달리, 실제 기억 속 그녀
의 모습은 현재와 똑같았다. 에블린 새더는 아가사가 익히 보아 왔
던, 증오와 사악함이 가득한 두 눈을 치켜뜨고 교장을 똑바로 바라
보았다.

"여긴 들어오면 안 됩니다, 에블린 새더 교수님!"

교장은 꾸짖듯 말한 뒤, 손가락을 들어 그녀가 딛고 서 있는 바닥
에 하얀 선을 긋기 시작했다.

"저희 오빠가 교장 선생님께 거짓말을 하고 있습니다."

에블린 새더는 바닥이 계속 사라져 가는 데도 전혀 당황하지 않
은 듯 침착한 목소리로 말했다.

순간 교장은 주문을 멈췄다. 에블린 새더는 하얗게 변해 버린 바
닥 한가운데에 아직 조그맣게 남아 있는 부분에 서서, 차분하게 다
시 입을 열었다.

"교장 선생님이 악인이라는 것을 알고 있습니다. 돌아가신 형제
분은 선인이셨죠."

에블린 새더는 날카로운 교장의 눈빛에도 흔들림이 없었다.

"제가 드리고 싶은 말씀은 이겁니다. 교장 선생님이 미래를 투자
하기로 한 그 새더 교수는 올바른 선택이 아니었습니다."

교장이 천천히 손을 내리자, 에블린 새더의 주변 바닥이 다시 채
워졌다.

"교장 선생님이 찾으시는 게 뭔지 저는 알고 있습니다."

빈틈없이 채워진 바닥에 선 에블린 새더가 말을 이어 갔다.

"악에게 내려진 저주를 뒤집을 수 있는 사람…… 당신의 사랑 안
에서 어떤 짓도 서슴지 않고 해낼 수 있는 사람…… 영원한 불행을

누릴 자격이 있는 그런 사람…….”

잠시 말을 멈춘 그녀가 자신의 손을 교장의 가슴에 올려놓고, 초
록색 눈동자로 그를 똑바로 바라보았다.

“제가 바로 그 사람이지요.”

교장은 얼어붙은 듯 꼼짝하지 않고 그녀를 바라보았다. 하지만
잠시 후, 그는 입꼬리를 씰룩거리며 고개를 돌렸다.

“어서 가세요, 에블린 새더 교수님. 더 망신당하기 전에 그만하
시죠.”

“오빠는 교장 선생님이 찾으시는 것이 숲 너머에 있다고 말했죠.
그래서 교장 선생님이 우리 학교를 그 더러운 독자들로 오염시키
고 계시는 거 아닙니까?”

등을 돌리고 선 교장의 몸이 긴장한 듯 굳어졌다.

“하지만 교장 선생님, 그건 죽음의 덫이에요. 전 오빠가 어떤 사
람인지 잘 알고 있습니다. 오빠는 교장 선생님을 진정한 사랑으로
이끄는 게 아니에요. 교장 선생님을 죽일 사람에게 인도하고 있는
거예요!”

교장이 마침내 그녀를 향해 몸을 돌렸다.

“교수님은 새더 교수님의 능력을 질투하시는 거죠? 삼류 부하들
처럼 비열한 짓이군요. 교수님은 미래를 볼 능력도 없고…….”

“대신 전 현재의 소리를 들을 수 있죠. 미래를 보는 것보다 훨씬
강력한 힘이에요.”

에블린 새더는 전혀 주눅 들지 않고 다시 대꾸했다.

“저는 사람들의 말과 소원, 비밀까지 모든 것을 들을 수 있어요.
교장 선생님도 예외는 아니죠. 사람들이 무엇을 찾고 갈구하는지,
목숨을 주고서라도 얻으려고 하는 것이 무엇인지 안다는 말입니

다. 그 힘을 이용하면 누구의 이야기든 제가 원하는 방향으로 바꾸고 또 끝낼 수도 있지요."

"우리 세계의 법은 이야기꾼의 이야기에 개인이 간섭하는 행위를 엄격하게 금지하고 있습니다. 이 법을 어기는 사람은 파멸에 이른다는 것을 알고 계실 텐데요. 난 이 자명한 사실을 직접 체험했고, 두 번 다시 그런 일을 겪고 싶지 않습니다."

교장이 펜을 바라보며 괴로운 듯 얼굴을 찡그렸다.

"교장 선생님은 여전히 이 펜의 힘을 믿으시는군요. 악이 곳곳에서 학살당하고 있는데, 아무런 행동도 취하지 않고 그것을 막을 수 있겠습니까? 당신이 형제를 죽인 것에 대해 끊임없이 벌을 주려고 하는 펜을 과연 교장 선생님 혼자 힘으로 통제할 수 있을까요?"

에블린은 날카로움이 누그러진 따뜻한 표정으로 교장을 바라보며 말을 이었다.

"저는 교장 선생님의 마음을 잘 알아요. 교장 선생님도 제 마음을 아실 거예요. 악의 진정한 힘을 이해하는 사람은 저와 교장 선생님 둘뿐입니다. 지금까지 어떤 이야기도 드러내지 못했던 위대한 악의 힘 말이에요. 저한테 키스해 주세요. 그러면 선의 사랑만큼이나 혐오스러운 사랑이 교장 선생님의 편에 서게 될 거예요. 그 영원한 불행은 너무도 지독하고 끈질겨서, 선은 그에 대항할 무기조차 찾지 못할 겁니다. 저와 키스하고, 선을 몰아내기로 해요. 한 이야기씩 차례대로…… 저 펜이 모든 힘을 잃을 때까지 계속……."

잠자코 그녀의 말을 듣고 있던 교장이 반짝이는 파란 눈을 들어 그녀를 바라보았다.

"교수님은 본인이 제 진정한 사랑이라고 확신하시나요?"

그가 천천히 앞으로 몸을 기울였다.

"제 영혼이 갈구하는 존재가 교수님이라고 믿으십니까?"

에블린은 그의 손길이 닿자 얼굴을 붉히며, 키스를 하기 위해 고개를 들어 올렸다.

"어둠으로 가득 찬 제 마음을 다해, 그렇게 믿는답니다."

하지만 교장의 입술은 그녀의 얼굴 바로 앞에서 멈췄다.

"그럼 증명해 보세요."

그가 심술궂은 미소를 지으며 말했다.

아가사는 심장이 얼어붙는 것만 같았다. 바로 그때 눈앞에 펼쳐졌던 장면이 증발하듯 사라지고, 탁 트인 풀밭이 새로 나타났다. 점심시간의 숲속 공터였다. 하지만 새로 나타난 장면 속 점심시간은 선인과 악인들이 각자 한쪽에 모여 앉아 평화롭고 점잖게 여유를 즐기는 평소와는 전혀 다른 분위기였다. 선인 학생들은 자기들끼리 치고받으며 공격을 주고받았고, 깜짝 놀란 악인 학생들은 입을 떡 벌린 채 그들을 바라보고 있었다. 선인 남학생들은 주먹을 날리거나 막대기를 집어 들고 서로를 때렸고, 선인 여학생들은 머리채를 잡거나 손톱으로 할퀴며 상대를 공격했다. 그리고 그들 머리 위에서는 새빨간 색깔의 나비들이 무리를 지어 날아다니고 있었다. 어디에선가 젊은 모습의 더비 교수가 나타나 아가사를 쌩 지나쳐 갔다. 교수는 악의 학교 나무 터널에서 빠져나온 레소 부인을 향해 씩씩거리며 걸어가고 있었다.

"에블린 새더예요!"

더비 교수가 숨을 헐떡이며 말했다.

"그분의 나비들이 복도에서 우리 학생들의 대화를 엿듣고는 다른 학생들한테 그 말을 전달하고 있어요. 사소한 불만이나 모욕, 질투심에 찬 험담까지 서로한테 알려 줘서 이런 분란을 일으키고 있다고요!"

"전 그래서 우리 악인 학생들에게 늘 당부하죠. 상대를 모욕하려거든 직접 얼굴을 보고 해라. 그러면 이런 난리는 일어나지 않을 테니까요."

레소 부인이 거드름을 피우며 대답했다.

"교수님은 악의 학교 학장님이시잖아요. 에블린을 관리하는 일은 교수님의 의무입니다."

"선인 학생들에게 규율을 가르치는 건 더비 교수님 몫이죠. 에블린 새더 교수의 오빠분과 상의해 보세요. 그분이 저 여자를 이곳에 데려왔으니까요."

레소 부인은 관심 없다는 듯 느릿느릿 말했다.

"어거스트 새더 교수님은 에블린과 말도 하지 않아요. 제 질문에도 답하지 않으시고요. 레소 교수님, 제발요! 교수는 학생들의 이야기에 개입하면 안 되는 거 아닙니까! 이대로 두면 에블린 새더는 곧 교수님의 학생들 이야기에도 간섭하려고 들 거예요."

더비 교수가 간절한 표정으로 말했다.

그녀의 이야기를 듣고 있던 레소 부인은 마침내 마음이 움직인 듯 깊은 생각에 빠졌다…….

두 번째 장면이 다시 녹아내리듯 사라지고, 레소 부인의 얼음 교실이 눈앞에 펼쳐졌다. 악의 학교 학장은 얼음으로 조각된 책상 뒤에 앉아 있었고, 에블린 새더가 그 앞에 서 있었다.

"딱 한 번만 말씀 드리겠습니다."

레소 부인이 차가운 목소리로 입을 열었다.

"선인이든 악인이든, 학생들 염탐하는 거 당장 멈추세요. 그러지 않으면 이 학교에서 내보내겠습니다."

에블린 새더는 사이가 벌어진 앞니를 드러내며 미소를 지었다.

"제가 학장님 명령을 따를 거라고 생각하세요? 몰래 숲에 들어가서 숨겨 둔 아들이나 만나는 분 명령을요?"

레소 부인의 얼굴이 순식간에 창백해졌다.

"뭐라고요?"

그녀가 자주색 두 눈을 동그랗게 뜨고 소리쳤다.

"아드님이 많이 보고 싶어 하죠? 아들도 엄마처럼 나약한 사람이 되려나 보네요."

에블린이 학장을 향해 살금살금 다가서며 조롱하듯 말했다.

레소 부인은 충격에 빠진 듯 아무 말도 못 했다. 잠시 후 정신을 차린 학장은 차가운 표정을 되찾고 다시 입을 열었다.

"저한테는 아들이 없습니다."

"교장 선생님께는 당연히 그렇게 말씀하셨겠죠."

에블린은 먹잇감을 발견한 맹수처럼 학장의 주변을 천천히 배회하며 말을 이었다.

"숲속 악인들에게는 저주가 내려져 있다는 거 아시죠? 학장님은 자신의 안전을 지키기 위해서라면 무슨 짓이든 할 분이시고, 결국 이 학교에 머무는 쪽을 택하셨어요. 하지만 악의 학교 교수들은 학교 바깥의 존재에 대해 어떠한 애착도 가져서는 안 되죠. 이 학교의 학장이라면 더더욱 그렇고요. 그래서 학장님은 맹세를 하셨어요. 아이를 포기하고, 오직 냉혹한 악을 추구하는 데에 온 영혼을 바치겠다고 말이에요."

에블린이 날카로운 금색 손톱으로 차가운 얼음 책상을 내리찍으며, 레소 부인을 덮치듯 불쑥 몸을 내밀었다.

"하지만 학장님은 매일 밤 아들을 숨겨 둔 그 동굴로 찾아가지요. 그리고 그 아이에게 언제나 자신을 사랑하는 엄마가 곁에 있다고 말씀하시더군요. 차마 진실을 말씀하실 수는 없었겠죠. 하지만 명심하세요, 학장님……. 언젠가 아드님은 학장님의 그런 모습 때문에 어머니를 더욱 미워하게 될 겁니다. 머지않아 학장님은 자기 자신과 아들 중 하나를 선택해야만 하는 갈림길에 놓일 테니까요. 학장님이 어떤 선택을 하실지는 누구나 다 짐작할 수 있죠."

"나가!"

자리에서 벌떡 일어선 레소 부인이 소리쳤다.

"나가라고!"

에블린은 전혀 당황한 기색 없이 엉덩이를 흔들며 천천히 교실을 빠져나갔다. 그녀의 나비들은 공중에 빨간 선을 그리듯 줄을 지어 그녀를 뒤따랐다.

레소 부인은 차가운 얼음 방에 혼자 남았다. 그녀의 양 볼이 빨갛게 달아오르더니 걷잡을 수 없이 몸이 떨리기 시작했다. 두 눈에는 눈물이 차오르고 있었다. 그때 교실 밖에서 사람 목소리가 들려왔다. 학장은 재빨리 눈물을 닦아 냈고, 잠시 후 악인 학생들이 수업을 위해 교실 안으로 밀려 들어왔다.

아가사는 숨을 죽인 채 세 번째 장면이 녹아 사라지는 모습을 바라보았다. 곧 다시 교장의 탑이 눈앞에 펼쳐졌다. 교장이 어거스트 새더 교수와 마주 보고 대화를 나누고 있었다.

"레소 부인과 더비 교수님께서 교수님 여동생을 당장 내쫓아야 한다고 거듭 주장하시는군요."

교장이 먼저 입을 열었다.

"학장님 두 분의 의견이 일치하는 일은 거의 없는데 이렇게 입을 모아 말씀하시니, 저도 그분들 의견을 받아들여야 하지 싶습니다."

교장은 몸을 돌려 학교 건물을 바라보았다.

"에블린 새더가 떠나면 악의 학교 수업도 교수님께서 맡아 주셨으면 합니다."

"그렇게 하겠습니다, 교장 선생님."

교장의 뒤에 잠자코 서 있던 새더 교수가 짧게 대답했다.

창을 향해 있던 교장은 교수를 향해 돌아서서 다시 입을 열었다.

"동생분을 옹호하는 말씀을 몇 마디라도 하실 줄 알았는데 조용하시군요. 애초에 에블린 새더를 이곳으로 불러들인 건 교수님이지 않습니까?"

"그 아이는 너무 이른 시기에 이곳에 온 것 같습니다. 하실 말씀 끝났으면, 전 이만 수업이 있어서 가 보겠습니다."

새더 교수가 아리송한 미소를 지으며 말했다.

아무 대꾸 없이 교수를 유심히 바라보던 교장은 마침내 손가락을 들어 올려 하얀 줄로 교수를 지우기 시작했다. 하지만 잠시 후 교장은 갑자기 마음이 바뀐 듯 교수를 다시 불러들였다.

"한 가지만 더 묻지요, 새더 교수님. 제가 찾는 사람 말입니다…… 이 세계 사람이 아니라는 말씀에 교수님 목숨을 걸 수 있으시겠습니까?"

"네. 제 목숨을 걸고 맹세합니다."

새더 교수의 대답에 교장은 미소를 지으며 몸을 돌렸다.

"그건 그렇고, 레소 부인께 말씀 좀 전해 주세요. 학교 정문을 자유롭게 출입하는 특권은 이제 철회하겠다고요."

교장의 말이 끝나자 하얀 빛줄기가 다시 나타나 빠른 속도로 교수를 지우기 시작했다.

새하얀 빛이 사라질 때까지 두 손으로 눈을 가리고 기다리던 아가사는 천천히 손가락 사이로 앞을 내다보았다. 다섯 번째 장면에서 교장은 다시 에블린 새더를 마주하고 있었다.

하지만 에블린은 교장이 아니라, 그의 뒤로 펼쳐진 배경을 바라보고 있었다. 수백 명의 선인과 악인 학생, 그리고 두 학교의 교수들이 창문에 달라붙어 두 사람을 응시하고 있었다. 마치 사형 집행을 기다리는 관중 같았다.

"저 대신 오빠를 선택하신 건가요?"

그녀는 자신을 바라보는 관중을 향해 경멸의 눈빛을 보내며 말했다.

"당신을 구해 줄 여자를 버리고, 대신 파멸에 이르게 할 남자를 선택하셨군요."

"새더 교수의 예언은 거짓이 아닙니다."

교장이 조용히 대답했다.

"오빠는 교장 선생님을 죽이기 위해서라면 거짓말이 아니라 더한 짓도 할 사람이에요. 자기 목숨도 내놓을 거라고요."

에블린 새더가 교장을 향해 시선을 돌리고 소리쳤다.

교장은 이야기꾼을 바라보며 생각에 잠긴 듯 잠시 아무 말도 하지 않았다.

"나의 형제는 자기 영혼의 일부를 학생들의 문장에 심어 놓았지요. 나에게서 저 아이들을 지키기 위한 조치였어요."

마침내 교장이 낮은 목소리로 입을 열었다.

"나도 확실한 보호 수단이 없는 한 위험을 감수할 생각이 없습니다."

교장이 다시 에블린을 향해 고개를 돌렸다.

"하지만 교수님은 이 학교를 떠나 주셔야겠습니다."

에블린이 교장을 향해 성큼 다가와 그의 어깨를 잡았다.

"교장 선생님이 틀린 거면 어쩌시려고요? 제가 교장 선생님의 진정한 사랑이면 어떡하실 거예요? 지금 이 잘못된 판단 때문에 목숨을 잃으신 뒤에 후회하실 건가요?"

에블린이 잔뜩 흥분한 목소리로 간청하듯 말했다.

교장은 자신을 붙잡은 그녀의 손을 내려다보았다.

"그토록 강한 믿음을 가지고 계시니……."

그가 숲처럼 푸른 그녀의 눈동자를 바라보며 미소 지었다.

"모든 희망을 빼앗지는 않겠습니다."

그는 천천히 자신의 가슴 위에 손을 올리더니 파란색 연기 한 줄기를 뽑아냈다. 마치 반짝이는 심장 한 조각을 떼어 낸 것만 같았다. 교장은 밝게 빛나는 파란 연기를 손에 꼭 쥔 상태로 에블린의 가슴에 손을 얹었다. 그러자 그녀의 심장은 순식간에 연기를 빨아들였고, 드레스를 수놓고 있던 빨간색 나비들은 모두 파란색으로 변했다.

"이게 내 보호 수단입니다."

교장은 충격에 빠져 드레스를 내려다보고 있는 에블린 새더의 뺨을 부드럽게 어루만졌다.

"만약 내가 틀렸다면, 교수님은 이 학교로 돌아오게 될 겁니다."

밝은 표정을 짓고 있던 교장이 갑자기 그녀에게서 한 발자국 멀어지며 다시 입을 열었다.

"그때 당신의 그 헌신적인 사랑도 꼭 함께 가지고 오세요."

에블린 새더는 무엇인가 말을 하려고 입을 열었지만, 바로 그 순간 교장이 만들어 낸 파란 불빛이 폭발하듯 그녀를 덮쳤다. 파란 불빛은 탑을 빠져나가 숲 위로 높이 오르더니, 썰물이 빠지듯 지평선을 향해 쏟아져 내렸다.

아가사는 교장의 차디찬 파란 눈동자를 넋을 잃고 바라보았다. 바로 그때, 장면이 사라지며 구름같이 뿌연 연기가 주변을 가득 채웠다.

아가사가 콜록콜록 기침하며 팔을 휘저어 연기를 밀어내는 사이, 선인 학생들이 비명을 지르며 그녀를 지나쳐 갔다. 그곳은 뿌연 장막이 뒤덮인 선의 회관이었다. 그녀는 에블린 새더가 조작한 기억 속으로 되돌아와 있었다.

이 상황을 설명할 방법은 하나뿐이었다.

아가사는 재빨리 몸을 돌렸다. 에블린 새더가 회관을 가로질러 성큼성큼 다가오고 있었다. 분노로 벌겋게 달아오른 얼굴은 10년 전의 그 젊은 모습이 아니었고, 그녀에게 다가오는 에블린 새더의 나비들은 빨간색이 아닌 파란색이었다. 유령이 아닌 실제 에블린 새더가 자신의 기억을 침범한 아가사를 향해 맹렬히 돌진하고 있었다.

"그래서 학장님이 우리 이야기에 들어온 거군요……. 학장님은 우리를 이용해서…… 교장을 되살리려고……."

아가사가 뒷걸음질 치며 비명을 지르듯 말했다.

에블린 새더는 아무 말 없이 아가사를 향해 파란색 섬광을 발사했다. 순간 선의 회관이 사라지고 학생들은 현재로 돌아왔다. 세 마녀는 바닥에 쓰러진 아가사를 발견하고 달려왔지만, 그녀를 되살리기엔 이미 늦은 것 같았다.

'아가사.'
'아가사.'

'아가사.'

소피는 멍한 눈으로 테드로스와 호트를 번갈아 보았다. 두 사람은 지금 그녀를 죽이는 대회에 참가하기 위해 그녀에게 자신을 선택해 달라고 청하고 있었다.

'아가사가 필요해.'

소피의 온몸이 바들바들 떨리기 시작했다. 그녀 혼자서는 그런 대회 근처에도 갈 수 없었다.

카스토르는 앞발로 호트를 툭 차 밀어냈다.

"각자 필립에게 왜 자신이 선택되어야 하는지 이유를 말해 봐라. 기회는 한 번뿐이다."

호트는 마치 불꽃이 되어 타오를 것 같은 무시무시한 눈으로 테드로스를 노려본 뒤 입을 열었다.

"저는 상황이 좋을 때만 친구 행세를 하는 그런 사람이 아닙니다. 채찍질을 피하기 위해 친구인 척하는 인간과는 전혀 다릅니다."

호트가 창백한 입술을 파르르 떨며 소피를 향해 입을 부루퉁 내밀었다.

"그리고 저는 필립의 가장 친한 친구이기도 합니다. 필립도 그렇게 말했습니다."

소피는 호트를 바라보았다. 조금 전 그의 온몸을 불살라 버릴 것 같던 분노는 더 이상 보이지 않았다. 그는 그저 겁먹은 쥐새끼처럼 처량해 보일 뿐이었다.

"저는 필립의 가장 친한 친구는 아닐지도 모릅니다. 하지만 필립을 지킬 수 있는 사람이라는 것만은 확실합니다."

호트의 등 뒤에서 또 다른 목소리가 들려왔다.

소피는 천천히 고개를 돌렸다.

"제가 아가사에게 느꼈던 사랑은 제 평생 가장 깊은 감정이었습니다."

테드로스가 소피의 두 눈을 똑바로 바라보며 말을 이어 갔다.

"하지만 필립은 그보다 더 깊은 감정을 저에게 알려 주었습니다. 제가 언제나 바랐던, 남자들 사이의 진한 우정이었습니다. 필립은 조급하고 자만심이 강해 늘 실수나 저지르는 그런 왕자들과는 다릅니다. 그는 정직하고, 세심하며, 생각이 깊고, 진정한 감정을 느낄 줄 압니다. 남자들에게는 진정한 감정이라는 게 없습니다……. 생긴다 해도 서둘러 몰아내거나 감추기 급급하지요. 하지만 필립은 진짜 남자가 갖춰야 할 모든 장점을 지니고 있습니다. 명예와 용맹, 그리고 따뜻한 가슴까지 말입니다. 필립 덕분에 저는 새로운 깨달음을 얻게 되었습니다. 아가사와 소피를 갈라놓을 수 있는 것은 죽음뿐이라는 사실입니다."

테드로스는 충격에 빠진 엘프 왕자의 얼굴을 바라보았다.

"저 역시 필립에게 같은 감정을 느꼈기 때문입니다. 남자든 여자든, 지금까지 어느 누구에게도 느껴 본 적 없는 무한한 우정을 그를 통해 배웠습니다."

악의 회관에 무거운 정적이 흘렀다. 누구도 감히 입을 열지 못하고 있었다.

한때 자신의 왕자라고 믿었던 테드로스를 바라보는 소피의 두 눈에 눈물이 차올랐다. 그녀는 평생 자신을 진심으로 원하는 남자를 기다려 왔다. 남자가 되어 있는 순간, 그 꿈이 이루어질 줄 누가 알았을까!

"필립, 테드로스냐, 호트냐?"

카스토르가 두 소년 사이에 끼어들며 말했다.

소피는 재빨리 테드로스에게서 시선을 돌렸다. 대체 무슨 생각을 하고 있는 것인가? 그녀는 당장 아가사를 이곳에 불러야 한다.

"테드로스냐, 아니면 호트냐?"

카스토르가 매서운 눈으로 그녀를 노려보며 소리쳤다.

소피는 호흡을 가다듬으며 귓가에 맴도는 테드로스의 말들을 몰아냈다. 머지않아 아가사가 올 것이다.

'누구를 선택하든 상관없어. 어차피 일어나지 않을 일이니까. 대회는 절대 열리지 않을 거야.'

하지만 만약…… 만에 하나 일이 뜻대로 안 되면…… 그녀를 죽이겠다고 다짐한 왕자가 지금 그 기회를 달라고 청하고 있지 않은가!

'호트다.'

'호트!'

'호트를 선택해야 해!'

그녀가 선택한 이름이 입에서 흘러나왔다. 너무나 당연하고 자연스러운 선택이었다. 그녀는 마침내 안도의 한숨을 내쉬었다. 이제 방으로 돌아가 등불을 밝히고 아가사를 부르기만 하면 된다…….

하지만 고개를 들어 호트를 바라본 소피는 더 이상 아무 생각도 할 수 없었다. 족제비 같은 그의 얼굴에서 미소가 사라지고, 대신 공포와 배신이 그 자리를 차지하고 있었다. 순간 그녀는 자신이 부른 이름이 호트가 아니라는 사실을 깨달았다.

소피는 천천히 고개를 돌렸다.

테드로스가 자신의 가장 친한 친구를 향해 밝게 미소 짓고 있었다. 감사와 애정으로 가득한 그의 미소는 여자 소피로부터 남자 소

선과 악의 학교2

피를 보호해 주겠다고 굳게 약속하고 있었다.

하지만 소피의 심장을 철렁 내려앉게 한 것은 그의 빛나는 미소가 아니었다.

그의 어깨 너머에서 비쳐 오는 또 하나의 빛…….

남학교 회관의 창문을 통해 희미하게 비쳐 들어오는 빛…….

그 빛은 하프웨이 베이 너머 여학생 학교에서 출발하고 있었다.

위험을 경고하는 새빨간 등불이 활활 타오르고 있었던 것이다.

순간 소피는 자신이 엄청난 실수를 저질렀음을 깨달았다.

22

마지막 출전자

"**꼭** 집에 온 것 같다."

호수 잔물결이 노랫소리에 맞춰 몸을 떠는 하프 줄이 된 듯, 소년의 말을 따라 가녀린 파장을 일으켰다.

아가사는 두 눈을 떴다. 익숙한 호수의 표면 위로 해가 비추고 있었고, 호수는 따스한 산들바람을 맞으며 반짝이고 있었다. 잠시 떨림을 멈춘 호수의 표면이 그녀의 땅딸막한 검은 드레스와 유령처럼 창백한 얼굴을 비추었다. 그녀의 곁에는 파란색 선인 교복을 입은 금발 소년이 보였다.

"우리가 어떻게 여기 있는 거지?"

아가사가 소년을 올려다보며 속삭이 듯 물었다.

"나의 공주다 운 질문이네."

테드로스가 잔 잔한 호수를 바라보 며 입을 열었다.

"예전의 아가사

였다면 토마토처럼 얼굴을 붉히면서 '소피는 어디 있어?'라고 했을 텐데 말이야."

순간 아가사의 얼굴이 토마토처럼 붉게 달아올랐다.

"소피는 어디 있어? 무사한 거야?"

그녀는 다급한 목소리로 물으며 주변을 둘러보았다. 눈부신 황금색 빛으로 둘러싸인 호수 주변은 마치 지우개로 지운 듯이 아무것도 보이지 않았다.

"소피도 여기⋯⋯."

"물어보고 싶은 게 있어."

풀잎을 호수에 튕겨 넣고 있던 테드로스가 아가사의 말을 자르고 다시 입을 열었다.

"우리가 처음 만났을 때부터 넌 날 무시했어. 욕도 수없이 들었지. 살인자, 우쭐대는 떠버리, 멍청한 야만인, 그 외에도 많을 거야⋯⋯."

테드로스는 아가사를 바라보지 않고, 풀잎 하나를 더 호수에 던져 넣었다.

"어쩌다가 마음이 바뀐 거야?"

"이게 무슨 상황이지⋯⋯. 우린 대체 어디 있는 거야⋯⋯."

아가사가 걱정스러운 표정으로 더듬더듬 말을 이었다. 불타오르는 듯한 황금빛 벽은 예전에 왕자의 유령을 감추고 그녀를 둘러쌌던 검은 바람의 벽처럼 두 사람을 완벽하게 포위하고 있었다.

"우리 이야기는 어떻게 됐어⋯⋯."

"우리 둘 다 그걸 알아내려 하고 있잖아. 그래서 네 대답을 듣고 싶은 거야, 아가사. 네가 나의 어떤 모습을 보고 마음을 바꾼 건지 알아야겠어."

테드로스가 여전히 앞만 바라보며 말했다.

아가사의 볼이 다시 한 번 붉게 달아오르기 시작했다. 오래전 그녀는 이곳과 똑같은 호수 기슭에서 풀잎이 아닌 성냥을 물속에 던져 넣으며, 소피에게 왜 자신을 좋아하는지 물어본 적이 있었다.

"한순간에 벌어진 일이었어. 그게 다야."

아가사가 부드러운 목소리로 말했다.

마침내 고개를 돌린 왕자가 그녀의 두 눈을 바라보았다.

"작년 동화 경연 대회에서 소피가 널 버린 뒤에 네가 그 아이를 바라보던 표정 때문이었어. 그 비통에 빠진 얼굴 말이야. 넌 네가 다른 사람들을 보호하듯이 너를 보호해 줄 사람을 원했던 거야."

아가사의 대답에 왕자는 언짢은 표정을 지으며 고개를 돌렸다.

"내가 무슨 여자애도 아니고, 그게 다 무슨 뜻이야!"

아가사는 그때를 회상하듯 혼자 미소 지으며 다시 입을 열었다.

"바로 그 모습에서 난 너의 내면을 봤어."

왕자의 어깨가 긴장한 듯 굳어졌다.

"강하지만 동시에 그만큼 연약한 한 남자아이의 모습을 본 거지."

아가사가 테드로스를 바라보며 말했다.

"그런데도 넌 내가 널 해칠 거라고 생각했지. 내 진짜 모습을 아는 유일한 사람인 네가!"

조용한 목소리로 말하던 테드로스가 고개를 돌려 애절한 눈빛으로 아가사를 바라보았다.

"아직도 뭔가 놓친 부분이 있는 것 같아."

그때 테드로스의 등 뒤쪽 황금색 빛의 벽에 틈이 생기더니, 눈부신 빛이 쏟아져 나와 테드로스를 삼키기 시작했다. 아가사가 손을 뻗어 그를 잡으려 했지만 테드로스의 모습은 순식간에 빛 속으로 사라져 버렸다. 초록색 풀잎은 감청색으로 바뀌고, 주변 나무들은 모두 페리윙클로 바뀌었다. 호수는 불덩이로 변했고, 새빨간 불꽃 위로 거대한 파도가 솟구쳐 올랐다.

아가사는 깜짝 놀라 눈을 떴다. 주변은 어두웠고, 머리는 깨질 듯이 아팠다. 맑기만 한 하늘에서 은색 별들이 그녀를 내려다보며 깜빡이고 있었다. 아가사는 벌떡 몸을 일으켜 앉았다. 강아지 무늬가 그려진 담요가 몸을 덮고 있었고, 바로 옆에 피워 놓은 작은 모닥불이 그녀를 향해 온기를 뿜어내고 있었다. 휑한 공터에서 그녀를 바라보고 있던 두 소녀의 그늘진 얼굴이 아가사의 움직임에 꿈틀꿈틀 반응을 보이기 시작했다.

"일어났구나! 아가사, 너 드디어 깨어났어!"

키코의 목소리였다.

"학장님께 말씀드릴게."

막대 초콜릿을 먹다가 목에 걸린 리나가 캑캑거리며 말하고는, 커다란 엉덩이를 흔들며 뒤뚱뒤뚱 어둠 속으로 사라졌다.

수많은 말이 아가사의 바싹 마른 입 속에서 혼란스럽게 뒤섞여 맴돌다가 이내 힘을 잃고 사라져 버렸다. 그녀의 몸은 얼음처럼 차가웠고, 관자놀이는 바늘에 찔린 듯 욱신거렸다. 그녀의 마음은 여전히 충격적인 장면들에서 벗어나지 못하고 있었다. 호숫가에서 본 테드로스의 애절하면서도 아름다운 얼굴, 겁에 질린 남자 소피의 표정, 자신을 향해 성큼성큼 다가오던 에블린 새더의 모습…….

"교장이……. 더비 교수님께 말씀드려야 하는데……. 되살리려 하고 있다고……."

기절하기 전에 마지막으로 보았던 장면에 생각이 이른 아가사가 마침내 거친 목소리로 정신없이 말을 내뱉기 시작했다.

"저런! 학장님이 네가 깨어나면 정신 나간 소리를 좀 할지도 모른다고 하시더니만……."

키코가 아가사의 이마를 손으로 짚으며 호들갑을 떨었다.

"흠, 열이 엄청난데. 누가 보면 불 옆에 놓고 구운 줄 알겠어."

"여기, 바로 옆에 불이 있잖아."

아가사가 쉰 목소리로 대꾸했다.

"학장님 말씀이, 네가 그 유령 연기에 반응을 나타낸 거래."

키코는 아가사의 말에는 전혀 신경 쓰지 않는 듯 자기가 하고 싶은 말만 끊임없이 쏟아 냈다.

"넌 독자니까 면역 체계가 우리보다 민감하다든가 뭐 그런 이유겠지. 헤스터랑 아나딜이랑 도트는 학장님이 너한테 무슨 짓을 한 거라고 악을 써 댔지만, 다른 사람들은 걔들도 연기를 너무 많이 마셔서 정신이 나간 거라고 생각하고 있어. 헤스터가 창 앞에 서서 빨간색 등불을 미친 듯이 흔들어 대는 걸 내가 봤다니까! 그 마녀가 악마 문신으로도 모자라서 이제 정신까지 나갔으니 정말 큰일 아니니? 아무튼 면역 체계 때문이든 다른 이유 때문이든, 하루 종일 정신을 잃고 쓰러져 있는 걸 보니 정말 안쓰럽더라고. 중요한 일들을 죄다 놓쳐 버렸잖아. 출전자 명단 발표, 성대한 파티, 연극, 전부 다! 하긴 전야제도 예정보다 일찍 끝나긴 했어. 모나의 머리 장식이 걔를 잡아먹으려고 달려들었거든. 분명히 헤스터가 저주를 내려서……."

잠자코 있던 아가사가 키코의 옷깃을 덥석 잡아당겼다.

"이 멍청한 닭대가리야, 내 말 잘 들어!"

힘없고 느릿한 말투였지만, 그녀의 목소리에는 절박함과 분노가 담겨 있었다.

"학장은 위험한 사람이야! 대회가 시작되기 전에 더비 교수님과 레소 교수님께 말씀드려야……."

"아가사!"

키코가 진지하고 단호한 목소리로 아가사의 말을 가로막았다.

"대회는 이미 두 시간 전에 시작됐어."

"뭐라고? 하지만 그건…… 그러면……."

키코의 옷깃을 잡고 있던 아가사의 손에서 힘이 빠져나갔다. 그녀의 목소리는 두려움에 짓눌려 더 이상 입 밖으로 나오지 못했다.

아가사는 천천히 고개를 숙이고, 몸을 덮고 있는 강아지 무늬 담요를 걷어 냈다. 그녀는 대회 유니폼을 갖춰 입고 있었다. 부드러운 철망으로 만들어진 사파이어색 튜닉과 안쪽에 은색 양단을 댄 모직 후드 망토였다. 망토의 앞주머니에는 파란색 나비 문장이 새겨져 있고, 가장자리가 마법의 힘으로 반짝거리는 하얀 실크 손수건이 꽂혀 있었다.

아가사는 고개를 돌려 머리 위로 우뚝 솟은 파란 숲 정문들을 바라보았다. 출전자들이 밖으로 빠져나가지 못하게 하려는 것인지, 거대한 문들은 불꽃에 휩싸여 번쩍이고 있었다. 문과 문 사이 나무가 들어선 공간에는 회색 안개가 가득 차 있어, 숲 바깥에 있는 사람들은 안쪽을 전혀 들여다볼 수 없었다. 아가사는 목을 길게 빼고 서쪽 정문 위에 걸린 거대한 나무판자를 바라보았다. 반짝이는 반딧불들이 판자 위에 글자를 만들어 내고 있었다.

동화 경연 대회 : 여학생

소피

헤스터

도트

베아트릭스

아나딜

모나

아라크네

밀리센트

야라

"지금 숲에 들어가 있는 애들 이름이야. 10분마다 남자 한 명, 여자 한 명, 이렇게 두 명씩 숲으로 들어가고 있어. 지금까지 아홉 쌍이 들어갔고, 이제 한 쌍만 더 들어가면 입장은 끝나. 아직 손수건을 떨어뜨린 사람은 아무도 없어. 항복한 사람이 없다는 뜻이지……."

키코가 설명했다.

하지만 아가사는 키코의 말을 이해하지 못한 듯 여전히 나무판자를 바라보고 있었다.

"소피? 소피가 저기 들어가 있다고?"

"제일 처음 들어갔지. 학장님이 그렇게 말씀하셨어. 사실 아무도 본 사람은 없지만 반딧불들이 소피 이름을 썼으니까 당연히 숲에 있는 거겠지! 정말 다행이야! 너희 둘 없이 우리가 어떻게 이 대회에서 이기겠니? 학장님도 네가 시간 맞춰 깨어날 거라고 굳게 믿고……."

"하지만 소피가 어떻게 대회에 참가할 수가 있지?"

아가사가 비틀비틀 숲 정문으로 향하며 말했다. 그녀는 여전히 말하는 게 힘든 듯 숨을 헐떡이고 있었다.

"대체 언제 돌아왔대? 이미 와 있었다면 왜 날 도와주지 않았던 거지? 더비 교수님이랑 레소 교수님을 당장 만나야 하는데……."

그때 머리 위에서 우렁찬 함성이 터져 나왔다.

"아가사! 아가사! 아가사!"

아가사는 얼빠진 표정으로 학교 건물을 바라보았다. 파란색 발코니마다 학생들이 빼곡하게 들어차 있었다. 시야를 가리는 나무가 없는 공터에 아가사가 등장하자 그녀를 발견한 학생들이 흥분해서 소리를 질러 댄 것이다. 어떤 학생들은 뿔피리를 불기도 하고 색종이 조각을 흩뿌리기도 했다. **"여학생 파이팅! 남자=노예! 소피 & 아가사가 승리한다!"** 라고 쓴 색색의 응원 간판도 보였다.

아가사는 눈을 가늘게 뜨고 관용의 탑 꼭대기 층 발코니를 바라보았다. 교수들이 서로 바짝 몸을 붙인 채 그녀를 바라보고 있었다. 거리가 멀어 얼굴은 잘 보이지 않았지만, 아가사는 긴장한 듯 뻣뻣하게 굳은 더비 교수와 레소 부인의 실루엣, 그리고 공포에 질린 그들의 시선을 알아볼 수 있었다. 폴룩스는 거대한 곰의 몸에 머리를 붙이고 나타나 교수들 뒤에서 문을 지키고 서 있었다.

"보세요, 맨리 교수님! 늦지 않게 깨어날 거라고 했잖습니까!"

아가사의 등 뒤에서 경쾌한 목소리가 들려왔다. 에블린 새더 학장이 얼굴에는 얽은 자국이 가득하고 머리는 조롱박 모양으로 생긴 맨리 교수와 함께 서쪽 정문 방향에서 모퉁이를 돌아 아가사를 향해 다가오고 있었다. 초록 머리 님프 두 명도 공중에 붕 떠서 맨리 교수를 따라오고 있었다. 맨리 교수는 키코를 보자 이를 드러내고 무시무시한 표정을 지었고, 키코는 늑대를 본 어린 양처럼 재빨리 자리를 떴다. 아가사를 발견한 맨리 교수의 얼굴에 한층 위협적인 표정이 떠올랐다.

"운도 좋구나. 시간에 맞춰 깨어나다니."

맨리 교수가 조롱하듯 말했다.

"그럼요. 운이 좋았죠."

학장이 능글맞게 웃으며 대꾸했다. 아가사는 자신이 이 시간에 깨어난 것이 결코 우연이 아님을 확신할 수 있었다.

맨리는 동쪽 정문을 향해 저벅저벅 걸음을 옮기며 다시 입을 열었다.

"학장님, 또다시 이런 수상쩍은 일이 벌어지면 그땐 그쪽 모두 비난을 면치 못할 겁니다. 저 독자 아이가 준비됐든 안 됐든, 우리는 2분 후에 마지막 출전자를 들여보낼 겁니다."

그가 쏘아붙이듯 말했다.

맨리 교수가 멀어지는 것을 확인한 아가사는 시뻘겋게 달아오른 얼굴로 학장을 바라보았다.

"이 마녀 같으니! 소피를 어떻게 대회에 참가시킨 거죠? 이곳에 돌아오자마자 함정에 빠뜨리기라도 했나요? 아니면 저처럼 소피도 기절시켰어요?"

학장이 천천히 그녀를 향해 돌아섰다. 동그랗게 말려 올라간 그녀의 입술은 만족스러운 미소를 짓고 있었다.

"아가사, 네가 생각하는 이야기 속에서 난 늘 악당이지. 넌 소피에게 증상을 일으킨 것도 나고…… 소피를 대회에 내보낸 것도 나고…… 또 유령을 불러온 것도 나라고 생각하고 있어……."

그녀가 달콤한 목소리로 말했다.

"그런데 지금쯤이면 깨달을 때도 되지 않았나?"

학장은 날카로운 금색 손톱으로 아가사의 뺨을 감싸 안으며 말을 이었다.

"네 생각이 대부분 틀렸다는 거 말이다."

아가사는 그녀를 향해 이를 드러냈다.

"그래요? 그럼 말씀해 보시죠! 그 일을 한 게 학장님이 아니면 대체 누구죠?"

학장은 음흉한 미소와 함께 다시 입을 열었다.

"우리 오빠가 늘 하던 말이 있지. 때로는 너무 가까워서 못 보고 놓치는 것도 있다. 때로 정답은……."

학장이 차가운 입술을 아가사의 귀에 가까이 가져다 댔다.

"바로 코앞에 있다."

"당신 말은 모두 거짓이에요!"

아가사는 벌컥 화를 내며 학장을 밀어냈다. 하지만 학장은 자기만 그 정답을 알고 있다는 사실이 즐거운 듯 더욱 환하게 미소 지었다.

"입구로 데려가세요."

학장이 말하자 님프 둘이 아가사의 팔을 하나씩 잡고 그녀를 번쩍 들어 올리더니, 서쪽 정문을 향해 움직이기 시작했다.

"안 돼! 소피는 꼭 살아서 나올 거예요! 내 말 들려요? 우린 꼭 살아 나올 거라고요!"

멀어지는 아가사의 뒷모습을 바라보던 학장의 얼굴에서 체셔 고양이의 미소가 사라졌다. 공중에 붕 뜬 님프들이 아가사를 데리고 모퉁이를 돌아 불꽃이 활활 타오르는 가시철사 문을 지났고, 여학생들의 환호성은 더욱 커졌다.

서쪽 정문에 이르자 여학생들의 점수판 아래 한 지점에 모여 제자리를 맴돌고 있는 나비 떼가 보였다. 님프들은 그녀를 나비 떼가 있는 곳으로 끌고 갔다. 아가사는 그들의 손아귀에서 몸을 비틀고 발버둥을 치며, 파란 숲 동쪽 하늘 위로 높이 솟아오른 빨간색 남학교 건물을 바라보았다. 남학교의 발코니 역시 사람들로 가득 들어차 있었다. 그들은 빨간색과 검정색의 가죽 유니폼을 입고 응원 간판을 흔들고 있었다. 남자아이들은 우렁찬 목소리로 무엇인가 소리쳤지만, 멀리서 날아오는 그들의 함성은 여학생들의 목소리에 가려 들리지 않았다. 동쪽 정문 위에는 남학교 점수판이 그쪽 학교 방향으로 걸려 있었다. 글자를 쓴 것은 역시 반딧불들이었다.

'남자들은 저쪽으로 입장하나 보구나.'

순간, 현실이 그녀의 머리를 내려쳤다. 지금 눈앞에서 벌어지는 일들이 그제야 현실로 느껴지기 시작한 것이다.

그녀는 곧 대회장에 들어가, 그녀의 왕자와 대결을 벌이게 될 것이다. 그녀의 왕자와 피에 굶주린 다른 남자아이들을 이기면 그녀와 소피는 살아서 이곳을 탈출할 수 있다. 반대로 대결에서 지면, 그녀와 그녀의 가장 친한 친구는 모두가 지켜보는 가운데 공개 처형을 당할 것이다.

'놓친 부분 같은 건 없어.'

아가사는 왕자로 가득 찬 약해 빠진 자신의 꿈을 저주하며 이를 악물었다.

대회에 참가한 이상 그녀와 소피는 테드로스에 맞서 죽을 때까지 싸워야 한다.

'그런데 소피는 언제 돌아온 거지? 이야기꾼은 찾았을까?'

점수판에 적힌 소피의 이름을 바라보던 아가사의 머릿속에 수많은 생각이 정신없이 떠올랐다.

'소피도 대회장에 들어가지 않으려고 발버둥 쳤을까?'

키코는 소피가 파란 숲에 들어가는 것을 본 사람이 아무도 없다고 했다. 아가사는 혼란에 빠진 듯 이맛살을 찌푸렸다. 학장이 소피를 억지로 들여보낸 것은 아니라는 뜻인가?

"소피는 어떻게 됐어요?"

아가사가 님프들에게 물었지만, 그들은 점수판 아래 떼를 지어 모여 있는 나비들을 향해 계속해서 그녀를 끌고 갔다.

"혹시 소피 못 보셨……."

다급하게 질문을 던지던 그녀가 갑자기 말을 멈췄다. 숲 건너편에 걸린 남학교 점수판에 적힌 이름들이 보이기 시작했던 것이다.

테드로스

애릭

애본레아의 왕자

지니밀의 왕자

라반

니콜라스

샤자바 사막의 왕자

폭스우드의 왕자

하지만 그녀의 말을 멈추게 한 이름은 목록의 제일 위에서 빛나고 있었다.

필립.

아가사는 터져 나오려는 비명을 가까스로 억눌렀다.

필립.

필립.

필립.

소피는 남자아이로 이 대회에 참가한 것이다.

소피는 자신을 죽이려는 남자아이들과 한 팀이 되어 지금 이 대회에 참가하고 있다.

아가사의 머릿속을 가득 채우고 있던 질문들이 서서히 시들어 가면서 그녀의 공포심도 조금씩 누그러졌다. 소피는 지금 남자아이니까 테드로스에게 공격받을 일은 없을 것이다.

'소피가 필립의 모습을 하고 있는 한, 테드로스는 소피를 찾지 못할 거야.'

아가사는 마음이 조금씩 안정되어 가는 것을 느꼈다. 그러는 사이 님프들이 그녀를 나비 떼 바로 아래에 내려놓았다.

'테드로스가 소피를 찾지 못하면 당연히 죽일 수도 없겠지!'

소피가 필립의 모습으로 대회에 참가한 것은 어쩌면 기발한 계획일 수도…….

순간 아가사의 가슴이 철렁 내려앉았다.

'사흘이라고 했는데!'

유바는 멀린의 주문이 정확히 사흘 지속된다고 했다. 대회 바로 직전까지였다.

소피는 머지않아 원래 모습으로 돌아갈 것이다.

남자아이들에 둘러싸여 있을 때 그런 일이 벌어지면, 소피가 그 자리에서 목숨을 잃을 것은 불 보듯 뻔했다.

갑자기 아가사의 두 다리에 힘이 솟았다. 그녀는 신호가 떨어지는 순간 달려 나갈 준비가 되어 있었다.

당장 소피를 찾아야만 했다.

남학교와 여학교 점수판에서 각각 빨간색과 파란색 불꽃이 하늘 높이 솟아올랐다. 여학교 점수판에는 반딧불들이 아가사의 이름을 만들어 썼고, 남학교 점수판 위에서는 마지막 출전자인 벡스의 이름이 만들어졌다.

파란 나비들은 불타오르는 가시철사를 향해 날아가더니 문 모양을 만들었다. 그러자 나비가 만들어 낸 공간 안으로 불길 대신 물이 흘러내리기 시작했다. 숲으로 향하는 빗물 커튼이 만들어진 것이다. 아가사는 두 눈을 가늘게 뜨고 쏟아져 내리는 물줄기 너머를 바라보았다. 좁은 흙길이 파란빛으로 반짝이는 양치식물 구역을 향해 구불구불 이어지는 모습이 흐릿하게 보였다.

1년 전, 그녀와 소피는 이 대회에 참가해 함께 싸웠고 결국 살아서 숲을 탈출했다.

이번에는 서로를 찾는 것부터 시작해야 한다.

아가사는 테드로스가 소피를 먼저 발견하지 않기만을 간절하게 바랐다.

'조금만 기다려, 소피!'

님프들이 문을 향해 그녀의 등을 떠밀었고, 아가사는 곧 부드럽고 따뜻한 물줄기 속으로 들어갔다. 잠시 후, 그녀의 등 뒤에서 불꽃이 타오르는 소리가 들려왔다. 문이 닫힌 것이다.

23

숲에서의 죽음

아직 남자인 소피의 몸이 돌처럼 굳어 버렸다. 푸른 숲 위로 보이는 여학교 점수판에서 반짝이는 아가사의 이름을 발견한 것이다.

'들어왔구나.'

'아가사가 들어왔어.'

그녀는 공포와 자기혐오를 마음에 담아 둔 채 지난 하루를 견뎌야 했다. 그녀의 친구는 빨간색 등불을 번쩍였는데, 그럼에도 그녀는 이 끔찍한 대회에 자신을 몰아넣었기 때문이다. 하지만 삐져나올 틈 없이 꾹 눌러놓았던 그 감정들은 아가사의 이름을 보는 순간 바람처럼 새어 나가기 시작했고, 다리에 힘이 풀린 그녀는 바닥에 쓰러질 듯 휘청거리고 말았다. 그녀가 저지른 바보짓 때문에 두 사

람 모두 이 자리까지 오게 되었지만, 어쨌든 두 사람은 살아 있었고 게다가 같은 장소에 모이게 되었다.

'테드로스를 선택하다니, 내가 미쳤지!'

소피는 다시 한 번 자신을 질책했다. 그가 정말로 다시 그녀를 좋아하게 된 것일지도 모른다는 생각에 빠져 최악의 바보짓을 저지른 그 순간, 소피는 정말 중요한 사실 두 가지를 잊고 있었다. 첫째, 테드로스는 그녀와 그녀의 가장 친한 친구를 죽이려고 한다. 둘째, 테드로스는 그녀를…… 남자라고 생각한다. 남자아이라고 생각하는 것이다!

소피는 눈앞에 펼쳐진 무성한 숲을 바라보았다. 대회를 위해 하얀 불빛으로 점점이 장식된 숲은 마치 정신병자를 위한 겨울 동화나라 같았다. 그녀는 당장 아가사의 이름을 부르며 달려가 친구와 함께 숨고 싶었다.

"서둘러, 필립!"

테드로스가 잔뜩 인상을 쓴 얼굴로 뒤돌아보며 말했다. 그는 복잡하게 뒤얽힌 잡목 숲을 헤치며 나아가고 있었다. 그의 손에는 둥근 강철 방패와 엑스칼리버가 들려 있었고, 핏자국이 남아 있는 검정색과 빨간색의 망토 옷깃에는 알파벳 'T'가 수놓여 있었다.

"너 때문에 우리 둘 다 죽을 뻔했잖아. 잘 좀 쫓아와."

소피는 서둘러 걸음을 옮겼다. 칼집에 넣은 칼이 그녀의 거대한 허벅지에 자꾸만 부딪쳤다. 알파벳 'F'가 수놓아진 그녀의 망토에는 더 많은 핏자국이 보였다. 파란 숲에 들어온 지 20분이 지났을 무렵, 두 사람은 부상당한 스팀프와 마주쳤다. 살점 하나 없는 거대한 새는 한쪽 날개가 부러진 채 블루베리 구역에 쓰러져 있었다. 테드로스는 신경 쓰지 말고 그냥 지나가자고 말했다. 스팀프는 악인들을 공격하지, 왕자에게는 아무 반응도 보이지 않기 때문이다. 하지만 죽은 듯 늘어져 있던 스팀프가 갑자기 비명처럼 날카로운 소리를 지르며 필립을 향해 달려들어 그의 방패를 한입에 삼켜 버렸다. 테드로스는 친구를 구하기 위해 둘 사이를 가로막았지만, 이미 이성을 잃은 필립은 괴성을 지르며 법석을 떨기 시작했다. 스팀프는 바보 녀석 덕분에 혼란에 빠진 이 한 쌍의 소년들을 손쉽게 집어삼키는 듯 했지만, 다행히 테드로스가 놈의 목을 베었다. 한바탕 난리를 치른 그는 의심 가득한 눈빛으로 친구를 바라보았다.

"저 새가 미친 게 내 잘못은 아니잖아."

소피는 최대한 왕자다운 태도를 보이려 애쓰며, 벌써 네 번째 같은 변명을 반복했다.

남학교에서의 마지막 날은 공포와 충격 속에서 정신없이 흘러가 버렸다. 아가사의 경고 신호에 답을 해야 한다는 생각으로, 소피는 밤이 되기만을 기다렸다. 어쩌면 여학생 학교로 도망칠 수 있을지 모른다는 희망이 마음속 어딘가에서 자라나고 있었다. 하지만 밤이 되자 카스토르는 파멸의 방 바로 앞에 자신의 잠자리를 마련했다. 출전 팀 리더가 침대에 꼼짝 않고 누워서 충분히 휴식을 취하는지 직접 감시하겠다는 것이었다. 하지만 설사 소피가 쉴 생각이 있었다 해도, 테드로스는 그것을 허락하지 않았다. 그는 밤새 파란 숲의 지도를 그리고, 맨리 교수가 마지못해 돌려준 아버지의 유품인 칼을 정성껏 손질하고, 선의 군대를 지휘하던 캡틴 시절에 그랬던 것처럼 전략을 짜고 발표했던 것이다.

"우리 둘이 한 팀이 되어서 단독 작전을 수행한다고 생각하면 돼, 필립. 애릭이랑 다른 왕자들이 여자애들과 싸울 동안, 우린 곧장 소피와 아가사를 찾는 거야. 걔들도 우리처럼 분명 같이 붙어 있을 거야. 두 사람을 발견하는 즉시 죽여야 해. 그러지 않으면 걔들이 우릴 죽일 테니까."

테드로스가 말했다.

"그냥 해 뜰 때까지 파란 개울 다리 밑에 숨어 있으면 안 될까?"

소피는 복슬복슬한 금발 위로 베개를 푹 덮어 쓰고 칭얼거리듯 말했다.

하지만 어린애처럼 징징거리던 소피는 결국 근육이 덕지덕지 붙은 남자의 몸을 이끌고, 자신을 죽이겠다고 벼르는 왕자의 뒤를 따라 무성한 잡목 숲을 헤치며 걷고 있었다. 테드로스는 청록색 오크나무를 하나하나 유심히 살피며 주변에서 가장 높은 가지를 찾아 계속해서 자리를 옮겼다.

"뭐 하는 거야?"

소피가 짜증 섞인 목소리로 속삭였다.

"아가사가 방금 서쪽 정문으로 들어왔어."

테드로스가 또 다른 나무를 타고 오르며 대답했다.

"양치식물 구역을 지나서 소피를 찾으러 갈 게 분명해. 어서 와! 이 위에 있으면 양치식물 구역이 훤히 다 보여."

소피는 단 한 번도 나무를 오른 적이 없었다. '그런 수준 낮은 놀이는 남자애들이나 좋아한다'는 것이 그녀의 지론이었다. 하지만 아가사를 볼 수 있다는 생각에 그녀는 주저 없이 나무를 타고 오르기 시작했고, 심지어 테드로스보다 빨리 가장 높은 가지에 이르렀다. 얼음장처럼 차가운 바람에 얼굴이 얼얼했지만, 그녀는 두 눈을 가늘게 뜨고 무성한 나무숲을 유심히 바라보았다.

"아무것도 안 보이는데."

잠시 후 그녀의 곁에 도착한 왕자를 향해 소피가 투덜거렸다.

"자, 내 손 잡아."

소피는 테드로스가 내민 손을 빤히 쳐다보았다.

"걱정 마, 친구. 내가 잘 잡아 줄 테니까."

테드로스가 말했다.

소피가 두툼한 손을 내밀자 테드로스는 그녀의 손을 꼭 잡고, 조금 더 가느다란 줄기 쪽으로 몸을 옮기며 친구의 손을 쭉 끌어당겼다. 수염이 까칠하게 자란 소피의 얼굴이 새빨갛게 달아올랐다. 1년 전 두 사람이 처음 사랑에 빠졌을 때, 그녀의 손을 잡았던 그의 따뜻한 손길이 떠올랐던 것이다. 그는 바로 이 숲에서 그녀에게 무도회 파트너가 되어 달라고 청했다. 지금처럼 달빛이 은은하게 쏟아지는 가운데, 그가 몸을 기울여 그녀의 입술을 향해 다가왔고…….

"너 무슨 돼지처럼 땀을 쏟아 내는구나!"

테드로스가 그녀의 축축한 손을 놓으며 놀리듯 말했다.

소피는 퍼뜩 정신을 차리고, 속으로 괴로운 비명을 지르며 허둥지둥 나뭇가지를 붙잡고 흔들리는 몸을 바로잡았다.

"아무도 안 보이는데……. 넌 어때?"

테드로스가 물었다.

소피는 나뭇잎들 사이로 넓게 펼쳐진 파란 숲의 북쪽 지역을 빤히 바라보았다. 양치식물 구역, 작은 소나무 구역, 청록색 잡목 숲 구역 모두 겨울 분위기의 하얀 불빛으로 장식되어 있었다. 하지만 여학생들의 사파이어색 유니폼은 어디에도 보이지 않았다. 어두운 수풀 사이로 빠르게 움직이는 남학생들의 망토가 간간이 눈에 띌 뿐이었다. 아가사를 보지 못한다는 날카로운 슬픔이 잠시 소피의 마음을 파고들었지만, 이내 안도감이 슬픔을 누그러뜨렸다. 그녀가 아가사를 볼 수 없다는 것은 곧 테드로스도 그녀를 볼 수 없다는 뜻이었다.

"아가사랑 소피는 겁먹고 어디 숨어 있나 보다. 조만간 누군가는 움직일 테니 여기서 지켜보자……."

테드로스가 말했다.

순간 숲 남쪽에서 하얀색 불꽃들이 하늘 높이 솟아올랐다. 누군가가 대회를 포기했다는 뜻이었다. 테드로스와 필립은 가느다란 줄기가 휘청거릴 정도로 급하게 몸을 돌렸다. 저 멀리서 나무 꼭대기 부분이 바스락거리는 것이 보였다. 호박 구역 근처였다. 잠시 후 남녀의 비명이 울려 퍼지고 날카로운 괴물의 울음소리가 들려오더니, 파란 호박들이 발로 뻥 차올린 공들처럼 나무 위로 날아가기 시작했다. 그 뒤를 따라 빨간색과 하얀색 불꽃들이 길고 무시무시한 폭발음과 함께 몰아치듯 솟아올랐다.

숲은 다시 정적에 빠졌다.

"무슨 일이지?"

소피가 숨을 멈추고 물었다.

"교수님들이 설치한 덫에 걸렸나 봐. 덫들은 남학생과 여학생 양쪽을 모두 공격하거든."

테드로스가 설명했다.

소피는 점수판을 향해 고개를 돌렸다.

'제발 아가사는 아니기를!'

벡스, 라반, 모나, 아라크네의 이름이 어둠 속으로 사라졌다.

안도의 한숨을 내쉬던 소피가 갑자기 긴장한 표정으로 테드로스를 바라보았다.

"쟤들 죽은 건 아니지?"

테드로스는 고개를 끄덕였다.

"죽으면 항복할 때와는 다른 불꽃이 솟아오른대. 맨리 교수님께 여쭤 봤어."

소피는 순간 욕지기가 치솟아 오르는 것을 느꼈다. 테드로스가 늘 그녀를 죽이겠다고 말했지만 그녀는 그 말이 실감나지 않았다. 하지만 테드로스가 맨리 교수에게 그런 질문을 했다는 말을 듣는 순간, 그녀는 테드로스의 말이 진심이고 또한 실제로 일어날 수 있는 일이라는 생각을 처음으로 하게 되었다.

그때 두 사람 아래 잡목들 사이에서 바스락거리는 발자국 소리가 들려왔다. 두 소년은 조용히 아래를 내려다보았다. 한 팀을 이룬 두 명의 왕자가 커다란 도끼를 하나씩 손에 들고 조심스럽게 길을 따라 걸어가고 있었다. 한 명은 체격이 꽤나 건장해 보였고, 다른 한 명은 경주용 개처럼 늘씬했다.

"악인들은 괴물하고 싸우는 일엔 정말이지 형편없다니까······. 늘 같은 편이었으니 그럴 만도 하지. 우리가 그렇게 도와줬는데도 이 멍청이들이 항복 손수건을 내던져 버렸어."

건장한 왕자가 말했다.

"뭐, 어때! 우리가 보물을 차지할 가능성이 더 높아졌잖아."

늘씬한 왕자가 추위 때문에 이를 악물고 대꾸했다.

"근데 그 독자 아이들은 왜 안 보이지? 남쪽은 이미 샅샅이 뒤졌잖아."

"파란 개울 다리 밑에 숨었나 보다. 이 겁쟁이들 같으니! 어서 가 보자."

소피는 멀어져 가는 두 왕자의 뒷모습을 바라보았다. 마음이 점점 더 무거워졌다.

"필립?"

테드로스가 친구의 안색을 살피며 입을 열었다.

"왕자들을 암살자로 만들고, 두 여자애들 목에 보물을 건다고?"

소피는 창백하고 겁에 질린 얼굴로 테드로스를 마주 보았다.

"넌 그런 애가 아니잖아, 테드로스. 그동안 무슨 일이 일어났든, 넌 악당이 아니야."

그녀의 낮은 목소리가 눈물에 잠겨 갈라졌다.

왕자의 굳은 얼굴에서 어느덧 힘이 빠져나갔다. 그는 친구의 눈을 통해 마침내 진정한 자신을 모습을 보게 된 것이다.

"넌 날 몰라."

테드로스가 조용히 대답했다.

소피가 딛고 선 나뭇가지가 가늘게 흔들렸다. 하지만 사실 흔들리는 것은 가지가 아니라 그녀의 다리였다.

"이게 다 실수면 어떡해? 소피는 그냥 친구와 함께 집으로 돌아가고 싶은 걸 수도 있잖아."

소피가 거친 목소리로 다시 말했다.

테드로스는 턱에 힘을 주고 먼 곳을 바라보았다. 그는 무너지지 않기 위해 이를 악물고 버티고 있었다.

"그 아이는 그냥 행복했던 시절로 되돌아가고 싶은 것뿐이야."

소피가 말했다.

테드로스의 어깨가 힘없이 축 늘어졌다. 그를 감싸고 있던 단단한 껍데기가 막 부서져 내리려는 순간이었다.

하지만 그의 얼굴이 갑자기 가면을 덮어쓴 듯 다시 굳어졌다.

소피는 그의 시선이 그녀를 지나 다른 곳으로 향하고 있음을 깨달았다. 그는 그들이 올라선 나무와 일직선상에 있는 여학교 명예

의 탑 꼭대기를 바라보고 있었다. 조금 전 하늘을 수놓고 점점 옅어
져 가는 불꽃들과 횃불에 비쳐 어슴푸레 모습을 드러낸 명예의 탑
야외 옥상이었다.

"다른 데로 가 보자."

소피가 재촉하듯 말했다. 그녀는 명예의 탑 옥상에 무엇이 있는
지 잘 알고 있었다.

하지만 테드로스는 옥상 정원의 산울타리 조각들을 빤히 바라볼
뿐 꼼짝도 하지 않았다. 그가 사랑하고 존경했던 아버지에게 헌정
되었던 정원이 이제는…… 그를 버리고 도망간 어머니의 모습으로
뒤덮여 있었다.

"테드로스, 저런 건 볼 가치도 없어."

소피가 다시 한 번 그를 독촉했다.

테드로스는 나무에서 커다란 파란 이파리 하나를 뜯어내더니,
황금색 손가락 불빛을 쏘아 얼음으로 바꾸었다. 그런 다음 눈앞에
대고 가장자리를 녹이자 얼음 조각은 순식간에 돋보기가 되었다.

"테드로스, 제발 그만해."

소피가 간청하듯 말했다.

하지만 그는 이미 발코니 근처에 자리 잡은 마지막 산울타리 조
각을 보고 있었다. 보라색 가시 벽으로 둘러싸인 바로 그 작품이었
다. 그의 어머니가 걷잡을 수 없는 증오에 휩싸여 아기 왕자를 물에
빠뜨리고 있었다. 하나뿐인 아들을 죽이려고 하는 어머니의 모습
을 보고 만 것이다.

"저건 사실이 아니야. 너도 알잖아."

테드로스가 만든 렌즈를 통해 조각을 본 소피가 부드러운 목소
리로 말했다.

테드로스는 흔들림 없는 시선으로 조각을 바라볼 뿐 아무 대답도 하지 않았다. 차가운 공기 중에 그의 얕은 숨이 하얗게 뿜어져 나왔다.

"왜 그 여자애들이 죽어야만 하는지 알아?"

그가 마침내 입을 열었다.

"우리 아버지가 어머니 머리에 현상금을 건 것과 같은 이유야."

테드로스는 고개를 돌려 친구를 바라보았다. 그의 두 눈이 촉촉하게 젖어 있었다.

"그게 유일한 해피엔딩이기 때문이지."

소피에게 남아 있던 희망의 조각들이 꺼져 가는 빛처럼 순식간에 사라졌다.

"너 꼭 악당처럼 말하는구나."

소피가 나직한 목소리로 말했다.

하나의 가지 위에 가슴을 맞대고 선 두 소년은 눈물 맺힌 눈으로 서로를 바라보았다.

먼저 시선을 돌린 테드로스가 필립을 밀치고 나무를 내려가기 시작했다.

"숨고 싶으면 숨어 있어. 난 그 여자애들을 찾아야 해."

테드로스가 말했다.

소피는 그 자리에서 뻣뻣하게 굳어 버린 듯, 멀어져 가는 테드로스를 멍하니 바라보았다. 그녀의 등을 타고 흘러내리던 굵은 땀방울들이 차갑게 식고 있었다. 그녀의 마음은 어서 다리로 달려가 해가 뜰 때까지 그곳에 숨어 있으라는 외침으로 가득했다. 그렇게 하면 목숨을 건질 수 있을 것이다.

하지만 테드로스가 아가사를 찾도록 내버려 둘 수는 없었다.

소피는 후들거리는 다리를 끌고 테드로스를 쫓아가기 시작했다.

아가사는 소피에 대해서라면 모르는 것이 없었다. 소피가 가장 좋아하는 색깔은 연핑크색이고, 발목에는 붉은색 모반점이 있으며, 웃기 전에 늘 얼굴이 먼저 살짝 붉어진다. 하지만 아가사는 무엇보다 중요한 사실 한 가지를 알고 있었다. 소피가 대회에서 살아남기 위해 택할 수 있는 방법은 오직 하나뿐이라는 점이었다.

'다리 밑에 숨기.'

아가사는 자신이 숲에 들어오는 순간, 테드로스가 어떻게든 그녀를 찾아내려 할 것임을 알고 있었다. 그는 아마도 숲 구석구석을 볼 수 있는 높은 나무에 올라가 그녀를 찾을 것이다. 그래서 아가사는 변신을 선택했다. 검은 스라소니로 모습을 바꾼 아가사는 자신의 옷을 입에 물고, 양치식물 구역을 살금살금 통과해 파란 개울에 도착했다. 회색 돌다리 밑에서 조용히 물 흐르는 소리가 들려왔다. 그녀는 파란색 박하 나무 뒤에 숨어 다시 인간으로 모습을 바꾸고 옷을 챙겨 입은 뒤, 어둑한 개울가로 조심스럽게 걸음을 옮겼다. 다리 밑은 한치 앞도 볼 수 없을 만큼 어두웠지만 손가락 불빛을 사용할 수는 없었다. 남자아이들에게 발각될 위험이 있기 때문이었다.

"소피?"

아가사는 무릎 높이의 차가운 개울물을 헤치고 걸으며 낮은 목소리로 소피의 이름을 불렀다. 그녀의 다리를 스치고 지나가는 물고기들이 느껴졌다. 소피가 노랑가오리로 변신해서 물속에 숨은 것일까?

"소피 너니? 나야…… 아가사……."

아가사는 다시 한 번 소피를 불렀다. 추위에 이가 덜덜 떨렸다.

그때 얼음처럼 차가운 손이 그녀의 목덜미를 와락 붙잡더니 물속으로 끌어당겼다. 목까지 차가운 개울물에 잠긴 아가사는 숨이 턱 막히는 것 같았다. 마지막 숨을 끌어모아 비명을 지르려던 그녀는 어둠 속에서 자신을 바라보는 헤스터와 아나딜, 그리고 도트의 얼굴을 발견했다. 얼굴에 진흙을 발라 위장한 세 마녀는 바닥이 움푹 파여 물이 허리까지 차오른 개울 가장자리에 몸을 숨기고 있던 것이다. 아가사는 너무나 반가워서 눈물이 날 것만 같았다.

"내가 뭐랬어! 여기 올 거랬잖아."

도트가 다른 두 사람에게 슬쩍 눈을 흘기고는, 정어리 한 줌을 시금치와 근대로 바꿔 아가사에게 내밀었다. 평소 야채라면 토끼한테나 주는 것이라고 생각했던 아가사지만, 너무 배가 고팠던 나머지 도트가 내민 음식을 아무 불평 없이 덥석 받아 들었다.

"소피는 어디 있어?"

입안 한가득 시금치를 밀어 넣은 아가사가 우물거리며 물었다.

"너랑 같이 있을 줄 알았는데."

아나딜이 인상을 찌푸리며 대답했다. 그녀의 쥐들이 옷깃 사이로 진흙 바른 작은 얼굴을 삐죽이 내밀고 아가사를 바라보았다.

"우린 여기 모여서 살아남을 방법을 궁리하느라 머리가 터질 것 같은데, 걔는 지금 우리랑 다른 편에서 신나게 싸우고 있는 모양이군."

"오래 못 갈 거야. 곧 약효가 떨어질 테니까. 다시 여자로 돌아오기 전에 소피를 찾아야 해."

아가사의 긴장한 목소리에 헤스터의 악마 문신마저 걱정스러운 표정을 지어 보였다.

"나 할 말이 있어."

아가사가 더욱 불길한 분위기를 풍기며 다시 입을 열었다.

그녀는 에블린 새더의 기억 속으로 들어가 본 것들을 모두 털어놓기 시작했다. 아가사는 낮고 차분한 목소리로 말했지만, 조용히 이야기를 듣던 마녀들의 호흡은 점점 가빠졌다.

"교장을 되살린다고? 어떻게?"

도트가 찢어질 듯 날카로운 소리로 물었다.

"야, 이 멍청아! 조용히 말해!"

아나딜이 날카롭게 쏘아붙였다.

"말이 안 되잖아. 예언자도 죽은 자의 혼령을 몇 초밖에는 불러올 수 없는데……."

"다른 방법을 찾았을 수도 있지."

깊은 생각에 잠겨 있던 헤스터가 아나딜을 향해 시선을 돌리고 말을 이었다.

"하지만 다른 사람의 도움이 필요할 거야."

아가사는 등골이 오싹해지는 것을 느꼈다. 님프들이 그녀를 끌고 가기 전에 학장이 아리송한 미소를 지으며 했던 말들이 떠올랐던 것이다. 학장은 이 이야기 속 악당이 자기 혼자만은 아니라는 듯한 말을 남겼다. 하지만 누가 또 있을까? 누가 학장의 끔찍한 계획을 돕는단 말인가? 누가 이 이야기의 악당이 될 것인가?

아가사는 거북 사서의 경고 메시지를 떠올렸다. 사서는 그녀에게 이 대회를 조심하라고 했다…… 학장은 자신의 연구실에 밀린의 주문을 일부러 남겨 둬서 아가사가 보도록 유도했고…… 에블린 새더의 사악한 미소가 다시 한 번 아가사의 머릿속을 가득 채웠다. 그녀는 소피가 어디에 있는지 늘 정확하게 알고 있었다…….

"학장은 소피와 내가 따로 떨어져서 이 대회에 참가하기를 바랐어. 처음부터 그럴 계획이었던 거야. 소피가 남자아이들과 한편이 되어 이 대회에 참가하는 것이 학장의 계획이었다고."

아가사가 마침내 입을 열었다. 갑자기 모든 상황이 명확해진 것이다.

"하지만 왜? 학장님이 왜 소피와 테드로스가 함께 싸우기를 바랐을까?"

도트가 말했다.

또다시 심각한 표정으로 깊은 생각에 잠겨 있던 헤스터가 날카로운 눈빛으로 아가사를 바라보며 천천히 입을 열었다.

"정말 마지막으로 한 번만 더 물을게. 소피가 선한 거 확실해?"

아가사는 고개를 들어 남학교 점수판을 바라보았다. 필립의 이름은 여전히 밝게 빛나고 있었다.

"예전의 소피라면 자기 목숨부터 구할 생각에 숲에 들어오자마자 이곳 다리로 달려와 숨었을 거야. 하지만 지금 소피는 저 숲 어딘가에 있어……. 남자아이들과 함께 말이야……."

혼잣말을 하듯 낮은 목소리로 중얼거리던 아가사가 고개를 들어 헤스터를 바라보았다.

"남자애들이 나를 못 찾게 막고 있는 거야."

헤스터는 이제야 확신이 섰다는 듯 큰 한숨을 내뱉었다.

"그렇다면 물약 효과가 떨어지기 전에 개부터 찾아야겠다. 넌 소피를 찾아서 해 뜰 때까지 어디에든 숨어 있어. 남자애들은 우리한테 맡기고. 너희가 끝까지 살아남아서 우승자가 되면, 이야기꾼을 찾아볼 기회가 다시 생길 거야. 분명 저 탑 어딘가에 있는데……."

헤스터가 두 눈을 가늘게 뜨며 말을 멈췄다.

사람 목소리가 들려오고 있었다.

"밀리센트, 여기 숨어 있자."

베아트릭스였다.

그들 머리 위 개울가에 서 있던 대머리 소녀는 파란색 슬리퍼를 물에 담그고 바들바들 몸을 떨면서 천천히 걸음을 옮기기 시작했다. 사파이어색 망토가 물 위에 둥둥 떠서 그녀를 따라오는 것이 보였다.

"남자애들은 우리가 겁을 집어먹고 여기 숨어 있을 거라고 생각할 거야. 다리 아래 숨어 있다가 우리가 먼저 공격하면 돼."

베아트릭스가 다시 말했다.

지저분한 빨간 머리를 하나로 질끈 묶은 밀리센트도 그녀의 뒤를 따라 물속에 몸을 담갔다.

"변신해서 나무에 숨어 기다리는 게 낫지 않을까?"

"그랬다가 다시 사람으로 돌아오면? 숲 한가운데에서 벌거벗고 서 있고 싶어?"

베아트릭스가 투덜거리며 숨기 적당한 곳을 찾아 주변을 두리번거렸다.

"저기 정도면 눈에 띄지 않을 것 같은데……."

베아트릭스의 목소리가 점점 작아졌다. 시커먼 개울물에 비친 자신의 모습 바로 옆에서 무엇인가를 발견했던 것이다. 누군가의 눈동자였다……. 두 명…… 아니, 세 명…….

그녀는 헉 숨을 들이마시며 고개를 들었다. 아가사가 재빨리 베아트릭스의 입을 손으로 막고 아나딜과 함께 그녀를 기슭 쪽으로 몰아붙였다. 헤스터와 도트는 밀리센트를 붙잡았다.

"이야기꾼 어디 있어?"

아가사가 그녀의 입에서 손을 떼며 물었다.

"네가 깜빡했나 본데, 우린 다 같은 팀이야!"

베아트릭스는 기가 막힌다는 표정으로 날카롭게 쏘아붙였다.

"이야기꾼 어디에 숨겼냐고! 왜 소피가 이야기꾼을 못 찾고 있는 거지?"

아가사가 더욱 사나워진 목소리로 물었다.

"무슨 말을 하는지 하나도 모르겠네! 그리고 대체 언제부터 공주 아가사가 남들 괴롭히는 깡패 노릇이나 하게 됐지?"

"네 침대 밑에서 뱀가죽 망토를 발견했어. 남학생 유니폼도 있었고…….너 남학생 학교에 숨어 들어갔지?"

"내가 진짜 솔직하게 말하는데, 내 침대 밑에는 화장품이랑 부분 가발로 가득 찬 여행 가방밖에 없어. 최근에 많이 잃어버리긴 했지만……."

"거짓말하지 마! 학장이 널 남학교에 보낸 거 다 알아!"

아가사가 그녀를 붙잡은 손에 더욱 힘을 주며 말했다.

"학장님은 날 잘 알지도 못해서. 내가 잘 보이려고 얼마나 애를 썼는데!"

베아트릭스는 진심으로 속상한 듯 빠르게 말을 쏟아 냈다.

"내가 1등으로 이 대회에 출전하게 됐는데도 나한테는 눈길 한 번 안 주시더라! 대회에서 우승하면 그땐 이름이라도 알아주지 않을까 해서 지금 열심히 하고 있는 거란 말이야."

아가사는 할 말을 잃고 그녀의 얼굴을 빤히 들여다보았다. 아가사의 손에서 힘이 빠지자, 베아트릭스는 재빨리 몸을 비틀어 빼내고 걸음을 옮기기 시작했다.

"가자, 밀리센트. 가서 남자애들이나 잡아 보자고."

베아트릭스는 신경질적으로 말하며 저벅저벅 물살을 헤치고 걸어갔다. 주근깨투성이 밀리센트도 종종걸음으로 그 뒤를 따랐다.

아가사는 시커먼 개울물을 멍하니 바라보며 생각에 잠겼다. 잠시 후 창백해진 얼굴로 고개를 든 그녀가 헤스터를 바라보았다.

"헤스터, 그 남학생 유니폼이 베아트릭스 게 아니면…… 그럼 누구 거지?"

하지만 헤스터의 귀에는 아가사의 말이 들리지 않았다. 아나딜과 도트 역시 마찬가지였다. 세 소녀는 온몸이 마비된 듯 뻣뻣하게 서서, 넋이 나간 표정으로 아가사의 등 뒤에 있는 무엇인가를 바라보고 있었다.

아가사는 천천히 몸을 돌렸다.

개울 아래쪽에서 건장한 체격의 한 왕자가 베아트릭스의 목에 도끼를 들이대고 있었다. 또 다른 늘씬한 왕자는 밀리센트의 목에 날카로운 도끼날을 댔고, 두 사람 가운데에 선 애릭은 들쭉날쭉한 녹슨 단검을 손에 들고 아가사와 마녀들을 바라보며 미소 짓고 있었다.

"항복하게 해 줘, 애릭. 손수건을 떨어뜨리게 해 줘."

아가사가 최대한 침착한 목소리로 말했다.

"그게 선과 악의 학교 규칙인가? 그런데 어쩌지? 난 학생이 아닌데!"

아가사를 바라보는 그의 보라색 눈동자는 휘몰아치는 폭풍처럼 사나웠다.

"그렇다면 여긴 네가 있을 곳이 아니야! 네가 들여보낸 다른 왕자들도 마찬가지고."

아가사는 눈에 잔뜩 힘을 주고 말했지만, 그녀의 목소리는 조금씩 떨리기 시작했다. 베아트릭스와 밀리센트의 울음소리도 점점 커지고 있었다.

"우리 어머니께서 늘 말씀하셨지. 진정한 악당에게는 단 한 명의 운명의 적이 있다고. 악당의 행복을 방해하는 단 하나의 존재 말이야."

애릭은 녹슨 단검을 들어 올려, 까마귀 부리처럼 뾰족하게 끌어 올린 검은 머리카락 사이를 쓱 긁었다.

"그런데 알고 보니 내 운명의 적은 바로 이 학교에 있더라고. 전쟁이 나면 내가 그놈한테 갈 수 있을 텐데, 이 전쟁이 생각처럼 빨리 일어나질 않는 거야. 그래서 생각했지. 학생을 몇 명 죽이면 그놈이 알아서 나를 찾아오겠구나!"

"운명의 적이라고? 그래서 여기 왔단 말이야?"

아가사가 공포에 사로잡힌 표정으로 말했다. 왕자들의 날카로운 도끼날이 두 소녀의 목을 점점 깊이 파고들었다.

"하지만…… 그게 누군데? 어떤 한 사람 때문에 죄 없는 다른 사람들을 죽이는 게 말이 된다고 생각해?"

애릭은 잠시 말없이 그녀를 똑바로 바라보았다.

"그런 게 동화의 매력 아니겠어?"

그는 고개를 들어 여학생 학교를 매섭게 노려보았다. 그의 보라색 눈동자에는 왠지 모를 슬픔이 어려 있었다.

"때로는 하나의 이야기가 또 다른 이야기를 만들어 내지."

말을 마친 그가 뒤돌아서서 왕자들을 바라보았다.

"죽여!"

왕자들은 도끼를 높이 치켜들었고, 베아트릭스와 밀리센트는 죽음을 예상하며 두 눈을 질끈 감았다.

"안 돼!"

헤스터가 소리쳤다. 순간 그녀의 악마 문신이 폭발하듯 목에서 떨어져 나왔다. 악마는 새빨간 피로 차올라 순식간에 신발 크기만큼이나 자라나더니, 베아트릭스와 밀리센트를 향해 돌진하기 시작했다. 날카로운 도끼가 두 소녀의 목을 스치는 순간, 악마가 그들의 망토 주머니에서 하얀색 손수건을 끄집어내 바닥에 던졌다. 두 선인 소녀는 즉시 그 자리에서 사라졌고, 커다란 도끼는 허공을 가르며 바닥에 떨어졌다. 두 사람이 사라진 자리에서는 하얀색 불꽃이 로켓처럼 솟아올랐고, 새까만 그을음으로 뒤덮인 두 왕자는 바닥을 치며 울분을 토해 냈다.

머리끝까지 화가 난 애릭은 헤스터를 향해 녹슨 단검을 던졌지만, 허공을 가른 그의 단검은 어느 순간 당근으로 변하더니 부메랑처럼 방향을 돌려 애릭의 얼굴을 철퍽 후려쳤다.

"도망쳐!"

애릭이 바닥에 쓰러지는 것을 확인한 도트가 아가사와 마녀들을 향해 소리쳤다.

소녀들은 재빨리 몸을 돌렸지만, 그쪽에서도 두건 쓴 남자 여섯 명이 양치식물 구역에서 튀어나와 번쩍이는 무기를 휘두르며 그들을 향해 달려오고 있었다. 아가사는 두 눈을 커다랗게 뜨고 남자들을 바라보았다. 필립은 없었다……. 테드로스의 모습도 보이지 않았다.

"가서 소피를 찾아!"

아나딜이 헤스터, 도트와 둥그렇게 등을 맞대고 서서 아가사를 향해 소리쳤다.

"나도 여기서 함께 싸울 거야!"

아가사가 어림없다는 듯이 날카롭게 쏘아붙였다.

"아가사, 어서 가! 너무 늦기 전에 소피를 찾아야지!"

도트가 다시 외쳤다. 남자아이들이 5미터 앞까지 다가왔다.

"안 돼! 너희가 죽게 내버려 둘 순 없어!"

아가사가 울부짖듯 말했다.

"이 바보야! 무슨 말인지 못 알아들어? 마녀 집회는 네 명이 아니라 세 명이야! 넌 우리 집회에 못 끼워 줘!"

눈물이 앞을 가렸지만, 아가사는 전력을 다해 파란색 나무들 사이로 뛰어들었다. 뒤를 돌아보니 헤스터의 얼굴은 이미 공포로 하얗게 질려 있었다. 잠시 아가사와 눈을 마주친 그녀는 재빨리 몸을 돌리고 손가락 끝에 빨간 불빛을 밝혔다. 남자아이들은 세 마녀를 둘러쌌고, 아가사는 더 이상 그들의 모습을 볼 수 없었다.

레소 부인과 더비 교수는 탑 꼭대기에 있는 교수들의 발코니에 서서 이를 악문 채 횃불로 환하게 밝혀진 남학생과 여학생 점수판을 바라보았다. 안개로 가려진 어두운 숲 속에서 일어나는 일을 조금이라도 알 수 있는 방법은 오직 점수판을 보는 것뿐이었다.

더비 교수는 곁눈질로 흘끗흘끗 주변을 살폈다. 나비들이 교수들 머리 위를 뱅글뱅글 순찰 돌듯 날아다녔고, 폴룩스는 문을 지키고 있었다. 하지만 에블린 새더의 모습은 발코니든 아래 공터든 어디에서도 보이지 않았다.

그때 남학교 쪽에서 우렁찬 함성이 쏟아져 나왔다. 베아트릭스와 밀리센트의 이름이 점수판에서 지워진 것이다. 공터에 다시 나타난 두 소녀는 온몸을 바들바들 떨며 흐느끼고 있었다. 님프들이 두 소녀를 마법으로 치료하기 위해 학교 건물로 데리고 들어갔다.

여학생은 이제 여섯 명 남았고, 남자아이들은 승리를 자신하는

노래를 힘차게 불러 대기 시작했다. 더비 교수는 소란한 틈을 타 레소 부인 곁으로 슬며시 다가섰다.

"남쪽 정문에 교수님 보호막이 설치돼 있잖아요. 거길 열고 들어가서……."

더비 교수가 빠른 속도로 속삭였지만, 레소 부인이 그녀의 말을 가로막았다.

"이미 말씀 드렸잖아요, 더비 교수님. 교수가 대회장에 들어가면 모든 조건이 무효가 됩니다. 저기 있는 남학생들과 왕자들이 곧장 이 성으로 쳐들어올 거예요. 대학살이 일어나는 거죠."

"그 보호막을 통과할 수 있는 사람은 교수님뿐이잖아요. 교수님 도움이 없으면 소피와 아가사는 살아남지 못할 거예요."

더비 교수가 다시 말하자, 레소 부인이 그녀를 향해 몸을 홱 돌렸다.

"예전에도 에블린 새더 일로 교수님이 고집을 부리시는 통에 제가 하지 말아야 할 간섭을 하고 말았죠. 그 대가가 얼마나 고통스러웠는지 교수님은 상상도 못 하실 거예요."

레소 부인이 그녀를 원망하듯 날카롭게 노려보았다.

한동안 침묵을 지킨 더비 교수가 결심한 듯 다시 입을 열었다.

"레소 교수님, 에블린 새더는 아가사를 공격했어요. 그것도 자기 교실에서 말이에요. 우리가 지켜 냈어야 할 이 학교에서 벌어진 일입니다. 이제 그 찬탈자가 이 세계의 평화를 위한 유일한 희망을 위협하고 있는데, 교수님은 아가사 혼자 알아서 해야 한다고 말씀하시는 겁니까? 그건 악한 게 아니에요. 비겁한 거라고요."

더비 교수는 나비에게 들리지 않을 정도로 목소리를 낮게 유지하며 말을 이었다.

"이제 에블린 새더로부터 우리를 구해 줄 교장 선생님은 없습니다. 당신뿐이에요. 에블린 새더가 계획하는 결말이 무엇이든, 우리는 모든 것을 걸고 그 결말을 막아야 해요."

레소 부인은 격분한 동료의 두 눈을 말없이 바라보았다. 잠시 후 헛기침을 하며 고개를 돌린 그녀가 다시 입을 열었다.

"너무 과장하시네요. 제 제자들 중 가장 뛰어난 마녀들이 아가사 곁에서 그 아이를 지켜 주고 있어요. 헤스터와 아나딜은 누구보다 훌륭한 동맹이 되어 줄 거예요."

그때 숲에서 터져 나온 불꽃이 그들의 머리 위를 휙 지나갔다. 어두운 발코니에 일순간 하얀 불빛이 쏟아졌다. 교수들은 일제히 여학생 점수판을 향해 고개를 돌렸다. 헤스터의 이름이 사라지고, 잠시 후 공터에 악마 문신을 한 마녀의 모습이 나타났다. 그녀의 얼굴과 파란색 망토는 온통 피범벅이 되어 있었다. 그녀는 비틀거리며 걸음을 옮기려 했지만, 이내 무릎을 꿇고 바닥에 쓰러지고 말았다.

"이게 대체 무슨 일이람!"

식스 교수가 비명을 지르며 문으로 달려갔다. 그녀는 바위처럼 문을 지키고 서 있는 거대한 폴룩스의 곰 몸뚱이를 밀쳐 내고 곧장 학교 안으로 달려 들어갔다. 아네모네 교수와 다른 숲 그룹 지도 교수 몇몇도 그녀의 뒤를 따랐다.

더비 교수는 죽은 풀밭 위로 떨어진 헤스터의 핏자국을 바라보았다. 님프들이 그녀를 나무 터널로 데려가고 있었다. 더비 교수는 바들바들 떨리는 두 손을 꼭 맞잡고, 천천히 레소 부인을 향해 돌아섰다.

하지만 레소 부인은 이미 자리를 떠나고 없었다.

아가사는 점수판에서 헤스터의 이름이 사라지고 하늘 높이 하얀 불꽃이 솟아오르는 것을 보고 깊은 안도의 한숨을 내쉬었다. 헤스터는 항복했다. 아직 살아 있다는 뜻이다.

아가사는 파란 빛을 발하는 튤립 사이를 빠르게 내달리며, 아직 숲에 남아 있는 여학생들을 한 명 한 명 떠올려 보았다. 아나딜, 도트, 야라, 그리고 소피…….

하지만 소피는 조금 전 마녀들을 공격한 남자아이들과 함께 있지 않았다. 테드로스 역시 보이지 않았다.

아가사의 심장이 더욱 빠르게 두근거리기 시작했다. 소피는 지금 테드로스와 함께 있는 것일까? 언제 다시 여자로 돌아갈지 모르는 상황에서 왜 하필 테드로스의 곁에 있을까?

날카로운 공포가 그녀의 마음을 사정없이 찔러 댔지만, 그녀는 애써 그것들을 모른 척했다.

'그래, 당연히 테드로스와 함께 있겠지. 테드로스가 날 못 찾게 하려는 거야. 소피는 지금 날 보호하고 있어.'

하지만 공포심은 더욱 날카로운 바늘이 되어 그녀의 심장 깊은 곳을 파고들었다.

침대 밑에 한데 뭉쳐져 있던 뱀가죽 망토와 남학교 유니폼…….

2주 전 소피의 손목에 잔뜩 나 있던 스피릭의 가시 자국들…….

아가사와 함께 집으로 돌아가기를 그토록 원했던 소피였는데…….

작은 소나무 숲을 지나던 아가사가 갑자기 걸음을 멈추었다.

'핑크색 주문!'

그녀의 가슴이 터질 듯이 쿵쾅댔다. 테드로스는 그날 탑에서 그녀를 거칠게 밀어내고는 누가 그 방에 있는 것이 분명하다며 미친 듯이 주변을 뒤졌다.

'설마…… 그럴 리 없어…….'

소피가 절대 그곳에 있었을 리 없다. 이제 아가사만큼이나 충직한 친구가 된 새로운 소피가 그런 짓을 할 리가 없다! 지금도 목숨을 걸고 그녀를 지키고 있는 선한 소피가 절대 그곳에 있었을 리 없다! 그녀의 가장 친한 친구인 선한 소피가 그녀와 테드로스 사이를 갈라놓고 마치 그녀의 편인 것처럼 행세할 이유가 없지 않은가! 설사 '숲 너머 마을에서 온 마녀'일지라도 이렇게까지 그녀를 기만하고 배반할 수는 없다. 이것은 너무…… 악하지 않은가!

아가사의 온몸에서 땀이 솟아나기 시작했다.

'정말 소피가 그랬을까?'

가까운 곳에서 남자아이들의 고함이 들려왔다. 곧이어 오거의 끔찍한 괴성이 울려 퍼지고, 청록색 잡목 숲 위로 빨간 불꽃이 폭발하며 하늘을 물들였다. 남학생 점수판 위에서 채딕과 니콜라스의 이름을 쓰고 있던 반딧불이들이 치직 소리를 내며 빛을 거두었다.

아가사는 남쪽 정문을 향해 방향을 틀었다. 소피를 찾아야 한다는 마음이 그 어느 때보다 절박하게 요동치고 있었다.

"남쪽 정문?"

소피가 테드로스를 따라 눈송이처럼 하얀 불빛으로 장식된 파란 버드나무 사이를 걸으며 물었다. 어떤 끔찍한 괴물이 남긴 것인지 알 수는 없지만 거대한 발자국들이 바닥에 찍혀 있었고, 그 위를 걷는 그녀의 부츠는 한없이 작아 보였다. 울퉁불퉁한 길과 뻣뻣하게 뭉친 종아리, 엉덩이까지 바짝 올라붙은 꽉 끼는 반바지 덕분에 그녀는 마치 걸음마를 배우는 어린아이처럼 위태롭게 걸음을 옮기고 있었다.

"남쪽 정문 근처에 뭐가 있는데?"

"호박 구역이 그쪽에 있어."

그녀보다 한참 앞서 걷던 테드로스가 길 위까지 뻗어 나온 가지들을 쳐 내며 대답했다.

"숲에서 가장 시야가 탁 트인 곳이지. 소피랑 아가사가 기어서 통과한다 해도 단번에 발견할 수 있을 거야. 네가 조금만 빨리 움직여 준다면 말이야."

소피는 얼굴을 찌푸렸다. 테드로스가 그녀의 가장 친한 친구를 발견했을 때 어떻게 보호해야 할지를 생각해 내야 했다. 그녀는 테드로스가 아가사를 공격하기 전에 먼저 기절 주문으로 그를 쓰러뜨릴 것이다. 그리고 그의 빨간색 항복 손수건을 꺼내 바닥에 떨어뜨려…….

소피의 심장이 갑자기 빠르게 두근거리기 시작했다. 그녀에게 등을 보이고 걷고 있는 테드로스의 망토 주머니에서 빨간 실크 손수건이 언뜻언뜻 모습을 드러내고 있었다.

지금이 기회였다.

소피는 손가락 끝이 뜨겁게 달아오르는 것을 느꼈다. 그녀의 공포심이 핑크색 불빛에 힘을 실어 주고 있었다. 소피는 쿵쾅거리는 가슴을 진정시키며, 천천히 손가락을 들어 올려 테드로스의 넓은 등을 겨냥했다.

"넌 싸움 실력은 형편없지만, 그래도 같이 있으니까 좋다, 필립. 난 늘 함께할 수 있는 단짝이 있었으면 했거든. 그 두 여자애들처럼 말이야."

앞서가던 테드로스의 말에 소피의 손가락 불빛은 힘을 잃고 시들어 버렸다.

그때 테드로스가 갑자기 그녀를 향해 몸을 돌리고, 눈썹을 들썩 들어 올렸다.

"그런데 너 진짜 계속 꾸물댈래? 내가 업어 주길 기다리기라도 하는 거야?"

소피는 심장이 쿵 내려앉았지만 재빨리 다리를 움직여 테드로스의 뒤에 따라붙었다. 남자 걸음걸이를 흉내 내는 것도 잊지 않았다.

"교수님들이 설치한 덫에 한 번도 걸리지 않다니, 희한한 일이네……."

"쳇, 괴물을 처치하는 일은 식은 죽 먹기야. 걱정해야 할 건 우리가 상대해야 할 그 악마라고."

소피는 걸음을 멈추고 앞서가는 테드로스를 바라보았다. 반짝이는 버드나무 가지들이 그를 가볍게 어루만지듯 스치는 모습이 마치 전쟁에 나서는 기사를 향해 경의를 표하는 것 같았다.

등 뒤가 조용해진 것을 눈치챈 왕자가 다시 몸을 돌렸다.

"왜 또 그래?"

"테드로스, 너 사람 죽여 본 적 있어?"

"뭐라고?"

소피가 3미터 정도 떨어진 거리에 서서 그를 똑바로 바라보았다.

"누구 죽여 본 적 있냐고?"

테드로스는 그 자리에 꼼짝 않고 서서, 엘프 왕자의 맑은 눈동자를 한참 동안 들여다보았다.

"괴물 석상은 죽여 봤지."

그가 짧게 대답했다.

"그건 방어하느라 그런 거잖아. 이건 복수야. 살인이라고."

소피가 냉철한 표정으로 말했다.

그녀의 우아한 왕자 얼굴에 고통스러운 그림자가 드리워졌다.

"살인을 저지르고 나면, 그 후에 아무리 선한 사람이 되려고 노력해도 결코 그 사건에서 벗어날 수 없어. 그 일은 꿈에서도 널 괴롭히고, 결국 넌 스스로를 두려워하게 되지. 그 일은 흉측한 검은 그림자처럼 어디든 널 따라다니면서 끊임없이 속삭일 거야. 넌 언제나 악한 인간이라고……. 그리고 마침내 너의 일부가 되지."

제자리에서 꼼지락거리듯 움직이며 그녀의 말을 듣던 테드로스가 발끈해서 입을 열었다.

"네가 그걸 어떻게 알아? 마운트 오노라에서 온 필립은 스팀프 한 마리도 제대로 죽이지 못하는데!"

소피의 두 눈이 날카롭게 그를 파고들었다.

"난 네가 상상하는 것보다 훨씬 더 끔찍한 놈을 죽여 봤으니까."

순간 충격을 받은 듯한 테드로스가 친구의 얼굴을 멍하니 바라보았다.

파르스름한 나무 사이로 스며든 달빛이 스포트라이트가 되어 두 소년을 비췄다. 두 사람의 입에서 하얀 입김이 부옇게 퍼져 나왔다.

달빛 속에 서 있는 필립의 모습을 가만히 지켜보던 테드로스가 고개를 갸우뚱거렸다.

"이상하네. 너 뭔가 달라 보이는데."

"어?"

"뭐랄까…… 지금 막 면도한 것처럼……."

테드로스는 호기심 가득한 표정으로 친구를 향해 천천히 다가섰다.

"너무 부드러워……."

소피는 숨을 헉 들이마셨다.

'주문!'

소피는 남자로 사는 일에 너무 익숙해진 나머지, 주문에 유효기간이 있다는 사실을 까맣게 잊고 있었다! 곧 여자로 되돌아갈 것이다! 당장 테드로스에게서 벗어나야 한다!

"달빛 때문이겠지. 어서 가자. 꾸물거리다가 트롤한테 잡아먹히겠어."

소피가 테드로스의 등을 떠밀며 호들갑스럽게 떠들어 댔다.

그때 두 사람의 머리 위에서 부드러운 신음이 들려왔다. 테드로스는 재빨리 걸음을 멈췄다.

"무슨 소리지?"

"뭐? 아무것도 안 들리는데…….."

하지만 구멍 난 풍선에서 바람이 빠져나가는 듯 거칠게 쉭쉭거리는 소리가 다시 한 번 정적을 깨고 울려 퍼졌다.

두 소년은 고개를 젖히고 가지를 축 늘어뜨린 버드나무를 올려다보았다.

"거기 누구지?"

테드로스가 소리쳤다.

가느다란 나뭇가지들과 반짝이는 파란 이파리들 사이로, 나무 높은 곳에 숨어 있는 정체 모를 존재의 모습이 언뜻 비쳤다. 테드로스는 이미 어둠에 적응한 두 눈을 가늘게 뜨고 더욱 유심히 나무 위를 살폈다. 검은 형체가 보였다……. 사람의 형체였다…….

게다가 사파이어색 망토를 걸치고 있었다.

"여자다!"

테드로스가 조롱기 어린 미소를 지으며 낮은 소리로 말했다.

그때 두 사람의 등 뒤에서 불꽃이 솟아올랐다. 둘은 동시에 몸을 돌렸다. 하얀색 불꽃이 어두운 하늘을 휙 가로질렀고, 점수판에서 두 여학생의 이름이 어둠 속으로 사라졌다.

도트와 아나딜이었다.

소피는 안도하며 한숨을 내쉬었다. 항복 손수건을 던졌다는 것은 그들이 살아남았다는 뜻이다.

하지만 나무 위에 시선을 고정한 채 음흉한 미소를 짓고 있는 테드로스를 보는 순간, 소피의 가슴은 다시 철렁 내려앉았다. 도트와 아나딜마저 항복했다면, 지금 저 나무 위에 꼼짝없이 갇혀 있는 여학생은 분명…….

"내가 잡을게!"

소피는 비명에 가까운 목소리로 외치며 나무에 올라탔다.

하지만 테드로스가 그녀보다 한발 빨랐다. 그는 검은 표범처럼 날쌘 몸놀림으로 친구를 앞지르더니, 숨어 있는 여학생을 향해 거침없이 나아가기 시작했다. 소피는 재빨리 나뭇가지를 붙잡고 그를 뒤쫓았다. 무슨 일이 있어도 테드로스보다 먼저 아가사에게 도착해야 했다. 그녀는 복잡하게 뒤얽힌 날카로운 가지 사이로 뛰어들어 테드로스의 망토를 휙 잡아당겼다. 갑자기 몸이 뒤로 젖혀진 왕자가 우물쭈물하는 사이, 소피는 그를 다시 앞질러 나무를 오르기 시작했다.

"너 대체 뭐 하는 거야?"

테드로스가 낮은 목소리로 화를 냈다.

소피는 아직은 남자인 자신의 몸 구석구석에 남아 있는 힘을 모두 끌어모아, 숨어 있는 소녀를 향해 빠르게 앞으로 나아갔다. 그녀가 목표 지점에 막 도달하려는 순간, 테드로스가 뒤에서 그녀를 붙잡았다.

"내가 잡겠어, 필립!"

그가 친구를 한쪽으로 밀어내며 사납게 으르렁댔다. 당황한 소피는 앞서가는 그의 엉덩이를 발로 차 밀어냈고, 왕자는 얼굴을 아래로 향한 채 바로 아래 가지로 철퍽 떨어졌다.

필립이 다시 그를 제치고 나무를 오르려하자 테드로스는 몸을 홱 돌려 필립을 붙잡았고, 필립은 손바닥으로 친구를 철썩 내려쳤다. 두 소년은 그렇게 뒤엉킨 채 앞서거니 뒤서거니 하며 무성한 가지를 헤치고 조금씩 위로 올라갔다. 짐승처럼 서로를 물고 발로 차며 한참을 싸우던 두 사람은 마침내 궁지에 몰린 소녀 근처에 이르렀다. 바로 그때 테드로스가 필립을 거칠게 밀쳐 냈다. 경쟁자를 몰아낸 그는 벌겋게 달아오른 얼굴로 숨을 헐떡이며 이를 바드득 갈았다. 사냥감을 향해 칼을 높이 치켜든 그는 소녀의 얼굴을 가리고 있는 두건을 홱 벗겨 냈다.

순간 칼을 들고 있던 그의 팔이 천천히 아래로 내려왔다.

"넌 누구지?"

급하게 다시 나무를 붙잡고 올라온 소피가 테드로스 옆에 도착해 소녀를 바라보았다. 파란 나뭇잎 사이에 폭 안기듯 자리 잡은 빨간 머리 소녀는 눈도 제대로 뜨지 못한 채 가느다란 신음만 연신 내뱉고 있었다. 그녀의 긴 콧등과 주근깨 가득한 얼굴은 죽어 가는 사람처럼 창백했다.

"야라?"

"너 아는 애야?"

테드로스가 당황한 표정으로 물었다.

"아까 입장하기 전에 공터에서 누가 얘 이름을 부르는 걸 들었어."

소피는 허둥대며 거짓말을 둘러 댔다. 남자아이들 중에는 야라
를 본 사람이 하나도 없었기 때문이다.

"항복 손수건을 찾아서 떨어뜨려 줘."

테드로스가 분하다는 듯이 낮은 목소리로 말했다.

"우린 어서 소피랑 아가사를 찾아야……."

그의 목소리가 점점 약해지더니 어느 순간 뚝 멈춰 버렸다. 야라
의 턱에 말라붙은 핏자국을 발견했던 것이다. 그는 천천히 그녀의
망토를 벗겼다. 야라의 목에 들쭉날쭉한 상처가 나 있었다. 녹 부스
러기가 점점이 들러붙은 그 상처에서는 이미 엄청난 양의 피가 쏟
아져 나온 것 같았다.

"애릭이야. 걔 칼자국이 틀림없어."

테드로스가 힘겹게 쌕쌕거리며 숨을 몰아쉬는 야라를 바라보며
말했다.

소피는 테드로스를 바라보았다. 두 소년의 얼굴에는 두려움이
가득했다. 그들은 자신들이 할 수 있는 일이 아무것도 없다는 사실
을 깨달았다. 야라는 곧 죽을 것이다.

소피는 야라의 머리를 부드럽게 받쳐 안았다. 테드로스는 야라
의 주머니를 미친 듯이 뒤졌지만 항복 손수건은 어디에도 보이지
않았다.

"야라, 어서 너희 학교 교수님들께 너를 되돌려 보내야 해. 항복
손수건 어디 있어?"

테드로스가 다급하게 물었다.

소피는 무기력한 표정으로 고개를 저었다.

"얘는 말을 못해."

"야라, 우린 널 도우려는 거야!"

테드로스가 야라의 어깨를 붙잡고 정신 나간 사람처럼 외쳤다.

"테드로스, 얘는 말을 못한다니까……."

"야라!"

테드로스가 다시 한 번 외쳤다.

"난…… 야라가…… 아니야."

두 눈을 감고 테드로스의 움직임에 따라 힘없이 흔들리던 야라가 더듬더듬 입을 열었다.

소피와 테드로스는 깜짝 놀라 둘 다 아무 말도 못 했다.

야라는 힘겹게 눈꺼풀을 들어 올리고, 파란 두 눈으로 테드로스의 얼굴을 빤히 바라보았다. 그녀는 마치 가장 친한 친구를 만나기라도 한 듯 그를 향해 미소 지었다.

"난…… 원래…… 야라가 아니었어."

순간 왕자가 화들짝 놀라며 그녀의 어깨에서 손을 놓았다. 야라의 얼굴이 변하고 있었다. 매끄럽던 그녀의 볼에 연한 적갈색 수염이 자라나고, 턱은 조각한 듯이 날카롭고 단단하게 변했다. 부리같이 길쭉하던 그녀의 코도 다시 자리를 잡았고, 물결치듯 흘러내리던 빨간 머리카락은 짧게 줄어들어 머리에 바싹 달라붙었다. 소피는 자기와 똑같은 주문에 걸렸던 사람이 주문에서 풀리는 모습을 보고 온몸의 피가 빠져나간 듯이 창백해졌다. 테드로스 역시 마찬가지였다. 눈앞에 쓰러져 있는 사람은 그가 너무나 잘 아는 소년이었다.

"트, 트…… 트리스탄? 하지만…… 어떻게 이럴 수가……."

테드로스가 더듬거리며 말했다.

"미안해……."

남자의 모습으로 되돌아온 트리스탄이 힘겹게 숨을 들이마시며
말했다.

"여자애들 학교가…… 너무 아름다워서……. 그리고 남자애들
은…… 걔들은 죄다…… 너무 못되게 굴어서……. 물론 넌 아니었
지……. 넌 유일한 친구였어……."

테드로스는 아무 말도 꺼내지 못했다. 그저 촉촉하게 젖은 두 눈
으로 트리스탄을 바라볼 뿐이었다. 잠시 후 필립을 향해 고개를 돌
린 테드로스의 눈빛이 혼란에 빠진 듯 불안하게 흔들렸다.

"트리스탄, 네 항복 손수건이 필요해."

소피가 힘겹게 입을 열었다.

"그분이 날 여학교에 받아주셨어……. 원하는 만큼 머물러도 좋
다고……. 그 대신……."

트리스탄이 가늘게 몸을 떨며 말했다.

"누굴 말하는 거야?"

테드로스가 당황한 표정으로 물었다.

"학장님…… 대신 내가 그걸 숨겼어……. 여학교에 머물기 위해
서 그걸 옮겼어……. 테이블 아래에 있던 거……."

"쉬! 손수건이 어디 있는지만 얘기해 줘."

소피가 그의 볼을 쓰다듬으며 부드럽게 말했다.

트리스탄이 천천히 시선을 돌려 소피를 바라보았다. 순간 그의
두 눈이 반짝였다. 그는 그녀의 얼굴을 뚫어지게 바라보더니 옅은
미소를 지으며 다시 입을 열었다.

"너였구나."

소피는 심장이 터지는 것 같았다.

테드로스가 어리둥절한 표정으로 트리스탄을 바라보았다.

"필립은 네가 떠난 후에 학교에 들어왔어. 넌 얘를 본 적이 없는데……."

"정신이 혼미해서 착각한 거야."

소피는 재빨리 둘러대며 트리스탄의 손을 더욱 꼭 잡았다.

"난 필립이야, 트리스탄. 마운트 오노라에서 온 필립. 지금 당장 그 항복 손수건을 찾아야 해……."

소피가 망토 옷깃에 수놓인 알파벳 'F'를 내보이며 말했다.

"이야기꾼……."

트리스탄은 여전히 미소를 짓고 있었다.

"내가 숨겼어……. 네 이야기책 속에……. 학장님이 그렇게 하라고…… 너도 거기까지는 절대 찾아보지 않을 거라고……."

"이게 다 무슨 소리야?"

테드로스가 초조한 표정으로 소피를 바라보았다.

"나도 모르겠어."

소피는 가슴이 터질 듯 쿵쾅거렸지만, 다시 한 번 거짓말로 테드로스를 따돌렸다.

"그거…… 네 이야기책 속에 있어……. 학장이…… 찾으러 갈 거야……. 네 이야기를 끝내려면…… 그게 필요하니까……."

트리스탄은 숨이 막히는 듯 더 이상 말을 잇지 못했다. 빨간 머리 소년은 잠시 경련을 일으키듯 거칠게 몸을 떨더니, 갑자기 조용해졌다. 그의 심장이 마침내 멈춰 버린 것이다. 그는 다시 천천히 눈을 감았다.

잠시 후 그의 몸이 조금씩 빛에 휩싸이기 시작했다. 점점 더 뜨거워진 빛은 불에 녹은 황금빛으로 변하더니, 한순간 폭발하듯 그의 몸을 찢고 터져 나와 하늘 높이 솟아올랐다. 짙은 황금색 별들 사이에 야라의 얼굴을 수놓은 빛은 이내 희미해지더니 작은 불꽃으로 흩어져 숲 위로 쏟아져 내렸다. 그 순간 점수판 위에서 반짝이던 야라의 이름이 어둠 속으로 사라졌다. 트리스탄이 숨을 거둔 것이다.

테드로스는 필립을 밀치고 휘청거리며 나무를 내려갔다. 그는 나무 뒤 어두운 파란 풀숲으로 뛰어 들어가더니, 몸을 웅크리고 속을 게워 내기 시작했다.

"어떻게 애릭이 이럴 수 있지? 어떻게 여자아이를 죽일 수 있냔 말이야!"

그가 울부짖듯 말했다.

"아니, 여자아이가 아니지. 트리스탄이었어! 우리 같은 남자아이였다고. 하지만 아무도 그 아이한테 말을 걸어 주지 않았어. 친절하게 대해 준 사람도 없었지. 그러니 당연히 여학교에 가고 싶지 않았겠어?"

테드로스는 숨을 쉴 수 없었다.

"트리스탄은 그저 행복하게 살고 싶었을 뿐이라고!"

그가 쓰러지듯 무릎을 꿇으며 소리쳤다.

소피는 살며시 손을 들어 그의 등을 쓰다듬었다.

"얼마나 무서웠을까, 필립!"

테드로스가 나직한 목소리로 말했다.

"저 나무에 혼자 숨어서…… 죽어 가는 그 순간…….'

그가 두 손으로 얼굴을 감쌌다.

"난 또 다른 누군가가 죽어 가는 모습을 볼 자신이 없어. 저런 모습은 도저히 견딜 수 없다고."

그는 코를 훌쩍이며 손바닥으로 눈물을 닦아 냈다.

"네 말이 맞았어, 필립. 난…… 난 누구도 죽이지 못해…….'

소피가 천천히 그의 앞에 무릎을 꿇었다.

"누굴 죽일 필요는 없어."

"그 여자애들은 어쩌고? 내가 먼저 죽이지 않으면 걔들이 날 죽일 거야."

"아니. 나한테 약속하면 그런 일은 일어나지 않을 거야. 그 아이들을 죽이지 않겠다고 약속해."

소피가 부드러운 목소리로 말했다.

테드로스는 눈물에 젖은 얼굴을 들어 소피를 바라보았다. 그리고 다시 혼란에 빠진 듯이 고개를 흔들었다.

"네 얼굴이 자꾸만 달라지는 것 같아, 필립. 점점 더 부드럽고 온화해지고 있잖아……."

얼굴이 발갛게 달아오른 테드로스가 당황하며 고개를 돌렸다.

"왜 자꾸 네가 공주였으면 하고 바라게 되지? 왜 자꾸만 내 눈에 공주의 얼굴이 보이는 거냐고!"

"소피랑 아가사를 집으로 돌려보내겠다고 약속해 줘. 왕자의 명예를 걸고 약속해."

소피가 다시 간절한 목소리로 말했다.

"한 가지 조건이 있어."

테드로스가 그녀의 두 눈을 똑바로 바라보며 입을 열었다.

"네가 네 왕국으로 돌아가지 않는다고 약속하면, 나도 약속할게. 여기서 나와 함께 머물겠다고 약속해."

소피는 얼빠진 표정으로 테드로스를 바라보았다. 그녀의 얼굴 역시 붉게 물들고 있었다.

"뭐라고?"

테드로스는 두 손으로 그녀의 어깨를 잡았다.

"필립, 네가 곁에 있어야 내가 선한 사람이 될 수 있어. 난 애릭처럼 되고 싶지 않아. 분노에 휩쓸린 악인이 될 수는 없어. 날 선한 쪽에 머물게 할 수 있는 사람은 너뿐이야."

소피는 온몸에서 힘이 빠져나가는 것 같았다. 그녀가 사랑했던 유일한 남자가 그녀에게 영원히 함께해 달라고 청하고 있었다.

남자의 몸으로 말이다.

소피는 천천히 그의 손에서 몸을 빼내고 차분한 목소리로 입을 열었다.

"내 말 잘 들어, 테드로스. 소피는 아가사와 함께 집으로 돌아가야 해. 그래야 이 모든 일이 끝날 거야. 더 이상 죽는 사람도 생기지 않을 거고."

"그래. 대신 나한테는 친구가 필요해."

테드로스가 그녀의 손을 꼭 잡으며 다시 말했다.

"너도 그렇게 말했잖아, 필립. 너희 어머니처럼 혼자 외롭게 살다가 죽고 싶지는 않다고 말이야."

그의 파란 눈동자에 갑자기 슬픔이 배어났다.

"나도 아버지처럼 외롭게 삶을 마감하고 싶지는 않아."

"테드로스, 날 기다리는 사람이 있어. 진짜 내 모습을 잘 아는 사람이야. 이 세상 어떤 남자와도 바꿀 수 없는 소중한 사람이 날 기다리고 있다고."

소피가 거칠게 갈라지는 목소리로 말했다.

"네가 여자였으면 좋겠다. 그래서 자꾸 네 얼굴이 여자로 보이나 봐."

테드로스가 친구의 등을 쓰다듬으며 말했다.

"두 사람을 보내 주겠다고 약속해, 테드로스."

소피가 마음을 졸이며 다급하게 말했다.

"필립, 나에게 남은 건 너뿐이야. 제발 날 떠나지 마."

테드로스가 더욱 간절한 목소리로 애원했다.

"제발 약속해 줘……."

소피는 숨이 막혀 더 이상 말을 이을 수 없었다.

"점점 더 이상해지네. 이제는 목소리도 여자 같아."

테드로스가 무언가에 홀린 듯 멍한 표정을 지으며 중얼거렸다.

소피는 테드로스를 막기 위해 손을 뻗었지만, 테드로스는 그녀의 손을 붙잡고 그녀를 향해 조금씩 몸을 기울였다. 소피는 혼란에 빠진 그의 커다란 파란 눈을 말없이 바라보았다. 그리고 그의 입술이 그녀의 입술에 와 닿았다…….

"맙소사!"

날카로운 비명이 울려 퍼졌다.

두 소년은 깜짝 놀라 고개를 돌렸다.

충격에 빠진 듯이 두 눈을 휘둥그렇게 뜬 아가사가 두 사람을 바라보고 있었다.

24

정체를 드러낸 악당

테드로스는 재빨리 필립에게서 떨어져 뒷걸음쳤다. 그의 얼굴이 걷잡을 수 없이 달아오르고 있었다.

"아니, 그게 아니라…… 그러니까…… 이게 뭐냐면……. 어쩌다 보니까 이렇게……."

그는 아가사를 향해 몸을 돌리고 정신없이 말을 더듬었다.

하지만 아가사가 황금색 손가락 불빛으로 겨냥한 사람은 그가 아니었다. 그의 옆에 서 있는 금발의 엘프 왕자였다.

"아가사, 내 말 좀 들어 봐."

필립은 파란 버드나무 쪽으로 뒷걸음치며 애원했다.

"배신자! 이 간사한 배신자 같으니!"

아가사가 그를 향해 다가서며
위협적인 목소리로 말했다.

테드로스는 재빨리 필립을 몸으
로 가로막고, 아가사를 향해 손가락
불빛을 들어 올
렸다.

"필립은 건드
리지 마, 아가

사. 이건 우리 둘 사이의 문제야."

하지만 아가사는 테드로스에게 눈길 한 번 돌리지 않고, 불타오르는 눈으로 필립을 노려보았다. 그녀의 손가락 불빛이 점점 밝아지고 있었다.

"쟤한테 키스를 해? 나 혼자 집으로 보내고 쟤랑 여기 남을 계획이었어?"

"그런 게 아니야!"

필립이 소리쳤다.

테드로스는 당황한 듯 고개를 돌려 친구의 얼굴을 바라보았다.

"너희 둘이 서로 알아?"

"그날 밤 넌 교장의 탑에 있었어! 네가 우릴 공격했지! 쟤 마음이 나한테서 돌아서도록 교묘하게 우릴 방해했어!"

아가사는 필립을 향해 분노를 토해 내듯 말했다.

"넌 어떻고! 쟤 만나러 가지 않겠다고 나한테 약속했잖아! 널 그렇게 잃을 수는 없었어, 아가사! 가만히 손 놓고 네가 떠나가는 걸 그냥 지켜볼 수는 없었다고!"

필립이 떨리는 목소리로 쏘아붙였다.

"그래서 거짓말로 날 속여서 집에 돌아가려고 했어?"

아가사가 더욱 매섭게 몰아붙였다.

"나의 공주와 내 가장 친한 친구가 왜 이런 얘기를 하고 있는 거지?"

테드로스가 혼란에 빠진 표정으로 양쪽을 번갈아보며 말했지만, 두 사람은 여전히 그의 말에 신경조차 쓰지 않았다.

"네 소원이 잘못됐다는 걸 너한테 보여 주려고 했어. 가장 친한 친구는 남자보다 더 소중하다는 걸 깨닫게 해 주고 싶었다고."

이번에는 필립이 눈물을 참으며 아가사에게 공격을 퍼부었다.

아가사는 화가 난 표정으로 고개를 흔들었다. 그동안 그녀의 친구에 대한 진실을 알려 주는 단서들이 여러 번 그녀 앞에 나타났다. 하지만 그녀는 그런 꿈을 꿀 때면 그 꿈을 저주했고, 그런 의심이 들 때면 친구를 믿지 못하는 자신의 나약한 마음을 질책했다.

"모르겠니? 네가 우리를 가로막으려고 하면 할수록, 저 아이를 향한 내 마음은 점점 깊어진다고."

아가사가 냉정한 목소리로 대꾸했다.

필립은 정곡을 찔린 듯, 자기도 모르게 한 걸음 뒤로 물러섰다.

"대체 무슨 일이 일어나고 있는지 정말 모르겠어."

두 눈을 휘둥그레 뜬 테드로스가 쉰 목소리로 다시 한 번 둘의 대화에 끼어들었다.

"그래서 나 대신 쟤를 선택할 거야? 내가 우리 두 사람을 구하기 위해 목숨까지 걸었는데?"

하지만 필립은 이번에도 아가사만을 바라보며 말했다. 그의 목소리는 잔뜩 잠겼고, 보조개가 팬 턱은 떨리고 있었다.

"그래서 넌 쟤랑 키스했니? 우리 두 사람이 무사히 집에 돌아가기 위해 그런 게 필요했다고?"

아가사가 조롱하듯 대꾸했다.

"쟤가 나한테 키스한 거야!"

필립이 비명을 지르듯 항변했다.

"잠깐…… 잠깐만……. 타이밍이 좀 안 좋았던 건 사실인데……. 필립이랑 난 친구야. 너랑 소피처럼……."

왕자가 더듬거리며 다시 한 번 두 사람의 말을 가로막았다.

"친구 좋아하네!"

아가사가 필립을 노려보며 말했다.

"내 말을 믿어 줘, 아가사. 난 널 선택했어. 테드로스가 날 원하고, 내가 마음만 먹으면 영원히 애와 함께 있을 수도 있었지만 그래도 난 너를……."

"너무 어두웠단 말이야……. 얼굴도 이상하게 평소랑 달라 보였고……. 나 아니라 다른 누구였어도 실수할 수 있는 상황이었어……."

테드로스가 절망한 듯 바위 위에 털썩 주저앉으며 투덜투덜 한탄을 늘어놓았다.

"너 여기 다 잊고 싶다며. 우리의 해피엔딩을 되찾고 싶다고 했잖아!"

필립이 다시 말했다.

"해피엔딩? 너 때문에 남자아이 하나가 죽었어! 우리도 언제 죽을지 모르는 상황이고!"

아가사가 분노를 쏟아 내듯 소리쳤다.

"난 그냥 예전으로 돌아가고 싶었을 뿐이야. 여기 오기 전, 왕자라는 존재를 만나기 전 우리 관계를 되찾고 싶었다고. 난 너랑 다시 진정한 친구가 되고 싶었어."

필립이 간절한 표정으로 말했다.

"진정한 친구는 서로를 성장시키지. 진정한 친구는 서로의 사랑을 방해하지 않아. 거짓말도 하지 않고."

아가사는 끓어오르는 분노로 목까지 빨갛게 달아올랐다.

그때 테드로스가 바위에서 벌떡 일어섰다.

"그만해!"

그가 아가사를 똑바로 바라보며 소리쳤다.

"너희 둘이 어떻게 서로 알게 됐든 상관없어. 먼 친척이든 펜팔로 만났든 아니면 마운트 오노라에서 같이 산책을 했든! 필립 일은 네가 상관할 바가 아니야. 알아들었어?"

테드로스가 으르렁거리듯 말했다.

"어서 너의 그 소중한 소피나 찾으러 가시지! 다시 마음이 바뀌어서 널 죽이고 싶어지기 전에 말이야."

아가사가 마침내 테드로스를 향해 고개를 돌렸다. 동그랗게 뜬 눈으로 그를 빤히 바라보던 그녀가 갑자기 웃음을 터뜨렸다.

"뭐가 웃겨?"

테드로스가 더욱 사납게 으르렁댔다.

"너 진짜 모르겠어? 아직도 쟤를 네 친구라고 생각하는구나."

아가사는 믿을 수 없다는 표정으로 말했다.

"그냥 친구가 아니라 가장 친한 친구야!"

왕자가 날카롭게 쏘아붙였다.

"그리고 이 아이 덕분에 난 네 마음을 이해할 수 있게 됐어. 왜 네가 나를 버리고 소피를 선택했는지 이제 알 것 같아. 필립은 나를 잘 알아. 날 응원해 주고, 날 위해 싸워 주지. 어떤 여자도 그렇게 할 수는 없을 거야. 난 늘 여자한테만 사랑을 느낄 수 있다고 생각했어. 하지만 필립에게 느끼는 내 감정은…… 사랑보다 훨씬 깊어. 필립처럼 선한 친구라면 몇 번이라도 널 버리고 그 사람을 선택할 거야."

"필립에 대해 아직 잘 모르나 본데, 내가 좀 알려 주지."

아가사는 테드로스의 예상과 달리 더욱 당당해진 표정으로 입을 열었다.

"필립을 선한 친구라고 생각한다면, 랜슬롯도 너희 아버지의 선한 친구라고 해야 할 거야."

테드로스가 이를 드러내며 칼집에서 칼을 뽑아들었다.

"너 뭐라고 했어!"

하지만 아가사는 부드러워진 표정으로 그의 얼굴을 똑바로 바라보았다.

"넌 늘 선과 악을 구분 못 했지. 지금도 마찬가지구나."

순간 테드로스의 온몸이 뻣뻣하게 굳어 버렸다. 두려움이 그의 몸을 파고들었다. 그는 고개를 돌려 필립을 바라보았다. 필립은 아가사를 지나 천천히 뒷걸음쳤다. 어두운 풀밭을 벗어나 반짝이는 버드나무 아래에 서자, 하얀 장식 불빛들이 그를 환하게 비춰 주었다. 테드로스는 마침내 가장 친한 친구의 얼굴을 분명하게 볼 수 있었다. 그는 공포에 사로잡힌 듯 부들부들 떨기 시작했다.

그 얼굴은 그가 알던 필립이 아니었다.

매 순간, 필립의 몸 구석구석에서 변화가 일어나고 있었다. 마치 모래로 만든 조각품의 모래알들이 하나씩 따로 움직이며 새로운 작품을 만들어 내는 것 같았다. 필립의 각진 코는 부드럽고 동그란 단추 모양으로 변했고, 속눈썹은 화려하게 길고 풍성해졌다. 그의 뾰족한 엘프 귀는 조그맣게 줄어들어 머리통에 바짝 달라붙었고, 눈썹은 섬세한 붓질로 그려 낸 듯 부드러운 곡선으로 바뀌었다. 변화는 몸 전체로 퍼져 나갔고, 실밥이 뜯겨 나간 솔기가 터지듯 속도가 점점 빨라졌다. 힘줄이 불뚝 솟은 두꺼운 근육들은 매끄러운 크림색 피부로 변했고, 복슬복슬한 금발은 폭포수처럼 찰랑거리며 떨어져 내리는 긴 곱슬머리가 되었다. 굵직한 다리는 가늘고 부드럽게 바뀌었고, 엉덩이에는 없던 곡선이 되살아났다. 마침내 차가운 달빛 아래, 아름다운 금발 소녀가 모습을 드러냈다. 그녀는 검정색과 빨간색의 남학생 망토를 걸치고 몸을 잔뜩 웅크린 채 겁먹은 고양이처럼 처량한 눈빛으로 테드로스를 바라보고 있었다.

테드로스는 나무에 쓰러지듯 털썩 등을 기댔다.

"왜 모두가 내게 거짓말을 하지? 왜 늘 모든 게 거짓말이어야 하는 거야?"

그가 기운 빠진 목소리로 중얼거렸다.

"다 그런 건 아니야."

아가사가 조용히 대답했다.

소피는 미소 지으려 애쓰며, 테드로스에게서 천천히 물러섰다.

"날…… 죽이지 마, 테드로스. 잘 봐. 난 여전히 네 친구 필립이야……. 겉모습이 달라졌을 뿐이지……."

소피가 더듬거리며 말했다.

테드로스는 뿌연 얼음으로 뒤덮인 듯한 두 눈으로 멍하니 그녀를 바라보았다. 조금 전 눈앞에서 벌어진 일들을 한 순간 한 순간 되새기고, 그의 귀로 들었던 믿을 수 없는 말들을 한 단어 한 단어 곱씹고 있는 것 같았다. 시간이 흐르자, 조금씩 그의 얼굴에 밝은 황금빛이 스며들기 시작했다. 그의 내면에서 깨어난 온기가 그를 뒤덮고 있던 차가운 어둠을 서서히 녹이고 있었다.

긴장해서 뻣뻣해졌던 소피의 어깨에서 마침내 힘이 빠져나갔다.

하지만 소피는 곧 테드로스의 시선이 자신을 향하고 있지 않다는 사실을 깨달았다.

그는 반짝이는 버드나무 아래에 서 있는 검은 머리 공주를 바라보고 있었다.

"너…… 그럼 넌 항상 나를 사랑했단 말이야?"

테드로스가 부드러운 목소리로 물었다.

아가사는 고개를 끄덕였다. 그녀의 볼 위로 굵은 눈물방울이 흘러내렸다.

"그날 탑에서 했던 말은 모두 진심이었구나?"

테드로스의 눈에도 눈물이 맺히고 있었다.

아가사는 소리 내 울며 다시 고개를 끄덕였다.

"내가 왜 너에게 키스하지 않았을까? 왜 널 믿지 못했을까?"

테드로스가 괴로움에 잠긴 목소리로 말했다.

"넌…… 바보니까. 남자애들은 왜 다들 그렇게 멍청한지 몰라."

아가사가 고개를 절레절레 저으며 대답했다. 눈물이 그치지 않았다.

테드로스도 눈물을 흘리며 미소 지었다.

"어쩌면 왕자 없는 세상이 훨씬 나을지도 모르겠다."

아가사는 콜록거리며 웃음을 터뜨렸다. 이제 왕자 앞에서 가슴이 두근거려도 부끄러워할 필요가 없었다.

두 사람 사이에 선 소피는 그들의 재결합을 그저 멍하니 바라볼 수밖에 없었다. 지금 그녀의 존재에 신경을 쓰는 사람은 아무도 없는 것 같았다.

바로 그때 자주색 불빛이 마치 경고 사격을 하듯 빠르게 테드로스를 스쳐 지나갔다.

잠시 후, 나무숲에서 뛰어나온 레소 부인이 연기가 피어오르는 손가락을 들어 테드로스를 겨냥했다.

"아가사, 소피, 어서 도망쳐라!"

그녀는 위협적인 눈으로 테드로스를 노려보며 말했다.

"안전해질 때까지 내가 너희를 숲에 숨겨 주마."

레소 부인은 남쪽 정문 쪽으로 천천히 뒷걸음치고 있었다.

하지만 소녀들은 물론이고 테드로스마저 꼼짝하지 않았다.

"뭐 하고 있는 거냐! 조금 있으면 다른 남자아이들이 들이닥칠……."

소피와 아가사를 향해 날카롭게 쏘아 대던 레소 부인이 갑자기 두 눈을 휘둥그레 뜨고 말을 멈췄다. 아가사가 소피에게서 멀어져 왕자를 향해 다가가고 있었다. 왕자는 그녀를 보호하듯 두 팔로 감싸 안았고 두 사람은 서로를 꼭 껴안은 채 남학생 유니폼을 입고 나무 그림자 아래에 홀로 서 있는 소피를 무서운 눈으로 노려보았다.

"이게…… 대체 무슨 일인지……."

레소 부인이 두 소녀를 번갈아 바라보며 중얼거렸다.

"네 소원을 막는 게 선한 일이라고 생각했어. 난 선한 일을 하는 거라고 믿었어."

소피가 눈물을 흘리며 떨리는 목소리로 말했다.

하지만 이번에는 레소 부인이 그녀를 피해 뒷걸음하기 시작했다. 그녀의 자주색 눈동자는 모든 상황을 이해했다는 듯 차갑게 변해 있었다.

"남자아이 하나가 죽었다……. 학생들은 다치고……. 이 죽음의 대회…… 이게 다 너 때문이었단 말이야?"

"쟤는 혼자 알아서 하게 두고, 우린 가자."

테드로스가 공주의 팔을 잡아끌며 말했다.

"난 엄마처럼 되고 싶지 않았어. 엄마처럼 혼자 외롭게 살다가 죽고 싶지는 않았다고. 누굴 해칠 생각은 없었어……."

소피는 눈물범벅이 된 얼굴로 아가사를 바라보며 애원하듯 말했다.

"어서 가자, 아가사."

테드로스가 조금 더 강경한 말투로 말했다.

아가사는 고개를 들어 왕자를 바라보았다. 순수하고 헌신적인 그의 얼굴은 그녀가 꿈속에서 보았던 왕자의 모습 그대로였다. 그녀는 다시 고개를 돌려 소피를 보았다. 그녀는 버드나무 협곡 맞은편 끄트머리에서 잘못을 뉘우치며 슬프게 흐느껴 울고 있었다.

더 이상 거짓말도, 비밀도 없다.

이번만큼은 진심을 선택해야 한다.

바로 그때 협곡 한가운데에서 빨간 불꽃이 로켓처럼 치솟아 올랐다. 아가사와 테드로스는 빨간 연기구름 속에서 비틀비틀 뒷걸음질 쳤다. 두 사람이 아직 정신을 못 차리고 있는 사이, 사방에서 튀어나온 하얀색과 빨간색 불꽃들이 하늘 높은 곳에서 폭발하듯 터졌다. 어둡던 하늘에 별똥별이 쏟아져 내리는 것 같았다. 남학생 점수판 위에서 이름을 밝히던 반딧불도 갑자기 불꽃이 되어 타 버렸고, 테드로스와 필립의 이름까지 모두 사라진 점수판은 깜깜한 어둠 속으로 사라지는 듯했다. 하지만 잠시 후, 귀청을 찢을 듯한 굉음과 함께 점수판은 거대한 불덩이가 되어 하얗게 타오르기 시작했다. 숲 건너편의 여학생 점수판에서도 같은 일이 벌어지고 있었다. 이름이 이미 지워져 버린 점수판은 엄청난 폭발음과 함께 불꽃에 휩싸였고, 서쪽 정문 위로 거대한 검은 연기 기둥이 치솟아 올랐다.

"무슨 일이지?"

아가사가 귀를 막고 소리쳤다.

그때 그녀와 테드로스의 등 뒤에서 낮고 둔탁한 소리가 들리기 시작했다. 무엇인가가 덜컹거리는 것 같은 정체 모를 소리는 조금씩, 조금씩 커져 갔다.

두 사람은 창백해진 얼굴로 천천히 고개를 들었다.

학교 건물을 가리고 있던 마법의 안개가 점차 옅어지며, 남학교와 여학교 건물이 서서히 모습을 드러내고 있었다. 괴성을 지르며 개미 떼처럼 무리를 지어 내려오는 수많은 형체가 성을 새까맣게 뒤덮었다. 여학생들은 빛을 밝힌 손가락과 번쩍이는 무기를 휘두르며 발코니에서 하프웨이 다리를 향해 뛰어내렸다. 그들은 우렁찬 함성을 지르며 다리의 절단된 부분을 향해 돌진하고 있었다. 하프웨이 베이 맞은편에서는 피에 굶주린 수백 명의 남학생과 왕자들이 다리의 다른 쪽 끝으로 우르르 쏟아져 나왔다. 날카로운 무기로 단단히 무장한 그들의 눈은 이미 살기로 가득했다.

"내가 들어온 걸 알았나 봐."

아가사와 왕자의 뒤에서 넋이 나간 듯한 목소리가 들려왔다.

아가사는 몸을 돌려 레소 부인을 바라보았다. 그녀의 자주색 눈동자는 두 학교 건물을 뚫어지게 바라보고 있었다.

"내가 조건을 어겼어. 대회는 끝난 거야."

교수가 거친 목소리로 중얼거렸다.

아가사는 침을 꿀꺽 삼켰다.

"그럼 어떻게 되는데요?"

그들은 부서져 내린 다리의 양쪽에 마주 서서, 서로를 죽이고 싶어 안달하는 400명의 남녀를 바라보았다.

"전쟁이지. 전쟁이 시작됐어."

테드로스가 말했다.

그때 그들의 머리 위에서 버드나무 가지들이 크리스마스트리 장식처럼 반짝반짝 빛을 내기 시작하더니, 어느 순간 폭발하여 거대한 구름을 이루었다. 나무를 쓸어내리듯 타고 내려온 반짝이 구름이 달빛 속으로 들어서는 순간, 그들은 그것이 구름이 아니라 수천 마리의 파란 나비 떼라는 사실을 깨달았다. 버드나무가 네온빛으로 반짝였던 것은 바로 이들 때문이었다. 나비들은 메뚜기 떼처럼 휘몰아치며 협곡으로 몰려들었다. 아가사는 얼굴을 가렸고, 칼을 꺼내 나비 떼를 향해 휘두르던 테드로스는 휘청거리며 바닥에 쓰러지고 말았다.

그때 어디에선가 숨을 헉 들이마시는 소리가 들렸다. 아가사는 재빨리 소리 나는 방향으로 고개를 돌렸다. 구름처럼 모여든 나비 떼가 레소 부인을 바닥에서 번쩍 들어 올리고 있었다.

"에블린 새더가…… 우리 말을 다 듣고 있었어……."

레소 부인이 공포에 질린 얼굴로 소리쳤다.

"안 돼요! 가지 마세요!"

아가사가 교수를 붙잡으려 애쓰며 소리쳤다.

나비들이 끈질기게 그녀의 몸을 끌어당기자, 레소 부인은 재빨리 아가사의 귀에 입술을 가져다 댔다.

"키스해라, 아가사. 기회가 왔을 때 저 아이에게 키스해!"

교수는 말을 마치자마자 공중으로 붕 떠올랐다. 나비들이 그녀를 낚아채 학교로 날아가기 시작했다. 교수의 마지막 간청은 전쟁을 부르짖는 함성 속에 이내 파묻히고 말았다.

아가사는 달빛으로 밝혀진 협곡 가운데에 꼼짝 않고 서서 얕은 숨을 헐떡였다.

"뭐라고 말씀하셨어?"

익숙한 목소리가 물었다.

금빛 머리카락이 온통 흐트러진 테드로스가 비틀거리며 자리에서 일어나고 있었다.

"아가사?"

또 다른 목소리가 그녀의 이름을 불렀다.

아가사는 고개를 돌렸다. 마지막 남은 빨간 연기가 나무들 사이로 흩어져 사라지자, 그 뒤에서 소피의 모습이 나타났다.

"레소 교수님이 뭐라고 하셔?"

그녀의 친구가 잔뜩 긴장한 표정으로 물었다.

아가사는 버드나무 협곡의 다른 편 끝에 서 있는 소피를 바라보았다. 아가사는 달빛 조명이 비추는 무대 위에 홀로 서 있었고, 전쟁을 부르짖는 남녀 학생들의 함성은 마치 그 무대를 위한 합창곡처럼 멀리서부터 울려 퍼지고 있었다.

그때 머리 위에서 갑자기 바스락거리는 소리가 들리기 시작했다. 나무들이 좌우로 거칠게 흔들리며 묵직하고 날카로운 소리를 그들 머리 위로 쏟아 내고 있었다.

아가사는 깜짝 놀라 몸을 움츠렸다. 교장의 은색 탑이 버드나무 숲을 들이받고 달빛 속으로 미끄러져 들어온 것이다. 움직이던 탑이 갑자기 멈춰 서자, 그 거대한 힘 때문에 바닥에는 균열이 생겼다. 길게 이어진 울퉁불퉁한 틈은 테드로스와 소피 사이를 가로질러 둘을 갈라놓았고, 두 사람 사이에 서 있던 아가사는 갈라진 틈 양쪽에 다리를 하나씩 올려놓은 채 위태롭게 중심을 잡고 있었다.

은색 탑 창문에서 나비 떼 한 무리가 쏟아져 나와 세 학생 뒤로 내려왔다. 나비들은 바닥에 닿자 마치 한 덩어리처럼 형체를 이루어 굳기 시작했다. 잠시 후, 모습을 드러낸 에블린 새더가 큐 사인을 받은 배우처럼 달빛 조명 안으로 성큼성큼 걸어 들어왔다. 그녀의 긴 금색 손톱은 빨간색 체리나무로 표지를 만든 이야기책 한 권을 꼭 움켜쥐고 있었다. 아가사는 한눈에 그 책을 알아보았다.

그녀와 소피의 동화책이었다.

"대회라!"

학장이 달콤한 목소리로 속삭이듯 입을 열었다.

"아주 달콤한 단어지. 다양한 의미를 담고 있어. 하나의 결론에 이르기 위한 실험, 믿음과 체력을 확인하는 시험, 혹은 누군가의 인생에서 가장 어려운 순간이라고도 할 수 있겠지. 하지만 난 좀 다른 방향에서 이 단어를 정의하고 싶다."

그녀가 잠시 말을 멈추고, 양쪽으로 갈라져 서 있는 소피와 테드로스를 한 번씩 바라보았다. 짙은 초록색 눈동자를 둥글게 덮고 있는 갈색 눈썹이 의미심장하게 씰룩거렸다.

"관중이 지켜보는 가운데 누가 잘했고 못했는지를 결정하는 공식적인 자리!"

학장의 시선이 다시 가운데에 서 있는 아가사에게로 향했다. 그녀의 입가에는 늘 보던 그 아리송한 미소가 맴돌고 있었다.

"이제 진짜 대회를 시작해 보자."

에블린이 날카로운 손톱으로 책등에 꿰매 놓은 표지를 길게 가르자, 반짝이는 이야기꾼이 붉은 빛을 내뿜으며 책 밖으로 뛰쳐나왔다. 《소피와 아가사의 이야기》는 학장의 손을 벗어나 달빛 무대 중앙으로 붕 떠올랐고, 이야기꾼은 날카로운 펜촉으로 공중에 뜬 책을 활짝 펼쳤다. 펜은 빠른 속도로 잉크를 쏟아 내며 책의 빈 곳을 화려한 색깔로 채워 넣기 시작했다. 마침내 마지막 페이지에 이른 마법의 펜은 양쪽으로 갈라진 테드로스와 소피, 그리고 그 사이에 선 아가사의 모습을 천천히 공들여 그려 넣었다.

하지만 이야기책 속 소피는 아가사가 바라보고 있는 그녀와 전혀 달랐다.

이야기꾼이 묘사한 소피는 대머리에 무사마귀가 덕지덕지 붙은 늙은 마녀의 모습을 하고 있었다.

마법의 펜은 마녀의 모습 아래에 짧은 한 문장을 적어 넣었다.

"악당은 늘 그곳에 있었다. 다만 그 모습을 감추고 있었을 뿐……."

아가사와 테드로스가 천천히 고개를 들어 소피를 바라보았다. 달빛 아래 서 있는 소피는 여전히 뽀얗고 아름다웠다.

"이제 알겠니, 아가사? 넌 내가 마녀 증상을 만들어 냈다고 생각했지. 내가 악당이라고 말이야. 하지만 그건 내가 아니었어. 네가 틀렸던 거야."

에블린 새더가 협곡의 어두운 가장자리로 가, 나무 그루터기에 앉으며 말했다.

"아가사, 난 마녀가 아니야……. 너도 알잖아. 내가 아니라는 거……."

소피가 학장을 비웃으며 말했다.

하지만 아가사는 갈라진 틈 양쪽에 걸쳐 있던 다리 중 하나를 들어 올려 테드로스가 있는 쪽으로 자리를 옮겼다. 소피는 당황한 듯 얼굴을 붉혔다.

"내가 아직도 악하다고 생각해? 내가 널 해칠 수 있다고 생각하는 거야?"

소피가 탄식하듯 말했다.

"소피, 마녀들은 동화를 망쳐. 자신이 원하는 결말에 이르기 위해서 거짓말도 서슴지 않고 하지."

아가사가 두 손을 바들바들 떨며 대꾸했다.

소피는 테드로스에게 시선을 돌렸다.

선과 악의 학교 2

"나 정말 좋은 친구였잖아. 그런 친구가 어떻게 마녀가 될 수 있겠어! 아가사에게 말 좀 해 줘."

"좋은 친구라고? 거짓말에 기반한 관계는 결코 좋은 관계가 될 수 없어."

테드로스가 갈라진 땅 너머의 소피를 향해 두 눈을 이글거리며 대답했다.

"교장은 자기만큼 악한 존재를 찾기 위해 모든 위험을 무릅쓰고 땅끝까지 갔어. 교장이 왜 널 선택했는지 이제 우리 모두 알게 됐지, 소피. 넌 살아 있는 한 언제나 악한 인간일 수밖에 없어."

"난 악하지 않아! 난 선한 사람이 되려고 노력하고 있다고! 모르겠어? 내가 얼마나 노력하고 있는지! 교장이 틀렸던 거야. 내가 어떤 사람인지 교장이 잘 몰랐던 거라고."

소피가 다시 한 번 울부짖듯 말했다.

아가사는 이야기꾼이 그려 낸 쭈글쭈글한 노파를 바라보며, 테드로스를 향해 조금 더 걸음을 옮겼다.

"이야기꾼은 거짓말을 하지 않아, 소피……."

"안 돼, 아가사, 제발…… 넌 진실을 알잖아……."

절망에 빠진 소피는 갈라진 협곡을 가로질러 아가사를 향해 달려갔다. 그때 지독한 고통이 그녀의 목을 조여 왔다. 소피는 비명을 질렀지만, 고통은 곧바로 그녀의 손목과 팔로 퍼져 나갔다.

아가사와 테드로스는 두 눈을 커다랗게 뜨고 몸을 웅크린 채 소피를 바라볼 뿐이었다. 소피는 몸속이 얼음처럼 차갑게 식어 가는 것을 느꼈다. 그녀의 팔에는 소름 끼치는 두 개의 검은 무사마귀가 솟아 있었다. 무사마귀는 그녀의 온몸으로 퍼져 나갔고, 피부는 응고된 우유 덩어리처럼 쭈글쭈글 주름지기 시작했으며, 그 위로 검버섯들이 얼룩덜룩 자리를 잡았다.

"아니야⋯⋯. 학장이⋯⋯ 이건 다 학장이 만들어 낸 거야⋯⋯."

소피가 숨이 넘어갈 듯 다급한 목소리로 외쳤다. 하지만 나무 그루터기에 앉아 있던 에블린의 모습은 더 이상 보이지 않았다.

아가사는 테드로스 옆으로 바짝 다가갔고, 두 사람은 소피를 향해 황금 불빛 손가락을 들어 올렸다. 물결치던 소피의 금발은 뭉텅이져 떨어졌고, 그녀의 등은 둥글게 부풀어 올라 커다란 혹이 되었다. 매끈하던 두 다리는 뼈만 남아 앙상한 모습이 되어 버렸다.

아가사는 고개를 저었다. 동정과 분노가 줄다리기하듯 양쪽에서 그녀의 마음을 잡아당겼다.

"너였어. 다 네가 한 짓이었어."

"미안해⋯⋯. 전부 다⋯⋯. 하지만 이건 내가 아니야."

소피가 고통에 몸부림치며 눈물을 흘렸다.

"소피, 여기는 네가 있을 곳이 아니야. 우리는 헤어져야 행복해질 수 있어."

아가사가 눈물로 뿌옇게 흐려진 두 눈으로 소피를 바라보며 말했다.

테드로스가 깜짝 놀라 공주를 바라보았다.

"아가사, 안 돼!"

소피가 비명을 질렀다.

'끝'이 다가왔음을 직감한 이야기꾼은 더욱 강하게 빨간 빛을 내뿜었다.

아가사가 잠시 머뭇거리는 사이에 소피의 이가 검게 변해 녹아내렸고, 머리카락은 더욱 빠르게 떨어져 내렸다. 아가사의 마음속에서 팽팽하게 균형을 이루던 분노와 동정이 어느새 괴로움으로 바뀌어 가고 있었다.

"아가사, 우린 평생 행복하게 살 수 있어. 하지만 지금은 해야 할 일이 있어."

테드로스가 아가사를 재촉하듯 말했다.

아가사는 눈물이 그렁그렁한 눈으로 고개를 끄덕였다.

"내 말을 믿어 줘!"

소피가 마지막으로 간청했다.

"그럴 수 없어, 소피. 난 더 이상 널 믿지 않아."

아가사가 테드로스의 손을 잡으며 대답했다.

"안 돼!"

소피는 울부짖으며 아가사를 향해 달려가려 했지만, 날카로운 고통에 결국 무릎을 꿇고 쓰러지고 말았다.

아가사는 테드로스의 손을 더욱 꼭 붙잡았다. 소피는 고통스러운 비명과 함께 더욱 쭈그러들었고, 무사마귀가 돋은 대머리는 빛을 받아 번쩍였다. 사악한 노파의 울퉁불퉁한 얼굴이 두 사람을 향하고 있었다.

"지금이야, 아가사."

테드로스가 그들을 향해 기어 오는 소피를 바라보며 말했다.

"아가사, 난 그렇게 되고 싶지 않아. 우리 엄마처럼 끝나고 싶진 않다고!"

소피가 쪼글쪼글해진 앙상한 손을 들어 그녀의 유일한 친구를 향해 뻗었다.

아가사는 깊은 슬픔이 어린 표정으로 소피를 바라보았지만, 이내 고개를 돌렸다.

소피는 믿을 수 없다는 표정으로 친구를 보았다. 아가사가 테드로스에게 다가가 그의 품에 안기고 있었다.

"안 돼…… 그것만은……"

소피는 숨이 막히는 듯 헐떡거리기 시작했다.

"영원히 함께!"

테드로스의 파란 두 눈이 맹세를 하듯 반짝였다.

왕자를 소원하는 아가사의 마음이 이번만큼은 자신의 목소리를 믿어야 한다고 간절하게 소리치고 있었다. 마음의 소리는 그녀의 심장이 뛸 때마다 점점 커져 갔다.

아가사는 마침내 그 소리를 따르기로 했다.

"영원히 함께."

테드로스가 그녀의 뺨을 감싸고 입을 맞췄다. 두 사람의 입술이 처음으로 맞닿는 순간이었다. 아가사는 정신이 몽롱해졌다. 밝은 빛이 그녀의 혈관을 타고 흐르는 것 같았다. 테드로스의 온기가 전해지는 순간, 소피의 짐승 같은 울부짖음은 그녀의 귀에서 점점 멀어졌고, 어느 순간 완전히 들리지 않게 되었다. 아가사는 테드로스를 더욱 꼭 껴안았다. 심장이 공중으로 붕 떠오르는 기분이었다. 시간이 그대로 멈춘 듯했고, 두려움은 어느새 재가 되어 사라졌다. 그녀는 마침내 영원한 행복을 찾았다. 누구도 빼앗아 갈 수 없는 결말에 이른 것이다…….

잠시 후 두 사람의 입술이 떨어졌다. 왕자와 공주는 숨을 헐떡이며 서로를 품에서 떼어 놓았다. 두 사람은 달빛 아래 펼쳐진 이야기책을 향해 고개를 돌렸다. 두 사람의 맹세의 키스가 마지막 페이지를 화려하게 장식했고, 마녀의 모습은 더 이상 보이지 않았다. 그리고 색색의 그림 아래에 마지막 단어가 쓰여 있었다.

끄

날카로운 펜촉 바로 아래에 에블린 새더의 손가락이 있었다. 그녀는 물렛가락에 손가락을 찔린 숲속의 미녀처럼 손가락 끝에서 피를 흘리고 있었다.

그녀의 손가락이 'ㅌ'을 쓰지 못하도록 막은 것이다.

아가사는 천천히 아래쪽으로 시선을 돌렸다.

쭈글쭈글한 대머리 마녀가 풀밭에 무릎을 꿇고 눈물범벅이 된 얼굴로 그녀와 테드로스를 바라보고 있었다. 순간, 마녀의 모습이 녹아내리더니 순식간에 젊고 아름다운 소피의 모습이 다시 나타났다. 하지만 그녀는 이미 배신당하고 상처받은 가련한 소녀가 되어 있었다.

아가사는 심장이 철렁 내려앉았다. 그녀가 저버린 친구는…… 여전히 그 자리를 지키고 있었다. 조금 전 두 사람의 키스는 그녀를 집으로 돌려보내지 못했고, 이제 그 친구는 아무도 없이 홀로 남겨졌다.

하지만 소피의 두 눈은 더 이상 아가사를 향해 애원하지 않았다. 물론 그 안에는 용서의 빛도 존재하지 않았다. 그녀는 마치 이 검은 머리의 공주를 전혀 알지 못한다는 듯이 무표정한 얼굴로 아가사와 거리를 두고 있었다.

아가사가 고개를 들어 학장을 바라보았다. 불길한 기운이 걷잡을 수 없이 커져 갔다.

"마녀 증상을 만들어 내고, 그걸 아무것도 모르는 불쌍한 여자애한테 뒤집어씌우는 건 학장에게 어울리지 않는 행동이라고 생각하는 사람도 있겠지. 하지만 난 좋은 결말을 위해서라면 뭐든 할 수 있단다."

에블린 새더가 천진한 웃음을 터뜨렸다. 나비들은 그녀의 손가락 위에서 발버둥 치는 이야기꾼을 끌어내 공중에 단단히 붙잡아 두었다. 마침내 한 손이 자유로워진 학장은 손끝에 맺힌 핏방울을 입으로 쪽 빨아낸 뒤, 나비들에게 포위된 이야기꾼을 바라보았다.

"결말이란 게 참 우습지? 이야기꾼이 '끝'을 다 써야만 이야기가 끝이 난다니 말이야. 그런데 너희들도 보다시피, 여긴 글자 하나가 빠졌어. 아직 이야기가 '끝'나지 않았다는 뜻이지."

에블린이 아가사를 향해 미소를 지었다.

"왕자님과 공주님은 자신들이 원하는 결말에 이르렀으니, 이제 소피에게도 기회를 줘야 하지 않을까? 이건 이 아이의 이야기이기도 하니까."

소피가 커다란 에메랄드빛 두 눈으로 학장을 올려다보았다.

"펜을 우리에게 줘요."

테드로스가 칼을 뽑으며 소리쳤다.

하지만 에블린이 손가락을 들어 그를 가리키자, 버드나무 가지가 그를 붙잡아 나무 기둥에 단단히 묶어 버렸다.

"대체 무슨 짓……."

테드로스가 발버둥 치며 목소리를 높이자, 가지는 그의 입마저 막아 버렸다.

"아가사, 너도 알겠지만 나의 나비들은 너희 두 사람을 이 학교로 안내했단다. 내가 이 이야기의 결말에 너무나 잘 어울리는 소원을 들었기 때문이지. 그런데 말이다, 내 마음에 들었던 건 네 소원이 아니었어. 소피의 소원이었지."

학장이 아가사의 주변을 빙글빙글 돌며 말했다.

"뭐…… 뭐라고요?"

소피가 더듬더듬 외쳤다.

"그래, 너도 소원을 빌었잖아! 기억 안 나니?"

나비 한 마리가 학장의 드레스에서 떨어져 나오더니, 날개에서 네온 불빛을 뿜어내며 익숙한 목소리를 쏟아 내기 시작했다.

"한 번만 다시 볼 수 있으면 좋겠어. 엄마를 만날 수만 있다면 뭐든 할 텐데!"

소피가 했던 말이었다.

아가사도 기억이 났다……. 그날 무덤 근처에서…… 두 사람은 서로를 꼭 껴안고 있었다…….

"엄…… 엄마라고요?"

소피의 얼굴이 갑자기 환하게 밝아졌다. 하지만 그 빛은 금세 시들어 사라졌다.

"저희 엄마는 돌아가셨어요……. 죽은 사람을 되살릴 방법은 없잖아요…….."

"얘야, 넌 지금 네 이야기 속에 있잖니. 소원은 아주 강력하단다. 특히 그 소원을 위해 뭐든 할 수 있다는 마음을 가지고 있다면 더욱 그렇지!"

학장이 달콤한 목소리로 유혹하듯 말했다.

아가사는 심장이 멎는 것 같았다. 그녀는 딱부리눈을 휘둥그레 뜨고 학장을 빤히 바라보았다.

"악당은 늘 그곳에 있었다. 다만 그 모습을 감추고 있었을 뿐……."

하지만 악당은 소피가 아니었다. 에블린 새더도 아니었다. 악당은…….

"안 돼!"

아가사가 소피를 향해 달려가며 소리쳤다.

"소피, 하지 마! 학장이 널 이용해서……."

순간 버드나무 가지가 그녀를 낚아채 왕자의 옆에 묶고 입을 막았다.

아가사는 가지를 입에 문 채 계속해서 소리를 질렀지만, 소피는 그녀의 목소리에 귀 기울이지 않았다.

"어떻게 하면 되죠?"

소피가 학장을 바라보며 물었다.

에블린 새더는 몸을 기울여 기다란 손톱으로 소피의 뺨을 어루만졌다.

"소피, 그냥 진심으로 소원을 빌기만 하면 된단다. 엄마를 다시 만나기 위해서라면 어떤 대가도 치르겠다는 그 마음만 확실하면 돼."

아가사는 더욱 거칠게 발버둥 치며 소리 질렀지만, 알아들을 수 있는 말은 하나도 없었다.

"어떤 대가를 치러야 하는데요?"

소피가 이마를 살짝 찌푸리며 물었다.

"아가사는 왕자와 키스했어. 널 영원히 이곳에서 몰아내려고 말이다. 심지어 넌 그 광경을 지켜보고 있어야 했지. 이제 네 곁에는 아무도 없어. 왕자도 없고, 친구도 없고, 아빠도 없지. 집에 돌아가 봐야 어차피 널 기다리는 사람은 없어. 믿을 사람은 아무도 없는 거지."

에블린이 음울한 표정을 지으며 말했다.

풀이 죽은 소피가 더욱 절실한 눈빛으로 학장을 바라보았다.

"상황이 이런데, 널 사랑하는 유일한 사람을 보기 위해서라면 어떤 대가든 치를 수 있지 않겠니?"

에블린이 부드러운 목소리로 소피를 어르듯 말했다.

소피는 꼼짝도 하지 않았다. 그녀의 등 뒤에서는 재갈을 문 아가사의 알아들을 수 없는 외침이 계속 들려오고 있었다.

"진짜로 엄마를 다시 볼 수 있어요?"

소피가 물었다.

"아가사의 소원과 마찬가지로, 네 소원도 이 이야기를 끝낼 수 있단다. 넌 그저 진심으로 소원을 빌기만 하면 돼."

에블린이 대답했다.

버드나무 가지에 묶인 아가사는 온 힘을 다해 몸을 비틀었고, 날카로운 가지는 그녀의 팔에 깊은 상처를 냈다.

"준비됐어요."

소피가 마른침을 삼키며 고개를 끄덕였다.

에블린은 이를 드러내고 싱긋 웃으며 자신의 가슴 위에 두 손을 올렸다. 그리고 바로 그곳에서 파란색 긴 빛줄기를 끄집어냈다. 파란 빛은 어두운 밤하늘을 환하게 밝혔고, 순간 학장의 드레스에 있던 나비들이 모두 새빨간색으로 바뀌기 시작했다.

아가사는 공포에 질려 울부짖었지만, 소피의 시선은 파란색 빛줄기에 고정되어 있었다. 빛은 빠르게 소용돌이치며 둥그런 공 모양이 되더니 공중에 매달린 듯 제자리를 뱅글뱅글 돌기 시작했다.

"이제 눈을 감고, 네 소원을 말해 보렴."

학장이 부드러운 목소리로 말했다.

소피는 두 눈을 감았다.

"엄마를 다시 볼 수 있다면 뭐든 하겠어요."

그녀는 아가사의 비명을 애써 외면하며, 쉰 목소리로 소원을 말했다.

"진심을 담아야 해. 진심으로 빌어야 소원이 이루어진다."

학장의 얼굴은 어느새 늑대처럼 사납게 변해 있었다.

소피는 이를 악물었다.

"엄마를 다시 보게 해 주세요. 뭐든 다 할게요."

순간 주변이 고요해졌다. 아가사의 웅얼거림조차 들리지 않았다.

소피는 질끈 감았던 눈을 살며시 뜨고 주위를 둘러보았다. 공중에 붕 떠서 뱅글뱅글 돌던 공 모양의 빛 덩어리가 새파란 불빛을 사방으로 뿜어내고 있었다. 퍼져 나간 빛은 조금씩 자리를 바꾸며 뭉치더니, 익숙한 형체를 갖춰 가기 시작했다. 소피는 뒷걸음질 쳤다. 사람 모양의 유령이 천천히 모습을 드러내고 있었다. 감청색 풀밭 위로 공중에 붕 뜬 고운 맨발 두 개가 나타났다. 소피는 천천히 고개를 들었다. 부풀어 오른 파란색 드레스, 소매 밖으로 빠져나온 창백하고 가느다란 두 팔, 백조같이 길고 하얀 목…… 그리고 그녀와 꼭 닮은 얼굴이 보였다. 전혀 늙지 않은 깨끗한 피부, 작고 동그란 코, 차가운 초록색 눈동자까지 그녀는 마치 거울을 보는 것만 같았다. 유령은 사랑이 가득 담긴 눈빛으로 소피를 향해 미소 지었고, 소피는 그녀의 앞에 무릎을 꿇고 쓰러졌다.

"엄마? 정말 엄마 맞아요?"

그녀가 조용히 속삭였다.

"키스해 다오, 소피."

엄마의 목소리는 안개에 가려진 듯 아련했다.

"네 키스를 받으면 난 되살아날 수 있어. 그게 네가 치러야 할 대가란다."

"되살아……난다고요?"

소피가 더듬더듬 말했다.

그녀의 등 뒤에서는 아가사가 여전히 목청이 터질 듯 소리를 지르고 있었다.

"예전에 넌 친구의 키스를 받고 되살아난 적이 있었지. 사랑의 키스였어. 하지만 그 결말은 오래가지 못했지. 이젠 네 차례란다. 진정한 너의 사랑을 찾아야 할 때야."

소피의 엄마가 말했다.

"하지만 아무도 날 사랑하지 않아요. 아가사도 날 사랑하지 않는 걸요."

소피가 한탄하듯 속삭였다.

"난 너를 사랑한단다, 소피. 하지만 넌 나처럼 되지 않을 거야. 왜냐하면 아가사보다 훨씬 더 널 사랑하는 사람이 있기 때문이지. 그 사람은 진짜 너의 모습을 있는 그대로 사랑한단다."

엄마가 다정한 목소리로 말했다.

아가사는 입을 틀어막은 버드나무 가지 껍질을 미친 듯이 씹어 대기 시작했다.

"그 사람이 엄마예요? 엄마가 내 진정한 사랑이에요?"

소피가 두 눈을 동그랗게 뜨고 물었다.

"그냥 내 말을 믿어 보렴."

엄마가 미소를 지으며 대답했다.

"그럼요. 난 엄마를 믿어요. 내 진짜 모습을 아는 사람은 엄마뿐인걸요."

소피의 두 눈에 눈물이 차올랐다.

"그렇다면 나에게 키스해 다오, 소피. 중간에 멈추면 안 된다. 키스를 멈추면, 네가 진정한 사랑을 찾을 수 있는 마지막 기회가 사라져 버린단다."

소피의 엄마가 경고하듯 말했다.

아가사는 턱에 더욱 힘을 주고 가지를 물어뜯었다. 조금만 더 하면 부러뜨릴 수 있을 것 같았다.

소피는 엄마의 모습을 한 유령에게 한 발자국 다가갔다. 심장이 튀어나올 듯 쿵쾅거렸다.

그때 아가사의 입을 막고 있던 가지가 마침내 쪼개지기 시작했다.

"어서, 소피. 너무 늦기 전에!"

엄마가 다시 말했다.

"소피, 안 돼!"

버드나무 가지를 뱉어 낸 아가사가 소리쳤다.

하지만 소피는 이미 엄마의 입술에 입을 맞추고 있었다. 점점 힘을 잃어 가는 달빛 속에서, 소피의 얼굴이 조금씩 부드러워져 갔다. 그녀는 굳은 믿음으로 가득 차 있었다. 이제 행복이 찾아올 것이다……. 그녀의 첫 키스가 마침내 그녀에게 어울리는 결말을 가져다줄 것이다…….

갑자기 소피의 입술에 차가운 기운이 느껴졌다. 소피는 눈을 뜨고 유령 엄마의 얼굴을 바라보았다. 엄마는 마치 수천 살은 먹은 노인이 된 듯 쪼글쪼글하게 변하고 있었다. 엄마의 피부는 썩어 문드러져 구더기를 쏟아 냈고, 머리에는 얽은 자국이 빼곡하게 자리 잡았다. 깜짝 놀란 소피는 입술을 떼려 했지만, 순간 엄마의 경고가 떠올랐다. 그녀는 사랑을 기도하며 그 차가운 입술에 자신의 입술을 더욱 꼭 포갰다. 다시는 떠나지 않을 사랑, 친구나 왕자의 사랑보다 더 깊은 사랑이 찾아올 것이다. 무너졌던 피부가 천천히 다시차오르고 하얀 대리석처럼 팽팽하게 굳어졌다. 유령 같던 희뿌연빛이 사라지면서 피부는 점점 젊어졌다…….마침내 익숙한 얼굴을 알아본 소피가 깜짝 놀라 휘청거리며 뒤로 물러섰다. 그녀의 입술이 남자의 입술에서 떨어졌다.

하얀 맨발이 바닥을 딛고 섰다. 감청색 풀들이 그의 발가락을 간질였다. 헐렁한 파랑색 가운을 걸친 교장이 고개를 들고 마스크를벗었다. 티 하나 없이 유령처럼 창백하기만 한 젊은이의 조각 같은얼굴과 새하얗고 숱 많은 머리카락이 옅은 달빛 아래 모습을 드러냈다.

나무에 묶인 아가사와 테드로스는 두 손을 꼭 맞잡고 숨죽여 그를 지켜보았다.

소피는 고개를 들고, 되살아난 교장을 바라보았다. 그는 지금껏만난 그 어떤 남자보다 아름다웠다.

"당신이…… 이게 다…… 당신이 꾸민…….."

"너를 위해서 한 일이지."

교장이 속삭이며 얼음처럼 차갑고 긴 손가락으로 그녀의 뺨을쓰다듬었다.

"내가 말했잖니, 소피. 넌 내 거라고 말이다."

"그 사람은 안 돼!"

아가사가 소리쳤다.

"그 사람은 악인이야, 소피! 순수한 악인! 아직 되돌릴 수 있어.아직 끝이 아니야!"

소피는 마침내 고개를 돌려 아가사를 바라보았다. 소피의 두 눈에서는 눈물이 흘러내리고 있었다. 공포에 사로잡힌 아가사의 눈에 원한에 찬 악당의 모습이 비쳤고, 이 모습을 보는 순간 모든 일이 실감나기 시작했다. 소피는 고개를 저었다. 가슴이 찢어질 듯 아팠다. 아가사의 말이 옳았다. 여기서 멈춰야 한다. 이 악인을 거부하고 자신이 저지른 잘못을 바로잡아야 한다.

그때 그녀의 시선이 친구의 손으로 향했다. 강하고 따뜻한 왕자의 손이 아가사의 작은 손을 감싸고 있었다.

그 순간 소피는 깨달았다. 더 이상 그녀에게 아가사는 없다.

교장은 자신의 딱딱하고 차가운 품으로 소피를 끌어당겼다. 소피는 그의 손길을 거부하지 않았다.

그 모습을 본 아가사의 얼굴이 그 어느 때보다 창백해졌다.

"전 이제 어떡하죠?"

떨리는 목소리가 들려왔다.

교장이 고개를 돌려 초조한 표정으로 얼굴을 붉히고 있는 에블린 새더를 바라보았다.

"교장 선생님께서 시키신 대로 선생님의 진정한 사랑을 되찾아 왔습니다."

그녀가 자랑스럽게 말했다.

"그렇군요. 교수님 오빠의 예언이 맞았어요. 교수님이 이 일을 꽤 잘해 낼 거라고 말씀하셨죠. 나의 진정한 사랑을 무사히 데려와 주는 일 말이에요."

교장이 차가운 파란 눈으로 그녀를 바라보며 웃음 지었다.

교장의 말에 에블린 역시 미소로 답했다. 하지만 이내 그녀의 얼굴에 변화가 일어나기 시작했다. 빨갛게 타오르는 교장의 두 눈이 그녀의 눈을 점점 깊이 파고들었다. 에블린은 심장이 멈춰 버린 듯 두 손으로 가슴을 움켜쥐었다. 그녀는 숨을 쉬지 못해 괴로워하고 있었다.

"이제 교수님이 할 일은 끝났습니다."

교장이 소피를 더욱 꼭 움켜잡으며 말했다.

에블린은 그대로 바닥에 쓰러졌다. 그녀의 몸은 수천 마리의 죽은 나비가 되어 파란 숲을 새빨갛게 물들였다. 이야기꾼을 붙잡고 있던 나비들 역시 쪼글쪼글 말라비틀어져 바닥으로 곤두박질쳤고, 자유의 몸이 된 이야기꾼은 교장의 손 위로 툭 떨어졌다.

교장은 나무에 함께 묶여 있는 아가사와 테드로스를 바라봤다.

"어디까지 했더라?"

그가 이야기꾼을 풀어놓자 펜은 공중에서 몸을 한 바퀴 돌리더니, 끝을 맺지 못한 이야기책을 향해 달려갔다. 마법의 펜이 아가사와 테드로스의 키스 장면 아래 쓰려 했던 글자를 깨끗이 지우자, 텅 빈 새로운 페이지가 생겨났다. 이야기꾼은 그 위에 소피와 교장의 키스 장면을 화려하게 그려 넣었다. 그리고 조금 전 마무리하지 못한 한 글자를 다시 한 번 굵직하게 쓰기 시작했다.

끝

"소피, 안 돼!"

아가사가 울부짖듯 소리쳤다.

이야기꾼이 마지막 획을 긋고 작업을 마치자, 이야기책은 스스로 입을 다물고 사뿐히 풀밭 위에 내려앉았다.

아가사는 천천히 눈을 들어 교장을 보았다. 한 팔로 소피의 허리를 끌어안은 교장이 음흉한 눈빛으로 아가사를 보고 있었다.

"하나……."

그가 미소를 지으며 입을 열었다.

파란 숲 위로 보이는 두 학교 건물이 갑자기 썩어 들어가듯 시커
먼 색으로 변했다. 두 학교는 어디가 어디인지 구분할 수 없을 정도
로 모두 어둡고 무시무시한 건물이 되었다. 예전 악의 학교보다 더
소름 끼치는 모습이었다.

"둘……."

하프웨이 다리의 파손 부위가 순식간에 복구되고, 남학생과 여
학생 들이 상대를 향해 무기를 겨누며 돌진하기 시작했다. 전쟁이
시작된 것이다.

교장이 아가사를 향해 마지막 웃음을 보였다.

"셋!"

아가사의 몸이 하얀 빛으로 일렁이더니, 조금씩 사라지기 시작
했다.

"잠깐!"

테드로스가 재갈을 입에 문 채 소리쳤다.

"집으로 돌아가는가 봐!"

아가사가 비명을 지르는 순간에도 그녀의 몸은 계속해서 사라지
고 있었다.

"소피의 키스야. 그것 때문에 내가 집으로 가게 된 거야."

아가사가 고개를 돌려 소피를 바라보았다. 마을 종탑의 종소리
가 들려왔다. 소리는 조금씩 가까워지고 있었다.

"소피, 나 좀 도와줘. 여기 남아 있게 해 줘! 내 손을 잡아. 그럼
나도 여기 남을 수 있을 거야!"

하지만 소피는 교장의 곁을 떠나지 않았다. 그녀의 눈에 비통한

눈물이 차오르고 있었다.

"선택받은 사람은 나야, 아가사. 넌 아니야."

소피가 낮은 목소리로 말했다.

아가사는 공포에 떨며 울음을 터뜨렸다. 그녀의 몸 대부분이 투명하게 변해 있었다.

"너의 저 소중한 친구한테 내가 갚을 빚이 좀 있단다."

교장이 소피의 안색을 살피듯 조심스럽게 그녀를 바라보았다.

"예전에 아가사가 내 진정한 사랑을 나에게서 빼앗아 갔거든."

교장은 바닥에 떨어져 있던 엑스칼리버를 집어 들었다. 공포에 질린 테드로스는 있는 힘껏 몸부림을 쳤지만 버드나무 가지는 그를 놓아주지 않았다.

아가사는 충격에 빠져 숨을 쉴 수 없었다.

"아주 적절한 결말이야."

교장이 엑스칼리버를 유심히 바라보며 사색에 잠긴 듯 나직한 목소리로 중얼거렸다.

"아들이 아버지의 칼에 목숨을 잃는 것 말이다."

교장은 빨갛게 타오르는 두 눈으로 왕자를 노려보며 칼을 높이 치켜들었다.

"안 돼!"

빛 속으로 사라지던 아가사가 비명을 질렀다.

칼날이 테드로스의 셔츠를 스치는 순간, 아가사는 왕자의 손을 낚아채듯 붙잡았다. 날카로운 칼은 바람 소리를 내며 허공을 갈랐고, 테드로스는 아가사의 팔에 안겨 그녀와 함께 일렁이는 빛이 되었다.

교장은 얼떨떨한 표정의 왕자와 함께 집으로 사라져 가는 아가사를 조롱기 가득한 눈으로 바라보았다. 그는 차가운 돌 같은 손으로 소피를 잡고, 공중으로 붕 떠올라 하늘에 떠 있는 탑으로 돌아갔다. 소피와 아가사는 마지막으로 서로의 눈을 바라보았다. 하지만 둘 중 누구도 상대의 이름을 부르며 울부짖지 않았다.

한때 서로를 사랑했던 두 소녀는 이렇게 각각 새로운 사랑의 품에 안긴 채 서로에게서 멀어져 갔다. 선은 선과 함께, 악은 악과 함께……

두 사람의 소원은 모두 이루어졌다.

제2부

선과 악의 학교

2

THE SCHOOL FOR GOOD & EVIL

왕자 없는 세상

《선과 악의 학교 1: 소피와 아가사》
삭제된 장면들

작가와의 대화

《선과 악의 학교 1: 소피와 아가사》
삭제된 장면들

《선과 악의 학교 1: 소피와 아가사》는 나의 첫 번째 작품이다. 난 소피와 아가사에 대해 쓸 수 있다는 사실에 너무 흥분했고(그냥 글을 쓴다는 사실만으로 너무나 황홀했다!), 넘치는 에너지와 의욕을 주체할 수 없었다. 그 결과 난 여섯 권 분량의 원고를 쏟아 내고 말았다. 편집자에게 제출한 《선과 악의 학교 1》의 초고는 최종본보다 150페이지 가까이 길었고, 나는 속도감 있는 사건 전개를 위해 결국 너무나 사랑하는 몇몇 장면을 삭제해야만 했다.

하지만 그 장면들이 영원히 사라진 것은 아니었다…….

비글과 보글

《선과 악의 학교 1》의 중반부쯤에서 교장은 소피와 아가사에게 수수께끼를 내고 그것을 풀도록 한다.

"악은 절대 가질 수 없고 선에게는 반드시 있어야 하는 단 한 가지…… 그것이 무엇이냐?"

아가사가 선의 학교에서 수수께끼에 대해 고민하는 동안, 소피는 다른 곳에서 자신만의 방식으로 답을 찾고 있었다. 이 부분이 첫 번째 삭제 장면이다. 주의할 점이 있다. 코를 막고 읽는 편이 좋을 것이다.

　놀랍게도 수수께끼를 푸는 데 있어서 더 앞서가는 사람은 소피
였다.

　그녀가 〈추한 외모 만들기〉 수업에서 1등을 하자, 초록 도깨비
사건으로 소피를 놀려 대던 목소리는 순식간에 잠잠해졌다. 게다
가 그녀는 황금 거위를 완벽하게 제압하고 다른 모든 학생의 탤런
트를 능가하지 않았던가! 악인 학생들은 야외 종탑을 향해 계단을
오르는 동안 초조한 눈빛으로 그녀를 바라볼 뿐 아무런 말도 하지
않았다. 종탑 꼭대기에 이르자, 카스토르가 뿔 달린 숫염소 두 마리
를 앞에 놓고 학생들을 맞이했다.

　"얘는 비글이고…….."

　그가 검은 줄무늬가 그려진 하얀 염소를 가리키며 말했다.

　"얘는 보글이다."

　카스토르가 하얀 줄무늬의 검은 염소를 향해 고갯짓했다.

　"오늘 과제는 이 두 염소가 서로를 공격하게 만드는 것이다!"

　학생들은 비글과 보글을 바라보았다. 두 마리 염소는 지푸라기
더미 위에 나란히 앉아 다정하게 서로 코를 비벼 대고 있었다.

　"둘이 너무 다정한데요."

　입을 헤벌리고 바라보던 호트가 말했다.

　"깜빡할 뻔했군! 얘들은 형제다."

　카스토르가 말했다.

　학생들은 두 염소를 싸움 붙이기 위해 카스토르가 가르쳐 준 부
하 길들이기 전략을 사용했다. 벡스는 명령하기 전략을 시도했다.
하지만 동물들은 악인의 말은 알아듣지 못했다. 라반은 조롱하기

전략을 선택했다. 그는 두 염소의 보금자리인 건초 더미를 발로 걷어찼지만, 염소들은 전혀 개의치 않는 듯 낮잠을 즐길 뿐이었다. 호트는 당근을 들고 가 그들을 뇌물로 매수하려고 했지만, 보글이 그를 붙잡아 누르고 있는 동안 비글이 여유롭게 당근을 먹어 치웠다. 헤스터는 괴롭히기 전략을 써서 둘의 머리를 붙잡아 박치기 시켰지만, 두 염소가 그녀보다 한 수 위였다. 비글은 그녀의 눈에 침을 뱉었고, 보글은 그녀의 발에 오줌을 싼 것이다. 학생들을 상대하느라 지치고 짜증이 난 염소들은 종탑 옥상을 뱅글뱅글 돌며 난쟁이 비즐을 뿔로 들이받기 시작했다("망할 염소들!" 난쟁이 비즐의 날카로운 비명이 쩌렁쩌렁 울려 퍼졌다).

"너희처럼 한심한 놈들은 난생처음 본다! 지난 200년 동안 이 학교에서 단 한 번도 우승자를 배출하지 못한 건 다 너희 같은 놈들 때문이야!"

카스토르가 노발대발하며 고함을 질렀다.

학생들은 모두 부끄러운 듯이 고개를 숙이고 발끝만 보았다.

"부하를 길들이기 위해서는 너희가 그들의 주인이라는 사실을 확실하게 인지시켜야 한다. 그렇게만 되면 그들은 너희 말에 무조건 복종하게 되어 있어! 자기 가족과도 피를 튀기며 싸우게 되지. 자, 이제부터 대부분의 동물에게 통용되는 몇 가지 방법을……."

카스토르의 설명은 계속되었지만, 소피는 귀를 닫고 교장의 수수께끼를 곱씹기 시작했다.

'악당은 절대 가질 수 없고 공주에게는 반드시 있어야 하는 것이 대체 뭘까?'

그녀의 머릿속에 제일 먼저 떠오른 것은 '룸펠슈틸츠헨'이었지만 그것은 모든 면에서 말도 안 되는 답이었다. 두 번째 후보는 '우아함'이었다. 하지만 사악한 여왕들 중에는 어렸을 때부터 훌륭한 가정교육을 받은 사람도 많이 있었다. 악당들은 피부 관리에 대해 전혀 아는 것이 없지만, 그렇다고 악당은 피부 관리 기술을 "절대 가질 수 없다"고 할 수는 없는 일이었다. 핑크색 드레스나 오이 주스도 같은 이유로 모두 답이 될 수 없었다.

'거참, 수수께끼 더럽게 못 푸네.'

어디에선가 낯선 목소리가 들려왔다.

'그러게. 엉망진창이군.'

또 다른 목소리가 대꾸했다.

소피는 자신을 빤히 바라보는 두 마리 염소와 눈이 마주쳤다. 황금 거위처럼 그들도 그녀의 생각을 들을 수 있는 모양이었다.

'그럼 답이 뭔데?'

소피가 물었다.

'공주한테는 있는데 악당한테는 없는 거? 쉽지!'

비글이 말했다.

'똥을 잘 밀어내는 장!'

보글이 말했다.

'의심스러우면 직접 한번 싸 봐.'

비글이 맞장구치며 말했다.

두 염소는 재미있다는 듯이 웃음을 터뜨렸다. 그때 비글이 배를 움켜쥐었다.

'당근 때문에 속이 부글거리네.'

'이 멍청아! 그러게 왜 그걸 먹냐?'

보글이 쏘아붙였다.

'차라리 그걸 족제비 녀석 엉덩이에 콱 쑤셔 넣었더라면……'

비글이 보글을 노려보며 말했다.

'너 때문에 나까지 속이 꼬이잖아.'

보글이 인상을 쓰며 말했다.

'엄마가 끓여 주는 차를 마셔야 진정이 될 것 같아.'

비글이 요란스럽게 가스를 뿜어냈다.

'이거 언제 끝나지? 똥 싸러 가고 싶은데!'

보글도 방귀를 뀌고는 냄새를 피하며 투덜거렸다.

소피는 코를 틀어막았다. 동물의 생각을 들을 수 있는 능력은 늘 그랬듯, 유용하기보다는 골칫거리에 가까웠다. 완벽하게 선한 공주들은 정말 이런 지저분한 것까지 다 참아 내야 하는 것일까?

'선인들은 먹을 거 많이 주는데.'

보글이 말했다.

'걔들은 예쁘고 깨끗하지.'

비글도 거들었다.

'수수께끼도 잘 풀고.'

보글이 다시 말했다.

'저 광대는 절대 못 풀걸.'

비글이 맞장구쳤다.

소피는 흠칫 놀랐다. 오늘 볼 화장을 너무 진하게 했나?

'멍청한 새대가리로는 그 수수께끼를 절대 풀 수 없지.'

비글이 다시 말했다.

'오이니 다이어트니 하는 것만 머릿속에 차 있으니까.'

보글이 덧붙였다.

'선인이 필요해.'

비글이 말했다.

'난 똥 싸는 게 더 급해.'

보글의 말에, 두 염소는 다시 메에 소리를 내며 웃어 대기 시작했다. 소피는 두 주먹을 불끈 쥐었다.

'대체 우리가 왜 여기 있는 거야?'

비글이 짜증을 내며 말했다.

'멍청한 악인들 때문이지.'

'남 참견하기 좋아하는 것들! 야, 우리가 왜 여기 있는 거냐?'

비글이 소리쳐 물었다.

'그래, 거기 광대! 왜 우릴 여기에 데려온 건데?'

보글도 소피를 향해 목소리를 높였다.

소피가 두 형제를 향해 고개를 홱 돌렸다.

'너희 둘 중 하나를 죽일 건데, 누굴 죽일지 결정해야 하거든.'

순간 염소들이 웃음을 멈췄다. 그들은 초조한 표정으로 서로를 바라보더니, 다시 소피를 향해 고개를 돌렸다.

'혹시…… 결정했어?'

비글이 갈라지는 목소리로 물었다.

소피는 고개를 끄덕였다.

'누구야?'

보글의 목소리가 떨리고 있었다.

소피는 미소를 지었다.

'둘 중에 약한 놈.'

'내가 더 세!'

비글이 재빨리 소리쳤다.

'아냐! 내가 더 힘 세!'

보글이 큰 소리로 울부짖듯 말했다.

'이 냄새나는 거짓말쟁이……'

그렇게 두 형제는 서로를 공격하기 시작했다. 시끄러운 울음과 함께 서로를 죽일 듯 덤벼든 것이다. 비글이 보글의 배를 들이받자 보글은 비글의 목을 물었다. 날카로운 뿔이 서로 부딪치고 깨져 나갔다. 소피는 고개를 돌리고 손가락으로 귀를 틀어막았다. 이제야 다시 수수께끼에 집중할 수 있게 되었다.

하지만 또 다른 문제가 생겼다. 모두가 그녀를 빤히 바라보고 있었던 것이다.

"너…… 쟤들을 싸우게 만든 거냐?"

카스토르가 어리둥절한 표정으로 물었다.

소피는 또다시 1등을 하고 말았다. 이제 몇 명만 더 앞지르면 헤스터를 제치고 캡틴이 될 수도 있었다. 헤스터는 즉시 작전을 개시했다.

"걔가 먹는 음식에 독을 넣는 거 어때?"

아나딜과 도트와 함께 쿵쾅거리며 방으로 들어서던 헤스터가 말했다.

"뭘 먹어야 말이지."

아나딜이 대답했다.

"그럼 립스틱에 독을 섞을까?"

헤스터가 다시 제안했다.

"침대에 독거미를 넣는 건?"

아나딜도 거들었다.

"그런 짓을 했다가는 파멸의 방에 몇 주는 갇혀 있어야 할걸!"

도트가 걱정스러운 표정으로 말했다.

"방법은 상관없어. 어떤 대가를 치르든 저 간사한 녀석을 없애 버리고 말겠어!"

헤스터가 위협적인 목소리로 중얼거렸다.

아가사의 깨달음

아가사가 더비 교수에게 속아서 마법의 힘으로 아름다워졌다고 생각한 사건 이후, 그녀는 미소를 짓는 단순한 행동이 내면에 있는 무엇인가를 일깨웠다는 사실을 깨닫는다. 삭제 장면 중 단 하나를 선택해《선과 악의 학교 1》에 포함시킬 수 있다면, 난 바로 이 장면을 선택할 것이다. 아가사는 지금까지와는 전혀 다른 방식으로 선과 악의 학교를 보게 되고, 이를 통해 새로운 깨달음을 얻는다.

아가사는 미소 속에서, 선과 악의 학교에서 가르쳐 준 그 어떤 주문보다 강력한 힘을 발견했다. 하룻밤 사이에 오만한 표정과 가시 돋친 말들이 모두 사라졌다. 사람들은 입을 떡 벌린 채 그녀를 바라보거나 당황한 표정으로 수군거렸다. 그녀의 마법 같은 미소를 흉내 내는 여학생들도 있었다. 달라진 것은 다른 사람들뿐이 아니었다. 그녀 역시 자신의 마법에 제대로 걸려들었던 것이다. 어느 날 교실을 향해 가던 아가사는 처음으로 수업 시간을 기다리고 있는 자신의 모습을 발견했다.

이러한 미묘한 변화들은 계속되었다. 그녀는 샤워를 하고, 몇 분 정도 시간을 내어 머리를 빗고, 교복을 다리고, 신발에 광을 내는 일들이 더 이상 두렵지 않았다. 더비 교수가 '미녀가 야수를 구원해야 하는 이유'에 대해 설명할 때에는 "야수"라는 단어가 등장해도 단 한 번도 얼굴을 붉히지 않았다. 무도회 리허설을 할 때에는 너무나 열중한 나머지, 늑대 울음소리가 수업 끝을 알리는 순간 자기도 모르게 펄쩍 뛰기도 했다. 늘 마지못해 끙끙대며 하던 숙제들은 이제 하루도 거를 수 없는 영혼의 양식처럼 느껴졌다.

아가사는 선행의 도서관에 웅크리고 앉아《기사도적 사랑의 기쁨》이라는 책 속으로 푹 빠져들었다. 책에 따르면 왕자들은 무도회장에서 가장 아름다운 여자들과 은밀한 눈빛을 주고받으며 대화를 나누지만, 결국은 하나뿐인 "운명의 상대"를 선택하게 된다. 순수한 왕자는 딱 자기만큼 순수한 상대를 만나게 되고, 불순한 자들은 또 그들끼리 짝을 짓게 되는 것이다. 시간이 흐르면서 이 "운명의 상대"라는 표현은 너무 운명을 강조한다는 점 때문에 인기를 잃고 "진정한 사랑"이라는 표현이 사용되기 시작했다. 왕자들이 자신의 자유 의지에 따라 짝을 선택한다고 믿게 하기 위해서였다. 아가사는 역사 시간에 이와 관련된 내용을 공부한 적이 있었다. 최초의 무도회는 왕과 왕비가 아들의 의지를 믿지 못해서 탄생했다는 내용이었다. 왕과 왕비는 왕자를 시험하기 위해 '백 명의 무도회'라는 공식 무도회를 개최했다. 그들이 선택한 아흔아홉 명의 아가씨와 아들의 운명의 상대를 한자리에 초대하는 것이었다. 결과만 말하자면, 왕자들은 매번 이 숨겨진 보석을 실수 없이 찾아냈다. 그 여자가 가난하든 부자든, 아름답든 못생겼든 그들의 선택은 늘 운명의 상대를 향했다. 이 운명적 사랑에 대한 실험에 완전히 매료된 아가사는 통행금지 시간이 지난 후에 촛불을 켜고《목적의식을 가진 공주》라는 또 다른 책을 펼쳤다. 새를 구하기 위해 자신의 손가락을 스스로 베고, 타락한 왕과 결혼하지 않기 위해 차라리 얼굴에 상처를 내고, 진정한 사랑을 위해 목숨까지 버리는 여자 영웅들을 알게 된 그녀는 감정과 사명감으로 가득 찬 이들 이야기에 금세 푹 빠져 버렸다. 반면, 한때 악에 대해 느꼈던 너무나 강력한 매력은 그녀의 마음속에서 급속히 사그라졌다.

어느 순간부터 그녀는 소피가 없어도 바쁜 하루하루를 보내게 되었다. 키코가 트리스탄의 프러포즈를 받지 못할까 봐 걱정하자, 아가사는 기분 전환을 위해 그녀를 데리고 호숫가로 산책을 가는가 하면 한밤중에 몰래 꾸밈방에 숨어 들어가기도 했다. 함께하는 시간이 길어질수록, 아가사는 키코가 멍청한 아이가 아니라는 사실을 점점 확실히 알게 되었다. 그녀가 끊임없이 재잘거리고 남들 험담을 하는 것은 사실 불안감을 숨기기 위해서였던 것이다. 아가사가 남들과 어울리지 않고 툭하면 다른 사람에게 눈을 부라렸던 것과 같은 이유였다. 그동안 자신은 대체 얼마나 많은 사람을 오해하고 있었을까? 물론 베아트릭스와 그녀의 패거리들은 여전히 아가사에게 냉랭했다. ("개 코 수술 한 거래." 베아트릭스는 이런 소문을 퍼뜨리고 다녔다.) 아가사는 만찬실 테이블에 둥그렇게 몰려 앉은 소녀들을 바라보았다. 미아, 테레즈, 마르셀라, 니콜라인, 카르멘 등등 소녀들은 달라진 것이 없었다. 하지만 아가사가 미소를 보이자, 그들은 마치 아가사가 기회를 주기만 기다렸던 것처럼 밝은 미소로 그녀에게 답했다. 심지어 남자아이들도 더 이상 그녀를 이상한 눈빛으로 흘끔흘끔 바라보지 않았다. 그들은 동물원의 원숭이들처럼, 자신을 바라보는 사람의 표정을 그저 그대로 흉내 냈을 뿐이었던 것이다.

아가사는 침대에 누워, 요정들이 무도회를 대비해 파란 숲을 별 모양 등불로 장식하는 모습을 바라보았다. 정말 아름다운 광경이었다. 그야말로 선만이 할 수 있는 일이었다. 몇 주 전이었다면 그녀는 결코 이런 생각을 하지 않았을 것이다. 하지만 하나부터 열까지 모든 것이 악하게만 느껴지던 이 학교가 이제는 마치 집처럼 편안했다. 아가사는 가발돈의 자기 방을 떠올려 보았지만, 어떤 향이 났는지 기억나지 않았다. 엄마 얼굴 어느 쪽에 털이 솟은 갈색 점이 있는지, 리퍼의 어느 눈이 검은색이고 어느 눈이 회색인지도 이미 가물가물했다.

그렇게 시간이 흘러, 무도회 이틀 전이 되었다.

도트와 벌들

독자들에게는 충격적인 일일 수도 있겠지만《선과 악의 학교 1》초반 원고에서 도트는 신입생이 아니었다. 그녀는 이미 한 번 낙제를 했지만, 노팅엄 영주인 아버지가 영향력을 발휘해 다시 한 번 기회를 얻었던 것이다. 도트는 소피의 동화 경연 대회 준비를 돕던 중 이러한 자신의 과거에 대해 밝히게 된다.

이번 장면은 소피가 동화 경연 대회에서 자신을 죽이려고 하는 마녀 룸메이트들의 계획을 밝히려고 노력하는 부분에서부터 시작한다.

소피는 〈악인의 역사〉 수업에 들어가지 않았다. 과제야 어떻게 되든 신경 쓸 바 아니었다. 그녀는 그 사악한 새더 교수를 다시는 보고 싶지 않았다. (새더 교수 때문에 그녀가 대회에 나가서 죽으면, 다시 보고 싶어도 어차피 못 보게 되겠지만!) 물론 수업을 빠진 데에는 다른 이유도 있었다. 그녀가 66호 방을 나간 후, 헤스터와 아나딜은 다른 사람들에게 들키지 않고 그녀를 죽일 계획을 세웠을 것이다. 혹시 방에 무슨 증거라도 남아 있지 않을까? 소피가 그들의 계획을 알아

내기만 하면, 그 덫을 피해 갈 수 있도록 테드로스가 도와줄 것이다. 그러려면 일단 그녀가 대회에 참여해야겠지만 말이다.

수업 시간에 몰래 복도를 돌아다니는 일은 결코 쉽지 않았다. 늑대들이 무단 결석생을 찾아 순찰을 돌았기 때문이다. 하지만 파멸의 방이 없어지고 난 후, 늑대들에게서는 예전같이 위협적인 분위기를 느낄 수 없었다. 의욕도 많이 꺾인 것 같았다. 소피는 통행금지 시간 이후 늑대들이 복도에서 고슴도치로 볼링 치는 모습을 보았다. 점심시간에는 나무 뒤에서 요정들과 수다를 떨었고, 늦잠을 자서 아침 점호에 늦은 적도 있었다. (덕분에 그날 두 학교 모두 일정이 미뤄지는 소동이 벌어졌다.) 소피는 심지어 청소 도구함에 숨어서 새더 교수의《저주의 역사》를 읽고 있는 늑대와 마주친 적도 있었다. 물론 말 안 듣는 악당을 잡으면 그들은 자신들이 이 학교의 규율을 수호하는 존재라는 사실을 학생들에게 강조하려는 듯, 전보다 더 큰 소리로 으르렁거리고 더 힘껏 채찍을 휘둘렀다. 소피는 그런 억울한 본보기가 되지 않기 위해, 신발을 벗고 발끝으로 살금살금 계단을 걸어 올라갔다. 그때 어디선가 진한 맥주 냄새가 풍겨 왔다. 신중하게 걸음을 옮기던 소피는 난간동자 사이로 아래를 내려다보았다. 늑대 네 마리가 복도에서 카드를 치며 술을 마시고 있었다. 그들은 이상한 낌새를 느꼈는지 고개를 들어 계단을 바라보았지만, 소피는 이미 자리를 떠난 후였다. 그녀는 재빨리 6층으로 올라가 한 손으로 유리 구두를 들고, 다른 한 손으로는 주머니를 휘저어 예전 방 열쇠를 꺼내 들었다.

조심조심 66호 방으로 들어간 소피는 문을 닫았다. 방 안은 한 치 앞을 볼 수 없을 정도로 어두웠다. 소피는 더듬더듬 횃불 받침대로 가 성냥을 찾아서 불을 붙였다. 순간 화들짝 놀란 그녀가 제자리에서 펄쩍 뛰어올랐다. 금박 장식 거울은 깨져서 산산조각 나 있었고, 그녀의 침대는 사라지고 없었으며, 침대가 있던 자리 바닥에는 벌건 색으로 글씨가 쓰여 있었다.

소피의 명복을 빕니다.
유행을 좇으며 살다가
동화 경연 대회에서 죽다.

소피는 숨을 헉 들이마시며 벽에 몸을 기댔다. 그때 무언가가 그녀의 머리카락을 쓱 스쳐 갔다. 고개를 들어 머리 위를 바라본 그녀는 자기도 모르게 비명을 지르고 말았다.

이곳저곳이 찢겨져 나간 그녀의 옷들이 마치 머리 잘린 시체들처럼 덜렁덜렁 매달려 있었다.

소피는 정신없이 구두를 신고, 뒤를 돌아보지 않으려고 애쓰며 유리 조각들을 피해 방 안쪽으로 들어갔다. 아나딜의 책상 위에는 쥐똥만 잔뜩 쌓여 있을 뿐 다른 것은 아무것도 없었다. 하지만 헤스터의 책상 위에는 손으로 자세하게 그린 파란 숲 지도가 펼쳐져 있었다. '중앙 공터'에는 동그라미 표시가 되어 있었고, 양쪽 나무 터널 입구에는 화살표가 그려져 있었다. 그리고 지도 한쪽 가장자리에는 아무렇게나 휘갈겨 쓴 문장들이 보였다.

가을1 - 우승: 파비언 - 형태 변형 괴물, 서리 거인(벡스 누나도 세 번째는 기억이 안 난다고 함)

봄1 - 우승: 파비언 - 늑대인간(모나의 오빠는 "인간늑대"라고 함), 새끼 용들, 불기둥

선과 악의 학교 2

소피는 인상을 찌푸렸다. 대부분은 새더 교수와 카스토르 교수 혹은 레소 부인 수업에서 들어 본 이름들이었다. 이전 대회에서 교장이 만들어 낸 괴물들인가? 만약 그렇다면, 소피는 피에 굶주린 악인들보다 이들을 먼저 걱정해야 할 판이었다.

헤스터의 책상 위에는 눅눅하고 빛바랜 도서관 책도 한 권 있었다. 제목은 《당신의 악마를 훈련시키는 방법》이었다. 소피는 모서리가 뾰족하게 접힌 페이지를 발견하고 책을 펼쳤다. 제일 위 두 문장에 밑줄이 그어져 있었다.

사람들이 저지르는 가장 큰 실수는 사람을 죽이는 데 자신의 악마를 이용하는 것이다. 악마는 살인할 수 있을 정도로 강하지 않다. 하지만 자르는 일에 이용하기에는 충분한데, 다시 말해서

다음 부분은 뜯겨져 나가 더 이상 읽을 수 없었다. 소피는 마른침을 삼켰다. 대체 무엇을 자른다는 말일까? 헤스터가 악마를 이용할 계획을 세우고 있는 건가? 소피는 혹시나 하는 마음으로 책을 흔들어 보았지만, 찢겨진 페이지는 책 안에 들어 있지 않았다. 헤스터가 그 페이지만 따로 가지고 다니는 것일까? 도서관에 가면 혹시 같은 책이 있지 않을까…….

그때 끙 앓는 소리가 들려왔다.

침대 아래에 누가 있었다.

소피는 문을 향해 고개를 획 돌렸다. 하지만 그녀가 도망가면 침대 밑에 숨은 자들이 그녀를 쫓아와 잡을 것이다. 소피는 공포로 온

몸의 감각이 마비되는 것 같았다. 심장은 금방이라도 폭발할 듯 거칠게 쿵쾅거렸다. 소피는 숨을 한 번 들이마신 뒤, 침대를 발로 확 걷어차 버렸다. 침대가 옆으로 들썩 밀려나자 그 아래에서 도트가 천천히 고개를 들었다.

"늑대가 들어온 줄 알았어."

"너 때문에 심장마비 걸리는 줄 알았잖아!"

소피가 소리쳤다.

"아깝네. 네가 쓰러지면 내가 부하 캡틴 정도는 될 수도 있었을 텐데."

도트가 한숨을 내쉬었다.

"도트, 여기서 뭐하는 거야?"

"대회와 관련된 수업은 더 이상 못 듣겠어. 너무 긴장된단 말이야."

도트가 훌쩍이며 대답했다.

"넌 대회 나가지도 않잖아, 멍청아!"

소피는 버럭 화를 내며 헤스터의 침대에 털썩 주저앉았다.

"지금 이 학교에 있는 사람들이 모두 나를 죽이려고 하는데……. 잠깐, 도트 너는 다 들었겠구나! 헤스터랑 아나딜이 대체……."

"난 몰라."

도트가 침대 아래에서 기어 나오며 대답했다.

"하지만 넌……."

"이 방에서는 그런 얘기 안 해."

도트는 아나딜의 울퉁불퉁한 매트리스에 기대어 앉았다.

"헤스터의 악마도 관련돼 있는 것 같고……."

"난 대회 얘기 듣기 싫어서 여기 숨어 있는 거라고."

도트가 조용히 말했다.

그녀는 깨진 거울 조각 하나를 집어 들어 초콜릿으로 바꾸려고 했지만, 손이 너무 떨려 아무것도 할 수 없었다.

"도트, 베인도 다른 독자 학생들처럼 낙제했다고 네가 말해 줬잖아. 그런데 그거 아니지?"

도트는 갑자기 온몸이 굳은 듯 뻣뻣해졌다.

"대회에서 죽은 거지?"

도트는 유리 조각을 더욱 꼭 움켜쥐었다.

"난 말 못 해!"

"베인은 우리 고향 마을에 살던 애였어. 대회에서 그 아이한테 무슨 일이 생겼는지 알면, 난 살아남을 수 있을지도 몰라."

소피가 애원하듯 말했다.

"말 못 한다고."

도트가 훌쩍이며 대답했다.

소피는 피가 흐르는 도트의 손을 잡고 부드럽게 상처 부위를 감싸 주었다. 도트가 고개를 들어 그녀를 바라보았다.

"제발 도와줘."

소피가 말했다.

도트의 눈에 눈물이 고였다.

"대신 아무한테도 얘기하면 안 돼! 걔들이 알면 나까지 죽이려고 할 거야."

"알았어! 약속할게."

도트는 눈물을 닦았다. 그리고 한동안 아무 말도 하지 않았다.

"사실 우린 네가 생각하는 것보다 닮은 점이 많아."

마침내 도트가 입을 열었다.

"스스로 예쁘다고 느끼는 걸 좋아하고, 이 학교에 잘 적응을 못하고 있고, 그리고……."

도트가 긴장된 목소리로 잠시 머뭇거렸다.

"남자를 좋아하잖아."

"남자 없는 인생이 무슨 의미가 있겠어?"

소피가 미소를 지으며 대꾸했다.

"하지만 그 부분에서 우린 많이 다르기도 해. 난 네가 좋아하는 부류의 애들은 별로거든."

소피의 두 눈이 휘둥그레졌다.

"너 혹시…… 베인을 좋아했니?"

도트가 고개를 끄덕였다.

"하지만 걔는 여자애들을 때리고 놀리고……."

"난 나를 막 대하는 남자가 좋아."

도트가 말했다.

"그랬구나. 베인을 좋아했어. 그럼 너희 둘이 같이 대회에 나갔어?"

소피는 이해하는 척 고개를 끄덕이고는, 재빨리 다음 질문을 이어 갔다.

"무슨 그런 말을! 그 당시 난 지금보다 더 형편없었어. 하지만 베인은 너랑 비슷했지. 누군가에게 잘 보이기 위해서 대회에 꼭 나가고 싶어 했어. 난 그래서 걔가 좋았어. 걔는 악인들도 사랑을 할 수 있다고 생각했거든. 나도 같은 생각이었고."

도트가 어색한 미소를 지어 보였다.

"걔도 널 좋아했던 거야?"

소피도 미소를 지으며 물었다.

선과 악의 학교2

순간 표정이 어두워진 도트가 고개를 저었다.

"걔가 좋아한 사람은 레티시아였어. 학교에서 제일 예쁜 선인이었는데, 베인을 향해 미소를 지었지. 엄청난 실수였어."

소피는 선행을 하는 차원에서 베인에게 미소를 지었다가, 그 대가로 수없이 꼬집히고 발로 차였던 기억을 떠올렸다.

"악인들은 대회 중에 베인에게 벌을 주려고 했어. 악인의 제1규칙을 어겼기 때문이지. 베인을 발가벗겨서 스팀프에 묶어 놓을 계획이었는데, 내가 그 계획을 베인한테 알려 주려고 해도 걔가 도통 듣질 않는 거야."

도트가 말했다.

"그래서 대회장에 몰래 들어갔어?"

소피가 물었다.

"너도 알겠지만, 늑대들은 보초 서는 일에는 영 꽝이거든. 난 다행히 아무한테도 안 들키고 숲에 들어갔지. 선인들이 흡혈 벌한테 쫓기고 있더라고. 흡혈 벌들은 단 걸 좋아하는데, 선인들의 피보다 더 단 건 거의 없거든. 악인들은 나무 위에 올라가서 식인 까마귀들을 죽이고 있었지. 난 베인의 빨간 불빛을 찾아다녔어. 마침내 파란 개울에서 그 아이를 찾았는데, 혼자서 도깨비 곰과 싸우고 있는 거야. 부상까지 당해서 항복 손수건을 막 던질 찰나였는데…… 내가 걔를 구해 줬어. 그리고 숨으라고 말했지. 악인 애들이 곧 잡으러 올 거라고 말이야."

도트의 얼굴 위로 눈물이 주르륵 흘러내렸다.

"그런데 베인은 내가 자기를 좋아하기 때문에 그런 말들을 꾸며 냈다는 거야. 그리고 이 세상에 여자가 나뿐이라고 해도 자기는 절대 나를 좋아하지 않을 거라고 했어. 난 울퉁불퉁한 두꺼비가 될 거

삭제된 장면들

고, 우리 아빠는 날 부끄러워 할 거고, 난 뚱뚱하고 멍청한 데다 아무짝에도 쓸모가 없다고 말했지. 한참 흥분해서 얼굴이 벌겋게 달아오른 베인이 내 얼굴에 침을 뱉었어. 그때 사람 목소리가 들리기 시작했지. 베인은 내가 자기 때문에 몰래 그곳에 숨어든 걸 모두가 알게 될 거라고 했어. 그러면 다른 아이들도 자기처럼 날 미워하게 될 거라고……. 난 너무 무서웠어……. 그래서…… 그래서…….”

“그래서 뭐?”

소피가 재촉하듯 물었다.

“난…… 그냥…….”

“어떻게 했는데?”

“내가…… 걔를…… 초콜릿으로…….”

도트는 우느라 말을 잇지 못했다.

무슨 말인지 몰라 잠시 어리둥절하던 소피의 얼굴이 갑자기 백짓장처럼 하얗게 변했다.

“베인을 초콜릿으로 바꿨다고?”

도트가 큰 소리로 울음을 터뜨리고 말았다.

“하지만 넌 되돌리는 방법도 알잖아……. 네가 아니면 교수님들이라도…….”

소피가 숨을 헉 들이마시며 말했다.

“단 걸 좋아한다니까…….”

도트가 두 손으로 얼굴을 감싸고 웅얼웅얼 소리쳤다.

“교수님들이?”

“초콜릿은 피보다 더 달잖아. 선인들 피보다 더 달잖아…….”

도트는 더욱 거칠게 어깨를 들썩였다.

소피는 고개를 절레절레 저었다.

"무슨 말인지…….."

순간 그녀의 두 눈에 불꽃이 번쩍였다.

"설마!"

도트는 두 손에 얼굴을 파묻은 채 고개를 끄덕였다.

"벌들이 베인을 먹었다고?"

소피가 비명을 질렀다.

"교수님들이 걔를 살리려고 했는데, 벌들이 다 먹어 치워서 남은 게 없었어."

도트는 경련을 일으키듯 온몸을 부들부들 떨었다.

"하지만 그게 사실이라면 널 이 학교에 그대로 둘 리가 없잖아. 교수님들이 벌을 내렸거나…… 아니면 낙제를 시켰어야지!"

소피의 말에 도트가 대성통곡을 하기 시작했다.

"너 낙제했어? 그럼 지금 어떻게 여기 있는 거야?"

소피가 한층 더 높아진 목소리로 말했다.

"내가 다른 사람들한테 말할 거라고 생각했거든!"

"다른 애들한테?"

소피의 목소리는 고함에 가까웠다.

"아니, 다른 사람들…… 다른…… 안 돼! 난 말 못 해!"

도트가 갑자기 말을 멈췄다.

"도트! 낙제한 학생은 어떻게 되는데!"

"말하면 난 심장이 멈출 거야. 그 사람이 비밀을 유지하도록 주문을 걸어 놨어."

도트가 울먹이며 말했다.

"누구? 누가 주문을 걸어?"

도트는 고개를 푹 숙이고 어깨를 들썩거렸다.

"내가 그 아이를 죽였어, 소피! 좋아하는 남자아이를 내 손으로 죽였다고!"

소피는 벽에 등을 붙이고 몸을 잔뜩 웅크렸다.

"넌 절대 대회장에 들어가면 안 돼! 결국 너도 내 꼴이 나고 말 거야. 악당은 사랑을 할 수 없어! 우린 사랑을 하기에는 너무 악한 존재들이니까!"

도트가 울부짖으며 말했다.

소피는 공포에 질린 얼굴로 고개를 저었다.

"무슨 말이든 해 봐, 소피."

도트가 훌쩍이며 말했다.

하지만 소피는 차마 그녀를 바라볼 수 없었다.

"우리 아직 친구…… 맞지?"

도트가 그녀를 향해 손을 뻗었지만 소피는 역겹다는 듯이 뒤로 물러섰다.

수업 끝을 알리는 늑대들의 울음소리가 탑 전체에 쩌렁쩌렁 울려 퍼졌다.

"가. 곧 헤스터랑 아나딜이 올 거야."

도트가 낮은 목소리로 말했다.

하지만 소피는 꼼짝도 하지 않았다.

"가라고!"

도트가 소리쳤다.

소피는 후들거리는 다리로 걸음을 옮겨 방문을 열었다.

"당장 테드로스에게 키스해. 너무 늦기 전에……."

등 뒤에서 나지막한 목소리가 들려왔다.

소피는 고개를 돌렸지만, 도트는 침대 밑에 몸을 숨긴 뒤였다.

작가와의 대화

〈선과 악의 학교〉라는 베스트셀러 시리즈 작가로 전 세계를 돌아다니며 많은 팬들을 만나셨습니다. 질문은 많이 받으십니까?

저는 기회가 있을 때마다 팬들을 만나는 것이 즐겁습니다. 네, 질문 많이 받지요! 직접 묻는 분도 계시고, 제 웹사이트 www.schoolforgoodandevil.com을 통해 글로 남기는 분도 계십니다. 책과 영화와 제 사생활에 대한 질문이 쏟아지는데요, 사이트에 올라온 질문만도 2000개가 넘습니다.

다른 질문에 비해 특별히 많이 받는 질문이 있나요? 팬들은 무엇을 가장 궁금해하는지, 그리고 그 답은 무엇인지 말씀해 주실 수 있을까요?

아이들은 모든 것을 알고 싶어 하지만, 그중 두 가지 질문이 가장 자주 나오더군요. 첫 번째 질문은 2부 《왕자 없는 세상》의 결말이 이 시리즈의 결말이냐는 것입니다. 다들 3부가 나올 것인지 걱정하시는 것 같은데, 솔직히 전 좀 놀랐어요. 2부의 결말로 이 시리즈를 마무리한다는 것은 저로서는 상상조차 할 수 없는 일이거든요. 너무 잔인하잖아요! 소피와 아가사를 그렇게 내버려 둔다면, 전 평생 작가 감옥에 갇혀 살아도 할 말이 없을 겁니다! 당연히 3부를 준비하고 있지요.

3부 제목은 무엇입니까? 어떤 내용인지 간단하게 말씀해 주실 수 있나요?

제목은《영원히 행복하게》(가제)입니다. 시리즈 중 가장 긴 책으로, 소피와 아가사가 헤어진 후 벌어지는 일을 다루고 있지요. 1부에서는 영웅과 악당의 구분이 명확했습니다. 아가사가 영웅이고 소피는 악당이었죠. 그런데 2부를 다 읽고 나면 그 구분이 좀 모호해집니다. 아가사가 정말 그렇게 선한 인물일까요? 소피는 악인이 될 수밖에 없는 운명일까요? 3부에서 이 두 소녀와 테드로스는 이러한 질문들에 답을 하고, 마침내 자신들의 운명과 마주합니다. 이번에야말로 그들의 동화에 진정한 결말이 찾아오는 것이죠.

이 작품을 쓰면서 1부와 2부에 작은 씨앗들을 정성껏 심어 놓았는데, 3부에 이르러서 그 씨앗들이 열매를 맺게 됩니다. 이 시리즈는 처음부터 3부작으로 구상되었지만, 사실 하나의 긴 이야기인 것이죠. 언젠가 이 3부작이 합쳐져서 한 권의 아름다운 하드커버로 탄생하기를 바랍니다. 한 번에 읽을 수 있도록 말이죠.

가장 많이 받으시는 첫 번째 질문에 대해 말씀하셨고, 두 번째 질문은 무엇입니까?

영화에 대한 겁니다. 모두가 영화에 대해 알고 싶어 하시더군요. 저희 어머니, 형, 조카, 치과 의사, 테니스 코치, 심지어 저희 집 우편배달부까지 저에게 질문을 하죠. 다들 조금씩 초조해지고 있는 것 같아요. 저도 이해합니다. 진행 속도가 워낙 느리죠. 특히 관련자들이 완벽주의자들일 때는 더 그렇게 될 수밖에 없어요. 하지만 영화는 나옵니다. 유니버설 픽처스에서 제작할 거고요, 〈말레피센트〉, 〈스노우 화이트 앤 더 헌츠맨〉, 〈이상한 나라의 앨리스〉, 〈엘라 인챈티드〉, 〈터크 에

버래스팅〉을 함께 제작한 조 로스, 제인 스타츠, 팔랙 파텔이 참여할 겁니다. 제 은사님이자 이제는 좋은 친구가 된 말리아 스캇치 말모(〈후크〉 시나리오 작가)와 제가 함께 시나리오를 썼는데, 정말 꿈같은 시간이었어요. 우리가 가장 좋아하는 장면들, 이 세계에 대한 우리의 애정을 시나리오에 모두 담았죠. 제 책의 팬들뿐 아니라 영화를 통해 이 시리즈를 처음 만나는 분들에게도 정말 훌륭한 전통 스타일의 장편 동화서사 영화가 될 겁니다.

하지만 영화를 만드는 일은 소설 쓰는 것보다 훨씬 많은 사람이 관여하는 공동 작업입니다. 그렇다 보니 그 결과물을 제가 전적으로 통제할 수는 없죠. (할 수만 있다면 전 기꺼이 그렇게 할 겁니다!) 하지만 저 혼자 만든 영화는 아닐지라도, 저는 작가로서 최대한 제작 과정에 참여하고 있어요. 또한 제 소설의 팬들이 세계 곳곳에 존재할 뿐 아니라 매우 열정적이라는 사실을 다른 참여자들에게 늘 주지시키고 있죠. 영화 제작 과정에서 저는 사실 작가라기보다는 제 팬들의 의견을 전달하는 대변인 역할을 한다고 생각해요. 제 팬들은 스스로를 선악인 군대라고 부르더군요. 팬들은 저에게 자신들의 요구 사항을 끊임없이 쏟아 냅니다. 너무 나이 든 배우를 쓰면 안 된다, 소피의 새 옷 패션쇼를 반드시 포함시켜야 한다, 동화 경연 대회는 엄청나게 무시무시한 분위기여야 한다, 그리고 무엇보다, 도트가 주변을 초콜릿으로 바꾸는 장면을 최대한 많이 넣어야 한다!

하지만 팬들이 가장 열렬하게 원하는 것은 바로 공개 캐스팅이에요. 전 세계 어린이들이 자신이 가장 좋아하는 인물로 오디션을 볼 수 있도록 하는 겁니다. 저는 팬들을 대신해서 이 의견을 분명하게 주장할 생각이에요. 오디션 비디오를 온라인으로 접수하든 혹은 현장 오디션을 보든, 독자들이 영화에 직접 참여할 수 있는 기회가 반드시 제공되기를 바랍니다.

독자들은 작가님이 왜 직접 영화를 감독하지 않는지 궁금해합니다. 작가일 뿐 아니라 영화감독이기도 하신데, 직접 감독을 맡으시면 책을 그대로 영화에 옮길 수 있지 않겠습니까?

그렇겠죠……. 대신 책은 더 이상 쓰지 못할 겁니다! 이번 영화는 워낙 규모가 큰 프로젝트인지라, 감독을 맡게 되면 저는 모든 에너지를 그 일에 쏟아부어야 할 거예요. 전 선택을 해야 했고, 글 쓰는 쪽을 택했습니다. 영화는 훌륭한 감독을 찾아서 맡기기로 결정했죠.

언젠가 이 시리즈 집필을 모두 마친 후에 저는 작은 아이디어에서 출발한 이야기로 새 책을 펴내고 그것을 제가 상상한 그대로 스크린에 옮기고 싶습니다. 하지만 그 전까지는 3부를 쓰는 데 집중해야겠죠. 독자들도 그러기를 바랄 겁니다.

영화 제작에는 시간이 많이 필요한데요, 팬들은 그동안 어디에서 영화에 대한 정보를 얻을 수 있을까요?

세계 곳곳의 팬들과 서로 소통하는 게 가장 좋은 방법이겠죠. www.schoolforgoodandevil.com 사이트를 자주 방문하는 것도요. 전 세계 독자들이 최신 소식을 바로 접할 수 있도록 일주일에 최소 세 번은 제가 직접 기록을 남기고 있습니다. SNS를 사용하시는 분이라면 트위터, 텀블러, 인스타그램, 페이스북, 그리고 유튜브에서도 저를 만나실 수 있죠.

책이 없으면 영화도 만들 수 없으니, 다시 책 이야기로 돌아가죠. 3부가 이 시리즈의 마지막 책이 될까요?

3부가 이 동화를 완성하게 될 겁니다. 소피와 아가사, 그리고 테드로스의 이야기에 결말이 지어진다고 할 수 있죠. 물론 세 명 다 살아남는다는 보장은 없습니다. 분명하게 말씀드릴 수 있는 것은, 3부의 마지막에는 더 이상 미결 사건이 존재하지 않을 것이라는 점입니다.《영원히 행복하게》(가제)는 그동안 설명되지 않았던 부분들을 모두 채우고, 바라건대 매우 만족스러운 결론에 이르게 될 겁니다.

하지만 그 결론이 과연 '끝'일까요? 저는 언젠가 다시 선과 악의 학교로 돌아갈 계획입니다. 그러니 영원한 '끝'이라고 할 수는 없겠죠. 전이 세계를 너무나 사랑하기 때문에 너무 오래 떨어져 있을 수는 없을 것 같습니다. 잠시 다른 일을 할 수는 있겠지만 이 학교와 이 세계에는 아직 수많은 이야기가 남아 있고, 저는 그 이야기들을 모두 쓸 날을 고대하고 있습니다.

3부에 대해 조금 더 말씀해 주실 수 있을까요?

1부에서 선과 악이 대결했고, 2부에서 남과 여가 대립했다면, 3부에서는 새로운 것과 오래된 것의 갈등이 펼쳐질 거예요. 대부분 사람은 이 단어들이 무슨 뜻인지 정확하게 알고 있다고 생각하죠. 하지만 조금만 더 깊이 들여다보면, 이 두 표현이 매우 인위적이라는 사실을 알게 됩니다. 젊다거나 새롭다는 것은 무슨 의미일까요? 늙었다 혹은 낡았다는 것은 또 무슨 뜻인가요? 두 극단 사이에 존재하는 영역은 없을까요?

《영원히 행복하게》(가제)는 영원의 숲에서 펼쳐지는 거대한 서사입니다. 하지만 다른 한편으로는, 각각 다른 목표를 가진 두 쌍의 커플과 긴 시간을 함께하는 매우 친밀한 이야기이기도 하죠. 소피는 교장이 젊고 잘생기고 카리스마 넘치는 사람이라고 생각하고, 그를 진심으로 사랑하고 신뢰하게 될까요? 행복한 결말 이후의 일상을 하루하루 꾸려 나가야 하는 아가사와 테드로스는 계속해서 좋은 관계를 유지할 수 있을까요? 이 두 쌍의 커플에게 시련이 닥치면 어떤 일이 일어날까요? 그리고 무엇보다, 이 네 사람이 다시 만나면 무슨 일이 벌어질까요?

물론 3부에는 새로운 인물들과 거대한 새로운 세계도 등장합니다. 전편들에서 보았듯, 사악하고 나쁜 것들도 많죠. 피도 빠질 수 없을 테고요.

아주 많은 피를 보시게 될 겁니다!

〈선과 악의 학교〉 1부와 2부는 모두 《뉴욕 타임스》 베스트셀러가 되었고, 여섯 개 대륙에서 스무 개 넘는 다른 언어로 번역되었습니다. 이 책들이 이렇게 전 세계에서 사랑받는 이유는 무엇일까요? 그리고 작가로서 이런 큰 사랑에 대해 어떻게 생각하십니까?

〈선과 악의 학교〉 시리즈를 향한 독자들의 사랑은 정말 충격적일 정도였습니다. 저를 더 겸손하게 만들었죠. 독자들은 이 세계를 진정 자신의 것으로 받아들였고, 저는 그분들의 기대에 부응하기 위해 더욱 열심히 작품에 임했습니다. (덕분에 아직도 혼잡니다. 어머니는 이런 사실에 매우 격분하시죠. "책이랑 결혼할 거냐!"라고 소리치시기도 합니다.)

저는 아침에 일어나면 www.schoolforgoodandevil.com 사이트에 들어가 선과 악의 점수판을 확인하는 것을 제일 좋아합니다. "당신은 선인인가 악인인가?"라는 선과 악의 학교 온라인 입학시험에서 가장 높은 점수를 받은 선인과 악인이 매일 각각 다섯 명씩 사이트에 게시되는데, 이때 선정된 독자가 사는 나라와 도시 이름도 함께 공개되죠. 매일 예외 없이 전 세계 곳곳의 이름이 등장합니다. 지금 보고 있는 곳들을 읽어 드리죠. 아이다호, 로스앤젤레스, 두바이, 런던, 캔버라,

파키스탄, 브라질……

이런 관심을 어떻게 설명해야 할지는 저도 모르겠습니다. 다만 아이들은 이 선과 악의 학교라는 세상을 매우 좋아하는 것 같더군요. 그 안에서는 있는 그대로의 자기 자신이 될 수 있기 때문이겠죠. 완벽할 필요도 없고, 늘 옳은 일을 해야만 하는 것도 아니에요. 누구든 있는 그대로의 모습으로 존재하면 됩니다. 완벽하게 선한 사람이거나 철저하게 악한 사람이 될 필요는 없어요. 그 중간 어디쯤에 있으면 되는 거죠.

북 투어 중에 팬들과 이야기 나누는 것을 좋아하신다고 말씀하셨는데, 투어 중 가장 기억에 남는 순간은 언제였는지, 왜 그 순간이 즐거우셨는지 말씀해 주시겠어요?

저는 북 투어를 정말 좋아합니다. 제가 앞으로 아이를 가지게 될지도 잘 모르겠고, 솔직히 아이가 생긴다고 해도 작품에 너무 많은 것을 쏟아붓다 보면 무심한 아빠가 될 것 같다는 생각도 합니다. 그래서 저는 투어 중에 아이들을 만날 때면 늘 열정적이고 그 순간에 최대한 충실하죠. 아이들이 저를 만나러 오기 위해서는 정말 많은 노력이 필요하다는 것을 잘 알고 있거든요. 게다가 아이들이 하는 말을 듣고 있자면, 정말이지 깜짝 놀랄 때가 한두 번이 아니랍니다.

언젠가 한 소녀가 선하지도 않고 악하지도 않으면, 그러니까 그냥 "보통"이면 어떡하느냐고 묻더군요. (3부에 바로 그 답이 나옵니다!) 또 다른 소년은 저에게 친구가 하나도 없을 거라고 하더군요. 이렇게 긴 책을 쓰려면 친구 사귈 시간이 없을 것 같다고요. 선과 악의 학교 모양으로 케이크를 직접 구워 온 아이들도 있었고, 스팀프와 크로그 보디페인팅을 한 아이들도 있었어요. 아가사와 소피 의상을 입고 와서 〈겨울왕국〉의 〈렛 잇 고(Let it go)〉를 부른 아이도 있었답니다. 제게 결혼하자고 하신 어머니도 있었죠! 어떤 종교 단체는 제 책을 비난하고 또 다른 단체에서는 제 책을 지지하고, 농촌에서 씹는담배를 즐기고 트랙터를 모시는 아버님들이 저를 페이스북 친구로 추가하기도 하시죠. 북투어는 어디를 가든 늘 신나는 모험입니다.

이렇게 많은 활동을 하고 계신데, 혹시 쓸 것이 없어서 빈 종이만 멍하게 바라보고 앉아 있었던 적은 없으십니까? 그런 일이 생길 때는 어떻게 하시죠?

그런 상황을 작가의 장애물이라고 부르기도 하더군요. 전 책 3부작을 쓰는 동안 두세 시간 이상 장애물에 가로막혀 본 기억이 없습니다. 그런 일이 생길 때면, 저는 늘 제가 방향을 잘못 잡았거나 혹은 앞뒤가 안 맞는 이야기를 쓰고 있었다는 사실을 발견하게 되죠. 결국 그건 잠시 컴퓨터에서 떨어져서 머릿속을 좀 비우라는 경고 같은 겁니다. 저의 키 큰 독일인 코치 크리스토프와 테니스에 열중하거나, 핫요가 수업에 들어가서 땀을 뻘뻘 흘리거나, 활기 넘치는 음악을 들으면서 공원을 산책하거나, 혹은 〈가디언즈 오브 갤럭시〉 같은 영화를 보러 가야 할 때가 된 거죠. (〈가오갤〉은 다섯 번이나 봤습니다.) 그런 다음 다시 컴퓨터 앞에 앉으면 대개의 경우 새로운 시각으로 일을 할 수 있더군요.

작가가 되려고 하는 사람들에게 해 주고 싶은 조언이 있으십니까? 개인적으로 유용하다고 생각되는 조언이 있다면 어떤 걸까요?

제일 중요한 것은 다음에 어떤 일이 벌어질지 궁금해지도록 만드는 겁니다. 책을 좋아하지 않는 남자아이에게 자신이 쓴 글을 소리 내어 읽어 주세요. 첫 문단을 읽었는데 아이가 벌써 지루해서 가만히 있지 못하면, 시작부터 다시 써야 한다는 뜻입니다. 캐릭터, 줄거리, 주제 등

선과 악의 학교 2

등은 모두 그다음 문제죠. 일단은 독자를 작품 속으로 끌어들여야 합니다. 이야기의 목소리가 진짜처럼 느껴져야 하고 그 속에서 벌어지는 일에 관심을 가지게 만들어야 하죠. 자신이 쓴 글을 들은 아이가 문장이 끝날 때마다 "그래서 어떻게 됐어요?"라고 묻지 않는다면, 좀 더 노력해야 합니다.

다음 계획은 무엇입니까?

일단 선과 악의 학교를 더 깊이 탐험할 생각이고요, 그 외에도 곧 영화를 하나 감독하게 될 것 같습니다. 또 머지않아 선과 악의 학교만큼이나 거대한 새로운 세계 속에 깊이 빠져들 계획도 있죠. 제 소식이 궁금한 분들은 www.somanchainani.net, 그리고 거의 모든 SNS에서 저를 찾으실 수 있습니다.

글을 쓴다는 것은 때로는 매우 고독한 혼자만의 모험인지라, 저는 독자들과 소통할 수 있는 모든 기회를 매우 즐기는 편입니다. 손 편지, 팬 아트, 영상, 블로그, 그 외의 다른 방식도 모두 좋아하죠. 독자들의 창의력과 작품에 대한 애정, 열정,지성이 매일 저에게 새로운 힘을 줍니다.

옮긴이 **신윤경**

서강대학교에서 영어영문학과 불어불문학을 복수 전공하고, 같은 학교 대학원에서
석사학위를 받았다. 영국 리버풀 종합단과대학과 프랑스 브장송 CLA에서 수학했으
며, 현재 프리랜서 번역가로 활동하고 있다. 주요 역서로《청소부 밥》,《소문난 하루》,
《마담 보베리》,《포드 카운티》외 다수가 있다.

선과 악의 학교 제2부—왕자 없는 세상 2

초판 1쇄 인쇄 2019년 10월 11일
초판 1쇄 발행 2019년 10월 25일

지은이 | 소만 차이나니
옮긴이 | 신윤경
발행인 | 강봉자, 김은경

펴낸곳 | (주)문학수첩
주소 | 경기도 파주시 문발로 214-12(문발동 511-2) 출판문화단지
전화 | 031-955-4445(마케팅부), 4500(편집부)
팩스 | 031-955-4455
등록 | 1991년 11월 27일 제16-482호

홈페이지 | www.moonhak.co.kr
블로그 | blog.naver.com/moonhak91
이메일 | moonhak@moonhak.co.kr

ISBN 978-89-8392-760-6 04840
        978-89-8392-758-3 (세트)

「이 도서의 국립중앙도서관 출판예정도서목록(CIP)은 서지정보유통지원시스템
홈페이지(http://seoji.nl.go.kr)와 국가자료종합목록 구축시스템(http://kolis-net.
nl.go.kr)에서 이용하실 수 있습니다. (CIP제어번호 : CIP2019035582)」

* 파본은 구매처에서 바꾸어 드립니다.